〔挪威〕汉姆生 ◎ 著

何 丽 ◎ 译

大地的成长

海峡出版发行集团 海峡文艺出版社
THE STRAITS PUBLISHING & DISTRIBUTING GROUP | Haixia Literature & Art Publishing House

图书在版编目(CIP)数据

大地的成长/(挪)汉姆生著;何丽译. 一福州:海峡文艺出版社,2017.8
(2023.9重印)
(诺贝尔文学奖大系)
ISBN 978-7-5550-1170-5

Ⅰ.①大…　Ⅱ.①汉…②何…　Ⅲ.①长篇小说－挪威－现代
Ⅳ.①I533.45

中国版本图书馆 CIP 数据核字(2017)第 144501 号

诺贝尔文学奖大系

大地的成长

[挪威]汉姆生　著　何丽　译

责任编辑　刘徐霖
出版发行　海峡文艺出版社
经　销　福建新华发行(集团)有限责任公司
社　址　福州市东水路 76 号 14 层
发 行 部　0591－87536797
印　刷　福州俊丰彩印有限公司
地　址　福州市晋安区鼓山镇鼓一村福光路 189 号
开　本　889 毫米×1194 毫米　1/32
字　数　309 千字
印　张　13.75
版　次　2017 年 8 月第 1 版
印　次　2023 年 9 月第 3 次印刷
书　号　ISBN 978-7-5550-1170-5
定　价　79.00 元

如发现印装质量问题,请寄承印厂调换

颁奖辞

瑞典学院诺贝尔委员会主席　哈拉德·雅恩

　　按照诺贝尔基金会的章程，由于克努特·汉姆生里程碑式的作品《大地的成长》，瑞典学院决定把 1920 年的诺贝尔文学奖颁给他。

　　这本书一经出版，就被翻译成多国语言，并在短时间内以原著或者译本的形式流传到许多国家，在这里并不需要多作说明。由于它情节和风格的创造性和独特性，受到各个国家读者的热烈欢迎，并引起了不同类型读者的兴趣。就在不久前，英国一位极具分量的保守派评论家说到这本书的时候，认为它确实是一部杰出的作品，值得受到人们的赞赏，尽管这部作品在英国才发行不久。那么，这部作品到底有什么魅力可以取得这么大的成功呢？相信在很久以后，它也会受到文学研究者们深刻的讨论，但现在，我们也有必要先对它的作用和意义做一个比较广泛的讨论。

　　通常，我们都会认为，文学必须真实客观、忠于现实，不过从《大地的成长》中我们可以发现，它所描述的只是生活的基本形式，有人在生活，有人在建造房屋居住，这一切是任何社会发展中都会经历的基本形态。作品中对这些的描写也没有受到与以往高度文明化有关的记忆的扭曲和影响。这些场景之所以可以让人产生共鸣，是因为不管身处何境，只要任何努力着的人，在面对顽强异常、难以征服的大自然时，一开始都必须面对种种艰辛困苦，这一点，正是作品打动人心的地方。和那些"古典的"作品比起来，几乎找不到一本书可以像它那样有着如此明显的对照。

一般情况下，我们用"古典"一词来形容一本书，仅是一种意义比较模糊的赞美之词，但这里用它来赞美这本书，却有着更深沉、更深刻的意义。从我们古代的文化传统来说，古典作品并非是那些让人不断模仿的毫无瑕疵的作品，而应该是源于实际生活，有着深刻内涵，并通过一种具有永恒价值的方式展现出来的作品。那些毫无内涵的作品，自然就没有什么意义，就像表现形式不完美或是临时粗糙创作出来的作品那样，不可能被归为古典作品之列。但有一种情况例外，就是在人生中碰到的珍贵的事物，尽管它们表面并没什么特殊之处，但一旦被人们第一次放在适当的位置，就立刻能够展现出它的价值，并与伟大的事物一道，因为极具重要性和风格上的价值而被列为古典的范畴。从这个意义上来说，汉姆生的《大地的成长》是我们这个时代一部可以与我们已经拥有的古典之作相媲美的作品。这也说明，过去的世世代代并不能代表以后的时代，因为时代是在不断变化更新的，因此，新时代的天才们会以一种创造性的新方式让世界不断往前发展，超越以往的时代。

这部作品是一部歌颂劳动的叙事性诗歌，并通过汉姆生那卓越的文体展现出来。不过，他笔下的劳动力，并不是指把人从心灵中剥离出来，并把人划分为不同种类的劳动力，而是将这些凝聚于一体，从其最纯粹的形式来说，可以塑造人的人格，让人静下心来的劳力，并将部分凝聚为一个个体，能够用有规律的、不断的进步来保护并发展精神的成果。在作品中，拓荒者的艰辛以及他和大自然所做的种种搏斗，在诗人的笔下，有了英雄式奋斗的特征，即使与为国献身的英雄相比也毫不逊色。汉姆生在作品中对他理想中的农夫进行了深刻的描绘，正如农夫诗人赫希欧德描写的那样，那是一个聚精会神，把自己所有的力量和生命都倾注在了开垦土地上的农夫形象，他在这个过程中毫不畏惧地克服大自然设置的一切困难。如果要说汉姆生把现今世界的文明记忆置之脑后的话，那么他其实也通过自己的作品对文明作了一种贡献，他让我们对一种全新的文化有了一个了解，这种全新的文化就是我们想象中的那样，是因为劳动力的进步而孕育出来的，是对古代文明的一种顺承。

汉姆生在舞台上塑造的角色类型比较单一，那些角色，无论男女，都生机勃勃，而且生活在一个非常谦逊的环境中。他们中的一部分人，而且还是那些最优秀的人，无论是在生活的追求上还是思想上，都没有什么想象力，他们的人生追求就是成为一个默默无闻的人，成为一个永不会疲倦的农民。至于其他的人，就是一些充满烦恼的，往往被一己私利的欲望和愚蠢的行为缠住而无法脱身的人。他们身上有着挪威人的特质，并因此而在某种情况下受着《大地的成长》书名的两层意思的限制，一是"土地的成长"，另一个则是"大地的成果"。在与我们同起源的几种语言中也有这种特点，一个词语，可以在不同的情景下表达不同的意思。当瑞典人提到《大地的成长》，很自然地我们就会联想到肥沃的、饱满多汁、丰富的东西，这可能是由于一直处于以农业为主的环境中自然而然形成的观念。但在汉姆生的作品中，他所指的却并不是这个意思。在这部作品中，"大地"指的是不能被开垦的、崎岖不堪的荒芜之地。因此，它的果实并非是从肥沃的土壤中结出来的，而是指从这片荒芜的土地中所生长出来的一切，包括那些好的、坏的，或是丑陋的、美丽的，有人类也有动物，还有树林和田地，等等。这，就是汉姆生作品中为我们准备的成果。

但是，对于我们瑞典人，或者说是很多瑞典人，对于汉姆生书中所描绘的地方和环境一定非常的熟悉。在他的作品中，我们还可以嗅到北方的气息，以及那里的自然和社会环境，这一点，与我国两处的边境都非常相似。加之，作品中也有一些瑞典人的角色，他们被新开垦出来的土地深深地吸引了，而毫无疑问的是，他们中的很多人与其说是被土地吸引了，不如说是被那些土地上的繁华的经济成果产生的幻想迷惑了，就好像当挪威海边的城市出现在地平线上时，它以其壮观而庸俗的面貌把那些在土地上辛勤地劳作着的、毫无抵抗力的心灵给吸引住了。

这一富有人情味的构思，不仅没有损害故事中通过古典内容所呈现出来的内容，反而有了加强的效果。它打消了我们对其过于理想化而与事实不相符的疑虑，并保证了作品内容与角色的真实性。他们身上都有着人类共有的特征，这一点，我们可以从它得到各个国家、各个民族热烈欢迎的情形中看出。而且，由于作者对人类的命运和人性怀有悲悯的情怀，所以即使描绘那些极其悲惨的事情时，他都能够用一种轻松愉快的幽默来叙述。但在故事情节的设计上，他却一直非常注重艺术形式的加工。他作品的风格，没有一丝矫揉造作的装饰，是既清晰又明确的，除此之外，我们还可以在他极具个人特色的作品中，发现他那扎根在本国语言中飞扬的文采。

克努特·汉姆生先生为了亲自领奖，他冒着严寒的天气，历经千辛万苦，千里迢迢来到这里。这让瑞典学院极其振奋，也让我们在座的每一位都非常开心。刚才，我以瑞典学院的名义，在尽可能短的时间内，把我们所欣赏的汉姆生先生因此获奖的作品简单地阐释了一下。因此，我个人的赞赏之词就无须再重复了。现在，请允许我代表瑞典学院，向您表示祝贺，也希望您这次的光临，能留下深刻的记忆，并永远记住我们。

致答辞

在今天这样盛大、隆重得令人不知所措的场合，我感到有些不知所措了。我感觉自己俨然已经飘起来了，像是踩在空中一般，头也眩晕不止。如果有人叫我要在这样的场合表现得镇定从容，那还真是件困难的事情。就在今天，我收获了巨大的荣誉和财富。尽管我还是之前的那个我，可是在一分钟之前，当听到我国的国歌在大厅里响起时，一种对祖国的热爱之情油然而生，这种飘飘然的感觉让我仿佛升在了半空中。

这种感觉是那么的好，而且还并非是我第一次体验到这种飘飘然的感觉。在我还年轻的时候，也曾几次体验过这样的感觉，不过，哪个年轻人一生中不会有几次这样的经历呢？当然，唯一的可能就是那种一生下来内心就已经苍老而成为保守派的人，他们不知道什么叫两脚离地，更不可能体验这种感觉。这种早熟的精明和冷漠，对于年轻人来说并非是好事，甚至可以说是一种极坏的命运。不过，出乎我们意料的是，在我们成年后，居然还有很多次这样的机会，但是这又是为什么呢？我们还是当初的我们，这样的体验对于我们来说总是好的。

但是，今天是一个英雄俊才聚集的盛会，所以尽管我内心狂喜但仍不能一直沉溺于自己狭隘的智慧中而沾沾自喜，特别是接下来要颁发的是科学界的奖项。我会马上回到位置上坐下，但今天可以说是我人生中的一个非常重要的日子。因为你们的仁慈，我才能从上千个人中脱颖而出，成为诺贝尔文学奖的获奖者。在此，我代表我的国家，向瑞典学院和瑞典人民表示感谢，谢谢你们把这份荣誉赠予我。从我个人的角度来说，这样沉重的荣誉只有当我俯首时才能承受得起，但同样让我骄傲的是，瑞典学院认为我可以担当得起这份荣誉。

正如刚才那位著名的演讲家所说的那样，我有自己独特的创作方式，这一点，或许是我唯一值得骄傲的地方，除此之外，再也没有别的了。但是，我从很多人身上都受到了启发，哪一个人不是或多或少地受到别人的影响而成长的呢？而其中，对我影响最大的要数瑞典的诗歌了，特别是上一辈人的抒情性诗歌。假使我能够对文学和伟大的著作更熟悉一些的话，那么我可以无休止地引用这些作品中的亮点，并大大方方地承认我作品中的长处是从哪里学来的。不过，如果这些是像我这样的人做的话，那么最后的结果只会变成一些空洞的名字和没有任何价值的声音，缺乏浑厚的声音做铺垫。我已经不再年轻了，也没有力量去做这些了。

不，在这个灯火辉煌的盛会上，今天在诸位杰出人士面前，我最想做的是向大家抛洒鲜花与诗歌——让大家再度年轻，再度体验乘风破浪的感觉。在这个如此重要的场合，也是我最后一次参加这种场合，这是我唯一希望做的，尽管我害怕这样做，因为我免不了会被大家嘲笑。今天，我收获到了财富和荣誉，但唯独缺少了最重要的一项礼物，那就是青春。相信我们中没有任何一个人会老到把它忘记的地步。我们这些人尽管已经老去了，但如果我们用尊严和优美向后退一步，我想这是可以的。

我不知道到底该怎么办，也不知道应该做些什么。但是，我现在想要做的是，为瑞典的年轻人祝福，为全世界的年轻人祝福，为生命中的一切青春而举杯祝福。

目 录

大地的成长

卷 一

1

那边有一条蜿蜒的漫长大道，从荒野的沼泽里穿过，能够进入森林的路——是谁最初把它走出来的呢？是人，那个最初来到这里的人。那时，在他面前是没有路的。之后，某种野兽，沿着小道上留下的那些微弱气息走了过去，使小道的痕迹更加明显；之后，那些拉普人从野地里穿行时也看到了这条小道的微微足迹，穿过它给驯鹿找到了更好的牧场。那条通过亚明宁山脉的路就这样被踩出来了。那条穿过无主林地和荒原的公用小路，就这样形成了。

那人，朝着正北方一步步走了过来，他背着一个麻袋，里面装着些许粮食和几件工具。那人生得极其粗壮，长着像一块烙红的铁一样浓厚的络腮胡子，脸上和手上都布满细小伤疤的痕迹。那些伤疤不免让人怀疑他这个人，让人不得不猜想他的来意。为什么要从千里之外迢迢而来，来这里真的只是为了这一方土地，只是想寻一方安宁的哲人。还是因为，要躲避些什么，不得不来到这一片无人管辖之地。总归会有类似的各种理由。他刚走进这一方土地之时，鸟兽俱寂，只听得见他一个人的声音。他在这片森林里踽踽而行，偶尔自言自语的，或者望着某个地方，发出一两声"哎""嗯"。不论走到哪里，只要天空透出一片明亮的颜色，那一块绿林里有能够落脚的地方，他就放下麻袋，去视察一番。就这样，走走停停，把麻袋放下，又提起，不知不觉中，一天就这样过去了。天渐渐暗了，他枕着自己的胳膊，躺在柔软的石楠草地上，就这样慢慢睡着了。

日头从东方升了起来，他知道，又该上路了，于是继续向北走。他只能靠日头推算时间的早晚，饿了便吃一些大麦饼和羊奶酪，渴了便喝几口溪水，接着继续向北方前进。他整天整天在森林里不停地行走着，森林里的那些地方在不断地吸引着他，让他去欣赏，去探测。他想找什么呢？是一个地方，还是一块土地？也许，他只是别的地方过来的移民吧。他警觉地察看，不时地留意着四周，时而爬上山坡，时而仔细观察脚下的足迹。不知不觉中，太阳又落下去了。

他沿着森林谷地的西侧走了下去，发现下边都是茂密的林地，长满了云杉和松木，叶子郁郁葱葱的浓密得很，都满满地挤在了一起。地上平铺开一片青绿的草地，从上面走过时不断传来松软的感觉。不知走了多久，天色渐渐暗了，恍惚中，他似乎听见了溪流淙淙的流水声，就好像突然感受到了活物一样，他的心被那细水潺潺的声音振奋了。他爬上山坡，在隐晦的光线中看着下面的山谷。此时，向南的天色依旧明朗，而山坡的这边，天色已经渐渐暗了下来，于是他躺下准备休息。

在清晨的曦光里，他看到了自己的梦想之地。他走过那一片绿油油的山坡，便看见了那发出淙淙水声的溪流，那小溪就连一只兔子也可以从上面一跃而过。但他，似乎对这也格外地满意。一只在窝边的松鸡发出愤愤的叫声，突然从他的脚边一飞而起。他欣喜看着。这地方没有不让他喜欢的，更何况猎物还这样多。看着被石楠、越橘还有草莓占满的草地，还有七角星状的小鹿蹄草，他的头点个不停。他蹲了下来，用铁锹把土挖出来看了看，发现这是片不错的土地，很适合耕种，还有一片泥煤，混合着腐木和千年的落叶。他想着，这便是他今后生活和繁衍的地方了。他决定要留下来。每天，他都会出去，围绕着这个谷地，一圈圈地探索着四周，然后，在傍晚的时候回到这里。他在这里找到一块悬垂的岩石，在这块岩石下面铺上了一层松枝，晚上，他就躺在松枝铺上，渐渐地，这里就像是家一样让他感到安适。

他总算在这一片荒无人烟的地方，找到了自己的依靠，总算可以安顿下来，不用再奔波。他喜欢这里的生活，每天，他可以在自己的领地上工作，让工作时间把他的生活填得满满的。一想起工作，他总是一刻也停不下来，他从谷地外寻到桦树，然后将桦树的皮剥下来，把还流着汁液的桦树皮压实，晒干，捆成一大捆，再扛几里路，去村里把它卖了。再回山坡的时候，他已经换来了几麻袋粮食和新的工具，他将这些面粉、猪肉、菜锅、铁锹，沿着来的路将它背回去。他就像个天生的负重者一样，乐于背负着这些东西，并能够走很长的路，就像肩上没有背负重量他就失去了生活的意义一样。

有一天，他从村子里回来，不仅肩上背着重物，手里还牵着三头羔羊。他很珍惜这几头羊，就像它们是不得了的宝贝一样，对这些羔羊照顾有加。在半路上，他遇到了一个游牧的拉普人，那人看到他的几只羊，就觉着他是要在这里长久地定居了。便走过来，和他说话。

"你是打算在这里安家了吗？"

"是啊。"那男人说。

"对了，你叫什么？"

"艾萨克，你知道哪里有女人愿意来帮我吗？"

"不知道，不过我愿意帮你去问问。"

"哎，好。就说我这里有几头牲口，却没人照看。"

那拉普人走了。艾萨克——我一定得帮他问问。那拉普人想，他敢将自己的名字讲出来，那便一定不会是个十恶不赦的逃犯。逃犯？若是的话早就该被逮捕了。他只不过是一个愿意做重活的老实人罢了。他已经为山羊准备好了过冬的饲料，在山坡的一边清出一块空地，翻出一块耕地，搬来些石块，用那些石块砌了一堵墙。到了秋天，他给自己盖了一间草房，房子很结实，而且很暖和。既不用担心暴风把它吹坏，也不必担心什么能把它给烧了。这就是他的一个家了，他可以在这里为所欲为，这是他的，别人管不着。他想着要来便进来，想要出去便出去，干什么都行。他喜欢待在屋外门口的石板上，在那看着外面来来往往的人，他很乐意从他们的口中听到"他，就是这屋子的主人"，这让他觉得很自豪。这幢新建的小房子，被他分成了两间，一间是给自己住，另一间留给他的那些羊。而那些羊需要的草料，被他放在了墙的那边，紧靠着墙壁堆着。看，这些，就是他现在的全部了。

这时，又有两个拉普人从这路过。来的是一对父子，他们把身体紧紧倚靠在长手杖上歇息，转眼便看到了他在山坡上建的小房子，还能隐约听到山坡那边山羊身上当当的铃铛声。

"嘿，"那拉普人说，"这是你的房子吗？这儿可真不错！"拉普人这样说着，还露出了些许奉承的笑。

"你们知不知道这附近哪里有女人愿意来做我的帮手？"艾萨克说，他总是在不断地想着这件事，简直时时刻刻都不能遗忘。

"女人吗？不知道，但是我们愿意帮你去问问。"

"那可太好了！我有幢结实的房子，还有几片田地，几头牲口，就缺个女人了。"

哎！他每次背着树皮去到村子里，都想从中找一个女的来做帮手，却总也找不到合适的。每次去到村子里，总会有些寡妇或是其他的女人在打量着他，不过那些女人也就是那样看看而已，却没有人愿意过来和他搭话。艾萨克想不明白这是为什么。这是因为什么？试问，又有哪个女人愿意到荒山野地，到一个连去最近的邻居家都要走整整一天的地方去给他做帮手？再说，他长得并不比其他人更吸引她们，他说话的声音非常粗硬，就像是野兽的吼声一样。

所以，他不得不自己一个人生活了。

冬天的时候，他做了一些大木桶带去村里卖，然后把一袋又一袋的粮食背了回来。同时背回来的还有更多的工具。他这些日子一直做这些木桶，忙于生计。肩上的担子渐渐重了，让他不得不分神到这上面来，可是家里有山羊，也要花时间照顾它们，所以他总是不能出门太久，否则，他的羊就被饿惨了。为了让他的羊能够在严冬里也过得很好，他不得不开动脑筋想办法，使他的羊得到更好的照顾。他最开始想了一个方法，就是在即将出门的时候，将它们放出来，让它们去树林里的矮丛中觅食。再后来，他又想到了另一个更好的方法。他做了一个很人的木桶，然后将木桶挂在河边，把河边的水掐算得刚刚好，使每一次正好有一滴水滴进木桶里，等到十四个钟头后，水就将木桶装满了。当水即将从桶里溢出来的时候，水的重量使木桶沉了下去，刚好把拦在饲料前的活门板拉开。这时，三捆饲料一起掉了出来，噢，山羊就有得吃了。

他这法子不错吧。

这的确是个好方法，说不定是上帝特地给他送来的呢。这里除了自己之外便没有人能来帮忙了，而这个装置像是他的好帮手一样为他工作着，一直到深秋的时候还很好用——直到，初冬来了。那些天，先是雨一直下，然后下雪，总是下个不停。这样的坏天气，致使他的帮手不得已罢工了，那些天木桶里的水总是太容易被装满，导致门板总是拉得太早。后来他给它装了个盖子，终于使一切又能够顺利地进行下去。但是到了隆冬的时候，水滴冻成了冰柱，那装置也敌不过这样严苛的天气，于是彻底地报废了。

那些山羊只得学它们的主人——自己想办法喂饱自己了。

最艰苦的时候，他多么想要一个帮手，可是却没有人来，他就只好自己找办法解决了。那些天他在家里不断地工作，经过努力，给他的屋子做了一个透明的玻璃窗，即使白天，他的小房子里也是一片光明。他不用再在白天生火来照明了，而可以坐在屋子里对着阳光透射进来的地方，靠着日光来做木桶了。日子慢慢地变得好过了，也渐渐光明了——嘿。

他不喜欢看书，但是他像每一个基督教徒一样，对上帝充满着敬畏，这种单纯的感情，来得那么自然，就像是生而便有似的。天上闪烁的星辰，林间吹来的微风，覆盖着这片广袤无垠的白雪，大地的厚重，天空的明亮，每次感受到这些力量时，他都被深深地震撼着。他觉得自己是个罪人，对着上帝祷告时是那么的虔诚。他对上帝的敬畏，对圣日的尊敬，使他在每个星期日都要把自己洗得干干净净的。可就算是星期日，他也不能忘记自己的工作，星期日的工作量也未见得比平时少。

春天到了，他将他那一块空旷的地翻整好，种上了马铃薯。他的羔羊也长大了，可以繁殖了。那两只母羊各生了两只小羊，他现在就有七只羊了。他给自己的羊拓展了活动空间，还安上了两个格窗的玻璃，他在为将来繁殖更多羔羊做着准备。哎，现在是真的过得很好，房子里到处都很明亮了。

最后，那个他需要的帮手，他期待很久的那个女人，也终于来了。那个女人初来时，在那个山坡拐角处磨磨蹭蹭很久，明明走了很长的路，总算看到了终点，却又踟蹰了。等到太阳都已经快要落下的时候，她终于下定决心。她朝他走了过来。她是一个高个儿女人，有一双深棕色的眼睛，身材也很粗壮，整个人看起来很结实，穿着由兽皮制作的粗厚的工作靴，肩上挂着一个小牛皮袋子，有着拉普人一样的装扮。她看上去已经不能说年轻了，至少也有三十多岁了。

她想着没有什么可以害怕的，便走过去跟他微微打了声招呼，便急切地说："我要翻过这座山，得从这里经过，只是这样而已。"

"哦！"男人应了一声。她的声音含含混混的，说得又急，他几乎没能明白她说了些什么。

"唉，从村上到这里的路真远"，她说。

"是啊！"男人答。"你说要翻过这座山？"

"嗯。"

"是要去做什么？"

"我有亲戚在那边。"

"噢，原来是亲戚在那边，你叫什么？"

"英格。你呢？"

"艾萨克。"

"艾萨克，这里只有你自己一个人住吗？"

"啊，是啊，只有我一个人而已。"

"噢，那也不错啊。"她顺着他的话说。

现在，他已经学会不再那么木讷地看事情了，已经意会到她正是为了那事而来，是的，只是为了那件事而已。为了来到他这里，她肯定在两天以前就出门了。她也可能是听到了他在寻求帮手的事，所以来了。

"进来休息一下吧。"他说。

他们一齐来到房子里，吃着她带来的新鲜食物，喝着他挤出的山羊奶，然后煮了她存放在一个小袋子里的咖啡。他们闲适地喝着咖啡，慢慢交谈着，直到夜深了，该睡觉了。夜里，他要跟她同房，她点头同意了。

第二天清晨，她没有走，一整天她都留在了那里，在那里帮着他的忙。她帮着他挤羊奶，用细沙土将锅和用具擦得干干净净。她一直留在了那里。她叫英格，他叫艾萨克。

如今，他已经结束单身汉的生活了，整个生活呈现出另一种状态。他的妻子在说话的时候老是把脸转开，因为她羞怯于自己长着兔唇，而且由于这个原因，她说话总是含含糊糊的，虽然他自己并不很在意这个。他想，如果不是因为兔唇的原因，她是看不上他的，他还应该感谢上帝令她有兔唇才是。再说，他自己长得也不怎么样：身体又粗又壮，那铁红的络腮胡子几乎遮住了他的半张脸，他这副面孔让人感到既粗暴又阴郁。是的，就像被关了好久的犯人一样的神情。他的面容一点也不温和，反而像时刻都想着挣脱逃跑的巴拉巴[①]一样。英格没有跑掉才是怪事。

她没有离开。每次当他出门回来时，总能看到英格就在小房子里，就好像房子和她从来就是一体的一样。

从此，他又多了一个人要养，不过这并没有让他损失什么，反而令他更自由了。他不用再被山羊束缚在家里哪儿也不能去了，他可以去离家更远的地方看看，去探查。那边有条河，这可真叫人高兴。那河水很深，而且水流湍急，让人不敢小觑，他想这河的源头一定是山里的一个大水源。他回家拿了一副钓具，去那河上探险。傍晚的时候，艾萨克回来了，手上还提着一篓子鳟鱼和红点鲑。英格高兴坏了，她从没吃过这么好的菜。对于英格来说，这可是件奇迹，是件大事了。她惊喜地拍着手，高兴地叫道："哦，这是，这是打哪来的……"英格的惊喜逗乐了艾萨克，英格也看出了艾萨克的兴奋，这令英格很得意，她又说了一些类似的话——啊，她从未见到过这么肥美的鱼，艾萨克是怎么找到这些好东西的！

在其他方面，英格也做得非常好。也许她既不聪明，也不伶俐——但是，她将她放养在亲戚家的两头小母绵羊带来了。这是他们能期待得到的最好的东西了。家里的牲畜又增加了，产羊毛的绵羊和羔羊都有了。小羊们慢慢长大，到了繁殖的季节，你会看到它们成倍地增加，这实在是太令人惊喜了。英格还带来了些别的东西，她的衣服，还有些其他的玩意儿—— 一面小镜子，一串五彩的玻璃珠，

①《圣经·新约》中人物——译者注。

还有一辆纺车，这可真是太好了。不过如果英格按这个速度下去，不久之后小屋就要被她的各种东西塞满了。这些快速聚集起来的财富令艾萨克感到吃惊，只是因为他天性就不喜多言，又有些交流障碍，所以就没对英格说什么，忧虑的时候他就踱着步子走到门外石板上，抬头看看天气，然后又踱着步子回来。啊，艾萨克真的很幸运，他觉得他渐渐被英格吸引住了，已经越来越爱她了。或者，哦，不论怎么说，对英格，艾萨克是越来越喜欢了。

"你用不着带这么多东西来，"他说，"你用不了那么多。"

"如果我想要拿，还有许多东西可拿呢。对了，还有西维特舅舅，你知道他吗？"

"没听过。"

"没有吗？他是个富翁，并且是县里的财政科长。"沉溺在爱情里的人，往往会变得很傻。艾萨克觉得自己必须做出点非凡的事情来，但是他做过了头。"英格，你不用自己费力去锄土豆，傍晚我会回家把它弄完的。"

然后，他提着斧头去了树林。

她听到他在不远处伐树，大树一棵棵的倒地声。她听了一会儿，然后去给土豆锄地去了。爱情往往也能使人变得聪明，不是吗？

傍晚，艾萨克用绳子拽着一根大树干回来了。噢，多单纯天真的艾萨克，为了让她出来看他，为他感到吃惊，故意把树干弄得哗哗直响，做出又是哼哈又是咳嗽的声音，只是为了让她在意自己。

"你疯了吗？"英格一出来便说道，"要是受伤了怎么办，这是一个人能做的活吗？"他不答话，一点也不肯为此解释。他想，这有什么了不起的，不过是比平时多做些事，活重了些罢了，只是一根树干而已。

"你又打算用它做什么？"她问。

"哦，再看看吧。"他毫不在意地说，漫不经心的样子好像她不在旁边似的。

但是当他看到英格将土豆田锄好之后，他就更加不开心了。这让他觉得英格和他做了同样重的工作，他觉得很难堪，似乎自尊心受到了挑战。他走过去把绑在树干上的绳子解了下来，拿着它又出去了。

"什么，你的工作还没做完吗？"

"没有。"他哑着嗓子说。

不多时他又拖着同样粗的树干回来了，只不过这次既没有弄出哗哗的声音，也没有喘着粗气。他默默地把树干拖到了屋檐下，把它们堆在了一起。

那年夏天他砍了很多大树，将它们都拖了回来。

2

某天，英格把一些食物装在自己的小牛皮包里，然后对艾萨克说："我想我的家人了，我想回去看看，去看看他们过得怎么样了。"

"只是这样吗？"艾萨克说。

"我有些事需要和他们谈一谈。"

艾萨克在房子里待了好一会儿，才慢慢地拖着步子走出了房门。他看上去一点儿也不着急，也没有丝毫难过的样子。当他走到门外时，英格的身影已经快消失于森林的边缘了。这时，艾萨克再也做不出平静的样子了。

艾萨克清了清嗓子，冲着英格离去的地方高喊："嘿，你会回来吗？"原本他没打算这样问她的，但是……

"回来？你在想什么，我肯定会回来呀，这里是我的家啊。"

"哦。"

唉，现在他又成了一个人了，好吧……啊，心情突然就这样变得有点儿懈怠了。艾萨克心想，我怎么能待在家里这样无所事事呢，这可不是我的作风。于是他又打起精神，辛苦劳作。他整理着从树林里拖回来的树干，将树干上杂乱的树枝修理了，然后把整个树干弄得光溜溜的。他每天都忙着弄这个。晚上，将羊奶挤完后，就上床去睡觉。

现在的房子里又没有了温馨的味道，连墙壁和脚下的地面都显得是这么的寂寞，带着股说不出的孤独。英格的纺车和毛梳还放在原来的地方，那串五彩珠放在屋顶的横梁上也安全得很。英格什么东西都没带走。可是，那无比单纯的艾萨克，竟然在盛夏漫天的星光里害怕那周围的黑暗，居然还看到了一个鬼影从窗前飘过。天还没亮，他便早早地起身了，那时估计才两点左右的样子。他做了一大锅麦片粥，将这一天的分量都算在里面了吧。到了傍晚的时候，他已经开垦出一块新的田地了，这样就可以种更多的土豆。

一连三天，艾萨克都在干活，铁锹和斧头都快被他磨平一层了。明天就是英格回来的日子了。等她回家的时候，就给她做满满一盘子鱼，他想这主意真不错。可是走近路去河边的话就可能遇到英格了，那就只能……于是，他特意绕远，走了那条还得翻过一个山岭的小路。这路，艾萨克以前也没走过，路上布满了一些灰色、褐色的岩石，这些石头简直跟铜或者铅一样重。啊，那些石头里说不定藏有金子或者银子，不过谁知道呢，可是这与他有什么关系，反正艾萨克对这些东西从来不在乎。终于走到了河边，艾萨克将钓鱼线甩了下去，不一会儿就有鱼上钩了，噢，今晚上的运气真不错，艾萨克心想，竟然有整整一篮子的鱼，英格一定会很开心的。看了看今天的收获，艾萨克心满意足地回去了。在回去的路上，他捡了几块褐色还带着深蓝色斑纹的小石头。掂在手上，重得很。

到了第二天，英格还是没有回来，那条山路上连人影都没有。这已经是第四天了，他像从前一个人生活时一样，独自挤好了羊奶，然后去附近的采矿场搬了些石头回来。精心挑选了些大块的石块，有薄有厚，艾萨克打算用这些石块来砌墙。

到了第五天，虽然他有些害怕，但还是回房睡觉了。还好，梳子、纺车，还有五彩珠都还在那里。屋子里显得很空旷，什么声音也没有，安静得可怕。时间一分一秒地过去，突然他听见屋外有脚步声，喘息了两声，他对自己说，没事，那只是自己的幻听，没有别的。"天哪"，他虚弱地低着头，整个人都显得那么的无力。尽管艾萨克不是个爱说话的人，在再次听到屋外传来脚步声，不一会儿又有一个带着犄角的活物从门前走过后，他再也忍不住了，他跳起来，奔到门口，"哦，神哪，这是什么东西？"艾萨克惊叫了起来。他看到了什么，啊，他看到，一头牛，英格和一头牛，刚刚出现在那棚子里。

他想，若不是他刚刚站在那里亲眼看见，亲耳听见英格在棚子里正和牛说着话，他是绝对不相信的。但是，她就站在那里。突然，艾萨克心里闪现了一个不好的念头，是的，他有一个精明的妻子，很会持家，不过，这是不对的，这样做是不对的。而且，家里的那些东西，纺车、梳毛机，还有那精美的五彩珠，真的是英格从家里带来的吗？哦，这么大一头母牛，只可能是在田间，或是小路上走失而被捡来的吧。但是养它的人家应该很快会找过来吧。

英格从棚里出来，得意地笑着说："我把我的母牛牵过来了。"

"嗯。"艾萨克说。

"我和它一起，所以才走得很慢，不然不会这么久才回来。"

"所以这头牛是你带来的。"艾萨克长呼了口气。

"是啊，怎么了？"她说，她已经准备好大干一场了，让这个小家富裕起来。"你不相信我？"

艾萨克止不住自己的担心，不过他没让她看出来，只说："过来吃点东西吧。"

"你看到它了吗？是不是一头漂亮的母牛？"

"嗯，是一头好母牛，"艾萨克说。又装作不经意地问，"这是你从哪里弄来的？"

"它叫金犄角。哦，你又做这么多的活，这样会把身体累坏的，你在那里砌墙是打算干什么？唉，算了，我们现在去看看牛吧，好吗？"

他们出去看了下，虽然艾萨克只穿着内衣，不过这没关系。他们小心地把牛看了个遍，哪儿也没放过，头、肩、屁股还有大腿，他们小心地记下牛身上的斑纹，还看了看牛的站姿。

"你觉得它有多大了？"艾萨克轻声问。

"这有什么可想的，它可是我亲手养大的，就快满四岁了。别人都说这是他们看过的最可爱的小牛。艾萨克，我们这儿有足够的饲料吗？"

艾萨克开始相信这一切都是十分美好的，那些猜疑，不过是自己多心罢了。"饲料？当然，我们这里有足够的饲料供小牛吃喝。"

然后，他们进了房间，共进晚餐。不多时便躺到床上去了，一起谈论着那个刚刚到来的小牛。"它很可爱是不是？它的孩子快生了，名字就叫金双角。嘿，艾萨克你睡着了吗？"

"没有。"

"你知道吗？我都不敢相信，它到现在还认识我呢，像头羊羔似的，跟着我到处跑。昨天我们在树林里睡了一夜。"

"噢？"

"不过夏天的时候还是得把它给拴起来，不然它会跑掉的，牛总归是牛。"

"它在哪里生活？"艾萨克忍不住问。

"它是我家的，自然跟我家人生活在一起。你都不知道，我把它牵走的时候，我家人有多舍不得它，小牛也一直叫。"

艾萨克心想，这不可能是她编造的，她不可能编造得这么好。那这头牛一定是她养的了。这真是太好了。我们终于要迎来美好生活了。有这所温暖的房子，属于我们的田地。这是多么美好，多么令人满意。还有英格，他们又在一起了，且彼此相爱着，有着相同的生活方式，他们一起过着节俭而又原始的生活，什么也没缺少。"我们睡吧。"他们转眼便睡了，醒来时已经是第二天的早晨了。又是新的一天，他们又开始了新一天的生活，去放牧、种地。在劳动中快乐着，享受着好与坏的交替，这就是生活吧。

艾萨克心里一直想着一件事情，他想要把那些树干架起来，自己盖一幢木房子。走在村里的时候，艾萨克四处留心着，偶尔停下来看着别人做活。艾萨克觉得自己也能胜任这件工作，所以，为什么不这样做呢？他有这个实力，不是吗？虽然他们已经有了一处绵羊放牧场和一块母牛放牧场，但是以后的牲畜会越来越多，这些越来越多的牲口会使他们在房子里都转不了身的，现在，必须想办法解决这即将面临的困境。最好马上就开始，趁着土豆开花前，趁着割干草的季节到来前。至少现在英格还可以帮忙，自己也不会忙到抽不出身。

半夜，英格还在沉睡中，自从长途旅行之后她一直睡得很好，而艾萨克却已经醒来了，他起身去了牛棚。你以为他是去找母牛谈心的吗？那可大错特错了。他只是友好地拍了它两下，然后将它看了个遍，看看会不会有新的发现，能证明它的印记。没有，什么都没有，这下，艾萨克安心地出去了。

木材就堆在地上。他搓了搓手，准备大干一场，他滚动着木料，然后将它们一个个地竖起来，把它们靠着墙，做成一副框架的样子。大的作为起居室，小的便是他们的卧房了。这件工作消耗了艾萨克大量的体力和精力，这时他不得不全心全意地将所有心思放在这上面，甚至都忘记了时间。直到小房子里炊烟升起，直到英格出来叫他，才记得该吃早饭了。

"你现在又在忙什么？"英格问。

"英格，早啊。"艾萨克只讲了这么一句，就走开了。

啊，看艾萨克那神气的样子，藏了满肚子的秘密，却又不肯说出来。这让她既好奇，又想追问。也许，是她太在意他了，想让他万分开心吧。艾萨克吃了些东西，在屋里待了会儿，他这是在等着什么吗？

"嗯，"他腾地站了起来。"这不行，不能这么白白地浪费时间，还有事情等着做。"

"你是打算造房子吗？"英格说，"你想造什么样的？"

这个凭借自己的力量打造出房子的男人，是多么的骄傲。他以施舍的口气说道："这是我自己盖的，我想你看得出我在造什么吧。"

"嗯，当然，我看出来了。"

"我想，我们必须得盖房子了。你带来的牛也需要一间牛棚，是吧？"

可怜的英格，并不像艾萨克那般，如造物主一样聪明。直到现在英格还是不了解艾萨克，也不太理解艾萨克处理事情的方式。

英格说："可是，你要造的并不止一间牛棚吧？"

"哦。"他说。

"你真的打算这样吗？我——我还以为，你会先造一间我们住的房子。"

"哦，是吗？"艾萨克问，那表情就好像他从来没把他们算在内似的。

"当然，然后把牲口放在小房子里。"

艾萨克故作深沉地想了一会儿。"嗯，这大概是最好的方法了吧。"

"那是，"英格那洋洋得意的样子，似乎身上都笼罩着一层智慧之光。"你看我有时候也是很聪明的。"

"欸，说真的，你认为咱们造个有两个房间的房子怎么样？"

"两个房间？那不就和别人家一样了，你想我们造得起吗？"

事实证明，他们做到了。艾萨克最近付出很大精力在弄他的房子，在树干上凿洞，将它们架在一起，打造成横梁。他还弄了个壁炉出来，那可是他精挑细选的石料，凿这个东西，艾萨克费了很大的劲儿。这项工作让他感觉很吃力，并且对于成品，他左看右看怎么也不满意，可又到了割草的季节，他只好从那屋架上爬下来，放下造房子的工作，先去山坡上割草，把割好的草一捆一捆地弄好，背回家。在某个下雨天，艾萨克说他必须去一趟村里。

"你到村里去干什么？"

"我一时也说不清楚。"

他出门了，在村子里待了两天，回来时，背上扛了一个铁炉子——一个厨房用来烧饭的铁炉子。他背着铁炉子在森林里行走时，就像是一条在路上的船。"这可不是一个人能做的事啊，"英格说，"你不要命了吗？这么拼命。"不过当艾萨克把那个与新家一点也不相配的老旧的炉子拆了，安装上新带来的铁炉子时，英格兴奋地说道："不是每户人家都有铁炉的，天哪，我们的生活真好啊！……"

这些天，艾萨克一直在收割干草，然后将捆成捆的干草背回来，虽然数量很多，但是林地草和牧草是有区别的，林地草要比牧草草质差很多。艾萨克一直在忙着割草，只有下雨天他才能够空闲出时间来盖房子，而盖房子是一项大工程，需要耗费很多的时间。所以，直到八月，艾萨克将所有的干草都搬了回来时，房子也还只建到了一半。九月马上就到了，最近英格的身体有些不舒服，她都不太愿意走动了。艾萨克想，这可不成，房子还有好多地方没完工，"英格，你去附近村子里找个男工来帮忙"，虽然英格很不想动，不过她还是收拾收拾准备起身了。

可是艾萨克又变了主意，又摆出了他那副威风凛凛的样子。"没有必要去麻烦别人，"他说，"我自己一个人便可以弄好。"

"这不是一个人能做完的，"英格说，"你会累坏自己的，把身体累垮了可怎么办。"

"你只要帮我把这些桩子竖起来就可以了，"艾萨克说，"不需要做其他的。"

到了十月，英格已经帮不上什么了，这对艾萨克而言是个严重的打击，在秋雨季节来临之前，这些房梁、木桩必须架起来，房顶也得盖好，时间真的很紧迫了。英格现在是怎么了？生病了吗？英格现在只是偶尔做点儿奶酪，其他的活儿都不干了。哦，除了一天之内将金犄角换了十几次的位置吃草外。唉……

某天，她说："艾萨克，下次你去村子里的时候，给我带一个大一点儿的篮子或者盒子吧。"

"要这个干什么？"艾萨克不解地问。

"我自有用处就是了。"英格说。

艾萨克用绳子把做房梁的柱子拉了上去，英格在一旁用手稳住它们的方向，似乎只要有英格在，艾萨克就觉得拥有无穷的力量。这项工作稳稳地进行着，房顶离地面并不算太高，不过建房子用的木头却很沉。

最近天气很好，一直很晴朗。雨季之前，英格独自将地里的土豆收了回来，而艾萨克也把小房子建好了。晚上他们将羊都赶到小屋里去，和他们在一起度过了一夜，对于这件事却也无法避免，不过他们并没有抱怨。

艾萨克准备再去村子一趟。英格用央求的口气说："你能给我带一只大篮子或者大盒子回来吗？"

艾萨克得意地说："我定了几扇玻璃窗，还得将那几扇上了漆的门给扛回来。"

"再帮我带一个篮子吧，它不会占用很大空间的。"

"你要篮子干什么？做什么用？"

"做什么用？……哦，你头上没长眼睛不成？"

艾萨克沉思着走开了。两天之后他回来了，艾萨克将新家要安装的门和窗都带回来了，脖子上还挂着英格念念不忘的大箱子，里面装满了给英格的各种小玩意儿。

"总有一天你会把身体累坏的。"英格说。

"是吗？"艾萨克的身体一直都健康得很。他从口袋里掏出一瓶药——石油脑，特意给英格买的，艾萨克叫英格按时吃，病迟早会好的。那些窗子和被油漆刷过的门，让艾萨克很是得意了好一会儿，他将那些门和窗子安了上去，并独自欣赏了会儿，哦，真好，虽然这只是个二手门，不过漆刷得很漂亮，像是墙上的壁画一样。

如今，他们已经搬到新房子里去了，而那个以前建的老房子则留给牲畜们居住了。他们只把一只刚刚产了小羊的母羊留了下来，让这只母羊来陪伴母牛，以减少它的孤独。

他们把荒山里的开拓者这个角色当得很好，连他们自己都觉得像是奇迹一样，令人惊喜。

3

降霜以前艾萨克一直在田里工作，他需要将石头和树根清除掉，还得将明年要用的草地平整好。当土地冻硬了，田里就没有工作需要做了，艾萨克就开始去森林里伐木。整个冬天，艾萨克弄了很多的木材回来。

"你要这些木头干什么？"英格问。

"到时候总会有用的。"艾萨克毫不在意地说。就像这些不过是他不经意间做的，并没有什么计划。不过艾萨克早就将一切想好了，这里是一片郁郁葱葱的树林，一直从家门口延伸到密林深处，而这已经阻碍他们的发展了，因为他们需要很多的农田。并且，冬天一定有很多人需要木料来烧火取暖。艾萨克相信，这个决定一定是对的，于是他将更多的时间花费在树林里了。

英格常常过来看他工作。他装作没看到，好像他从来都不期待英格来看他一样，一句话都不同她讲。不过，英格还是看得出艾萨克很喜欢自己来看他。有时候，他们会以这种奇怪的方式交谈。

"你除了到这儿来挨冻就没别的事可干了吗？"艾萨克问。

"我好得很，"英格说，"可是我想不通你为什么每天都要让自己这么累。"

"嘿，你立刻给我把那件外套披上。"

"穿你的外套？不过，我得回去了。金犄角要生小牛了，还有别的一大堆事等着我去做，我哪有空一直待在这里看你。"

"要生小牛了吗？"

"嘿，不要说得好像你不知道似的，可是小牛该怎么处理？不如一直把它养到断奶吧？"

"你看着办好了，这些事不是一直由你来处理吗？"

"难道我们要将小牛杀掉吗？这也太残忍了，而且到时候我们就只剩下一头牛了。"

"我想，估计你是舍不得这么做的。"艾萨克说。

这就是他们交谈的方式。这对寂寞的人，虽然并不好看，而且十分粗壮，不过这对于他们的生活而言却是个很大的福气，不是吗？毕竟他们还有那么多的牲畜需要照料。

金犄角生了。在这个荒凉的地方，这可是个大日子，多么令人喜悦、欢乐。他们用面粉给小牛擦洗，艾萨克将一袋袋的面粉扛了过来，并不吝啬面粉的使用。那只可爱、漂亮的小牛躺在那里，就像它妈妈一样，身体红彤彤的。带着一副滑稽可笑的表情，微微地睁开了眼，满脸迷茫的样子，似乎还不知身在何处。不过，再过两年，它就可以像它母亲那样繁衍生息了。

"她长大了会是一头好的母牛，"英格说，"不过我们该叫它什么呢？我可是一点儿也不会取名字。"

英格带着点儿小孩子的稚气，虽然称不上是灵活。

"叫什么？"艾萨克说，"自然叫它银犄角了，还有比这更好听的吗？"

下了第一场雪之后，一等到路可以通行了，艾萨克便动身去了趟村子，当英格问起他打算去做什么的时候，他还是像以前一样，将嘴巴封得严严的，做出一副严肃的样子。果然，艾萨克这次带回来一些令人惊喜的东西——一匹马和一个雪橇。

"这就是傻劲，"英格说，"你不会是偷的吧？"

"偷的？"

"不然就是捡的？"

要是他能说"这是我的——我们的马……"该多好啊。不过，这只是他租来的而已，用来运他的木柴的。

艾萨克将他的木柴一捆捆地载下去了，将食物、鲱鱼和面粉带了回来。一天，他在雪橇上载回一只小公牛，因为村子里缺饲料，这牛几乎跟白送的没两样了。它已经瘦得皮包骨了，毛色也很暗淡。不过它的骨架很结实，相信只要好吃好喝几天，它就能恢复以前的身姿了。加上原本的两头牛，他们已经……有太多的牲畜了。

"下次你又要把什么东西往家里带？"英格说。

艾萨克带回大批的东西。他去了村子，用他这个冬天伐的木柴换来把锯子，还有磨盘，还有一口铁板锅。英格觉得他们似乎瞬间暴富了，每次总说："哦，又有新东西了呀，我们的牲口已经足够多了，我们能想到的东西都有了，真好。"

艾萨克一家已经算得上是一个小康之家了，家里的这些个家当，已经足够让他们应付未来很长一段时间了。明年春天又该做些什么呢？艾萨克在冬天将那些木材艰难地往下运时就统统想好了，要开垦出一块更大的田地，要砍更多的树，让夏天的烈日将树干中的水分晒干，这样，冬天的时候，那些木柴会更好卖。下雪的时候，就可以用雪橇更快地将那些木柴运下山了。

有件事一直困扰着艾萨克，就算过了很长时间也让他念念不忘，艾萨克一直想知道，金犄角究竟是从哪里来的，它的主人呢？世界上再找不到像英格这样的妻子了。哦，她是多么的温顺，让她怎么样便怎么样，从来不违背他的任何一句话。不过——万一某一天牛的主人来了要将它带走，可怎么办——还有比那更糟糕的吗？哦，英格见到那马的第一句话是怎么说的？"是偷来的，还是捡来的？"这可是她的第一个念头啊，那是她亲口说过的话，天知道，英格到底靠不靠得住——自己该怎么办呢？他已经想了不下万次了。可是现在，他自己却为这只可能是偷来的母牛找来一头配偶。

那匹马却是一定要还的，虽然他们在一起相处很久了，那是一匹很友善的动物，他已经有些舍不得了。

"这已经很好了，"英格安慰他说，"你已经做了很多出众的事了。"

"唉，可是春天已经来了呀，这个时候我正需要一匹马啊。"

第二天清晨，他独自把最后一堆柴装上雪橇，去了村里。第三天的时候，他步行回来了，走近屋子的时候，他突然听到屋子里传来奇异的声音，那是一个婴儿的哭声。哦，天哪！就在那边，他们的家里，这是多么令人惊奇的事啊，英格从来没有跟他说过一句相关的话。

他刚走进屋子，就看到了英格叫他带回来的那个曾经挂在自己脖子上的箱子，现在已经成了孩子的摇篮、小床，那箱子用一根绳子穿过房梁系在了床边。英格下了床，衣服松松垮垮地穿在身上，身体恢复得快得惊人，就像是平常一样在挤牛奶了。

孩子已经不哭了。"你将一切都准备好了？"艾萨克问。

"嗯，是呀。"

"嗯。"

"在你出去的那天晚上便生下来了。"

"嗯。"

"当时，我只不过将东西稍稍整理了一下，将摇篮吊好就觉得很吃力，那只好躺在床上休息……"

"你为什么不早点儿告诉我呀？"

"我也算不准他会什么时候出生，所以才没告诉你。他是男孩呢。"

"哈，男孩。"

"我怎么也想不出他该叫什么，给他取什么名字好呢？"英格说。

艾萨克看着篮子里那张熟睡的小脸，长得五官端正，很漂亮，没有兔唇，还有一头浓密的头发。艾萨克看着在那箱子里的小人儿，感到一阵虚软。这个粗壮的男人像是感受到了奇迹般的力量一样，在那神圣的雾霭中被创造出来的人儿，现在却已经有了鲜活跳动的生命了。再过很多年后，他也要长大成人了。

"一起去吃些东西吧！"英格说。

艾萨克现在已经是个专业的伐木工人了，有了一把专业的锯子，现在已经比以前好太多了。艾萨克努力地工作着，砍倒的树木堆成堆，大片大片地交错在一起，都可以形成街道或是城镇了。现在英格已经不像以前一样经常去看艾萨克做工了，她更多的时间都待在屋子里，而艾萨克也时不时地会回屋子里看一下。屋子里突然有了这么个小家伙，真的是一件很惊奇的事。艾萨克是一点儿也不想去关注那个在箱子里的小家伙。至于喜不喜欢他，当听到他发出的微弱的哭声的时候，那样的微弱，像小猫咪叫一样的哭声，便会不由地触动着艾萨克的心。这也许是人的天性吧。

"不要碰他！"英格说，"你那手上沾满了树脂！"

"树脂，怎么可能？"艾萨克说，"自从我盖了这房子之后我手上就再没沾过树脂了！把这孩子给我抱一抱，哦，你看他真好！"

五月初，山里来了一位客人。英格的一个远亲，翻山越岭来到这荒芜的地方来看他们，他们感到非常高兴，并热情地欢迎她。

她说："自从金特角离开之后，大家都非常想念它，我来看看它在这里过得好不好。"

英格看着小婴儿，用一种可怜的腔调说："你这小东西，看看都没有人惦记你过得好不好。"

"怎么会，任谁都可以看出他被养得很好。这么漂亮的一个小婴儿。一年以前谁曾想到你会在这里安家，不只建好了房子，还有了一个孩子，过上了不错的生活。"

"这不是我的功劳，是艾萨克，是他不嫌弃我，愿意和我在一起，努力创造好的生活。"

"你们结婚了吗？还没有吧，我看出来了。"

英格说："我们打算等这小孩接受洗礼之后，办一场婚礼。不过因为一直很忙，所以推迟到了现在。而且还要联系教堂，一堆的事。你说是吧？艾萨克。"

"嗯，是啊，我们是打算结婚的。"艾萨克说。

"不过，奥莲，你能来帮帮我们吗？"英格说，"当我们不在家的时候，你能来住上几天吗？帮我们喂喂牲口什么的。"

"行。"奥莲答应了。

"我们不会让你白干的。"

至于那些，奥莲想他们会办好的……"你们这是又要盖新房子了吗。是打算做什么用？这些房子已经不够用了吗？"

英格得了空隙便说："哦，这个我可不懂了，你只能过去问艾萨克，这些都是他的决定。"

"盖新房子？"艾萨克说，"噢，这不值一提。也许是盖一个我们需要的牛棚吧。你刚才不是说想念金犄角吗？我带你去看看吧。"

他们一起来到牛棚边，看到金犄角还有它的小牛，以及那头公牛，奥莲满意地点了点头，这里真不错，一切都很干净。

"英格真是一个照顾牲畜的能手。"奥莲说。

艾萨克问了那个一直困扰他的问题："金犄角以前一直被你们养着吗？"

"是呀，从小就跟我们在一起，一直被养在我儿子那里。哦，金犄角的妈妈也一直和我们生活在一起。"

这是这么久以来艾萨克听到的最好的消息了，他身上的负罪感终于消失殆尽了。现在终于可以让他感到金犄角是真真正正地属于他们了。说真的，他曾经很认真地想过，在秋天的时候，要不要偷偷地将金犊角给处理了，然后将它丢得远远的。这样，他就不用为了牛的来历一直追究、懊恼了。不过这一切终于被证实了，他为他的英格感到骄傲。

"啊，是啊。"他说，"英格一直是个很能干的帮手。没人能比得上她，也找不到和她一模一样的了。可以这样说，在英格没来之前，我这里一直都糟糕透了，是她给我带来了新的生活。"

"啊，那是当然，英格是个很优秀的人。"奥莲说。

就这样，那个翻山过来的温和而又聪明的女人和他们在一起生活了两天，睡在小房子里。在她准备回家的时候，英格将一捆刚刚从绵羊身上剪下来的羊毛送给了她。不知道为什么奥莲要将它小心翼翼地藏起来，不让艾萨克看到。

他们又恢复了以往的生活。每天忙碌地工作着，并在其中不断寻找着那大大小小的乐趣。金犊角的乳汁丰富，虽然小牛已经断奶了，不过母牛产的奶依旧不少。英格做了一排排红的和白的奶酪，将它们晾干储存了起来。英格计划着把奶酪都储存起来，然后去买一架织布机。不过，英格，你知道怎么织布吗？

艾萨克也有着自己的计划，他打算盖一个棚子。他正在做一个厢房，用双层的镶板，安一个有着四个玻璃的窗子，当然还有那必不可少的门，暂时用板子搭建房顶。这就一直做到了冰雪融化才完工。虽然只做了些主要架构，还没来得及将它美化，不过，艾萨克做了一个像是给马用的隔间，里面还有一个马槽。

到了五月底的时候，太阳的照射使冰雪逐渐融化，艾萨克终于把将解冻了的草根糊在厢房顶的这项工作完成了。某天清晨，艾萨克吃了一顿饱饭之后，带着些干粮，扛着镐和铁锹，打算去村子里一趟。

"你能给我带三码印花棉布吗？"英格在后面叫住他。

"你要那个打算做什么？"艾萨克说。

艾萨克已经走了很久了，他就像要一去不复返了一样。英格就像在等待归来的帆船一样，着急得一刻也不能停下，一会儿看看天气，一会儿注意着刮来的风。她甚至要忍不住背着孩子，出去找他了。后来，总算把他等回来了，他牵着一匹马还连带着一辆车。艾萨克大声叫喊着"吁"，等着英格从门里出来，这一切她听得一清二楚。那匹马也温顺得很，静静地站在门前，朝着小草屋点着头，似乎在说，我还记得这里似的。不过，艾萨克还是大声喊着："英格，出来帮我拉一下马好吗？"

英格从小房子里出来了。"它现在在哪里？噢，艾萨克，你又租了它来吗？你这么久都去哪里了？都已经整整六天了。"

"你以为我在哪儿呢？为了找到一条可以让我的马车过来的路，我不得不在林子里到处钻。过来帮我拉一下马。"

"你的马车？你是说你将它买下来了吗？"

艾萨克并没有答话，他还有很多事没说出来呢，神情都带着一股说不出的得意，他还买了一副犁、一把耙子、一个磨盘、一些小麦种子，还有粮食。

"孩子怎么样？"他问。

"孩子很好。是你打算买那辆车的吗？可是我还打算买一架织布机呢。"见他回来，英格高兴得忍不住和他开玩笑。

艾萨克沉默了，忙着摆弄他带回来的那些工具，想着要从哪里找出一块空地来放置这些东西。不过，英格已经不在意这些事了，转而和艾萨克谈论起马的状况，他终于收起了他那副漠然的样子，有了反应。

"你见过哪个农场没有马、车、犁和耙子，没有类似的这些东西吗？你既然想知道，那好。这些东西，车、马还有这马车上的东西都是我买的。"他说。

英格摇着头，嘟嘟囔囔地说："真是，从未见过这样的人！"

艾萨克已经不像以前那样卑微而自谦了，他像个大丈夫一样挺直了身子，终于不再一切只靠着英格，他也有买得起金犄角的钱了。他可以说："嗯，你看，我买来一匹马，我们叫金犄角腾点儿地方给它。我们对于这个家的贡献是一样的了。"

他一反常态地站在那里，显得笔直而又机敏。他将犁把挪了又挪，直到将犁靠在墙上。他现在是农场的农场主了。然后，他又整了整其他的器具——耙子、磨，还有他买的新叉子，这些琳琅满目的东西都是些值钱的农具，是新家的宝藏。这些也是今后生产中必须要用的东西，现在终于一一齐全，一样也不缺了。

"至于你想要的织布机，我敢说，只要我身体没毛病，我迟早会给你弄回来的。喏，这是你的印花棉布，店里除了蓝的没别的，我买了这色儿的。"

他总是在不断地往家里买东西，就像是一口无底的井，各式各样的，丰富得不得了，又像城里的百货店一样。

英格说："可惜上次奥莲在的时候没能让她看见这些东西。"

这完全是女人的虚荣心吧，让不让她看见又有什么关系。艾萨克对此嗤之以鼻。虽然，当真让奥莲看到这些的时候，艾萨克并不会觉得不高兴。

孩子哭了起来。

"你进去照看他吧，"艾萨克说，"我会照顾马的。"

他将马身上的器具卸下来，将马牵到马厩里去，马厩里终于住进了一头马，他可以给它喂食，抚摸它，将它照料得好好的。不过为了这匹马还有这辆车艾萨克可是欠下了不少的债呢。林林总总加起来，也是一笔不小的数目。但是，没什么可担心的，到了今夏的时候这笔债定能还清。他还有很多的木材堆砌在屋檐下，还有去年剥下来的树皮，更不用说沉重的树干，那些东西都还在那里呢，而且时间还多着呢。但之后，当那得意与骄傲的心情冷却下来，艾萨克对于这笔巨大的债款也手足无措了好一阵子，一切的希望都依靠今年夏天的收成了，也不知今年的天气会不会风调雨顺。

艾萨克一直在田地里忙碌着，在那上面花费的时间越来越多。他又在那片地方开出了几块新田，将树根和石头都清了个干净，把地耕好，施上肥。他用手和脚将那些田地里的大土块又是揉又是踩地碾碎。艾萨克一直是个好农夫，那些翻整好的田地柔软得像天鹅绒地毯一样。他等了两天，看着像是要下雨的样子，便把准备好的种子播到了地里。

已经不知道是在多久远的年代，他的先辈们将种子种下。在大雁飞过不久之后，在那个温和而又静谧的晚上，蒙蒙雾雨随风而下，渐渐浸染湿润了土地，种子才被庄严地种下。马铃薯也刚刚被引进来，这一切并不让人觉得需要虔诚的供奉。女人小孩都能够种植一种从别处传来像咖啡一样的食物——泥土里的苹果。那个长得像是葡萄又像是甜菜样的作物，可是格外的好吃又有营养。种子和面包一样重要，种子就像是生命的开端一样，是那么的重要。

耶稣可以证明，艾萨克就是一个勤勤恳恳的播种者而已。他的身体像树根那般的粗壮，心灵却像个孩子一样的满怀善意。就算对待每颗种子都是一样的温和而柔软，带着点慈祥的意味。渐渐地，种子发了芽，长大了，冒出了穗子，开花结果，留下更多的种子，满世界都是这样，只要是播了种子的地方就会这样。巴勒斯坦、亚美利加、挪威本国的山谷——在这广大的世界，艾萨克也是这中间的一员，作为一个播种者，种子从他手中撒出去形成一个半圆弧，看着那多云的天气，等待一场降雨，迎来更喜庆的丰收。

4

已经到了雨季，正是农闲时候，但是奥莲并没有来。

现在田地里已经没什么需要做的了，艾萨克又忙起了别的。他准备好了有两把镰刀、两只钉齿耙，打算用来割草。他在马车上装钉了一块用来载草用的木板，还给冬天要用的雪橇做了两根滑橇和一些合用的木头。他在空闲的时候琢磨着做了很多有用的东西，甚至，艾萨克也在房子里做了两个放东西的架子，并将其竖在了他们的小房间里，用来盛放各种小东西，像是日历，还有些家里该有的长柄勺子和器皿，虽然不常用。英格对于艾萨克做的事总是很赞同和高兴。

英格真的很容易满足，很多事都能让她满足。譬如说，自从有了小牛和公牛之后，她终于不用整日整日地守着金犄角，害怕它跑掉了，而可以放任它们自己去树林里跑跑，山羊也养得很肥，母羊的乳房都要垂到地面了。英格得了空闲，就给小男孩做洗礼时要穿的长袍，那长袍是用印花棉布做的，还带着可爱的小帽子。小男孩常常睁着一眨不眨的眼睛看着她做事，这天赐的幸福让英格异常的满足。英格突然就想到了，她要叫他艾利修斯。既然这么喜欢，那么就叫艾利修斯，艾萨克也并不反对。袍子做好了，做得很好看，有着长长的拖边，虽然用去了将近一码半的印花棉布，不过这又有什么关系，这可是他们的宝贝啊，他们的第一个儿子。

"你那些五彩珠子还在吗？"艾萨克说，"不如……"

在艾萨克说起时，英格早就已经想到那些珠子了，你要相信，天底下的母爱总是很无私的。英格虽然嘴上没有说什么，不过看得出对于这件事她是得意非凡的。玻璃珠并不很多，不能给小孩做成项链，不过把它做成装饰点缀在帽子上也是不错的，会很漂亮。

一切都准备好了，可是奥莲依旧没有到。

若不是得留在家里照顾牲口，这一家三口早就可以下山，让孩子接受正式的洗礼，不用几天便又可以回到家里。本来英格也可以自己带着孩子去，但是婚礼上还有一大堆的东西没忙完。

艾萨克建议，"英格，我们可以将婚礼往后推迟些，怎么样？"但是，英格不乐意。而艾利修斯至少得等到十一二年之后才可以独自待在家里，或者帮忙挤牛奶呢。

艾萨克想，他必须得想出办法来才行。整个事情的发展已经超出他们的预期了。也许婚礼和洗礼同等重要，但是没人告诉过他啊！天已经很久没下雨了，一直暴晒着，土地都出现了干裂的痕迹，谷子都要干死了，不过，他又能做什么呢？一切都掌握在上帝手中。艾萨克已经打算去村里请个人回来了。这来回又得是多少里的路程啊！

而这一切事情不过是为了洗礼与婚礼这两件事！欸，身处在人烟稀少的地方就是这样，总有大大小小的事情没法自己完成。

奥莲终于来了……

终于，他们合法了，结婚了，受洗了，把那要求的礼节都像模像样地做好了。特意先举行婚礼，为的便是他们的孩子可以以婚生子的身份去接受洗礼。但是，干旱依旧困扰着他们，连那块天鹅绒地毯般的田地里的作物也枯萎了。这一切，都是上帝在掌控着啊！艾萨克的那一小块牧草虽然在春天里被施了很多肥，但是收成却少得可怜。他将山坡上的草割了又割，一丁点儿不剩，这些青草用做草料依旧不够，艾萨克越割越远，一刻也不停歇，像是不知疲倦似的。不过，好在他已经有了马车，可以帮忙运回来，还有个不错的畜牧场。不过，到了七月中旬，就已经不得不将青苗割了来做青草料了，啊，这实在是没有办法的事了。如今，今年的收成就全依靠马铃薯了。

那些马铃薯难道又像是咖啡这种外来的奢侈品一样的多余吗？哦，当然不是，马铃薯可是了不得的果实啊，无论天气是怎样的坏，它都能长得很好，一点儿也不在意天气的影响，无论环境怎样恶劣都承受得起。若是好好地待它，它能长出十五倍大的果实来回报你。它或许不像葡萄汁那样美味，却是能够长出栗子肉，能蒸能煮，怎么个做法都行。人虽说缺麦子做面包，但只要给他马铃薯，他就不会饿死。把马铃薯在余烬里煨一煨，便是一顿晚餐。放水里煮一煮，早饭就有了。马铃薯独自就是一道菜，一顿主食了。马铃薯任你搭配什么菜都是可以的。一碗奶，一条鲱鱼，都是不错的。富人喜欢在马铃薯上涂抹黄油，而穷人往往加一点儿盐就可以入口了。在星期天，艾萨克做了一顿美味，用马铃薯加上金犄角的乳脂，嘿，这可是富人才有的享受。这马铃薯可是宝贝。

可是现在——连马铃薯也受到了影响，收成也堪忧。

艾萨克每天都要看很多次天，天色依旧是蓝得空旷。有几个傍晚，似乎马上就会有大雨倾盆而下。艾萨克兴奋地回到屋里对着英格说："这天终于要下雨了"。但是，过了一两个钟头，那风便把乌云吹得不知去了何方，天还是蓝蓝的。求雨，还是一样毫无希望。

已经第七个星期了，旱情仍然持续着，这天让人热得难受。马铃薯依旧开着花，在这季节，却反比以前更加娇艳。从远处看来，田地上方好像笼罩着一层白雪。这可怎么办，以前从没撞见过的情景，历书上没有任何记载。不过也是，如今的历书已经比不得从前了，现如今，历书大概也没什么用处了。天色看上去好像是要下雨的样子，艾萨克回房对着英格说："看上帝的意思，今天晚上是要下雨了。"

"是吗？真的会下？"

"嗯，你看马在发抖，每次有雨都是这样。"

英格朝门外看了眼说："嗯，是了，马上就该下了。"

果然，天空有雨滴落下来。几个小时过去了，他们已经吃过了晚饭，等到晚上艾萨克出来看时，天已经是一片湛蓝色了。

"能够下下来就不错了，"英格说，"就当是让这最后一点儿地衣再多晒上一天。"英格尽量安慰着艾萨克。

艾萨克一直在采集地衣，采集最好的，有多少艾萨克便采集多少，别小看这些地衣，这可都是好饲料。采集到的地衣，艾萨克把它像草料一样处理，将它们放在树林里，用树皮盖着。如今，也就剩下一点儿还在外面露天放着了。英格说起这事，艾萨克心情正值低潮，感到无望极了，便答："既然是干的，我就不拿进去了。"

"艾萨克，你不是说真的吧！"英格说。

到了第二天，艾萨克便真的没有再管地衣了，任它放在外面。就像他说的那样，反正天也不再下雨，就顺着上帝的意思让它留在那里吧。如果太阳没有把它烤焦，那么就等到圣诞节的时候再收它进去也不迟。

艾萨克感到自己深受委屈，他再也没有那个闲情逸致坐在门口看他那田地的景象了。田地里的马铃薯疯了似的，将一朵朵花开得娇艳异常，可转眼却又日渐枯萎了。地衣，就让它留在那里就好了，他在乎什么？这个艾萨克！别看他平时老实得很，说不定他心里也藏着什么鬼主意，也许连他自己也不明白他做的是什么，看着月亮渐渐变了天色，也许在试图引诱蓝天为他下一场大雨。

傍晚，看那天色似乎又有一场雨可下，英格对着艾萨克说："你应把那地衣收进来。"

"为什么？"艾萨克一点儿也不为所动。

"你是入了魔吗？看这天色，一定是有雨。"

"根本就不会下雨的，你自己也明白，哪次不是这样？"

话虽这样说，却也抱有万分期待，但天却渐渐黑了。他们透过玻璃窗看外面的天色，漆黑一片。"梆、梆"有什么东西在敲打玻璃，不管它是什么，玻璃湿了。英格醒来，兴奋地推着艾萨克，"下雨了！你快看窗子。"

艾萨克却是嗤之以鼻，坚决不信的样子。"雨？那是肯定不会下的，你又乱讲什么。"

"嘿，不要再假装了，快起来。"英格说。

艾萨克的确在假装。啊，下雨了，真真正正的大雨。不过，下了会儿，在刚刚够把艾萨克的地衣淋湿之后，又停了，天又恢复了一片湛蓝的颜色。"你看，我怎么说的来着。"艾萨克僵硬地说。

这场大雨没起到任何作用。马铃薯依旧是那样快枯萎的样子，艾萨克对此毫无办法，只好拼命地工作以发泄不满，埋头做着冬天雪橇需要的滑橇和车辕。啊，上帝啊，日子一天天过去，小孩一点点长大，英格一直在做奶酪，日子还不至于过不下去，但凡是有些头脑而又舍得工作的人，在这饥荒年景也不至于饿死。而且，再过九个星期之后，下了一场及时雨，那场大雨整整下了一天一夜，足足有十六个小时。若是这场雨再晚两个星期，艾萨克会说："太迟了！"但是现在，他对英格说："你看，我们的马铃薯总算有希望了。"

"对，"英格满怀希冀地说，"总会有救的，你看着吧。"

终于这日子慢慢有了回转。现在，几乎每天都能够下一场透彻的阵雨。山林间一切都变得有生机了，绿意葱葱，就像一场奇迹。马铃薯的花还一直开着，情形比以前还要糟糕些，在马铃薯的顶部长了大大的疙瘩。谁也不能肯定根部变成什么样子，艾萨克不敢看，这个大汉子也不愿看到更坏的结局。某天英格无意中发现了一棵马铃薯藤下长了二十个小马铃薯。"而且还有五个星期呢。"英格说。哦，那个英格，她那兔唇里永远都会说出满怀希望的话，总是能够给你安慰。虽然她说话的声音并不好听，带着嘶嘶的杂音，像是阀门里喷涌出水柱时的声音一样，但是在这寥无人烟的地方，这简单的鼓舞，也总是令人心潮澎湃。无论什么时候，英格给人的感觉，总是这么的欢乐而欣喜。

有一天她对艾萨克说："你再给我们家做一张床吧。"

"嗯！"他说。

"虽然一时还不着急，不过到时总得需要的……"

马铃薯已经成熟，可以收获了，按照习俗，他们要赶在米迦勒节前完工。今年的收成虽然算不上顶好的，但是也算可以了，称得上一个中等的好年景。这又再一次证明了天气对于马铃薯的影响的确不大。无论天气怎样，马铃薯总能按照它的生长规律成长。一个中等的年景还远远不及他们的计划，这就直接影响了他们的生活质量。某天一个拉普人从这经过，看到他们马铃薯的收成和质地，便和他们说话，赞叹他们的收成是多么的好，而村上的差多了。

距降霜还有一段时间，艾萨克还能在田地里工作几个星期。牛羊都被放了出来，任它们东奔西跑。而艾萨克就在这周围忙着，偶尔还能听到挂在牲口身上的铃铛响声。时不时地照看一下它们，虽然这会花费他一些时间，但，你看那调皮的公牛，用它的双角顶弄着地衣堆，而那些山羊在到处蹦跶着，甚至蹿上了屋顶。这场景，是多么令人身心愉悦啊。

大大小小的麻烦忽然而来。

某天，艾萨克突然听到一声惊叫，只见英格抱着孩子站在门口的石板上，指着那边的公牛和那可爱的母牛小银犄角——它们正在交配。艾萨克抛下十字镐，立刻奔了过去，不过还是太晚了，它们已经完事了。"哦，你这小流氓，银犄角还差半年呢，可还是个小孩子啊！"艾萨克把银犄角拉到小屋去，可惜为时已晚。

"算了，算了，"英格说，"这也不算太坏，何况，如果再等下去银犄角该和金犄角一起生产了。"唉，这个英格，或许不及某些人聪明伶俐，不过，今天早晨她放任这两头牛待在一起独自相处，恐怕是有心而为之吧。

冬天到了。英格在家梳毛、纺线，艾萨克则去将木材运下山，上好的木材总是很畅销的，艾萨克已经将债务都还清了，现在他已经成为这些马、车、犁、耙真正的主人了。艾萨克也将英格制作的山羊奶酪运到了山下。又从山下买回毛线、一台织布机、梭子、滚动条等很多东西。还有些面粉、食品、板子、钉子。某天，艾萨克为这个家买回了一盏灯。

"哦，真是难以置信，这是真的吗？"英格说。其实，英格想要一盏灯已经想了很久了。当晚他们便将灯点了起来，灯光的照耀让他们感到像是来到了天国。小艾利修斯好像把它当成了太阳了。"你看，他老是瞪着它。"艾萨克指着艾利修斯说道。以后，英格可以在晚上借着灯光纺线了。

艾萨克给英格带回衬衫布还有新粗革皮鞋。还带来了英格一直想要的羊毛染料。某天，艾萨克从镇上带回了一口钟，这可把英格高兴坏了，高兴得都说不出话来了。艾萨克将钟挂在墙上，约莫对了一下时间，给它上了发条，那钟便滴滴答答地走了起来。艾利修斯听着声音也跟着那钟转，看了会儿钟，又看看妈妈。"哦，你是看着它觉得奇怪吗？"英格走过去将艾利修斯抱了起来，微微地摇晃着他。在这偏僻的荒凉之地，没有什么东西能够比得上整个冬夜都在不停转的钟更令人安心了。

当最后的木材都运到山下后，艾萨克又给自己找了另外的事做，他又开始到山上伐木了，堆放在一起，都能排成一条条街道了，称得上是他的木材城。他砍树越砍越远了，屋子旁边已经空出很多块地可以变作耕地供他们使用。他再也不用将整片的树林都砍完，只需要砍下那干枯的大树便够他用了。

听英格说，需要再做一张床的时候，艾萨克突然明白英格说的是什么了。是啊，这张床最好得赶快完工。某天，在很黑的一个傍晚，艾萨克从树林中做完工回家，英格又生下一小孩，也是个男孩。在艾萨克回家的时候英格已经将一切都弄好了，现在正躺在床上休息。这个英格，在那天早上还想着让他去一趟村子。"该让马做一点儿事情了，"英格说，"那马每天都只知道吃。"

"我哪有空管这档子闲事。"艾萨克说着就走了出去。现在艾萨克终于明白了，她不过是想要支开他而已啊，可为什么呢？有他在不是更好吗？她也可以少受些苦。

"为什么这等大事你就从来不跟我说呢？"他说。

"你去给自己做张床，睡到小房间里去。"英格说。

可是光光做了床架是远远不够的，还必须得准备垫子才行。但是目前总共只有一条羊毛毯子，去哪里再弄一张来？再怎么样也得等到明年秋季，那才是猎杀的季节啊，更何况两张羊皮都还不够做一张毯子呢。那一阵子艾萨克过得很艰难，夜里的寒风吹得他骨头都痛了，他将自己的身体埋在干草堆里和牛一起过日子，艾萨克变得无家可归了。好在已经到了五月份了，转眼六月就要来了，不久便是七月了……

转眼不过三年的时间，他们着实做了许多事，在这寥无人烟的地方，盖起了自己的房子，有了自己的小家，开垦出一垄一垄的地，还有那么多的牲畜，不过就三年而已。而艾萨克现在又在盖房子了，他打算将房子延伸一点，做成一个单坡屋顶的披屋，让那些牲口们住进去。当艾萨克钉那八寸长的钉子时，英格不得不发表意见了，这声响已经严重影响到小东西了。

"哦，那些小东西，你去和他们说说话，唱唱歌，至于艾利修斯，你给他个木桶盖他就能自己敲着玩了。我吵不了多久了，只需要将横梁钉好就可以了，钉板子就没这么大声了，跟做个玩具房子似的，就快好了。"

这也难怪艾萨克要弄出这么大声响了。马厩里堆放着一桶桶的鲱鱼，还有些面粉，以及种种食物，虽然这比露天放着要好多了，但是猪肉还是有些变味了，他们不得不尽快搭建好披屋了。那些小东西们，很快他们就会适应这叮叮当当的声音了。艾利修斯常常大病小病不断，不过营养吸收得很好，现在长得像个小胖天使一样，他没有哭的时候就睡觉，真是让人省心又放心。他们管小儿子叫西维特，尽管艾萨克更希望管他叫雅各布伯。这两个名字都是英格取的，艾利修斯这个名字是取自英格教区牧师的名字，这个名字的确不错。而西维特这个名字确实源于她那一位在区里担任财政科长的舅舅。一个没有太太，也没有孩子的有钱人。这孩子用了他的名字也是不错的。

不多时，又是一个春天，又得忙活起来了。在降灵节以前就将那些种子都种好了。以前，在艾利修斯来临的时候，英格一点儿忙也帮不上，就只能顾着艾利修斯一个人。而现在，不是一个而是两个，情形却变得不同了。英格不仅在田里做着事，而且各种七零八碎的事英格都帮忙做好了，像是种马铃薯、胡萝卜等。能够得到这样一个妻子真的很不容易。英格还织着布，一有空闲时间便去小屋织上一两梭子，都已经织出冬天内衣的半成品了。她将羊毛染成红蓝两色给自己和小东西们做成衣裳，其他的英格则给艾萨克做成了毯子。英格的织布机可不是个摆设，从她手中织出的东西定是既结实又实用。

哦，这两个荒野中的移民到目前为止都做得不错了，若是今年

42

能有个大丰收，估计都该引得别人羡慕了。如今这个家还缺什么？一个干草棚，也或许是能有个打禾场的大仓库，不过这些慢慢都会有的。现在，到了繁殖的季节，牲口都生产了，银犄角、绵羊、山羊都产下了它们的下一代，这地方充满着小牲口们的活力。而他们的那个小家呢，艾利修斯已经能够走路了，他总是喜欢到处去冒险，而小西维特也接受了洗礼。英格？从她的种种行为来看，她又怀孕了。英格生起孩子来一点儿也不小家子气，再生一个孩子对她来说毫不费事，英格为此感到自豪。人人都可以看出这些可爱的小东西充满活力。这样可爱的生命远远不只是天赐的福音，更是英格的功劳。英格还年轻，充满着她这个年纪的活力与干劲。虽然她生来不是美女，并且因为相貌吃尽苦头，虽然她既勤劳也很会跳舞，依然得不到男人们的青睐，那些男人一点儿也不懂得英格的可爱。不过现在，她来到这地方，为这个地方带来接连不断的惊喜。而艾萨克也同样的可靠，他像刚开始那样一直待她很好。而他也同样很满足，在没有英格之前，他用尽各种办法想将日子过好，而英格来了，让他得到了自己想要得到的一切。

这一年，旱情又变得十分严重。那个牵着狗的拉普人奥斯·安德斯告诉他们说，下面村子里已经不得不砍小麦苗子来做饲料了。

"已经到了这种程度了，看来情况很糟糕。"英格说。

"不过，听说他们捕捞鲱鱼的产量还不错。还有，你叔叔西维特想要搬来乡下了，正打算盖一座别墅。"

"这是怎么了，他以前还不至于到这步境地啊。"

"你这话说对了，估计，要和你们一样了。"

"说到这个，感谢上帝，让我们现在衣食无忧。我们家对我和艾萨克是个什么看法？"

　　对于英格的事情，她的家人总是讨论个没完没了，对于英格的生活也总是乐见其成。那些祝福的话，就算是很会说话的拉普人奥斯·安德斯也不能一一复述出来。拉普人总是很会说话的。

　　"你想要喝羊奶吗？我现在去给你端过来。"英格说。

　　"谢谢，那我就不客气了。你能给我的小狗找点吃的吗？"

　　英格去房子里给奥斯·安德斯端了杯羊奶，给小狗找了些食物。屋子里传来一阵音乐响声，奥斯·安德斯抬起头来。

　　"这是什么声音？"

　　"是艾萨克买的钟，"英格说，"整点的时候就这么响。"英格得意得不得了。

　　拉普人感叹着："别人想得到的你们都有了，别人没能得到的你们也有了。"

　　"是啊，现在生活过得真的不错。"

　　"对了，奥莲让我代她问候你。"

　　"奥莲？她过得怎么样？"

　　"嗯，她还好。你丈夫呢？"

　　"艾萨克估计还在地里工作。"

　　"他们说你们还没将这地买下来？"拉普人貌似不经意地问。

　　"谁说这地得买的？"

　　"他们告诉我的。"

　　"但是这又得向谁买呢？这本就是公家的啊。"

　　"可不就是这么说嘛。"

　　"这可是艾萨克自己一锄头一锄头开出来的。"

"但是，他们说土地都是国家的。"

英格无从辩驳这一观点。"或许吧，这些话是奥莲说的吗？"

"我记不清了。"拉普人说，但是他那双眼睛却四处躲闪着。

英格对奥斯·安德斯今天的行为感到很奇怪，拉普人总是乞讨东西的。而奥斯·安德斯却拿着他那口泥制的烟斗，站在那里点了烟。一吸一呼之间，烟雾缭绕。他的周围都白雾蒙蒙的了，他像个巫师一样站在里边。

"那两个可爱的小家伙就是你的孩子吧。"他对着英格讨好道。"他们可真像你，像是和你小时候一个模子刻出来的。"

不过，这完全是为了讨好英格而说的，英格一点儿也不漂亮，甚至因为兔唇使脸部全走了形。不过，这番话依然使英格很骄傲。即便是拉普人，也能使一个妈妈感到高兴。

"我去给你拿些东西，让你的袋子可以填得更满。"英格说。

"那就非常感谢您了。"

英格抱着孩子去到房子里给拉普人拿吃的，艾利修斯和拉普人一起站在外边友好地交谈着。小孩子看到拉普人的袋子里有一块雪白的毛，看起来很柔软，便想伸出手去摸。拉普人身旁的狗看到之后，立马大声吠叫起来，英格听到声音拿着干粮从房子里出来，惊得粮食掉在了地上。

她尖叫着说："你那是什么？离我孩子远点儿。"

"只是一只小兔子而已。"

"哦，好吧。"

"是孩子自己扒着想过来看的。早上的时候，我的狗追上后把它给咬死了……"拉普人一直试着把它解释清楚，不过……

英格把拿过来的干粮给了他，便不再言语了。

5

坏事总是接连不断。不过，艾萨克能够承受住这些考验，不再那么悲观了。今年的干草不够养活那些牲畜，不过，马铃薯总能够给人们带来些希望，总之，日子还不到最坏的地步。并且，上个季度砍伐的木材还可以拿到村里卖掉，何况，今年鲱鱼的收获也还不错，这也是一笔很大的财富，这些钱就足够艾萨克去买回那些要用做栋梁的大木头了。有时候，艾萨克也会自己安慰自己说，反正也没有打谷场，就算今年是大丰收，又能怎么样呢。

不过，并不是所有的事情都可以一扫而过，那个夏天拉普人说的话，还一直回荡在英格的耳边。这让英格不得不多想，这块地总归是无主的，凭什么要买呢？那些地，那些树林，都是艾萨克一步一个脚印开垦出来的啊。艾萨克每次去村里，都会想去问一下负责这个地方的长官盖斯乐①，把土地的事情问个明白，但是村子里的人说那个长官也不是个好相处的人。这件事一直拖着，而艾萨克又是个木讷的人，一点儿也不会说话。英格一直担忧着，可她又能做些什么呢？

这年冬天的某一天，盖斯乐带着另一个人赶着马车来到这个荒凉的地方，那个人的袋子里还装着大叠大叠的文件。盖斯乐看着这

①盖斯乐，英文全名Lensmand Geissler，为避免与后文出现的人名Lensmand Heyerdahl在称呼名字的时候出现混淆，本书在翻译时统一称呼其姓氏盖斯乐，代表其姓名。

已经料理好的一切，这片林地，平整好的耕地，哦，或许他以为这全部都是耕地，因为他说："这么大一块耕地啊，难道你想不支付一分钱的费用，就平白地得到它吗？"

艾萨克听到这句话后无比的惊慌，一句话也答不上来了。

"你总得先到我这里报备一声，把地买下来才是正理。"旁边的盖斯乐说。

艾萨克总算回过神来，应了一声。

于是盖斯乐开始长篇大论了，说起这个国家的法律，这一片地包含多少东西，税收、边界……当艾萨克终于开始明白了点儿东西的时候，盖斯乐便转向了他的同伴，"你是个测量员，你来看看这地方有多大？"不过不等那个测量员说话，盖斯乐就让他把自己的猜测写了下来。然后一直在问着艾萨克那些田地里的琐碎事情，比如，谷子收成怎样，干草又种得如何……再而又问起了这片地的范围有多大，问艾萨克，可艾萨克自己也不知道。在他的理解里，这片能够看到的地方就是属于他的地方，可是盖斯乐要求他将这范围明确地告诉他，并且说："土地面积越大，那么付出的金额也越高。"

"哦。"艾萨克木讷地应答着。

盖斯乐继续说："这一大块地方不可能都划给你，只能给你合理的份额。"

英格给他们端了牛奶进去，看他们喝了，然后又赶快给他们斟满，真是一点儿也不敢怠慢。那个大人看上去可不是什么好相与的人。盖斯乐看着孩子们在地上玩，那些石子吸引了他，便问艾萨克："这是什么？"拿在手上掂了掂，很重。"这是矿石么，是哪种的？"

"就在那山头，多得很。"艾萨克说。

盖斯乐嗯了一声便又转到划分边界的问题上去了，"从这里向四周扩散，我可以将向西两弗隆的地给你。"

　　"两弗隆！"他的助手愕然道。

　　"你难道连两百码的地都耕不了了吗？"盖斯乐抢白道。

　　"不过，那得多少钱呢？"艾萨克有些担心地问。

　　"我也不能肯定。我会尽量报低价的，更何况这地方偏远又难行。"

　　"可是两弗隆啊！"助手喃喃地说。

　　盖斯乐便将这些数字正式地登记在本子上了。然后又抬起头来问："往山那边呢？你想要多少范围？"

　　"一直到河边的地都给我吧，那条河很不错。"艾萨克如是回答。

　　盖斯乐将他的要求都写在了本子上，"那么北边的地呢？"

　　"哦，那边大部分是沼泽，只有一点点的树，所以多大都没关系。"

　　于是盖斯乐在本子上写下，向北一弗隆。"东边有什么要求？"

　　"那边也没多大关系，一直往东到瑞典都是大片的荒地。"

　　盖斯乐迅速地写下来，然后总地计算了下说："这样算下来也是很大一块地了。还好离村子并不近，否则这可得是一大笔的开销。我会给上面送去报告，你就付给我们一百元好了。这样行吧？"盖斯乐问助手。

　　"这不等于是送给他？"

　　"一百元？我们根本种不了这么多，艾萨克？"英格向艾萨克看去。

　　"你说得对，我们并不需要这么多的地。"艾萨克看向盖斯乐说。

　　那助手马上接着道："我也是这么想的，这也太多了，何况这么多的地能用来做什么呢？"

　　盖斯乐说："可以耕种。"

盖斯乐坐在那边想着，已经默默地坐了很久了，孩子们都渐渐安静了下来，盖斯乐已经不想再来这边一趟了。今天就算现在往家那边赶，也要到第二天天明才能到家了。于是盖斯乐将笔记塞到袋子里，就这样吧。

"准备启程。"盖斯乐对助手说。又对艾萨克说，"这本来就是你应得的，甚至他们应该给你钱才对。我去送报告的时候会尽量替你说话。然后就等着政府下发地契了。"

艾萨克很难讲出他现在的感受。他的工作得到了肯定，那些被开垦出来的土地很值钱。那些钱是不用担心的，只要他还能劳动，很快就能还清。并且，他再也不用为土地的这些事担心了，他可以像以前那样无忧无虑地工作了。去开垦无主的土地，让丰收的喜悦更大一点。当然，这不急，现在这已经是艾萨克的了，他可以慢慢来，一步一个脚印的。

英格郑重地感谢盖斯乐，期待着他能在作报告的时候多帮他们一些。

"当然，我会如实地说出我所看到的，和你们应得的。这是你们最小的孩子吗？他有多大了？"

"已经六个月了。"

"是男孩，还是女孩？"

"是个男孩。"

盖斯乐并不是个蛮横的人，只是对事情有点随便。他不把他的助手布列德·奥尔逊放在眼里，按理说他就专业性而言是个专家，但是盖斯乐却随手便敲定好了范围，这对艾萨克夫妇而言，甚至对他们的后代而言都有着莫大的影响。他当即便立下了文书，不过，他却是个慈祥的人。在准备回去的时候，盖斯乐给了小西维特一枚亮晶晶的硬币，还和其他人点头示意才出门。

他突然回转身问道："这地方叫什么？"

"叫什么？"

"它难道没有名字么？得给它取个名字才是。"

艾萨克和英格面面相觑，以前大家都没想过这回事。

"塞兰拉？"盖斯乐突然想到，这根本不能算是名字，可是这全凭他一时兴起，"塞兰拉"便是这块地方的名字了。

名字、价钱、边界……就凭那位盖斯乐的一时兴起，全部都草草地定下来了。

又过了几个星期，艾萨克去村子里办事，忽然就听到关于盖斯乐的传言，说是盖斯乐有一笔钱报不出账来，被人捅到了他的上司那里。有些人可以这么跌跌荡荡地过一辈子，自给自足，可是当他们遇到那些生来便富足幸运的人时，心态便不同了。

某天，艾萨克运了一车的木头去村子里卖，在回来的路上，他遇到了盖斯乐。他站在树林边上，看到艾萨克便向他招手，"能够载我一趟吗？"于是，艾萨克和盖斯乐同乘一车，向家里驶去。

他们坐在雪橇上，好长一段时间谁都没法说话。盖斯乐从口袋里拿出一壶酒，闷了一口，然后将壶子递给艾萨克，艾萨克并没有喝。"我只怕我这段路要过得不舒心了。"盖斯乐说。

接着他又转到了艾萨克那片土地的事情上。"我回去便把报告递交上去了，全力推介。我认为他们应该无偿让你得到这块地。他们总是有自己的想法。我这样去说反而只会引得他们生气。我向他们提议以五十银圆成交。"

"五十？你不是说一百吗？哦，天哪。"

盖斯乐皱起眉头思索。"没错，就是五十，我记得的。"

"那么你现在打算去哪里？"艾萨克问。

"我要过山去我太太那边。"

"现在这几天那里的路可是很不好走。"

"我有办法，不过你能送我一程吗？"

"嗯，好吧，我陪你走一段。"

他们一起回了农场，盖斯乐在那个小屋里安稳地睡了一觉。清晨，他又拿出那一小壶的酒喝了口，对着艾萨克说："这一趟出去又该叫我的胃不舒服了。"他和上次来时并没太大的区别，还是一样的慈祥，对事情还是那样敷敷衍衍不是很上心。他这样，也没什么不好。艾萨克告诉盖斯乐，"其实山坡并没有完全开垦，还只是一部分。"盖斯乐听他这么一说，脸上顿时露出一副怪异的表情，但是他还是说："我是知道的，上次来这里的时候我就一清二楚了。不过跟着我来的那家伙布列德并不知道。他们并没有什么实际生产的能力。你看吧，他们看着我写的报告，这地方一年都出产这么些东西，几捆草？一些马铃薯？哦，他们一定会把这当成瘠土。你可不要自己露了馅儿。这个国家可是还缺二十三万你这样的人哪。"

盖斯乐点了点头，然后转向英格，问："你最小的孩子有多大了？"

"已经满八个月了。"

"也是个男孩吗？"

"是的，是个男孩。"

"你要尽快了结这块地的事，有人想买村子和这之间的地，不久这地就要涨价了。你要尽快将这地弄到手。若是以后涨价的话，你将这些地转手一卖也能获得一笔不小的报酬。就当成你开垦时的辛苦费吧。"盖斯乐对着艾萨克说，将这些事一点一滴地告诉了他。

艾萨克和英格都非常感谢他的提醒，问道，还是他在处理这些事吗？盖斯乐说他能做的都已经做了，现在就看政府是个什么意思了。"我现在要走了，去我太太家那边维斯特波顿，以后就不回来了。"他将他的计划都告诉了他们。

英格给了盖斯乐一小块肉，不过这已经很多了，他向艾萨克请求道："若是你们杀牲畜的时候，麻烦带些给我的妻子，她会付钱的，如果有奶酪也带些给他们，孩子们很喜欢吃。"

艾萨克陪着盖斯乐过了那座大山，山上的路反而还好走些。而盖斯乐给了艾萨克一块钱作为报酬。

盖斯乐就这样离开了，没人再见过他。人们并不为他的离开而感到可惜，人们都怀疑着他，把他当作一个冒险家。盖斯乐并不是一个没有学识的人，但是他太随性，竟使用别人的钱，他的上司安提曼德严厉地斥责了他，他才一走了之的，还好他的家人并没有受到伤害，他的妻子并没有一起离开，她和她的孩子还在那里生活了很长一段时间。后来，那笔钱也从瑞典被送了回来。这样看来盖斯乐的妻儿也并非人质，只是因为他们喜欢所以才留在了这里。

艾萨克和英格对于盖斯乐从来都是信任的，而他的继任者，谁知道是什么样的呢？对于那块地说不定他们还得重新办理手续。

安提曼德又派遣了职员来到村子里。他看起来四十岁了，是一个地方法官的儿子，姓海耶达①。他没有钱上大学，便早早地进了国

_____

①海耶达，英文全名Lensmand Heyerdahl，为避免与前文出现的Lensmand Geissler叫名的时候出现混淆，本书翻译时，统一翻译成姓氏海耶达。

家机关，在那张办公桌上一写便是十五年。他没有结婚，因为没有钱，也养不起。他的上司从前任上司那里沿用了他。依旧是靠那么点微薄的工资，海耶达便在那张桌子上继续写文件。

艾萨克打算去见他。

"塞兰拉文件……刚刚从部里退了下来，他们要清晰的数据，而这文件里头都不甚清楚，这简直就是个烂尾。"海耶达说，"现在必须重新整理，并且这里头的一些数据还可能需要重新勘测。部里要求将农场有没有可拿出来卖的水果，以及木材产量，附近是否有矿产，这些一概都要记载得很清楚。并且文件里提到了河，但是没有说明产量，虽然有些数据，但是我还是得自己看过才能重新估价，还要将边界划分界定清楚。"

"这个季节可不好划分边界。"艾萨克说，"最好要等到夏天去才行。"

"不管怎么样，这事总得做完的，部里等着呢，总不能等到夏天才给答复。我会尽快抽空过去一趟的。而且还有一个人想要这块地了呢。"

"是想要买中间那块地的那个人吗？"

"还说不定，不过也差不多了。其实那人就是我们办公室的助理，盖斯乐在职的时候他就在这里工作了。他向盖斯乐提出过要求，不过在盖斯乐那碰了一个软钉子，他向郡守说，他连一百码的地都耕不好，他便向郡守打了申请，为此特地把我派了过来，解决这件事。"

海耶达来到农场，还带着他的助手布列德。他们路过那片沼泽时弄得全身都湿透了。然后又要在融雪中一边爬来爬去一边界定边界，现在全身已经湿得不能再湿了。第一天海耶达还很热心，到了第二天，他便只站在边上看着，偶尔指挥着方向，再也不提山上的矿产了。至于可供买卖的水果，他说，在回去的路上，他会再去看一眼的。

部里面要求这些资料得尽善尽美，这就免不了还得填写很多表格，真是一项大工程。唯一合理的就是木材问题，那些木材刚好在艾萨克所求的地皮之内，不过木材的产量也并不是很多，只不过刚刚够维持那地方的水土平衡而已。并且谁又愿意花费大力气把它运出去卖呢？也只有艾萨克愿意下这个苦功夫罢，去换取那些木板盖房子。

那个盖斯乐似乎送上了一个难以推翻的报告，以至于他的继任者想从中找出一些岔子都是不可能的事。这明显不是他的做事风格，只能说他已经详细地询问了他助手的意见。显然那个助手也可能想要买地，所以修改了他以前的意见。

"你觉得定什么价格比较合适？"

"最高可以卖到五十银圆，再高就不合适了。"那个专家说。

海耶达做的报告用词很华丽，盖斯乐原是那样写的：他必须每年付地价税，以现在他的资金状态，他只能够出得起五十银圆，还得十年付清全款。政府可以接受这笔税收，或者直接收回那块地。而海耶达写的是：他谦卑地请求政府能够接受他的缴纳，允许它能够继续在这块土地上耕种。虽然现在他还没有所有权，但是他已经对那地方进行了改善，希望政府能够宽限他以上同样的时间，分期付给政府钱。

海耶达答应尽力而为，会尽可能地为他争取到这块地。

6

家里的那头公牛，必须要送走了，它现在长得太大了，需要吃很多，现在艾萨克已经负担不起它了。艾萨克把它领到村子里，打算换头小公牛回来。

这是英格的想法，之所以在今天叫艾萨克把它给领走，英格自然是有她的理由的。

"如果你也打算这样做的话，那么今天就把它送走吧。"她说，"趁现在公牛的状态很好，也可以卖个不错的价钱。你将它带到村子里，自然有人将它卖到城里去的，城里人喜欢吃肉，自然价钱也卖得比较高。"

"好吧。"艾萨克说。

"只希望它在路上不惹麻烦才好。"

艾萨克没理英格的话。

艾萨克沉默地将公牛牵了出来，在腰背上别了很大一把刀。

这头牛真的是被养得不错，皮毛油亮油亮的，很壮实。当它驮包的时候像个移动的火车头似的，脖子也异常的粗大，这可象征着力量啊。

"希望它不会发脾气。"

艾萨克想着说，"若是它发脾气的话，我就在路上把它宰了，然后提着它的肉去村上卖好了。"

英格坐在门口的石板上，她已经快支撑不住了，一阵阵的痛楚向她袭来，婴儿要出来了，好不容易等到艾萨克牵着公牛走出了视线，英格终于忍不住了，破碎的呻吟溢了出来，小艾利修斯陪在她的身边，一直和她说着话。他问：“妈妈，很痛吗？”“嗯，很痛。”他学着英格将小手按在腰腹上，哼着，而小西维特正在睡觉。

英格将小艾利修斯带进了屋子，给了玩具让他自己去玩耍。英格躺在床上，她明白自己马上就要生了。除了偶尔分神看一下艾利修斯之外，英格一直看着钟算着时间，她很镇定，并没有哭喊，或是惊慌失措，因为她已经是几个孩子的母亲了。不多时，你能看到她的肚子在蠕动，婴儿从她的体内滑了出来。床上传来一阵啼哭声，哦，这可怜的小东西，英格想要起身将她抱起来，她刚起身，又马上倒了下去，脸色也变得灰白。一声压抑的呻吟传了过来，像是被憋住了呼吸一样。

她马上又倒在了床上。她还不能休息，婴儿的啼哭声更大了，她抬起身体，哦，天哪，那是个女孩子，没有比这更糟糕的事情了。

艾萨克并没有离开家太久，还不到一个钟头，也就两里左右的路程。在不到十分钟的时间里，英格将刚生下来的孩子杀了。

第三天的时候，艾萨克回来了，带回来一条看上去快要饿死的一岁大的公牛。一路上把它牵回来也费了很大的劲儿。

“你一路上还好吗？”英格现在很痛苦，不光是生理上的，还有心理上的痛楚，都在折磨着她。

艾萨克这件事办得不错，那公牛快到最后的路程时才开始发疯，他将牛拴在树上，然后马上去村子里找人帮忙，回来时牛已经挣脱绳子，不见了，他们找了很久才将牛找到。艾萨克将牛卖给了一个倒卖牛的商人，“去叫孩子们出来看看，这是新的公牛。”艾萨克对英格说。

来了一个牲畜对这个家来说总归是一件大事，英格摸摸牛，问艾萨克这牛是多少钱买的。而小西维特已经跳上了牛背。"不过，还是以前那头比较好，毛又厚实，还长得那么壮，希望他们不要将它给杀了。"英格对艾萨克说。

现在是农忙的时节，总是有大把的事情要做。牲口都被放出去自己找食了，他们打算将一筐筐的马铃薯做种子种到地上。他们今年种下的种子比往年要多很多，并且也要上心得多。还和以前一样，艾萨克忙着种胡萝卜，而英格在播撒种子。

很长一段时间内，英格都在衣服里塞着一袋子草，用以掩饰她体形的变化。当英格将草一点一点抽掉，最后将整个袋子都丢了的时候，艾萨克也不得不惊讶于她的变化，便忍不住问："你这是怎么了，最近有没有发生什么让人伤心的事啊。"

"没有，没什么。"

"你是怎么了，有什么不对劲吗？"

"大概这就叫命中注定吧，上帝也希望我们能多花点儿时间在田地上。"

"你是想说，你已经生养过了，只是和以往的情况不太一样？"

"嗯，就是这样。"

"可是你的身体没有伤着吧？"

"没有，艾萨克，我很好，艾萨克我们养一只猪吧。"

艾萨克一下子还没反应过来，沉默了会说："我也想过养猪，但是我们并没有准备好，这需要很多马铃薯，还得有多余的谷子，看看今年的收成再说吧。"

"但是养猪的确有不小的好处啊。"

"虽说是这样。"

日子过得很快，下了一场大雨，田地里看起来焕然一新，都绿油油的，今年的收成应该是不错的，这样的情形便无须担心，一切就顺其自然吧。每天还是一样地生活，围绕着粮食、睡觉、生活，在每个星期的祷告日，将自己弄得干干净净，穿着英格特地为他织的红色新衬衫，艾萨克安安静静地坐在门前的石头上。傍晚的时候，所有的牲口都自动回家了，英格清点的时候立马发现少了两只羊，哦，这可是大事，艾萨克立马就站了起来，准备出去找。还好今天是星期天，艾萨克并不需要做工。艾萨克去了很多地方，但是这里有太多地方可以找了，英格待在房子里却只能干着急。英格叫孩子们不要吵，现在有两只羊不见了，要安生一点儿。那些牲口似乎都知道发生了什么不同寻常的事，都在号叫着，英格时不时地在门口张望，向着树林的方向大喊，天已经快完全黑了，但是艾萨克一点也没有回应英格，是走得太远了吗？这是一件不幸的事，太糟糕了。

　　那两头羊去了哪里？发生了什么事，是遇到了熊，还是遇到了从瑞典和芬兰翻山过来的狼？其实都不是，艾萨克找到母羊的时候，它正紧紧地陷在岩石里，那些石头甚至把它的乳房都擦破了。估计陷在这里已经有很长一段时间了，周围的草都被它啃得只剩下了根。羔羊在一旁"咩咩咩"地叫着，当艾萨克将母羊救出来时，那羔羊马上就跑了过来吸奶，随着那涨奶的乳房渐消，母羊的痛苦也得以减轻。

　　艾萨克用周围的石头将这个洞填满，以防止下次再有牲口掉进来。艾萨克将他的皮背带解了下来，将羊绑住扛在肩上，一步步向家走去，而那小羊羔则一步步紧跟在艾萨克的旁边。

　　回家后，艾萨克将羊的伤口用木片和沥青绷带缠好，不出几天，那骨折的后腿就开始慢慢愈合，一切都在慢慢变好。直到下一次再发生类似的事故。

日子就是这样，尤其对于在那定居的人来说，这可真是个要紧事儿，这可关系到他们是否能够过得开心或者生活得是否舒适。

在换季期间，艾萨克修理了他以前砍伐的树，做这些自然是要将它派上用处的。艾萨克挖来很多石头，将它们都堆砌在墙边，石头足够多的时候，艾萨克开始砌墙。在以前，英格还经常好奇地想艾萨克到底要干什么，但是现在英格只顾着忙自己的事情。英格还是像以前一样的忙，不过现在你能够经常听到她唱歌，或教艾利修斯念祷告，而这些都是以前英格不会做的事情。艾萨克想该是那件事影响着英格。艾萨克无比怀念英格在意他的样子，那会让他感到很满足。可是现在即使英格从他身边走过，也不会看他一眼，只是什么话也不说地走过。

奥莲又过来了一次。可是这次却不同了，她再没像上次那样受到欢迎了。英格从看见她时便心情不好，自从出了土地那件事后，英格已经将她当成了敌人。

"我还以为我来得恰到好处。"奥莲意味深长地说。

"你想说什么？"

"现在让你的第三个孩子接受洗礼吧，你现在过得怎样？"

"不了，这件事就不麻烦你了。"英格说。

"这样啊。"

奥莲又谈论起那些孩子，称赞他们长得实在是好。耕地的面积又扩大了，艾萨克打算建新房子，他们就这样从不停歇，奔着好日子去了。"艾萨克这次又是打算建什么？"

"我并不知道，你可以自己去问他。"英格答道。

"不用了。我只是想上来看看你们过得好不好而已。看到你们好我也高兴。至于金犄角，看得出来它被照料得很好。"奥莲解释说。

英格不再那么偏激，她们在一起聊着家常。当屋子里的时钟响起滴滴答答的音乐声，奥莲说她这一辈子从未听过这般美妙的声音，这让英格感到很满足，于是拉上奥莲，去了另一间屋子，"我带你去看我的织布机。"

奥莲在那待了整整一天，和艾萨克说话时，她一直夸赞着他所做的种种。"我听说这地全是你花钱买来的，你难道不能直接拥有它吗？反正这地别人也拿不走。"

这番称赞的话让艾萨克很满足，似乎让他从中得了自信似的。"这地是我向政府买来的。"艾萨克说。

"政府？政府不是对于这方面管制得特别严厉吗？你现在在盖什么？"

"我也不知道，反正也没什么了不起的。"

"欸，你们的日子越过越富裕了，你这是打算建新的大房子？"

"你别胡说……"不过，艾萨克打心眼里还是高兴的，并对着英格说，"你就不能拿出好一点的奶油冻给客人吗？"

"没办法，那些奶油都被我用来做黄油了。"英格答。

"我很认真的，"奥莲马上说，"不是房子也该是大仓库吧，毕竟这么些田地，不然那些收成该往哪里放？这里的生活美好得就像《圣经》里描绘的一样，这么盛产。"

"你们那里怎么样，收成还好吗？"

"唉，还是老样子，全凭上帝的意思了，希望今年不要再遇到大干旱了。不过，我们那比不上你们这里，这可是个不折不扣的事实。"

英格问了问其他亲戚的近况，尤其是西维特舅舅。他可是有大批的渔产，钱多得都花不完。当她们谈起她们的舅舅时，艾萨克和他的作为转眼间就被抛在脑后了。于是他不得不自己提起，"其实，我是打算在那建一个打禾场的仓库。"

"我也是这样想的，"奥莲说，"聪明的人左思右想，这样的结果总不会错。农场里头的这些事物都是你设计的吗？你是想建一个打禾场吗？"

艾萨克像一个讨要糖果的孩子一样，奥莲的这番话让他飘到天上去了，于是他就干了一件傻事。他说："至于我的新房子，我打算里面建造一个打禾场，这东西可少不了。"

"打禾场吗？"奥莲问。

"我们必须得有一个地方打谷子，不然种谷子有什么用？"

"啊，我也是这么想的呢。"

英格听着他们的谈话感到很不高兴，脸色都有点儿沉下来了。于是她插嘴道"你叫我做奶油冻，奶油从哪里来，难不成你要叫我从河里钓上来么？"

奥莲连忙劝道："英格，快别生气了。别再提奶油冻了，像我这种串门的老婆子，整天无所事事……"

艾萨克突然就坐不住了，他对着两个女人说："大白天的我不能干坐在这里闲扯，我要去搬石头了。"

"哎，砌这样一堵墙必定得用大量的石块吧。"

"石头？"艾萨克说，"简直就是永远都不够用似的。"

当艾萨克走出去之后，屋子里的气氛缓和了些。她们在一起热切地交谈着。从这儿聊到那儿，都好几个小时了。到了傍晚，奥莲想要去看看牲口长得多大了，两只母牛，两只公牛，后面还跟着一群羊，有绵羊也有山羊。"天哪，原来已经到了这般富有的程度！"

奥莲在山上睡了一宿。

第二天早晨奥莲离开了。她还拿着一捆东西，她特地绕过了艾萨克工作的采石场，不让他看见。

不过，两个钟头之后奥莲又回来了，进门就问艾萨克在哪里。

英格正在厨房做着事，奥莲如果经过采石场，一定会遇到艾萨克还有孩子们的，很显然事情有点儿不对头了。

"艾萨克？你打算找他做什么？"

"做什么？哦，没事，我只是想向他辞行而已。"

一阵沉默。奥莲像是走不动了似的，瘫坐在椅子上。看她的样子英格就知道出事了，奥莲已经吓得魂不附体了。

英格再也忍不住了。她满脸的愤怒和悲伤，"我知道你叫奥斯·安德斯给我送来的东西，看你做的好事。"

"怎么回事……什么……"

"兔子。"

"你到底想说什么？"奥莲以一种怪异的声调柔声问。

"你不用再装蒜了。"英格的眼都红了，满脸的愤怒。"你看我不用勺子打烂你的脸。"

英格将勺子挥了下来，第一次奥莲还没倒下来，奥莲在那里叫喊道："我知道你做的事，你当心点。"英格又打了一次，将奥莲打翻在地，整个人压在她身上，用膝盖抵住她。

"你打算杀我？"奥莲说。那个可怕的兔唇女人，用膝盖压住她，手里还握着一柄大勺，这是要叫她死啊。奥莲的鼻子已经受了伤，正流着血，但依然不肯叫出声。"你这是打算连我一起杀害吗？"

"杀了你。"英格说，"在我死之前，我一定会将你杀了的。"英格明白奥莲这是知道了她的秘密啊，不过现在没什么关系了。"我要撕了你这张禽兽的嘴脸。"

"禽兽？"奥莲大喘着气，"你不看看你自己，主可是在上面做了记号呢。"

奥莲不愿低下头，在那里强撑着，英格也是精疲力尽，打不动了，但他依旧在威胁着，咒骂着奥莲。"你等着，我去拿把刀来。"

英格站了起来，似乎是在寻刀，但是英格如今早已过了气头，气势已经降了下去。她们在相互地辱骂着，奥莲从地上爬了起来，带着一副狼狈相，脸上又青又肿还流着血。她将头发都扫到后面去，用方巾包着，嘴角也被打肿了。"你这个魔鬼。"奥莲叫喊着。

英格怒道："你去树林子里就是为干这个，去找那个小小的墓室，你怎么不把自己给埋进去？"

"你等着。"奥莲面露凶光，"你等着，这些房子，还有那美妙的钟声，再也不会属于你了。"

"就算不是我的，你也不可能得到。"

"你等着，我会让你知道我的手段的。"奥莲说。

她们就这样争斗着，谁也不肯服输。奥莲从不咒骂，音量也没有大多少，她冷酷得近乎带着温柔，这样的人是极其危险的。她说："那一捆东西我还留着呢，就放在树林里，你也可以去拿回来，我可不要你的羊毛。"

"哈，你大概以为是我偷的吧。"

"你自己做的事你自己清楚。"

又是这样一番口水战，英格要带她去看剪下羊毛的绵羊。奥莲却冷冷地说："谁知道你的羊是哪里来的？"

英格又将她从哪里拿的绵羊给奥莲说了，"小心你的嘴，否则你会后悔的。"英格威胁道。

"哈哈哈。我的嘴，亲爱的，你的嘴又怎么样呢？"奥莲丝毫不受英格威胁的影响，你管不住她的。奥莲反讥着英格，她指着英格的嘴唇说："男人们怎么受得了"。

英格愤恨地说："像你这样，满肚子肥油的人，你叫奥斯·安德斯做的好事，我迟早会回敬你的。"

"又是兔子，但愿我只做了兔子这么一个亏心事。那兔子长什么样？"奥莲说。

"什么怎么样？还不都是那样。"

"哦，不，其实像你，简直是一个模子刻出来的。"

"滚出我的房子。"英格尖叫道，"是你叫奥斯·安德斯把兔子带来的，我迟早会把你送进牢房。"

"牢房？哈，牢房。"

"你就是看不得我过得比你好，你嫉妒我的生活，你恨我。自从你看到我的生活之后，你都嫉妒得睡不着觉吧。天哪，这又不是我的错，你的孩子犯了错难道是我的问题？你就是看不得我的孩子又乖又壮，他们的名字也好，他们的长相都比你的好，这难道是我的错？"

如果这世上有什么事能够影响到奥莲，大概就只有这个了。她有很多孩子，她赞美他们，为他们挣得名声，尽管他们不曾做过那些好事，她宠爱他们，为他们处处着想。

"你在说什么？"奥莲说，"你怎么不去死，我的孩子，他们比你的不知好了多少倍，他们像天使一样，是神赐的礼物，你竟敢说我的孩子……"

"那，那个爱丽丝是怎么坐牢的？"

"那是冤枉的，爱丽丝她像个花朵一样的纯洁。"奥莲说，"她现在住在卑尔根，可是个城里人，戴着帽子，而你呢？"

"那尼尔斯呢，别人又是怎么说他的。"

"我可不想和你一般见识，你呢？你可是还有一个被埋在树林呢。看看你做的好事。"

"你给我出去，你马上滚出我的家。"英格尖叫着向奥莲冲过去。

奥莲就站在那里，一步也没有动，她那冷漠的表情却使英格停下来，退却了。只听见英格低低地说："你等着，我去找刀。"

"不用麻烦你了，我这就出去，不过你呢？你这种喊着一二三，要赶亲戚出去的人，哼，就不必我多说了吧。"奥莲说。

"从这里滚出去，马上就滚。"

奥莲依旧站在那里，丝毫没有离开的意思，她俩又叫骂了起来，直到钟敲半响的时候，奥莲面带讥讽地笑了起来，英格愈加气愤了。后来两个都平静了些，奥莲也不得不赶路回去了。"我还得走很长的路，现在动身太晚了，不过你总可以给我些吃的吧。"奥莲说。

英格没有搭理她，不过她已经恢复些理智了。英格倒了一盆子水进来，给奥莲让她洗洗。奥莲也觉得要将自己收拾干净，只不过看不到流血的伤口在哪，老是洗错地方，英格看不下去了，便指了指自己的额头。

"那里，把那里也给洗了。不对，在那边，眼睛的上面，你不知道我在指哪里吗？"

"我哪里知道你指的是哪只眼睛？"奥莲说。

"哦，嘴角边上，那边有一大块血迹。你怕水吗？它又不会咬你。"

最后英格自己执起了毛巾给奥莲擦洗伤口，又扔了条毛巾给奥莲。

奥莲的心情现在也称得上平静了，她一边擦一边问："艾萨克和你的孩子们怎么能够接受啊？"

"艾萨克已经知道了。"英格说。

"知道了，他去看过了吗？"

"他说了什么？"

"他又能够说什么呢，他只能和我一样沉默。"

一片静默。

"这全部都是因为我啊。"英格已经崩溃了，毫不顾忌地痛苦起来。

"怪我不好，你怪罪到我身上来吧。"

"我会找奥斯·安德斯问个清清楚楚的。"

"你去问吧，尽管去问。"

她们在一起平静地交谈着，奥莲现在似乎放下了她对英格的嫉恨，她同情着英格，这件事若被艾萨克和孩子们知道了，对他们该有多大的打击啊！奥莲的声音里都带着同情了，丝毫不见之前那尖锐的样子。

"是啊，你不知道这件事日日夜夜在折磨着我啊。"英格说着又哭起来。奥莲暗自想着，或许她可以成为艾萨克生命中的另一个女人，但得在英格坐牢的时候，她才可以取代她的一切。

英格突然止住了哭声，像是突然想到了。"不可以，你并不爱他们。"

"我不喜欢？你怎么知道我不喜欢？"

"对，我就是知道。"

"如果这世上还有什么能让我放在心上，就只有孩子们了，你怎么可以这么说我。"

"你自己做的事情不害怕被别人知道吗，当初你叫人送来兔子不就是为毁了我吗。你别想让我再相信你，你这个坏女人。"

"我说的就是你，你这个恶毒的女人，我不会把我的孩子交给你的，你只会将这里的羊全部偷走，奶酪也只会进到你自己家人的嘴里，你根本不会顾着我的家人……"

"你这个恶毒的女人，别用你的那套心思来猜测我。"

英格哭得不能自抑，只能含含糊糊地说这几句话，谁也没能听清楚。奥莲见她这样的不愿意，也不想再强求什么，她还可以去和自己的儿子尼尔斯住。但是英格就要去坐牢了，那艾萨克和他的儿子们谁来照顾？奥莲倒是可以留在这边帮忙照料，"你可以再考虑考虑。"奥莲对英格讲。

英格那天的心情乱成一团麻，她哭喊着，无助地望着前方。她游魂般的飘了出去，去给奥莲准备上路上的吃食。"还是得谢谢你。"奥莲说。

"毕竟这么长一段路程，你不能什么都不吃。"英格说。

奥莲离开了。英格偷偷地走出去，她走到采石场那边，却没有听见声音传来，于是她走得更近些，只看见孩子们自己在那玩着小石头，而艾萨克独自坐在石头上休息着，将撬棍放在一旁，当作手杖一样的支撑着，他就静静地坐在了那里。

英格又往小树林那边去了。那个小坟墓，上面有着她亲自树起来的十字架。但是现在，十字架已经被人弄倒了，地皮也被翻起来了。

英格缓缓地蹲了下去，她仔细地将土弄好，拍平，然后就默默地坐在那里，一动不动。

英格想她只是好奇而已，她想知道奥莲究竟将这里弄成了什么样，她还坐在那里只是因为牛还没有回来，她得等着。英格就坐在那里，满眼含着泪，眼神虚晃着。

7

日子过得很快。

谷子的长势很喜人，上帝总是眷顾着它们，阳光和雨水都很充足。干草也差不多全部收割完毕，艾萨克已经把它们紧紧压在一起，堆了起来，并把其中的一部分转移到了悬崖的下面、马厩里、屋檐底下，还有侧面的破屋里。这些天他一直忙得不行，英格也尽心尽力地协助着艾萨克。艾萨克已经把下雨时仅有的休息时间也利用上了，抓紧时间搭建着新仓房的屋顶，也将南面的墙给砌好了。这下他们终于不用担心干草的存放问题。时间在往前行着，他们能够自己想办法解决问题，一切都还好。

而现在空闲下来，艾萨克和英格心底的忧愁与恐惧又漫了上来，事情既然已经做了，又能够怎么样呢？只能够等待着结果罢了，善行总是不留痕迹，作恶却总是会食到恶果的。艾萨克并没有因为这件事而失控，对于他的妻子英格也并未说一句重话，他很是平静地问："你是怎么做的？"过了一会儿，才接着说，"掐死的，是吗？"

"是的。"

"你不该这么对她的。"

"我知道不对,可是我没有办法。"英格掩面而泣,声音已经微哑。

"为什么会做这个决定?"

"你知道吗,她和我一样。"

"怎么说?"

"嘴,她的嘴,和我一模一样。"

艾萨克沉默了会儿,很冷淡地回道,"嗯"。

艾萨克和英格闭口不谈这件事,日子就这么平静地过了很久,像往常一样,他们忙着收割干草,谷子也要收割了,稻穗压弯了梗,他们没有闲工夫来想这些事。可是,就算将它抛之脑后,它也依然像乌云一样笼罩在他们的头顶上空。对于奥莲那样的为人,他们还能抱有什么期待呢?就算奥莲发了善心,可这世界上又哪有不透风的墙,更何况那座小山包,就如铁证一般,英格也指不定因受不了良心的谴责而当众失控,太多的不确定因素了,逼得他们不得不往最坏处想。

艾萨克对待这件事很冷静,不这样又能怎样呢?艾萨克想起,英格每次生产的时候都会想尽办法将他支开,现在他终于能明白她的良苦用心了。每次的无助与痛苦,英格都选择了独自面对,上帝却给了她这样的命运安排,这样的命苦,艾萨克对她也升起阵阵怜悯之情。在艾萨克知道拉普人带来兔子这件事之后,他也原谅了英格,这让他俩产生了爱,这感情已经不是两个命苦的人在一起彼此依偎,而是真正像恋人一样,火热的爱情。像是夕阳晚霞的绚烂一样,一发而不可收。虽然英格穿上靴子就像个拉普人,可是现在正值夏天,英格的身体也不像平常女子那样瘦弱而干瘪,她光着脚在田地间、屋子里穿梭,裙子已经开到了膝盖,哦,这对于艾萨克来说可是致命的吸引力，他的眼珠子简直不能从英格的腿上移开。

在整个夏季，英格都在虔诚地唱着赞美诗，也会教艾利修斯做祷告，不过，英格再也没有对路过的拉普人发什么善心了。她时时刻刻都在怀疑着，这又是谁派来的，或者在他们的乞讨袋子里放着一只兔子。她不再搭理那些路过的拉普人了。

"什么兔子？"

"唉，你没有听说吗？那个奥斯·安德斯上次做的事吗？"

"哦，我从未听闻。"

"我不介意说给你听，我也不怕人知道，上次，他在我怀着孕的时候，竟带着兔子来到我的面前。"

"天哪，竟然发生这样的事，后来怎么样了？"

"这就不是你能够管得着的了。你还是趁早上路吧。"

"你家有一块小牛皮吗？我的鞋子破了。"

"没有，你赶快走，小心我拿棒子赶你。"

这些拉普人，没什么值得同情的，他们可以卑微地向你乞讨食物，可若是你说，你没有东西可给，那些拉普人则会对你恶言相向。某天，一对拉普人带着他们的一双孩子经过这里，孩子被叫去乞讨，但不多时又回来了，说是在屋子里和四周都没找到人。他们四个人聚在一团商量着什么，然后那男人就朝着屋子里走去，走到门口时停了下来，四处张望，他的妻儿也随后跟了过来，都站定在门口，男人将头伸进门里，窥探着。到点了，屋子里的时钟哒哒哒地响着，这一家四口听到这声音都被惊傻了，定在了门口。

英格觉得有外人闯了进来，急急忙忙地从山上奔了下来，果然看到几个陌生的拉普人徘徊在家门口，英格赶了过去，"你们在干什么，没看到主人都不在家吗？"

"嗯……"男人没了话说。

"走开，离开这里。"英格已经在驱赶人了。

那些拉普人拖着步子，极不情愿地走出了院子。"刚才，我们听到你家的钟声了，那声音真的很妙。"那男的赞叹道。

"你们有多余的吃食吗？"那个女拉普人问道。

"你们是哪里来的？"英格问道。

"从河的那边来，走了一天一夜才到这边。"

"现在是要去哪里？"

"打算到山那边去。"

英格好心地拿了些面包给他们垫肚子，可是那个拉普人却仍不知足，得到了面包，又开始祈求着别的东西，帽子、羊毛、奶酪，什么都好，只要是能够想得到的，英格已经不耐烦应对这些人了，艾萨克和孩子们都还在干草地里呢。"你们现在就走吧。"英格说。

那个女拉普人仍不死心，对英格说着奉承的话，"你们的生活真富足啊，牛羊成群，还有自己的库房。"

"这样的生活简直就像个奇迹一样，难道你们就没有不需要的鞋子吗？"那男人说道。

英格没有理他们，直接将门关了，又回到山坡上去了。而那拉普人在后面骂骂咧咧的，英格就当作没有听到，只是加快了脚步，但是她依旧听清楚了，那女人说："你大概不需要买兔子了。"

英格确定这话她听得一清二楚。也许那拉普人只是无意间说出来的，也许是被人授意，但不论如何，英格都觉得这是一种警告，坏事将近的警告。

日子过得很快。这些事并不能影响到他们的农事，还得一样的活着，只是现在加了一个等待，等待上帝的判决。他们像兽类一样在一起互相依偎，一起生活。一年的时间在忙碌之中过去了大半，他们又开始种植马铃薯，甚至可以想象到以后的繁茂景象，可是那悬在心头的巨斧迟迟还不落下，不多时就要到九月份了，可以挨过这个冬季吗？这些日子一直过得提心吊胆的，他们每天一起入睡，感激着上帝给予的这种平安无事的生活。直到十月的某一天，海耶达和一个拿着袋子的人上来。他们终于明白，那把巨斧轰然落下了。

　　调查花了相当长一段时间，英格被单独叫过去询问，她没有否认，将一切都坦诚地说了出来。那座小坟墓再一次被掘开，尸体被弄了出来，需要拿它去送检。那小小的尸体裹着艾利修斯受过洗礼的袍子，那小帽子上缀满五彩珠。

　　艾萨克终于恢复了说话的能力，"我早说过，不该这么做的。现在真是糟糕透了。"

　　"是。"英格说。

　　"你是怎么下的手？"

　　英格不愿意回答这个问题。

　　"你怎么能忍心……"

　　"她看起来和我长得一模一样，我将她的脸往旁边扭了一下。"

　　艾萨克沉默着摇头。

　　"然后她就没了呼吸。"英格已经哭得像个泪人了，哽咽得连话都说不出个完整的。

　　艾萨克只能沉默着。"现在后悔也晚了。"

　　"她的头发是漂亮的棕色，"英格的话说得断断续续，"她的头后面还有……"

这间房子里安静得只剩下沉默。

这件事并没有朝最坏的方向发展，英格没有牢狱之灾。海耶达问过话之后，就像对每个人说的那样，"这真是件不幸的事。"英格对这件事似乎还是不能释怀，她问海耶达是谁告的密。海耶达告诉英格，并不是谁说的，小镇上很多人都知道了这件事。大概是她自己跟那些流浪的拉普人说过，才流传了出去。

英格和很多拉普人说过奥斯·安德斯将兔子带过来，令她的孩子得了兔唇这件事以及对奥莲的怀疑——而海耶达无法对这样的猜测和迷信做出任何的反应，毕竟他不能把这些写进他的报告书里。

"但是，我妈妈生我的时候的确看见过一只兔子。"英格依旧在揪着这件事……

仓库已经完全修建好了，中间的用作打禾场，两边都被用来堆放干草。棚子还有马厩都被腾空了，那些干草都被运进了仓库。谷子也全都被收割晒好，并堆进了仓库。英格将熟透的萝卜拔了，放进了仓库，到现在农忙才真正的算是告一段落，他们所需要的东西都有了。在打霜以前，艾萨克又在开垦新地了，他打算整理出一块更大的耕地。艾萨克是个很好的农户。十一月份的时候，英格突然冒出一句，"到现在她该有六个月了，都能够开口说话了。"

"不要再想这件事了，已经过去了。"艾萨克说道。

冬天，艾萨克整天都泡在打禾场，英格也经常去帮忙，英格是个很好的帮手，她的手就像她的人一样能干。而孩子们则待在一旁自己玩。谷子很好，颗颗都很饱满。过了新年，艾萨克开始把木材往村子里运，路况还不错，现在艾萨克有了固定的顾客，而价钱也令艾萨克很满意，现在他只需要将夏天晒好的木材运下山就行了。某天，艾萨克和英格商量着，将金犄角的小公牛送给盖斯乐太太，还给她带去很多的奶酪。盖斯乐太太见到这些东西显得很高兴，连忙问这得要多少钱。

"这些钱不用您付，以前盖斯乐就给过了。"艾萨克说。

"哦，这可真是太好了。"盖斯乐太太感动地说。而盖斯乐太太也送了蛋糕和玩具给艾利修斯和西维特。当艾萨克将这些东西带回家时，英格看到这些东西，却转过身哭了。

"怎么了？"艾萨克觉得很莫名其妙。

"没什么，如果她还在的话，她也能看到这些东西了。"英格说。

艾萨克只好安慰道："你不要再想这件事了，说不定并没有我们想象的那般差劲。对了，我大概知道盖斯乐住在哪里了。"

"可是，他能帮助到我们吗？"英格问。

"我不知道。"

艾萨克将谷子运到打谷场，将它碾成面粉，然后又送了回去。艾萨克是一刻也不能停下来的，刚做好这件事，转眼又提着斧头上了山，准备下个冬天的木材。他的生活就是这样，不断地重复着。他的工作内容总是随着季节而变化着，在田地和树林间不断地往返穿梭。艾萨克来这边已经有六年了，英格和他生活了五年。一切本应该很美好，但事实却不然，时间给他们的生活蒙上了一层阴影。英格很能干，常常唱着赞美诗，可是这诗歌却不再是安定的，时常带着痛苦。

路通了之后，便有人来传唤英格去受审。艾萨克独自留在了家中。艾萨克想要翻山去瑞典，他需要盖斯乐的帮助。他对他们总是很慈善的，或许他可以伸出援助之手。英格受审后回来了，她也大概明白自己即将要接受什么样的惩罚。尽管不论是证人还是法官都是仁慈的，都将情感偏向了她的这一边，可是那又怎样呢？这些无知的村民又怎么敌得上那些念书人，他们对于法律是那么的熟悉，说得头头是道。对于他们来说那可是在庙堂之上高高在上的大人们啊。但是，那些读书人却是那么的不近人情，完全公事公办的态度。英格并没有对这种状况做过多的抱怨，她甚至都没有提到兔子那件事，她泪流满面地对法官说，她觉得让那有缺陷的孩子活下来才是最残忍的事。法官很认真地听着她的诉说，不时安静地，严肃地点头。

在听完英格所说的之后，法官对英格说："你看，你自己想想，你自己也是兔唇，但是这并不代表你的生活就是永久的黑暗。"

"是的，感谢上帝的厚爱。"英格只能这么说，她没办法向他们表述她在小时候曾经受过多少痛苦。

不过，那法官却是能够明白这其中的痛楚，因为他也有缺陷，他的一条腿是跛的，他从未享受过跳舞的欢乐。接着很快就要给予判决了，法官说得很艰难，"按法律来讲，应该判处终身监禁，但是……也许我们可以给她减刑，不论多少年都好。已经有委员会在负责修改法典了，也许我们有幸遇到这么个时机。不管怎样，总是有希望的。"

英格回来时已做好服刑的准备了，虽然现在她并没有受到囚禁。两个月很快过去了，某天，海耶达和他的助手来到这里，并没有遇到打鱼回来的艾萨克。英格飞快地从屋子里出来，接过艾萨克的鱼篓，夸奖着，尽管艾萨克抓的鱼并不是很多。

"家里来人了吗？"

"没有啊，哪里会有人来这里。"

"那外面的鞋印是怎么回事？"

"哦，那是海耶达和他的助手来过了。"

"他们来干什么？"

"还不是和以前一样。"

"来带你走？"

"没有，不是，是为了那判决的事，事情没有那么坏，上帝还是慈悲的。"

"怎么样了，那件事？"艾萨克迫切地问。

"没有判决终身监禁，只有几年的时间。"

"多少？"

"也许这对你来说还是太多了，我却要感谢上帝的慈悲。"

英格并没有和艾萨克过多地讲这件事。过些时候，艾萨克回过神来问英格，他们什么时候会来把她带走？英格自己也答不上来，或者是她根本不想说。英格又开始变得异常的沉默，有时候又神神道道的，念叨着即将面临的事，她已经无法再保持平静了。英格希望把奥莲叫过来，艾萨克也提不出更好的办法。

而奥莲呢，奥莲又怎么样了。奥莲在这个工作季并没有上来，她难道就这么放弃了吗？哦，怎么可能，这么一大块肥肉，她自己不赶紧地扒上来就算好的了，怎么舍得放过。就算把所有的事情都弄得一团糟，她也不会有羞愧心的。

某天，奥莲终于等不及了，她上到山上，就像一个没事人一样，和英格拉着家常，似乎两人间还是亲密无间的好姐妹一样，甚至还给艾利修斯织着袜子。

她嘴里说着只是想要过来看看他们过得怎么样，可是谁又不能猜到奥莲的心思呢？奥莲在树林里藏放着一个很大的包袱，她这是已经打下了常住的念头了啊。

晚上，英格将艾萨克叫到一边，对艾萨克说："你不是打算翻山去找盖斯乐吗？现在正是农闲的时候，可不正好？"

"嗯，好，"艾萨克答道，"现在奥莲也来了，我明天一大早就起程。"

英格十分感谢艾萨克的理解，不住地问："你带齐盘缠了？把这家里所有的钱都带去吧。"

"这怎么行呢？你们难道不需要吗？"

"不用，你将钱全部带去！"英格说得很肯定。

英格为艾萨克准备了大包吃的，艾萨克醒来的时候还是大半夜，不过所有的东西都已经准备齐全了。英格将艾萨克送到大门口，她表现得很平静，没有哭也没有抱怨，只是说："我可能随时被抓过去。"

"你对这件事也不了解吗？"

"我并不确定，倒不至于马上就要去，但是，不管怎样这件事总是会来的。也许盖斯乐能够帮上些什么忙也不一定。"

盖斯乐现在又能帮得上什么呢？什么也帮不上，不过，艾萨克还是出发了。

但是无疑的，英格知道的远比她说的要多。毕竟奥莲也是英格自己找来的。而当艾萨克从瑞典回来时，英格早就走了，只剩下奥莲陪着孩子们。

对于刚从外面回来的艾萨克来说，这真是个令人伤心的消息。所以当艾萨克问起这件事时，都不自觉地提高声音问道："她去了？"

"是的。"奥莲说。

"是什么时候？"

"在你走后的第二天。"艾萨克明白了，和以前一样，英格叫他出去只是为了支开他而已。她得给自己留点儿钱才好啊，还得走那么远的路，她却把钱都给了艾萨克。

不过两个孩子依旧还在快乐地玩耍着，什么都没有感受到。艾萨克给家里带回了一只小猪，这算得上是这段旅程的唯一收获吧。在艾萨克赶到瑞典时才被告知盖斯乐早已经离开，回到了挪威，现在居住在特隆赫姆。在路上艾萨克精心照料着这头小猪，甚至幻想着这头小猪为这个家带来的欢乐。英格也会喜欢这头小猪的，可是英格却不在了。不过，艾利修斯和西维特会和它玩得很好。这让艾萨克有了点儿安慰。奥莲给艾萨克带来一个消息。这个消息是从海耶达那里得来的，关于这片土地的问题，现在只需要艾萨克去办公处付款就可以了。听到这个消息，艾萨克舒了一口气，生活还不至于将他推入绝境。虽然艾萨克现在身体疲惫得不行，但依旧提着那袋子食物就出门了，也许现在艾萨克能赶到村子里和英格见上一面。

但是他失望了，英格已经离开了，再见面的时候就得是八年之后了。这真是一段漫长的日子，就连海耶达和他说的话他也只是断断续续地听到了那么几句——这个结果已经是顶好的了……她回来之后就好好做人……就当是一个教训，以后做个好女人！

海耶达一年前也结婚了，不过他们一直没有要孩子的想法。她不要孩子，是的，他也没有要孩子。

海耶达接着说："我们谈谈塞兰拉这片土地的事吧。我将这些事都办妥了，部里也接受了我的这项提议，这些条件都是参照我的意见修改的。"

"嗯。"艾萨克回应了声。

"虽然费了不少劲，不过好歹这些努力都没有白费，我提出的意见一律被采纳了。"

"一律？"艾萨克说。

"这是你的地契。你只要去登记过户就可以了。"

"嗯，首付得多少钱？"艾萨克问。

"部里在这个地方做了些改动，每年得交十元，这个你还是可以接受的吧？"

"只要我有钱的话……"艾萨克说。

"要缴十年？"艾萨克有点儿被这个数字吓到了。

"这是他们的条件。现在那块地已经被开垦出来了，绝对是不止这个价的。"

今年的十元钱，艾萨克还是缴得出来的，将卖木材和奶酪的钱凑在一起就够了，这一年他还能有一笔小钱富余。

"不过也幸好你太太的事没有传到部里，否则这件事还真说不定，毕竟还有别人想要买这块地。"海耶达说。

听到英格，艾萨克便止不住想要打听她的事。"她真的服刑八年吗？"

"没错，事情已经定下来了，法律总是严肃的。毕竟这一次的判决已经算是轻的了。对了，现在还有一件重要的事需要你马上去做，你得去将你的地界和国家土地的地界划分清楚，就从我上次弄的标记那里划分。过段时间我会来查看的。"

艾萨克拖着沉重的步子回了家。

8

时光总是不等人，人也会慢慢老去，而艾萨克却不，他依旧还是那么热血而充满干劲。岁月的痕迹似乎在他的身上无限地延长了。他仍在他的土地上工作着，任由他那红色的胡子在脸上疯长。

偶尔，山上会出现一两个拉普人，问问这问问那，不过生活又很快恢复平静。直到某天，山上来了好些个人，好些个男人，在塞兰拉逗留了很久，在这边休息，吃了些食物补充体力，又来问艾萨克和奥莲过山的路。他们说，这是在测量电报线。有天，盖斯乐也来了，是的，你没看错，就是盖斯乐本人。他还是像以前一样毫无拘束的样子，和他一起来的还有两个人，都带着鹤嘴锄和铁锹，用作采矿的工具。

盖斯乐还和以前一样，像是什么都没有发生一样，安然地和孩子们打着招呼，旁若无人地四处逛着，看看土地，又去牛棚和马厩里看了看。盖斯乐突然问道："艾萨克，你家还有那种石块吗？"

"石块？"艾萨克完全不能理解。

"对，就是上次我来时，你给孩子们玩的那些石块。"

那些石块被用来压着捕鼠器，以防止肉被鼠咬。艾萨克将那些石块都取了过来。盖斯乐和那些人拿着石块在一起敲敲打打，谈论着什么，最后得出结论，"这是铜。"他们说。

"你可以带我们去能找到这些石块的山头看看吗？"盖斯乐问。

这些人一同过去了，他们在那座山头待了将近两天，那边不断地传来爆破的声音。他们下来的时候带了两大袋子的石头。

与此同时，盖斯乐与艾萨克商量着想要买下他那座山头的地，用整整一百元。

艾萨克表示惊讶，而盖斯乐则毫无所谓地说："你要知道，在你的山洞里，那些东西可远远不止这个价钱。"

"是吗？"艾萨克还是充满着疑问。

"不过，你得赶快去将地契领下来。"

"好。"

"这样这块地才是属于你的，别人就不能做什么了，就算是国家也不能。"

艾萨克明白了。不过艾萨克还是将英格的事提了出来。"英格的事可该怎么办？"

"哎，"盖斯乐想了很久，比他平时用的时间久多了，过了好一会儿才说，"也许你们可以上诉，要求重新审判。或许这样可以使刑期减短。或许可以去弄一份请愿书，这样也行。"

"如果能够做到那就太好了……"

"不过这也不是一时半会儿就能得到的结果。再等一段时间吧。对了，你给我妻子送去的肉还有奶酪什么的，这得多少钱？"

"这个啊，这个您已经付过了。"

"给过？"

"在很多地方，您都帮助了我们。"

"一点儿也没有的事，给你，这些你拿着。"盖斯乐从口袋里拿出几张钞票塞给艾萨克。

盖斯乐可从来不愿意平白受人恩惠。盖斯乐似乎有很多钱，他的钱袋子里总是鼓着的。不过，天知道他到底有没有钱呢。

"英格给我写了一封信，她说一切还好。"艾萨克又将话题引了回去。

"什么？英格吗？"

"自从上一个孩子之后，她在那边又生了一个漂亮的小女孩。"

"哦，这真是太好了。"

"是的，她说那些人对她很和善，处处帮扶着她。"

"嘿，听着，我现在得去将这些石块拿出去给那些专家检验，如果这含铜量高的话，艾萨克你就要变成富翁了。"

"哦，"艾萨克对这件事始终兴趣不高，"你觉得我们什么时候提出赦免申请才合适呢？"

"放心，不会太久的，到时候我亲自过来，为你撰写。你刚刚说什么？你妻子在那边生下了一个孩子？"

"他们是在她即将生产的时候将她带走的？他们没有权利这么做。"

"是吗？"

"不管怎样，这又多了一个减刑的理由。"

"如果这件事能成的话……"艾萨克满怀感激地说。

而艾萨克呢，对于这有关孕妇服刑的条例却是一无所知的。当地法官早期并没有将英格收押，其一是因为村子里没有收押的地方；其二是因为对英格有着怜悯之情。然而，谁能想到英格当时还怀着身孕呢？派去收押的人没有做过多的询问，英格也没有说出她的情况。也许，是英格刻意地隐瞒不报，只是希望在服刑期间自己能有个依托，若是英格表现良好，让英格亲自抚养又有什么关系。又或者，英格并不清楚这些条例，自己也没有在意……

艾萨克总有事情等着他去做，一如既往地忙碌着。他按海耶达要求的，将地的界线划分出来了，并且将下一季的木材也弄好了。

可是艾萨克却没有从这其中得到乐趣，英格不在了，没有人在旁边问东问西，没有人再发出疑问来满足他的虚荣心。艾萨克过得很消沉，似乎所有的事都无关紧要了。到了秋天的时候，艾萨克终于振作起来，将地契办好了。生活不论好坏，也影响不到他，做农事也只是遵循他的习惯而已。艾萨克将兽皮处理好，使它变得坚韧而柔软，这些兽皮都被做成了鞋子。冬天打禾的时候，艾萨克就备好了第二年所需的种子。一切似乎都是有条不紊的，可是却不可避免的单调而孤独。艾萨克又得忍受一个人的生活了。

艾萨克是虔诚的基督徒，星期天的休息日，他依旧将自己整理得干干净净，穿着英格给他做的红衬衫。就算如此亮眼，他却并没有为此而感到幸福。星期日的空闲时间，成了最难熬的日子。艾萨克无法再借由工作的忙碌而遗忘，总是不可避免地想起英格。这种空闲的时间让他骨头发痒。艾萨克只好抱着孩子们，和他们说话，解答他们各式各样的奇怪问题，这才好受些。

奥莲依旧住在这里，艾萨克实在是需要一个帮手。奥莲的活儿做得还不错，都能拿得出手，只是在这其中感受不到英格那样的情谊。奥莲却没有觉察到，这个家里没有属于她的东西。艾萨克从镇上买来一个瓷罐装饰着一个狗头盖子，只不过用来盛放烟草而已，奥莲将盖子拿下来时，落到地上，碎了。奥莲甚至将英格留下的花草，恶意地碾压。碾了两次那些花草就统统死光了。艾萨克向来是个直性子的人，有了不高兴就会表现出来。而奥莲呢，她是从不会管别人的心情的，更何况她很善于伪装。

"现在，我现在又能怎样？"

"你最开始就不该碰那些东西。"艾萨克说。

"好了，我不会再去碰了。"奥莲这样说着，可是又怎么样呢？那些花儿已经死了。

奥斯·安德斯那个拉普人，艾萨克总是能在塞兰拉看到他的身影，他不是为了别的事要经过塞兰拉，就是在塞兰拉逗留，而奥莲却每次都会和奥斯·安德斯闲扯很久，在那个拉普人走的时候，他的袋子里总是装满着东西。对于这件事，艾萨克已经隐忍了两年。

奥莲呢，奥莲对于这个家却只顾自己的享受，现在才秋天而已，奥莲却每天脚上都穿着新鞋，艾萨克觉得自己已经不能再忍耐了。

"今天还不错。"艾萨克打着招呼。

"嗯。"奥莲说。

"艾利修斯，今天早上你数的时候不是还有十块奶酪吗，现在怎么只有九块了？"艾萨克说道。

"是的。"

"那是怎么回事？"

艾利修斯凭借他那小脑袋想了一会儿，说道："算上奥斯·安德斯拿走的一块，就刚好是十块了。"

话一说完，大家都沉默了。过了会儿，小西维特才附和着哥哥的话说："是的，加上奥斯·安德斯拿走的刚好是十块。"

大家又沉默了，奥莲觉得她必须得解释些什么了。

"是我给了奥斯·安德斯一块，我没觉得有什么不好的。而你这两个孩子，才刚刚会说话，却已经算计着这些事了。这性格像谁，我可真说不出来，不过我知道，艾萨克你的天性可不是这样。"

这暗示谁都能理解，艾萨克很直白地说："孩子们很好，而奥斯·安德斯呢，他可是个毫不相关的人，对我们家又有什么好处？"

"什么好处？"

"没错，就是字面上的意思。"

"奥斯·安德斯有什么好处？"

"甚至，我们家都得给他奶酪。"

奥莲已经想周全了，于是她说："好吧，这是我从未想到过的，当然我也从来不这么认为，不过，是我先和奥斯·安德斯来往的吗？如果我再提一次他的名字，上帝叫我不得好死。"

和奥莲争辩，艾萨克是向来没有胜算的，就像很多次一样，最后总是艾萨克后退一步。奥莲却还没有说完。"冬天已经来了，难道你想我没有一双鞋吗？如果你是这样想的，就请你明说。并且在两三个星期前我就已经提起过我需要一双皮鞋，可是现在呢？我连一只鞋的影子都没看到过。"

"难道你的木鞋不能穿了吗？难道你已经没有鞋可以穿了吗？"艾萨克反问道。

艾萨克的反问完全出乎奥莲的意料，奥莲完全没有准备。

"你能解释吗？"

"当然。"

"我做很多的事情，我在这里看管牲畜，纺织羊毛，甚至尽心尽力地照顾孩子，这些难道就不值得提起吗？你会让你的英格在冬天里光着脚在外面做事吗？"

"英格只会穿木鞋，甚至去教堂或者看望别人也只会穿着粗兽皮。"

"哦，当然，这样很好。"

"是的，英格就是这样一个人，就算夏天的时候，也只是在兽皮鞋里垫些草而已。而你呢，一年四季都穿着袜子。"

奥莲说："至于你说的，那木鞋总会被穿烂的，我也终究会要换鞋的，我可没打算马上就把那木鞋穿烂。"奥莲半闭着眼睛，还是一副老奸巨猾的样子。接着奥莲又谈论起了英格，"英格，那个怪胎女人，她可是三刀两面的人，从小就跟在我们后面，学到的东西可是不少吧。我有个女儿住在卑尔根，戴着帽子。英格为什么要去南方，估计就是为了那一顶帽子吧，嘿嘿。"

艾萨克不打算再在这里待下去了。而奥莲呢，奥莲已经打开了她那充满恶毒语言的阀门。"感谢上帝，英格的孩子不像她一样邪恶。不过就算有，至少也不会像奥莲一样的邪恶——并不是每个人都有勇气将她们生下的小生命亲手掐死……"

"你说话当心些，你这该死的老巫婆。"艾萨克大叫道。艾萨克这下可算是彻底看清了奥莲的为人。

不过，奥莲是个什么人，这点儿事情她怎么会放在眼里，她把目光抛向天空，翻着白眼，暗讽道，可不只一个有兔唇呢，可是能这么狠心的人也只有她一个，嘿嘿。

当艾萨克平安地走出房子时，估计他都该为自己能平安地走出来感到高兴。这个老实巴交甚至称得上是懦弱的男人，对于奥莲，除了去给她买回她需要的鞋子之外，又能有什么办法呢？在这个荒野地里，艾萨克什么事情都只能自己做。而没了奥莲，艾萨克很多事情都做不成，这就是奥莲有恃无恐的原因，奥莲总是善于利用对自己有利的条件。

满月的晚上，夜里非常寒冷，沼泽地都被冻成了僵硬一块。到了第二天，太阳一晒，那些沼泽地又化成了一团。艾萨克不得不在寒冷的夜晚，去给奥莲订制鞋子。艾萨克顺便带了两块奶酪，去送给盖斯乐太太。

行走到半路的时候，艾萨克看见了另一个开荒者。看得出这是个富人，他从村子里请了帮手来盖房子，农场也是请人来修理的，自己并不需要亲自下地。这块地的主人叫布列德·奥尔逊，是海耶达的助手，若是你要去找医生和屠夫，就得去咨询他。他很年轻，甚至不到三十岁，不过他已经是四个孩子的爹了，他不光需要照顾这四个孩子，还有个孩子般的妻子需要他照顾。其实这个布列德也过得很辛苦，他必须得将那些零零碎碎的事处理好，还要去催那些拖延交税的人交税，做这个工作并不能给他带来更好的生活，所以他打算进行新的尝试了。他去银行里贷款将这块地买了下来。这块地的名字叫布列德利克，这个漂亮的名字是海耶达的太太想出来的。

艾萨克只是匆匆看了一眼就走了，他没有时间在这里闲逛。虽然天色还早，可是孩子们早已经起床了。艾萨克想要赶在第二天晚上回来，时间并不充裕。艾萨克想要尽量调整好时间，虽然现在田地里并不是很忙，但是艾萨克并不放心把孩子和奥莲放在一起。

走着这段路，艾萨克就止不住地怀念。距离英格离开的日子已经过去两年了。塞兰拉发生了很多事情，而现在，又有一个人在这里开垦荒地。这地方就像是艾萨克的家，没有人能比艾萨克更清楚这地方了。这块地是艾萨克最开始时心仪的地方，不过他依然继续往深处行进。虽然这里的地理位置很有优势，但是对于艾萨克而言，这不是他想要的。这里离村子很近，但是这里的木材不够好，土地很贫瘠，不多时布列德就会发现种好粮食并不是那么简单。艾萨克注意到露天的院子里放着一辆车，不过布列德为什么没有盖一座棚来遮蔽呢？

艾萨克将鞋子的事情办好了，去找盖斯乐太太时才被告知他们已经搬家了，艾萨克就将奶酪卖给了别人。之后，艾萨克便起程准备回去了，现在沼泽地大概已经被冻上了。路很好走，可是艾萨克却没有一点儿轻松的样子。盖斯乐太太已经搬走了，搬去哪儿了，那盖斯乐呢，是不是也不会回来了？英格还在服刑，日子还是一天天过着……

回来时艾萨克并没有走那条路，没有去看布列德的院子，特地绕远了，艾萨克一点也不想理人，只想一直走。而停放在露天院子里布列德的车，艾萨克一点儿也不想管，这是他自己的事。艾萨克自己也有车，并为它建了一个车棚，给它遮风挡雨。但是，就算这样，艾萨克也并不觉得高兴。现在这个家已经不算是个完整的家了，现在是一半，不，可能连一半都算不上了。

当艾萨克回到家的时候天已经大亮了。走了这么久，艾萨克的身体已经累到不行，当看到家的时候，艾萨克还是感到欣慰的。在家的那边，炊烟袅袅升起，两个小家伙都站在外面，看到他回来，都奔了过来。艾萨克走进房子，却发现他的家里坐着两个拉普人。奥莲一脸吃惊地站了起来，"你回来了！"而炉子上正煮着咖啡。是的，就是咖啡。

这种事已经不是第一次了。当奥斯·安德斯或者别的拉普人来塞兰拉时，奥莲就会用英格的小锅给他们煮咖啡。奥莲煮咖啡总会避开艾萨克，而艾萨克撞见奥莲煮咖啡时，奥莲沉默着什么也不愿意解释。少了些奶酪，或者丢了一捆羊毛，这些都是时常发生的事情了。艾萨克没有采取措施来阻止这些事情的发生。艾萨克一直忍耐着奥莲的种种恶行，连他自己也佩服自己的这种忍耐力。艾萨克希望自己变得好一点儿，更好一点儿，为了这个家的安稳，忍耐并不是件难事，艾萨克甚至希望通过他的努力能感动上帝，使英格快点回来。艾萨克没有办法，只能寄希望于上帝，他不再鲁莽，做事也会思前想后，艾萨克单纯地相信他做的事情上帝总是会看到的。

早秋的时候艾萨克去马厩里逛了一圈，发现厩房里的草泥有一点儿掉落。艾萨克没有发牢骚，他思索了会儿，觉得这是上帝给他的旨意，他笑着接受了这个事实，只是用竹竿将破洞遮挡了。还有就是存放粮食的棚子是用石块搭建的，而石块缝隙之间却没有任何东西遮挡，不久，小鸟就出现在粮棚里就像在里面安了家一样。奥莲总是抱怨，说这些鸟糟蹋了粮食，心疼着那些被鸟弄坏的肉。艾萨克却说："这些鸟儿进得来，却出不去，真可怜。"在农事最忙的时候，艾萨克却抽出空来将墙上的空隙给填补好了。

谁知道做着这些事的艾萨克是怎么想的呢？或许是希望上帝能够看到他的态度，早点将英格还给他吧。

9

日子过了一年又一年。

塞兰拉又有客人来了，是过来铺电报线的工程组，由一个工程师和一个领班带着两个工人。这条电报线将会延伸到很高的地方，连带着还要修建一条沿山公路。这没什么不好的，塞兰拉终于不用一直荒芜着了，渐渐的塞兰拉也要变得热闹起来，融入这个世界。

"在电报线通了之后，塞兰拉正处在山谷两条线中央的交通枢纽。这里有一份管理电报枢纽的电报员职位，你想做吗？"那个工程师问艾萨克说。

"噢。"艾萨克说。

"这份工作每年可以给你带来二十五银圆的报酬。"

"呃,那么完成这份工作需要我做什么呢?"艾萨克问道。

"很多,你需要检修线路,并且将线路下的公路清理干净。不一定每天都有工作,但是若是有工作的时候你得放下你的所有事,先来完成这份任务。他们会放个机器在这里,以便与你及时联系。"

艾萨克思考了会儿说:"我只能在冬天的时候才能做到。"

"这可不行,你必须保证你有充足的时间来做这件事。"

"哦,不行,其他时间我需要在我的农场里工作,根本没有空闲时间。"艾萨克说。

工程师瞪着艾萨克好长一段时间,随后问了一个令人吃惊的问题,"在农场工作难道比这份工作挣到的钱要多吗?"

"赚更多的钱?"

"你每天工作所赚的钱比我们还要多吗?"

"这我可不知道,但是你要知道,这片土地是我的,我得照看好它,我还得靠它养活我的家人,那些牲畜也得我去照看。这片土地就是我的生命,我离不开它。"艾萨克说。

"好吧,我相信还会有别人对这份工作感兴趣的。"工程师说道。

听到这位工程师这么说,艾萨克长长舒了一口气。艾萨克并不愿意得罪这位大人,他解释道:"你要知道我养了一匹马、五只母牛、一只公牛、二十只绵羊、十六只山羊,这么多的牲口都要我去照料……"

工程师打断道:"哦,当然,这的确会很忙。"

"是的,所以在农忙的时节我根本没办法离开农场,我无法兼顾两者。"

"好了，我知道了，"工程师说道，"我会重新找到一个人选，相信布列德·奥尔逊会很愿意接手这份工作。"说着，工程师就转向了他的手下，"嘿，伙计们，我们得走啦。"

奥莲听艾萨克的话就知道他是个死板的、不可理喻的人，奥莲觉得她可不能错过了这个好时机。

"艾萨克，你刚刚说什么？十六只，不，我们根本没有十六只山羊，不过才十五只而已。"

艾萨克望向奥莲，奥莲却也直直地望着艾萨克。

"不是？"

"不是。"奥莲说，随即无辜地望向客人们，好像艾萨克在无理取闹一样。

"呵。"艾萨克嗤笑了一声，捋着一绺胡子，站在那里丝毫不动。

工程师和他的手下很快就走了。

若是现在艾萨克想要对奥莲做什么可是天赐良机。现在屋子里只剩下了他们，孩子们也都出去了。艾萨克正站在屋子中央，而奥莲坐在火炉旁。艾萨克准备说些什么，已经咳了几声，但是什么也没说出来。艾萨克隐忍着。难道艾萨克不知道自己羊圈里有多少羊吗？那个女人大概是疯了，他闭着眼睛都知道。他每天都和那些牲畜们生活在一起难道还不知道？奥莲那个恶毒的女人肯定是将一只羊卖给了布列德利克的女人。"哼。"艾萨克所有的话都到舌尖，却又把它咽了下去。奥莲这恶毒的女人，肯定是将那只羊杀了，否则她是怎么做的？他能猜得出那只羊的结局。

艾萨克可不会像个雕塑一样站在这里，什么也不说，"哼，你最好解释清楚，为什么羊只剩下十五只。"

"我非常确定我数的时候，羊只有十五只。若是不信，你可以自己去数一遍。"奥莲说话时狡猾得像个狐狸。

现在正是时候，艾萨克可以动手，亲自将奥莲捏扁，这是个不错的主意。艾萨克有这个能力，但是他没有这么做。他向外走去，边走边说："现在我已经没有话和你说了。"艾萨克现在表明，下一次，就不会这么容易放过她了。

"艾利修斯。"艾萨克叫道。

艾利修斯哪儿去了？孩子们都跑到哪里去了？艾萨克认为孩子们已经长大了，可以用他们的眼睛帮助他了。艾萨克在仓库底下找到了他们，他们爬到很里面，几乎都看不到了，若不是他们的交谈声传了出来，恐怕还是找不到的。接着，他们像罪人一样爬了出来。

事情是这样的：艾利修斯拾到了一支被遗留下来的彩色铅笔，于是追了出去想要将铅笔送还给那些工程队的人们，但是他们早已经走进森林了。艾利修斯的脑子里出现了一个小恶魔，叫嚣着要将铅笔留下来。于是，艾利修斯找来西维特，这样犯错的就不只他一个了。他们拿着捡到的铅笔一起钻到了仓库底下。这支铅笔对他们来说，可是个新奇的东西，这可是他们生活中一件为数不多的大事件了，他们找来一些刨花，将它掩盖好，留下记号。他们找到这支笔，分别用两种颜色来代表他们俩，这支笔可得两个人轮流使用。当听到艾萨克的叫喊，艾利修斯的第一反应就是："糟糕，他们回来要铅笔了"。这下没有可高兴的了，艾利修斯和西维特的心跳得砰砰作响。他们都从仓库底下爬了出来，艾利修斯将手臂伸得直直的，只想表示他没有弄坏它，恨不得从来没见过才好。

见到没有工程师，艾利修斯和西维特马上就放松了。紧张的心情一扫而去，现在则心情非常轻松。

"昨天有女的来过吗？"艾萨克问。

"嗯。"

"是下面的那家人？她走的时候你们看到了吗？"

"看见了。"

"她走的时候有没有带着一头羊？"

"没有山羊。"

"没有？真的？"

艾萨克感到很奇怪。傍晚，艾萨克趁牲畜都回栏时又将山羊数了一遍，没错，是十六只。他不放心地又数了一遍，的确是十六只，一只也没少。

艾萨克疑惑了，奥莲这女人是怎么了，又有什么阴谋，难道连数都不会数吗？艾萨克怒吼道："你又在打什么鬼主意，那十六只羊不都在那里吗。"

"有十六只吗？"奥莲装作不解地问道。

"是的。"

"哦，这可真好。"

"你可真会数数。"

奥莲平静地看着艾萨克，以委屈的语气说着："谢天谢地这十六只羊都在，否则又该有人说是我奥莲私吞了它。这下我总不用受人怀疑了。"

是的，奥莲这一招完全骗过了艾萨克，艾萨克还沉浸在有十六只羊的满足里，可怜的艾萨克又怎么会想到去数数别的牲畜的数量。奥莲在他的心里还不至于到恶人的程度，毕竟，奥莲尽心尽力地替他看管着家，替他喂养那些牲畜，只是心地不好。这地方容得下她，不介意让她天天住这里，但不值得在她这里浪费时间。这样的生活对于艾萨克来说是灰暗的，这让他提不起对生活的兴趣。

一年又一年，时间过得很快。杂草长到屋顶上了，仓房的屋顶上也有，不过长得晚些，草还能显出绿色。这里就像让大自然生了家，野鼠从林子里窜进了仓房，山上的山雀和各色的鸟儿也找到了进仓的道路，那些生灵全都蜂拥而至，这里甚至都比林子里多了，连乌鸦都在这里停留不走。有一年，连海那边的海鸥都出现在塞兰拉，在这里定居了。动物们简直是要将艾萨克的家侵占了。而艾利修斯和西维特呢，当他们第一次看到从远处奔来的海鸥，只觉得那稀稀落落的六只白色的长得一模一样的鸟在自家的田地里走来走去，偶尔啄着草很好玩。

孩子感到很奇怪，问艾萨克："爸爸，它们怎么会到这边来？"

"海上的天气太差了。"艾萨克说，这些神秘的海鸟正在天上飞着，好不神气的样子。

艾萨克经常解决这些小家伙的各种问题，同时教给他们那些实用的知识。孩子们已经到了上学的年龄，但是学校在几公里外的另一个村子，这段路程太远了，对一个成年人都不易，更何况是两个孩子。艾萨克会在星期天教孩子们英语，但是，艾萨克的知识也就仅仅局限在 A、B、C，再多的艾萨克也挤不出来了。艾萨克将《教育问答手册》和《圣经》同奶酪放在同一个架子上。对待教育，艾萨克显然是希望孩子们能够接受知识的洗礼。他们差不多就是艾萨克的全部，他们给了艾萨克快乐与幸福。那时候他们的肌肤还那么柔嫩，英格甚至因为他的手上沾满树脂而不准他碰触他们。她又怎么知道，树脂是天下最干净的东西，甚至比黄油、山羊奶和骨髓还要好，它可是天底下最干净的。

那些小家伙在这样邈遏的愚昧无知的环境中长大了。也许他们身上偶尔是脏兮兮的，但是他们依旧透着清秀。小西维特长得很清秀，而艾利修斯呢，是那么的深邃俊美。

"它们，那些海鸥能够发现天气的变化吗？"他问道。

"那些恶劣的天气会使它们感到难受、恶心。不过那些苍蝇可比它们更加难受，我也不知道具体是怎么样。大概是头晕了或者痛风了吧。孩子们，记住不要去拍打苍蝇，这会使它们更加难受的。但是马蝇可就不同了，它们会自然死亡。在仲夏的某一天，它们突然出现了，等到某天它们消失不见的时候，就是它们死亡的时候。"

"那么它们是怎么死的？"艾利修斯问道。

"它们的脂肪太多了，等到它的脂肪层变得坚硬，它就得死了。"

他们每天都在接受新的东西。比如，从高处往下跳的时候，不能把舌头放在两齿之间，否则会咬到舌头。他们再长大一点儿时，有了羞耻之心，希望去教堂的时候身上能保持清香，就想到了将山坡上的艾菊涂抹在身上。爸爸简直无所不能。他教孩子们分辨各种石头，火石是什么样的，为什么两种石头的硬度不一样，想要生出火来，光有火石是不够的，还得准备火绒。他还会告诉孩子们，怎么以手臂分辨月圆月缺。在左手臂能够握住时，这是月渐圆，而反之则是月渐缺。不过有的时候，艾萨克就过分投入了，讲得像个神话故事一样。某天，艾萨克郑重地说，人想要进入天国就像骆驼想要从针孔中穿过一样不易。在另一次，艾萨克给孩子们讲起了天使，他说，天使的脚底被无数的星星托着才能飞翔。这些单纯而美好的教育，就是为他们量身打造的，也许村子里的教师会嘲笑，但是这些东西的确在他们的生活中能帮上不少忙。艾萨克的教育就是为了他们今后的生活而量身订制的，还有比这更好的事吗？秋天，艾萨克要屠杀牲畜，孩子们对这件事既好奇又害怕，同时那即将逝去的生命让他们感到无比沉重。艾萨克一手将老山羊抓住，另一手握着刀具准备随时下手，奥莲在旁边打着下手。那只年迈的山羊被牵出来，它已经很老了，胡子都长得很长。孩子们就站在一旁，只敢用眼角的余光瞟着，"这讨厌的冷风。"说着，艾利修斯便转过身去，偷偷地抹着眼角。而小西维特早已哭开了，"可怜的老山羊。"羊很快就被杀好，艾萨克走过去对着他们训斥道："当杀东西的时候，不要在旁边说着'可怜的东西'在那里伤心，这会影响到屠夫的心情，可得记住咯。"

时光过得很快，转眼一年过去，又是一个春天了。

英格给家里寄了信，说她在那边一切安好，还学到了很多东西。他们的小女儿长得很壮实，她叫她利奥波丁，她出生的那天是十一月十五日。正好是利奥波丁节。她长大了，很懂事，而且她在抽丝法刺绣和钩针编织上很有天赋，现在她就已经可以在细布或帆布上织出很妙的东西了。

而最让人感到惊奇的是整封信都是由英格亲笔写的，连单词都是她拼的。艾萨克可认不出那么多的字，那封信是艾萨克到村子中找店铺里的人念给他听的。艾萨克将它们记得一清二楚，回家的时候还是记忆犹新。

饭后，艾萨克庄重地坐在桌子上，将信摊开在桌子上，大声地将内容念给他们听。艾萨克非常想让奥莲看看他的能耐、他的学识，但他一句话也不想对她说。艾萨克念完就转向了孩子们，"艾利修斯、西维特，这是你们的妈妈给你们的信，她可学了不少东西，连你们的小妹妹都懂得很多，小伙子们可要加油啊。"孩子们默默地做着，想东西想得出神。

"哦，这可真了不起。"奥莲说。

她写信来是什么意思？奥莲很怀疑这封信的真实性，又或者奥莲根本不觉得艾萨克能够念出整封信。奥莲坐在那里不显山不露水，想要猜出她的想法可不是件易事。艾萨克现在不想理会这个女人。

"等你们妈妈回来的时候，她也会教你们识字的。"艾萨克说道。

奥莲一直在忙碌着，不停地给东西挪着地方，没有一刻停下来，手就没停歇的时候，不过谁知道她的心思转向哪里呢？

奥莲突然开了口，说："这里的生活很好，什么都不缺，不过我希望你能够给这个家买包咖啡。"

"咖啡？"艾萨克的疑问脱口而出。

"是的，我一直用我自己的钱买，但是……"奥莲镇定地说。

对艾萨克来说，咖啡是在童话故事中的，就像彩虹一样的遥不可及。对于奥莲的胡言乱语，艾萨克并不放在心上。尽管艾萨克思维迟钝，他终于想到奥莲和那些拉普人的交易。艾萨克愤恨地说："哈，放心，我会给你买咖啡的，你要一纸袋的咖啡？你怎么不要一磅呢，这不更合你意吗？"

"艾萨克，你不要这样看着我，我弟弟尼尔斯有咖啡，下面布列德利克一家他们也有咖啡。"

"是吗？他们有咖啡，他们可没有羊奶。"

"这倒是的，但是你这么有学识，都能把整封信完整念出来的人，一定知道咖啡是每个家庭的必需品。"

"你这个混账。"

听到这句话，奥莲更是肆无忌惮，"说到那个英格，我敢这样说……"

"不论你说什么，我都不会相信的。"

"她总有一天会回来，说不定学会了各式各样的技艺，回来的时候，她可能戴着帽子，帽子上缀满这种珠子和羽毛。"

"这当然是可能的。"

"她能够变得这么时尚，这么的有能耐，就应该感谢我才是。"

"你？"艾萨克感到愤怒。

"当然，若不是我，她怎么可能到那样的地方去。"奥莲故作谦逊地说。

艾萨克愤怒得说不出话来，所有的话语都堵在喉咙里，只得愤恨地坐在那里瞪着奥莲。他没有幻听吗？奥莲就那么平静地坐在那里，好像这恶毒的话还不曾说出口。在这种舌战中，艾萨克永远都赢不了奥莲。

艾萨克离开了屋子，整个思绪还沉浸在刚才的对话中。奥莲，那个恶毒的女人，他本该在她来的第一年就掐断她的脖子。艾萨克只能这样想着，他若是能做，早就做了，可是他不能。

接着，发生了一件荒唐的事情。是的，那些山羊都还在，十六只一只也没少，艾萨克将其他的牲畜也数了一遍，母牛、猪……"我一共该有十四只绵羊。"艾萨克自言自语地数着，装出很急切的样子。事实上真的少了一只绵羊，艾萨克是知道的，但是艾萨克只能装作不知道。那次奥莲说的话，很好地戏耍了他，山羊没有少，少的是绵羊，那次和奥莲吵了一架，可是却什么都没有证明。他斗不过奥莲。在秋天，准备屠宰牲畜的时候又发现有一只母羊不见了。但是，艾萨克无法将奥莲叫出来对质。艾萨克不敢再招惹奥莲。

但是到了今天，艾萨克无法再忍受下去了。奥莲所做的事让他感到愤怒无比。艾萨克故意将绵羊大声地数了很多遍，还不停地说着奥莲的坏话，奥莲一定是能够听见的。艾萨克用奥莲教的方法饲养牲畜，可结果呢，却把牲畜越养越少。奥莲就是那个小偷，她将这些东西全部都偷走了，是的，她就是个小偷，艾萨克无比地希望奥莲能够听见这些话，估计她听到得就暗自心慌了吧。

艾萨克从羊圈中走了出来，踱步去了马厩。从马厩回到屋子里，艾萨克走得很快，甚至衣服都被风吹得鼓了起来，他要将那些本该说的话和奥莲讲清楚。或许奥莲已经看到他了，奥莲一声不响地站在门口，两只手提着木桶，准备去牛棚。

"你打算将那只偏耳的母羊怎么办？"他问。

"母羊？"奥莲问。

"如果那母羊还活着的话，都能够生两只小羊了。这样算，我可是一丢就丢了三只，你把它弄到哪儿去了？"

奥莲被这指控吓到了，她觉得腿整个都要软掉了，自己随时都可能倒下去。奥莲的脑子飞速地转动着，她不可能在这里倒下，凭借着敏捷的思维一定能够使她脱险的。奥莲在想着。

"我偷的？我偷它们有什么用处？难道我能够一个人将它们全部吃完吗？"奥莲只得平静地说。

"我想，你到底将它们怎么样了恐怕只有你最清楚。"

"呵，难道是你给的肉还不够我吃吗？难道我有饥渴到如此可怕的程度吗？你要知道，这几年我可是从未过得这么舒心过。"

"好吧，不要再狡辩了，你到底将那只羊怎么了？给了奥斯·安德斯？"

"奥斯·安德斯？艾萨克你到底在说些什么，那只山羊？偏耳朵的那只？"奥莲将木桶放下，双手合十。

"你就是个混账。"艾萨克说完转身就走。

奥莲还在后面说着:"艾萨克,你可真是天下少有的人,你要知道,你的农场里可是有大群的绵羊和山羊,难道这些还不能使你满足吗?天知道你究竟是想要我拿出什么样的山羊给你。你真该感谢上帝对你的仁慈和厚爱。再过不了多久,到了繁殖的季节,你的羊群就会是现在的三倍多,你还有什么不满足的?"

天啊,奥莲那个女人。

艾萨克像只熊一样咆哮着走开,一边想,一边咒骂:"我应该在第一天就将她杀死。我这个白痴,像个垃圾一样,不过现在还不晚,奥莲你等着,她既然要去牛棚就去吧,总有一天……想要咖啡,哈,这样的要求还真敢提。"

10

第二天,这一天在艾萨克的生命中也极为重要。农场迎来了一位客人——盖斯乐。沼泽还没有完全融化,但是道路依旧难走,但是盖斯乐还是徒步来了,他穿着漂亮的高统皮靴,靴尖被他擦得油光发亮,手上还戴着黄色的手套,像个绅士一样,有村子里的人帮他提着行李。

盖斯乐来这里是为了买艾萨克手上那一块铜矿地,来问问价钱,顺便给艾萨克带来了英格的消息,他去特隆赫姆的时候,见到过她,她是个好女人,每个人都很喜欢她。"嘿,艾萨克,你又盖房子了。"

"你见到英格了,是真的吗?"

"你在建什么,磨房吗?打算自己碾谷子?你又开垦了一大片土地啊。"

"英格还好吗？"

"哦，你的太太很好。我们去另一间房，我将我知道的都告诉你。"

"那间房子还没整理好。"奥莲可不希望他们离开自己的视线。

不过，他们依旧过去了，将门关得严严实实的。奥莲从厨房里，一点儿也听不见。

盖斯乐坐下来，显得很高兴，他用力地拍了拍膝盖，他就在那里——艾萨克命运的主人。

"你将那块铜矿地卖掉了吗？"盖斯乐问。

"没有。"

"很好，我想将它买下来。是的，我见到了英格，还有另外几个人。她不久就可以出来了，如果我猜得没错的话，这件案子送到国王那里去了。"

"国王？"

"是的，就是国王。他们还安排我进去和英格谈了话，我们谈了很久。你的太太说她在那边过得很好，没什么可抱怨的，不过她很想家。艾萨克，她可真是个好女孩。从来不会哭哭闹闹，永远都是那么开朗高兴的样子。哦，对了，他们将她嘴上的问题解决了。他们给她动了手术，将它缝合了。"

"接着，我去找了典狱长，典狱长友好地接见了我。我对他说：'你们关了本不应该关的女士，塞兰拉的英格应该被释放。''英格？哦，是的，她是个好女人，很多人都很喜欢她，我倒还希望她能够留在这里二十年呢，不过这是不可能的。'典狱长说。'是的，她不应该被关这么久。''太久？你知道她是因为犯了什么罪被关进来的么？''我当然知道，我就是从她那区过来的。''哦，你可以坐下给我讲清楚吗？''实际上她在这儿也很受照顾，我们弄了一台缝纫机给她，她的手艺到现在已经越来越好了。她还在这里学了很多其他的东西。你说她被关得太久了？'我一直在等着他问，答案我早就准备好了，我向他说明了当初审判并不很公平，应该重审。并且，现在宪法已修改了，按照新宪法，英格早该被释放回家。我还向他提了兔子那件事。'兔子？'那典狱长说。'是的，兔子。那孩子生下来的时候是兔唇。'我说。'明白了，你是希望因为这个他们能够对她宽容些。''但是那些人并没有，审理的时候没人提到这件事。''没说到就没说到罢，这对他们不也是一种保护吗？''不，这对于英格来说局面非常糟糕。''难道你相信这一切都是由兔子造成的吗？''我想我们要关注的并不是这个，在当时那种情况下，更何况她还是个有缺陷的女人，兔子已经在她心底留下了很大的阴影。'典狱长沉默地想了会儿，'也许吧，无论当时怎样，但我并不能影响审判结果，我只负责审判之后的事，而依据给英格下定的判决书，她的刑期并没有满。'"

"我跟他说起了我早就打好腹稿的话。'但是，从本质上来说，将英格持续地关在这里，是错误的，这已经称得上失职了。''这倒是真的，若是情况属实，她的确不该被送到这么远的地方。'他呆呆地说着，'虽然你说得很有道理，但是你要知道，我们并不能帮到忙。'但是我说：'另外，为什么在两个月内，还没有人发现她怀孕的状况。'这话将典狱长彻彻底底地问住了，那典狱长停顿了好久才说话。'你是奉命来了解情况的吗？'他说。'没错。'接着他和我聊起英格在那里的生活，他们和英格相处得很愉快，又重复了一遍英格学到了很多东西，甚至还学会了写字。你们的那个孩子也得到了很好的照顾，还请了护士照顾她。我告诉了他现在你家里的难处，没有英格是不行的，毕竟还有两个孩子等着她照顾。我将你的那份委托书带过去了，向他说了我们会要求重审这件案子，或者向法院申请赦免。他说，他愿意看看那份委托书。我答应他在第二天会面的时候给他带过去。"

艾萨克听得很认真，眼睛就没离开过看盖斯乐的唇，一直看着他的唇开开合合。这是一件令人兴奋的事，像动人的故事一样精彩。

盖斯乐继续往下说："之后我就直接回了旅馆着手准备委托书，我一个人将它全部做好了，包括最后签上'艾萨克·塞兰拉'。对于他们监狱的反对意见，放心，我一个字都没有写。第二天，我就将这份委托书送过去了。'你请坐。'那典狱长对我说，然后他将我带去的那份委托书认真地看了一遍，边看边点头，似乎他也很认同我的意见。看完后，他说：'这或许不能让案子重新审理，但是……''请等一下，我还有另一份文件让您过目，'我打断了他的话，迫使他停了下来。'好吧，我在昨天就想了这个事情，我认为他如果去申请赦免是能够得到允许的。''申请赦免时希望能得到典狱长的支持。''当然，我会尽力推荐你们的。'我向他鞠了一躬，'先生，我代表他们那苦难的一家向您表示感谢。'然后他说：'这样就可以了，并不需要再多的文件了，只要你能替他们证明就好。'我想我明白他为什么想悄悄了结此事，我也就顺水推舟地说：'是的，继续搜集资料，只会拖延时间……'"

"是的，艾萨克，这件事基本就是这样完了。让我们来谈谈其他的事情吧。"盖斯乐看了看表，有些急切地说。

艾萨克总是反应有些慢，他还依旧沉浸在刚才的事中，他现在的心里只装得下英格。他又向盖斯乐问了很多的细节。"赦免的申请书已经递交到国王那里去了，第一期国会审议后就会出结果的。"盖斯乐对艾萨克说。

然后，他们一起去了铜矿山地，盖斯乐、艾萨克和盖斯乐的助手们，他们在山上待了好几个钟头。盖斯乐在这几个钟头里就划好了他需要买的这一大片土地。即使这很匆忙，不过显然盖斯乐是个很有条理的人，鉴定很快，也很正确。

之后，他们带着一大袋子的矿石回了农场。盖斯乐拿了笔纸出来，写着。他边写着，边和艾萨克说着话："艾萨克，虽说这一次让你赚不了什么大钱，不过两百元还是有的。对了，我走之前，你记得提醒我，我想去你家磨房看看。"说着，他瞄见织布机上有一些交错的画线。就问："这是谁画的？""艾利修斯在那上画的，由于他没有纸，只好在织布机或者木板上将这些东西画下来。""画得挺不错。"说着，盖斯乐将身上的一枚硬币给了艾利修斯。

盖斯乐写了一段，又抬起头，"用不了不久这个地方的土地就要变得炙手可热了。"

他的助手搭话说："已经有人来买了。"

"哦，是谁？"

"第一个是那个布列德，住在布列德利克，这是他们那的名字。"

"他，哼！"盖斯乐很不屑。

"除了他外，还有两个人也买了。"

"那些人的本事可值得怀疑啊。"盖斯乐说。艾利修斯在和西维特玩耍，盖斯乐这才发现西维特，又将西维特抓了过来，塞了一个硬币给他。这盖斯乐可真大方。大概盖斯乐有些疲倦了，眼角边上有些发红，他该去睡一觉了，哦，也可能是喝了太多酒的缘故。不过他还是很精神。虽然他一直在不停地说话，不过笔杆子倒是没停过，一直在写着。

最后，盖斯乐终于写好了。

盖斯乐转向艾萨克说："怎么样，铜矿这件事就这么定下吧，放心，我不会让你吃亏的，我们可以签订协议，这样就受法律保障了。当然，以后你会因为它更加富裕的，现在我就可以向你支付两百元。"

艾萨克对于整件事还是像一团糨糊一样，两百元，对于这个家庭来说就像一个奇迹一样，这实在是太多了。虽然艾萨克现在只拿着一张纸，上面写着他可以得到两百元。不过，这依然让艾萨克很高兴。艾萨克现在脑子里只装得下它了。

"你觉得英格能够被赦免吗？"艾萨克忍不住问。

"你太太？当然。若是村子里有电报局，我现在就可以发电报去特隆赫姆，问清楚你太太什么时候被释放。"艾萨克是知道电报，不过在他的印象里，那电报就是围绕在柱子上的很多线，还离地面很远。这让他对盖斯乐的话产生了动摇。他很焦急地问："如果国王不同意怎么办？"

盖斯乐说："实在不行，就将另一份文件补交上去，这份文件有对整个事件的详细记载。到时他们不释放英格是不可能的事。"

然后，盖斯乐将写好的文件念给艾萨克听了：土地买卖地契，先付两百元现款，以后以红利分红，或者你可以将它转让，卖一笔钱。"艾萨克，在这里签上你的名字。"

艾萨克非常愿意在这上面签上自己的名字，但是艾萨克并不是一个读书人，这一生从没拿过笔，最多就是在木头上刻几个字母。可是那该死的奥莲在旁边看着，怎么样也不能在这里丢丑，艾萨克努力地将名字写下，笔头实在是太软了。写完之后，盖斯乐添加了些备注，然后见证人也在上面签上了他的名字。

合同成立。

奥莲却一直站在这里，僵硬得很，是发生什么事了吗？

艾萨克在完整的合同上签订了他的名字，这让他有些飘飘然，连对奥莲说话也带着不自觉的威严，"奥莲，去将吃的摆上桌。"然后又放缓语气对盖斯乐说，"不是什么好东西，你将就着吃。"

"啊，这肉、这酒闻着香得很，好东西。"盖斯乐说，"艾萨克，这里是先预付给你的现金，你数数看。"盖斯乐从皮夹里掏出厚厚的两叠钞票。

整个房子里，突然变得静寂无声。

"艾萨克？"盖斯乐说。

艾萨克才缓过神来，伸手接过这些钱，有些手足无措，"啊，这些……我原以为，原以为得等到铜矿开发的时候。"

"这里差不多只有二十元，你要相信，今后钱只会多不会少。"盖斯乐说。

奥莲被这些钞票晃得睁不开眼，这么多！想不到令人惊奇的事还是发生了。回过神来后，奥莲平静地走了出去，准备弄吃的。

第二天，盖斯乐在农场四周逛着，在河边，艾萨克在那里盖了一座很粗糙的磨房，很矮，不过很牢固、实用。艾萨克沿着河将客人们带到更远的地方去看，河流的上游有一个瀑布，艾萨克打算在那里建造一个锯房。对此，艾萨克有些忧虑的是，这地方离村子太远了，以后孩子们要上学的话，必定得住到村子上去。盖斯乐听后，觉得没什么可担心的，若按照当前的局势，来这里开垦的人肯定会越来越多，按照人们的需求，不久这里就得办一所学校。

"可是，再等，我的孩子们就该长大了。"

"如此，你就让他们住到村子上去，给他们带些吃的，等那么三个星期或者每周六就用马车接他们回来。对你来说，这是很容易的事，不是吗。"

"嗯，只有这样了。"艾萨克说。

唉，要是英格回来该多好啊，她若回来后，这些事都很容易解决。艾萨克拥有很多东西，房子、土地、粮食、甚至是一大笔钱，健康的身体，强劲的肌肉，这么多令人艳羡的东西，他现在都拥有了。

盖斯乐走后，艾萨克有很多想要完成的事。是啊，盖斯乐简直称得上他们全家的庇护神。盖斯乐走的时候说，他会发一封电报过来，"两个星期之后大概就会到达。"从头至尾，整件事情就像个奇迹一样。艾萨克想给车子做一个可移动的座位。有人要坐就给他放上去，闲时就可以腾出空间来放置肥料。不只这些，还有很多地方需要涂漆。以前英格想要个像样的仓房用来储藏谷子，想了好几年。而艾萨克现在正在建造锯房，希望能将耕地都安上篱笆，还想做条小船，以后方便去湖里打鱼，还有很多想要做的事情。虽然艾萨克艰苦地做着这些事，但是，时间实在是过得太快了，好像这个周末才刚刚过去，另一个周末又到来了。

漆，是一定要上的，不过现在，就算是告一段落了。房子还是那样灰不溜的样子，就像是只穿着衬衫的人。时间算不上多，过不了多久又得开始忙农活。地上还有一层霜，小动物已经出来开始蹦跶了。

艾萨克去了一趟村子，将那几十个鸡蛋卖了，换回来一些油漆。刚好够将那间仓房漆一遍，那间仓房被涂成了漂亮的红色。艾萨克又去买了些黄褐色的油漆，他打算将住房也涂上。"就像我想的那样，这里弄得真好。"奥莲每天都在说着酸话。奥莲大概已经猜到，在塞兰拉她待不久了。这么好的东西，可惜这一切都不是她的，这让奥莲很不是滋味，但是奥莲依旧很坚强。艾萨克对于以前奥莲做的那些坏事，已经不甚在意。虽然她偷东西，也很浪费，但是奥莲毕竟在这里做了很多事，一直照顾着孩子们。她对孩子们并不坏：她会在做奶酪的时候，给孩子们尝尝；要是孩子们在星期天不想洗脸，她也答应。艾萨克还是送了一只小羊羔给奥莲。

艾萨克在涂了第一道漆后，就赶去村上将他想要的所有颜色都买了回来。他一共买了三种颜色，墙角和窗槛都是白色的。现在，艾萨克在山坡上的房子就像个宫殿一样，路人都不敢相信在这荒野里，竟会有这样的童话。像是做梦一样，他们就在那里生活，每天都充满着孩子们的欢声笑语。森林一直向远处延伸，直达蓝色的天际。

艾萨克最后去买油漆的时候，老板给了艾萨克一个蓝色的信封，上面还印着很好看的花纹，艾萨克付了五个硬币。这就是盖斯乐发来的电报，上面只有很简洁的几个字："英格自由了，尽快回家。盖斯乐。"看到这句话，艾萨克觉得天都在旋转，那些人突然离得好远。整个空间里，艾萨克只听见快乐的声音。艾萨克听见自己说，"感谢上帝。"

"如果英格很早就从特隆赫姆启程的话，大概在明天之前就能够到达这里。"老板告诉艾萨克。

"嗯。"艾萨克应答道。

艾萨克一直等到了第二天，很多人都从汽船上下来，可是没有英格的身影。"如果是这样的话，她大概得等到下个星期才能到了。"老板告诉艾萨克。

好吧，有这段时间也是好的，艾萨克还有很多事情没做完。是的，很多事，至少艾萨克还没将它们忘得一干二净，艾萨克回到家，将粪肥一车一车运出去。这件事做得很快。艾萨克将撬棍插在地里，发现田地里的冰在一天一天地融化。太阳越来越温暖，雪都融化了，草地上的绿芽都冒了出来，牛羊都放了出去，随它们在地里奔走。艾萨克用一天时间将地犁好，剩下的几天都在播种马铃薯，孩子们也在帮忙，个个像小天使一样穿梭在田里。

等这一切都做好，艾萨克就去河边将车洗干净，将那个移动的座位安了上去。他告诉孩子们，他得到村子里去一趟。

"为什么今天你不走路去？"

"今天不，赶着马车去会比较快。"

"我们不可以一起去吗？"

"你们已经是小大人了，可以自己待在家里。我去接你们的妈妈回来，她会教你们很多东西。"

艾利修斯对学习非常感兴趣，他问："爸爸，在纸上写字的感觉怎么样？"

"没什么感觉，怎么了？就像手上没有握东西一样。"

"它不滑掉吗？就像在冰上似的。"

"什么东西滑掉？"

"就是那种笔，你写字用的东西。"

"哦，是的，你要学着去指挥它，知道吗？以后你就会懂了。"

不过小西维特想的可不是这事儿。他想要坐车，他想要坐上还没上套的马车，这样可以跑得飞快。不过就因为他的举动，艾萨克便将他们都带上了马车，带着他们奔了好长一段路。

11

来到一片小湖边，那是一个沼泽区的水池。黑而深的水池，显得十分平静。艾萨克知道这是干什么的，他这一生没有用过其他镜子，除了这种沼泽区的小湖。今天，穿着红衬衫的艾萨克显得格外的干净整齐，他拿出一把剪刀，打算修修他那有些杂乱的胡碴儿。这是一个爱虚荣的粗汉，难道他是想让自己一下子英俊起来，把他那五年都没有整理过的硬胡碴儿捋平捋直吗？他剪了剪，又看下镜子。当然，他可以在家里做这些，只是当着奥莲他又怎么好意思？他已经在奥莲面前穿上了大红衬衫。他不停地修剪，在他专用的镜子里面掉了不少的胡碴儿。直到马都等得不耐烦了，他才稍稍觉得满意，站了起来。说真的，他觉得自己看起来年轻多了，可谁知道到底是怎么一副模样，但自我感觉脚步也轻松了不少。艾萨克继续赶着马车往村里走去。

第二天，邮船来了。艾萨克爬上了小店老板码头的岩石，还是不见英格的踪影。他坐在隐蔽的岩石旁，旅客纷纷都下了船，英格到底会在哪里？他走下码头，望着汽船。琵琶桶、箱子都被推上岸边，人和邮袋也都上了岸，他要接的人却一直没有出现。可是，他在浮码头上看到一个带着小女孩的女人，那是个漂亮的女人，他觉得比英格更好看。可仔细一看,那不就是英格吗?！艾萨克"哼"的一声,加快脚步迎了上去。"天啊。"英格叫道,伸出手,这并不是一个令人舒适的旅程,英格的手显得有些冰凉。艾萨克只是一直站在那,终于开口说道:"嗯。今天天气还不错呢。"

"我早就看到你了,"英格说,"只是我不想跟别人挤着到岸上。你今天会回村里吗?"

"嗯,嗯。当然会回。"

"家里都还好吗?"

"很好,这还得多感谢你。"

"这是利奥波丁,一路上她可比我更能忍。这是你爸爸,利奥波丁,来,你们握握手。"

"嗯。"艾萨克有种很奇怪的感觉,他们怎么越变越陌生了。

英格说:"船上还有我的缝纫机和箱子呢,你帮我看看吧。"

艾萨克好像松了口气,往甲板上跑去。箱子是找着了,缝纫机却不见踪影。没办法,英格只好亲自去寻。装着缝纫机的是一个漂亮的盒子,圆盖子,形状奇异,还有一个好看的把手。艾萨克把箱子和缝纫机都举到肩膀上,转过身对妻子和女儿说:"我先把东西送过去,马上过来接她。"

"过来接谁?"英格笑道,"你以为她这么大的孩子还不会自己走吗?"

他们一同来到了艾萨克停马车的地方。

"又买了新马吗?"英格说,"怎么还是加了座位的车?"

"这没什么,"艾萨克说,"倒是你们要不要吃点儿东西?我带来了很多。"

"路上再吃吧。"她说,"利奥波丁,能自己坐稳吗?"

艾萨克却不答应,怕她掉下来,被轮子压了。"你跟她上去吧,我来赶车。"

英格在前面赶车,艾萨克在后边跟着走。

他一边走,一边时不时望着车上母女二人。英格好像越来越陌生了,不过也变漂亮了,虽然嘴巴上还是有个小伤疤,不过兔唇已经没有了。说话的时候也不再漏风,清清楚楚的,艾萨克觉得这是最神奇的事情了。英格头上披着红灰相间的头巾,黑色的头发看起来很有样子。她坐在马车上转过头说道:"可惜你没带一条皮毯子,天越来越黑,我怕这孩子会冷。"

"车上有我的皮夹克,"艾萨克说,"等我们进了树林就有毯子了,我留在那里了。"

"噢,你在树林里放了毯子?"

"嗯。我没有一路带着,怕你们今天不来。"

"嗯。你刚才说什么?孩子们都还好吗?"

"嗯,这还得多感谢你。"

"他们应该都长大了吧。"

"嗯,是的。他们都可以种马铃薯了。"

"噢,"英格笑着摇摇头,"都会种马铃薯了吗?"

"是的,艾利修斯种,西维特那小家伙在旁边帮忙。"艾萨克颇为得意地说。

小利奥波丁要吃东西了。这可是一个可爱的小东西,就像坐在车子上的小瓢虫一样,说起话来就像是在唱歌,带着一种奇异的音腔,是她在特隆赫姆学的。这时候,英格不得不充当翻译。她跟她哥哥们有很相似的地方，同样是棕色的眼睛，椭圆的脸型，这些都很像他们的母亲。是吧，他们像妈妈是最好的呢！小小的鞋，长长细细的毛长袜和短外套。艾萨克对这个小女儿有些腼腆，当陌生的父女俩相见时，她向他行了个屈膝礼，把她的小手给了他。

他们很快就到了树林，休息了会儿，吃了些东西。马也喂饱了，利奥波丁在石楠里一边吃东西一边跑。

"你没什么变化呢。"英格看着她的丈夫说。

艾萨克躲开英格的眼神，说："是没有，不过你有没有觉得？你越长越漂亮了呢。"

"哈哈！怎么会呢，我现在都是老太婆了。"她开玩笑说道。

艾萨克已经没有办法掩饰他的自卑了。他觉得自己越来越没有自信了，不过依然保持着他的冷漠、害羞，好像自惭形秽似的。太太应该不会小于三十岁吧。当然，她也没大于三十岁。而艾萨克呢，继续吃着东西，却忍不住把一根草根放在嘴里嚼起来。

"怎么，你怎么在吃草？"英格大笑着说。

艾萨克只是扔掉了草根，吃了一大口食物，往马旁边走去，握起马的前腿，把它前身向上提，直到它用后腿站着，英格吃惊地看着。

"你在干什么？"她问。

"噢，它很好玩。"艾萨克这么说着，又把它的前腿放下。

艾萨克自己都不知道自己在干什么，只是想这么做来掩饰他那一丝的尴尬。

之后，他们三人启程一起走了一段，来到一片新农场。

"那是什么？"英格问。

"这是布列德的新农场，刚买的。"

"布列德？"

"它叫布列德利克。这里沼泽很大，木材也不多。"

他们一边谈论着这个农场一边走着。艾萨克看到布列德的货车仍露天放着。

艾萨克轻轻地抱起孩子，"孩子现在困了。"

"我们把她包在毯子里吧，她可以躺在车上，想睡多久就睡多久。"

"马车会把她震醒的。"艾萨克说，还是抱着走。他们走过了沼泽地，又到了树林。

"皮特洛！"英格叫道，马停了下来。她从艾萨克的手中接过孩子，让他把缝纫机和箱子挪一挪，给利奥波丁挪出了一个位置。"颠吗？好像不颠。"

艾萨克把所有东西弄妥当了，把小女儿卷在毯子里，又把夹克叠起来当作枕头，小心地放了下来，这才轻轻走开。

这路上艾萨克与妻子说了很多话，直到傍晚，太阳依旧明亮，天气温暖。

"奥莲，"英格说："……她睡在哪里？"

"她睡小间。"

"噢，那两个孩子呢？"

"他们睡大房间里，他们有自己的床，两张。跟你走的时候一模一样。"

"看你现在的样子，"英格说，"你还是和以前一样。看你那肩膀，在这条路上一定扛了不少东西吧，可是好像一点儿都没有变弱呢。"

"嗯，是这样的。不过这些年你过得怎么样，还好吗？"艾萨克现在的心是柔软的，他边说边这么想着。

英格说：“嗯，没有什么值得抱怨的地方。”

他们越谈越亲近，艾萨克问她走得累不累，要不要坐车。"不用了，谢谢，"她说，"不知道今天是怎么了，在船上一直不舒服，现在肚子有点儿饿。"

“怎么？要不要再吃点儿东西？”

“好，只要你不觉得耽误时间。”

唉，也许这时的英格根本就不是为了自己，而是为了艾萨克吧，想让他好好吃顿饭。要知道，他上顿可都把草根给吃了。

那个傍晚的天是明净而温暖的，他们在离家还有几里的路上坐了下来吃东西。

这时英格从她的盒子里拿出一个小包，说：“我带了些东西给孩子们。我们去那边的矮树丛林吧，那里更暖和。”

他们横着走过去，到了矮树林。英格把礼物拿出来一一指给艾萨克看。有吊扣的裤子背带、习字本，习字本的页眉上还有字样。每个人一支铅笔，一把小刀。她还给自己买了本很好的书。"你看，这上面有我的名字，是本祈祷书。"那是典狱长送给她的礼物，留作纪念。

对于每样东西，艾萨克都默默赞叹着。接着，英格掏出一束给利奥波丁的小领子，又拿出了一条亮得像丝的围巾给艾萨克。

“这是给我的吗？”他说。

“对，是给你的。”

他小心地拿在手上，轻轻地摸了摸。

“你觉得好看吗？”

“当然好看，我可以围着它满世界跑了。”

只是艾萨克的手太粗糙了，刮住了那柔软的围巾料子。

现在，英格的礼物都看完了。她把它们收好，继续坐在矮树林里，艾萨克能看到她的腿，还有她的红边袜子。

"嗯，"他说，"我猜这都是城里的东西吧。"

"羊毛是我在城里买的，不过是自己织的。很长呢，都在膝盖上头了，你看。"

一会儿她听到自己小声地说："你，你还是那样子，永远都是那样！"

之后，他们继续赶车，英格坐上了马车，拉着缰绳。"我还买了一纸袋咖啡，"她说，"不过很可惜今晚喝不到，因为我还没有烘。"

"今天晚上不一定要喝，"他说。

一个钟头以后，太阳渐渐落山了，天也更冷了些。英格跳下马车走路。他们用毯子把利奥波丁裹得更严实了些，她还是睡得很香。就这样，艾萨克与妻子又一同上路，现在，艾萨克听到英格的声音显得格外高兴，好像没有人比英格的口齿更清楚了。

"我们现在是不是有四只母牛了？"她问。

"比那多呢，"他得意地说，"有八只呢。"

"八只？"

"你还卖奶油吗？"

"嗯，还有鸡蛋。"

"是吗？我还有鸡啦？"

"当然了，我们还有一只猪。"

英格显得很吃惊，以至于出了神。便不由得"吁"一声放慢了马车。艾萨克得意得不得了，叫住马儿打算继续说下去，想要让她更开心。

"那个盖斯乐，"他说，"记得他吗？不久前他来到我们家里。"

"哦？"

"我卖给他一块铜矿地。"

"嗯，什么，铜矿？"

"是的，铜矿。河北边的那块。"

"你是说他给了你钱吗？"

"嗯，给了。盖斯乐买东西从来不会不给钱的。"

"那，他给了你多少？"

"呵呵，你也许不会相信，不过他可是给了两百元呢。"

"给了你两百元！"英格叫起来，又"吁"了一声将马车停了下来。

"真的，这是真的。我们那块地价也早就缴清了。"艾萨克说。

"啊。你这可是真了不起呢。"

让英格这样惊奇的是变成宽裕的农夫的妻子，原来是这么让人快乐。艾萨克也记得他不再欠店里的债，也没有欠任何人的债。他不但有盖斯乐给的两百元，还有自己存的一百六十多元呢。他觉得他应该感谢上帝的眷顾。

接着，他们又说起了盖斯乐。英格仔细地说了他是如何帮她获得自由的，毕竟这看起来不是一件很容易的事。他花了很多时间和精力才把事情办好，并且去求了典狱长。盖斯乐还写了信给几个国会的议员和一些高官，但是他并不是自己出面，而是以典狱长的名义。典狱长知道这件事后勃然大怒，但是盖斯乐没被吓倒，他要求一系列的重审、调查等。最后，国王不得不签字批准。

前区长盖斯乐一直与他们是好朋友，这让人们感到费解。对于他的帮助，艾萨克除了感谢之外什么都做不到。就连一直在特隆赫姆跟他相处过的英格也说不清楚。"村子里除了我们以外，他好像谁都看不惯。"她说。

"他有这么说过？"

"嗯，有次他生村子里人的气。他说他会让他们走着瞧。"

"嗯！"

"有一天他们会为了他的离开而后悔的，他说。"

这么说着，他们到了树林边，可以看到家了。房子比以前更多了，更漂亮了。英格好像不认得这个地方了，傻傻地站在那儿。

"这难道是我们的家，全都是？"她惊呼道。

这时小利奥波丁终于醒了，坐了起来。他们把她抱出来，让她四处玩耍。

"我们现在到哪里了？"

"到家了，这里好看吗？"

在房子的附近有两个人影在张望，那是艾利修斯和西维特。他们朝英格跑了过来。英格突然觉得头一阵冷，感觉有些可怕，眼睛红红的，眼泪不自觉地流了下来，又是喷嚏又是咳嗽。她觉得坐船总是这样，容易让人感冒，让人眼睛变湿。

可是，两个男孩的身影就在眼前却突然定住了，呆呆地看着。他们已经忘了妈妈长什么样，还包括那个一次也没有见过的小妹妹。只是，他们跑近了才认出爸爸，那个把一大堆胡子剪掉了，干干净净的爸爸。

12

现在，一切都这么的顺心如意。

艾萨克在地里种燕麦，耙着地，用碾子将地压得紧实。小利奥波丁跑了过来，想要坐到碾子上去，不过她太小了，可不像她的哥哥们。那碾子上可是没有座位的。

好不容易才等到小利奥波丁愿意这么亲近他，艾萨克的心里就像灌了蜜一样。艾萨克告诉小利奥波丁，怎样在田地里走才不会弄得满身都是泥。

"看看这是谁，哦，穿着蓝色上衣的小公主，还有漂亮的腰带。嘿嘿，还记得回来时坐过的大船吗？看到那些轰隆隆的机器了吗？跑回去告诉你的哥哥们，让他们带你玩。"

奥莲走了，英格回来了。英格像以前一样忙碌着生活，在屋子里、农场里。英格一回来就给家里做了大扫除，似乎不能忍受家里这么脏兮兮的。不过，这感觉可真好，眼看着玻璃窗变透亮了，连那些乱糟糟的盒子也不见了踪影。

不过，这只是开始的那三分钟的劲头而已，一个星期后，英格就不太想理这些了。还好，整理牛棚马厩并不用花费多少时间，况且英格现在有了更想做的事情。英格从城里学了很多东西，她依旧在纺织，不过比之前更有逻辑，更快乐，艾萨克站在旁边看，只觉得咻的一下。艾萨克怎么也做不到这般的灵巧。他看着英格那双大手掌上又长又好看的手指，啧啧惊奇。不过现在，可和以前不同了，要管的事情实在太多了，英格有点儿不耐烦。

英格从那边带回来了些小植物的球茎和插枝。它们可娇贵了，但家里的条件有限，玻璃窗太少了，而且壁架很狭窄，根本不足以放下花盆，再说家里也没有。艾萨克只得钉了一些小盒子，种上了倒挂金钟、秋海棠和玫瑰。两扇玻璃窗不知道够不够。

英格希望能够给她找一个熨斗回来，这样衣服就可以弄得很平整，这对英格来说很重要，是的，她目前非常需要这个东西。

艾萨克答应了英格的请求，他去村子叫那个老铁匠给英格打了一个上等的熨斗。英格希望拥有的，相信艾萨克都会满足的。英格学了很多的东西，甚至变得很聪明，连说起话来都不一样了，变得更温柔，更优雅，那些粗鲁的话再没从她的嘴中讲出来过。她不再像以前一样大声地喊叫了，不再喊"过来吃东西"。而是那样文绉绉的"饭已经做好了，我们等着你"。是啊，都不一样了，艾萨克也不再大声地应答"哎"，或者置之不理。现在，艾萨克冲着英格说"谢谢"。爱情总是令聪明人变成傻子。艾萨克现在常常说着感谢，生活也与以前不一样了，处处透着小心翼翼。当艾萨克习惯性地说出"粪"这个字时，英格就会指出要用"肥料"，这样才会对孩子们有好处。

英格对孩子们很上心，用心地教育他们，教导他们的方方面面。小利奥波丁的针线活做得越来越好了，两个男孩子也开始念书写字了，这样一来，即使他们去村子上学，也不至于赶不上进度了。艾利修斯越来越聪明，学得很快。而小西维特对这些却并不感兴趣，顽劣得很，他甚至会去拧英格缝纫机上的螺丝钉，还用他的小刀将椅子也削下一片。英格不得不恐吓他说，要将他的小刀没收掉。

家里到处都是孩子们的作品，画满了各式各样的小动物，不过就算这样，艾利修斯的红、蓝铅笔还是没有用完。对于这件事艾利修斯总是吝啬得很，几乎从来不借给弟弟。不过墙上的动物越来越多，这意味着铅笔也越来越短了。看着这种状况，艾利修斯不得不给西维特规定他的用度，只有到星期天的时候才可以使用铅笔，并且只允许画一只动物。这使得西维特很不高兴，但是艾利修斯从来都是一个说一不二的人。西维特不敢违背他，虽然哥哥并不强壮，但是他的手臂很长，这让他在打架的时候很占便宜。

不过，西维特也会去树林里找鸟巢，喜欢到处玩耍，甚至还找到过老鼠洞。他总是喜欢这些，并且引以为豪，他还说他在湖里看到过像人那么大的鱼。这都是他自己的经历，虽然有时候他喜欢颠倒黑白地讲，但是他还算是一个很好的孩子。当母猫生小猫时，是西维特去给猫咪喂奶，而母猫对着艾利修斯嘶吼，阻止他靠近。西维特对于这些毛茸茸的可爱家伙总是有足够的耐心。

西维特每天都要去鸡圈逛一圈。那些公鸡羽毛很鲜艳，神气得不得了。母鸡呢，在那边咯咯咯叫着，用爪子扒着沙地里的食物。一阵鸣叫之后，西维特就知道是母鸡将蛋生下来了。

哦，还有一只大阉羊。西维特从书上看到过很多关于羊的故事，这些在很久以前他就知道了，书上说阉羊的鼻子是罗马鼻，可是他从没看过。没人比他更清楚羊了，他从小跟着羊长大，它们就像他的亲人一样。有一天，西维特的心里飘闪过一阵奇怪的感觉，那只阉羊正在嚼着草，突然它就停止了，抬起头安静地看着天空，西维特不自觉地也跟着看过去，但那里什么都没有。不过，西维特心里有一种奇怪的感觉，"阉羊一定是看到了伊甸园。"

当然更少不了母牛，每个孩子都照看着这两只温顺的大动物。它们的脾气好得没话说，无论孩子们怎么捉弄也不生气，就那么顺顺服服的。还有那只猪，被养得白胖白胖的，有什么风吹草动时反应总是很激烈，不过它最在乎的就是吃，真是一刻也离不开，但是又很怕呵痒，令人小心翼翼不敢接近。还有公山羊，你要知道在塞兰拉永远都只有一只公山羊，若是一只公山羊死了马上会有另一只公山羊来接替，农场里的这些母羊可就靠着它来照顾。不过，母羊实在是太多了，有时候它厌倦了，就丝毫不理它们。它留着一小撮胡子，像个德高望重的老人。不过，很快它又会调整好自己，继续跟在羊群的后面。它走过的地方充满着一股膻气。

生活就是这样一直持续的。塞兰拉偶尔会有一两个旅人途经这里，"这里的生活怎么样？"

"很好，谢谢。"艾萨克总会这样说。

艾萨克总是在不停地工作，那份历书就像他的标杆一样，决定着他要做什么。他也关注着月圆月缺，甚至是天气状况，这都是事关农事的。塞兰拉去村子的那条路都被艾萨克踩得很平整了，在上面骑马车完全没有问题。不过，艾萨克还是喜欢自己扛着那些东西，不论是将奶酪、树脂拿去卖，还是换回需要的东西，那些都在艾萨克的肩上。不过艾萨克不常在夏季赶车，因为从布列德利克去村子的那段路很烂。艾萨克曾要求过布列德·奥尔逊，让他保养道路，虽然他答应了，但是很显然并没有遵守诺言。于是，艾萨克再也没有找过他，而宁愿自己多走路。英格却不能理解，"真是想不通你是怎么弄的。"不过没关系，艾萨克什么都能够办好。他有一双非常厚重的鞋子，鞋底还钉着大块铁板，虽然别人无法想象，不过艾萨克做到了。

某次艾萨克去村子里的时候，遇到了几个在沼泽地工作的人，他们在沼泽地上打石柱，要安装电报线。布列德·奥尔逊竟也在那个队伍里，他明明农场里还有很多事没完成，却出现在这里，艾萨克感到很奇怪。

那个领班跑过来问艾萨克能不能卖他们一些电线杆。艾萨克没有答应，"我们可以付钱的。""不好意思。"现在艾萨克处理起事情终于不再是软弱的，他能说不。虽然卖给他们几根电线杆的确会赚几个钱，但是结果一来就没有木材了，结果得不偿失。那主事的工程师还想过来劝说，不过艾萨克还是拒绝了。

"虽然我们的电线杆很充足，但是直接从你那里砍更容易些，而且省了路程。"那工程师说道。

"我也很需要那些木材，我要盖一间锯木厂，并且我还需要盖几间房子，这也得需要大量的木材。"

旁边的锯木厂布列德·奥尔逊突然插嘴道："艾萨克我要是你，我就卖了。"

艾萨克自己憋着一口气，懒得理他，瞟了一眼说："是啊，若是你，你肯定会的。"

"所以你打算卖吗？"

"不过可惜，我不是你。"

听到这里，那些工人都嗤嗤地笑了起来。

就在那时，艾萨克将布列德·奥尔逊好好地嘲笑了一顿。就在那一天，艾萨克在布列德·奥尔逊的田里看到了三只绵羊。哦，那只扁耳朵的绵羊可不就是奥莲偷去的那一只吗？呵，你想留着就留着吧，让你给我养着。你想要多少都可以，帮我养着可以啊。

艾萨克一直在想着锯木厂的事，想着将它付诸实践。去年冬天，艾萨克通过村里的小店向特隆赫姆买了一些锯木厂需要的零件，并且将大圆锯和这些零件趁着这沼泽地被冻住的时候运上了山。它们都被涂抹了一层厚厚的油完好地保存在棚子里。那些桥梁木做成的架子也做好了，一切都准备得很齐全，不过却一直没有动工。这是怎么了？难道艾萨克变懒了？艾萨克也不知道，也许放在别人身上很正常，艾萨克却不愿意相信自己会这样。艾萨克以前是不会惧怕任何一项工作的，可是现在，他发生了一点点改变。或许他可以找村上的人来帮忙，不过他更愿意自己动手，最近就开始动工，英格也可以来帮忙。

艾萨克向英格提起这件事。

"这些天，你能抽出点儿时间帮助我建造锯木厂吗？"

"好啊，这可真不错，我们就要有一个像样的锯木厂了。"英格想了一会儿说。

"啊，是的，我已经都想好了，就等着我们做了。"

"这会比磨房更难建吗？"

"当然，这可难了十倍不止，每一个地方都要精细地做好才行。连细小的缝隙都不能放过，锯子放到最中间的位置。"

"希望你能够将这些做好。"英格有些不确定艾萨克能够做好。

"当然，你等着看吧。"艾萨克听着有些不舒服，说道。

"你需要去找几个懂这些的男人们来帮忙吗？"

"不用。"

"可是你不会，万一弄坏了怎么办？"

艾萨克将手举到头顶上，搔了搔头发。

"我也正在担心这个，所以我希望你能帮我的忙，毕竟你见过很多东西。"

不过这毫无帮助，英格并不能给予太多的帮助，她也没有跟着艾萨克去锯木厂。

"那好吧……"艾萨克说。

"我不能去做那些，我会累坏的。更何况若是我去了，那谁来缝衣服，谁来照看家畜？"

"我倒是没想到这些。"艾萨克说道。

可是，艾萨克只是需要英格在他搭建四角的柱子和横木的时候帮一下忙啊，英格在城市享受过好生活，所以不愿意过这种苦日子了吗？

不过事实就是如此，英格确实变了很多，她现在越来越为自己考虑了，又怎么能想到其他人呢？自从把熨斗从铁匠那里取回来后，英格更愿意自称为裁缝师，她在纺织上花费的时间越来越多了，她用她的缝纫机给小利奥波丁已经制作了两件上衣。艾萨克也觉得很好看，很漂亮，不过这是不是也太偏爱利奥波丁了一点儿。英格却认为这不算什么，将来她会越做越多的。

"这是不是太短了点儿？"艾萨克问。

"这可是很流行的，城里人都这么穿。"英格说道。

艾萨克觉得可能自己的反应有些过分了，想要给英格买些好看的布料，来弥补这个过错。

"用来做斗篷？"

"哦，随便你做什么，只要你喜欢。"

英格的确是想要买些布料来做斗篷，于是向艾萨克形容了一下自己想要的布料。

斗篷做出来了，很漂亮，英格想要显摆一下她的新衣，刚好兄弟两个要去村上上学，英格便穿着斗篷陪他们去了。可就是这次出行，却给人留下了深刻的印象。

他们途经布列德利克，布列德的妻子和孩子们一看就知道是谁来了。英格和他的孩子们坐在马车上，神气得不得了。那两个孩子竟然要去上学了，这实在令人嫉妒。英格披着斗篷，布列德利克夫人觉得自己的心境已经不是那么平静了：斗篷可以不要，可是凭什么她的孩子，芭布萝已经长大成人，而赫尔基、凯特琳也到了上学的年龄却不能上学。他们以前也受着良好的教育，现在搬来了布列德利克这个荒凉的地方，导致他们不得不辍学，成了彻彻底底的野孩子。

"你需要给你的孩子们准备些吃的吗？"那女人说。

"哦，这已经准备得足够了，你看到了那个箱子吗？里面装着满满的食物呢。"

"装着些什么？"

"哦，各种食物，有很多羊肉和猪肉，还有些奶酪和面包。"

"啊，你们在塞兰拉的生活可真好。"另一个女人奉承道。她那一脸菜色的孩子听到这些吃的，眼睛都冒绿光了。"你们打算住到哪里？"那个妈妈问道。

"铁匠家。"

"哦，这样啊，我的孩子也要上学了，打算住到海耶达区长家。"另一个说道。

"哦？"

"是的，或者选择医生家，或者去牧师家。你要知道布列德可是和这些大人物来往的。"

英格在一旁听着，抚摸着她的斗篷，将黑丝穗顺到前面来。

"你从哪里买到这么好的斗篷？"

"啊，这是我自己做的。"

"你这手艺可真不错。以后可不得赚大钱嘛！"

英格继续赶车往村子里走，离开布列德利克，这可让她长长地舒了一口气。英格很满意自己，不过到了村子里，她却想得有点儿太得意。海耶达很看不惯英格的这身行头，尤其是那斗篷。海耶达想着，也不看看自己是从什么地方出来的。英格能展示这件斗篷的机会少之又少，而那些小店老板娘、铁匠的太太、教师的太太可都希望能拥有这么一件斗篷呢，不过她们愿意等。

不久，有那么一两个女人翻山越岭来看望英格，也许还是出于对英格的好奇，哦，也许是因为奥莲的宣扬。那些人，和英格聊了些他们家乡的事。英格请她们喝咖啡，还带他们参观了她的缝纫机。这是很自然的事，不是吗？越来越多的人向英格来请教纺织的事，从海岸边上过来的，也有从村上过来的，成双成对的。她们储存了足够多的线，完全能够做一套新衣服，她们希望英格能够帮忙。哦，英格，在外面生活了那么长的时间，自然很了解服装的趋势。这些人来拜访让英格觉得很骄傲，很满足，并且她非常愿意帮助这些人，更何况她的手艺的确不错，就算没有图样，她依旧能够剪裁得很漂亮。她会将那些布料一件一件在她的缝纫机上做成型，然后交给那些高兴得不得了的女孩子，"现在你去钉扣子吧。"

这年，村里也把英格请了过去，为那些大人物剪裁衣物。英格没有办法去，她有很多的家务要做，还得照看牲畜。这个家里为什么没有仆人呢？哦，仆人。

是的，没有仆人。

某天英格对艾萨克说，

"我希望我们家能有个人帮我的忙，这样我就能做更多的衣服。"

艾萨克并不明白英格的意思，"帮忙？"

"是的，一个可以帮忙做家务的女仆。"

艾萨克听后吃了一惊，顿住了，随即笑了一下，只是在那红胡子里谁都没看见。艾萨克就把它当作是一个玩笑话而已，"啊，是的，我们是该有个女仆。"

"城里的家庭主妇可都有女仆。"

"哦。"

艾萨克对于这件事不是很满意，是的，那个时候他的心情并不算好，甚至是有些暴躁，因为他正在建锯木厂。那个事情他做得很吃力，甚至不能完全胜任，他没办法将横木还有木桩同时固定住。不过，要是孩子们回来就会容易得多，他们是不错的帮手。西维特钉子钉得很好，而艾利修斯是个拿铅垂线的好手。一个星期，艾萨克和两个孩子就将底桩打好了，梁木也装好了。

锯木厂的一切都顺利地进行着。但是现在，每到傍晚的时候艾萨克就会觉得很累，他也说不上原因，就是感到疲惫。实际上除了锯木厂，艾萨克还做着很多的事，干草已经收进仓库，谷子还在田地里，过不久也要收割了，还有马铃薯，几乎都到了成熟的季节。孩子们是很好的帮手，这让艾萨克感到非常欣慰，有时候，艾萨克和他们一起工作，累了，就会坐下来聊聊天；艾萨克时不时地询问他们的意见。孩子们不错，他们已经学会在开口之前进行思考了。

"若是在秋天雨季之前还不能把锯木厂的棚子搭建好，这一切可都白费了啊。"艾萨克说道。

要是英格还像以前一样该多好，但是，英格无法帮助他做更多的事，因为她不像以前那样强壮了。在城里待久了，英格的思维也变了。现在，都不像以前一样了，英格变得这么轻浮，这还是英格吗？

某天，英格谈到她掐死的孩子。

"我就是呆子，我怎么没想到，我们完全可以将她的嘴唇缝上，而不需要掐死她的。"英格也不再去山坡上看了，以前她还亲自将坟头的土压紧，堆成山包的模样，给她竖起了一个小小的十字架。

当然，英格并不是什么都不在乎，至少她很关心自己的另外三个孩子，帮他们清理自己，给他们做漂亮的衣裳，为他们做这些甚至做到很晚。她希望他们在别人的眼中像个样子。

谷子和马铃薯都收进了仓库，冬天就来了。不过锯木厂还是没来得及在秋天之前弄完，这也没办法，总是有更重要的事等着做。当然，明年夏天还有的是时间，不是吗？

13

今年的冬天依然跟往年一样：运木头，修理工具和农具。英格在家当家庭妇女，空闲的时候会为家人做衣服。两个小男孩又去了村里开始一段很长时间的学习。以往的几个冬季，他们能很好地相处，共用一双雪橇，就像在家里一样，一个滑的时候，另一个就等着，或者站在雪橇的后面。他们只有一双雪橇，却也能安排得如此得当。雪橇在他们的心目中太重要了，而他们也是最纯洁、快乐的。可是，在村里却又不是这样。雪橇是学校里最普通的东西，即使是布列德里克这里的孩子，也好像是人人都有。最后，艾萨克就不得不做新的雪橇给艾利修斯，而旧的雪橇在西维特那里，为他自己占有。

不只艾利修斯的雪橇，艾萨克还做了很多事呢：他给孩子们穿了家里最好的衣服，最结实的皮靴。这些依然不够，艾萨克去了店里，打算订制一枚戒指。

"要订制戒指吗？"店家问。

"当然，我现在过得越来越好，就必须送妻子一枚戒指。"

"那你是要金戒、银戒，或者只是铜的镀金戒指呢？"

"那么就要个银戒指吧。"

老板似乎犹豫了会儿。

"我说，艾萨克，"他说，"如果你真的要证明现在的你有所作为，就不应该送你太太一个让她觉得并不光彩的银戒指，我看你最好是订个金戒指吧。"

"什么？"艾萨克大叫起来。可是似乎心里已经同意要买个金戒指了。

老板同艾萨克认真地讨论了一番，最后艾萨克思考了起来，摇了摇头，觉得这样太浪费了。可老板却不松口，非金戒指不可，否则拒绝给艾萨克做。艾萨克在回家的路上一直为自己所做的决定感到欢喜和心疼，尽管作这个决定是因为太爱太太了，但他还是觉得自己太浪费。

今年冬天的雪似乎下得特别大，在路刚刚可以通行的年初，村里的人便迫不及待地将电线杆通过沼泽区往山上运，按照定好的间隔小心地将电线杆放下来。他们一大批人经过了布列德利克，经过了塞兰拉，在另一个山头跟新的队伍会合，将两条线路接通。

生活总是平平淡淡的，没什么惊天动地的大事。转眼春天来了，又到了竖柱子的时候了。这时本应该在田地里工作的布列德·奥尔逊也加入竖柱子的队伍里面。"他能有时间竖柱子？真是不可思议。"

艾萨克想。

这个时节的事情都太紧凑，光是那么多田地就已经让艾萨克忙得连吃饭的时间都没有。

然而，在这个忙得不可开交的时节里，他居然把他锯木厂的屋顶给盖起来了。现在开始着手安装机械部件了。看吧，他的木工技巧虽算不上好，锯木厂却是牢固得不行，像是个巨人矗立在山顶上，耐看又耐用。慢慢地，锯木厂已经像个样子了。艾萨克特地留心了村里其他的锯木厂，好的地方也加以运用。艾萨克的锯木厂算不上大的，可也是他亲手完成的，甚是喜欢，他在门口刻上了日期，留下了他专有的记号。

这年夏天，一件不平常的事发生在了塞兰拉。

安装电报线的工人们开始分批往山上推进，最早一批已经越过了沼泽。这天晚上，他们来到了农场，要求在这里过夜。艾萨克将大仓房腾出给他们居住。时间就这么一天天过去，直到安装电报线的其他成员到达，他们统统住在塞兰拉。白天就越过农场继续工作。在其中一个星期六的傍晚，负责的工程师过来给他们发工资。

看到工程师，艾利修斯开始紧张起来，偷偷溜出房去，省得被问起那红蓝铅笔的事。噢，艾利修斯觉得他的麻烦大了，因为西维特不见了，看来他要自己面对了。他开始往屋角跑去，找他的妈妈，让妈妈去叫西维特来，现在也只能这样了。

西维特却不怎么在意这件事，不管怎样，他也不是主犯啊。艾利修斯把西维特拉到一边坐了下来。"如果我现在说是你拿的，怎么样？"

"我？"西维特说。

"你年龄小，他们不会怎么样的。"

西维特想了会儿，觉得哥哥实在是被吓得不轻，再说，他也挺喜欢别人需要他的感觉。

"好啊,这样的话我应该可以答应你。"他用一种大人的口气说道。

"真的吗？如果可以的话，"艾利修斯说，立刻把那截剩下的铅笔头给了他弟弟。"你可以拿着这个。"他说。

于是他们一起往屋里走，艾利修斯却突然想起在锯木厂或者磨坊还有些事情没做，这件事非去做不可，但一时还难以能完成。西维特只好一人朝屋里走去。

工程师正在里面给工人发钞票和银币，发完之后，英格捧来了牛奶罐和牛奶，他向她道谢。转眼看到了正好进来的西维特，打算跟他说说话的同时看到了墙上的画。"是你画的吗？"工程师问道。为了感谢英格的牛奶，他似乎该多夸夸这幅画，只为了能让她高兴高兴。英格把情况如实地说了一遍：是两个小孩子画的。在她回来之前，家里没有纸，因此就画在了墙壁上。英格却舍不得擦掉。

"是啊，留着多好，"工程师说，"对了，是没有纸吗？"接着他从包里拿出一大叠纸，"给，先拿着这个吧，等用完了下次再给你带，还需要笔吗？"

西维特拿着那小截铅笔给他看。工程师看后给了他一支崭新的红蓝铅笔。"喏，你可以重新开始了。如果我是你的话，我会用红色画马，蓝色画山羊。你见过蓝色的马吗？"

接着工程师走了。

同一天晚上，从村里来了个带着篮子的人，他把篮子里面的东西给了工人就走了。他走以后，安静的屋子突然热闹起来。说话的声音越来越大，有人玩起了手风琴，有人唱起歌来，甚至跳起了舞。这时有人开始邀请英格，谁又会想到呢？她轻轻地笑了笑，认真地转了几个圈。这以后，邀请她的人越来越多，她也跳得不亦乐乎。

谁都不知道英格心里在想些什么，她只是在这里欢乐地跳舞，这或许是她有生以来的第一次。在三十个男人里面，她是唯一的一个女人，所有人都围着她嬉闹。而那些粗犷的电报工人，应该把她举起来跳舞吧？这时的艾利修斯和西维特已经在小厢房里睡得很舒服，好像任何声音都吵不醒他们，小利奥波丁睁着眼睛好奇地看着妈妈跳舞。

晚饭以后，艾萨克通常都去了田里，当他回来时，有人递给了他一瓶酒。他喝了一口，坐在院里看着他们跳舞，腿上坐着小利奥波丁。

"你看起来玩得挺开心，"他好心地对英格说，"今晚上跳的舞真好看呢。"

一刻时后，音乐停止了，舞会也结束了。工人们也为离去做最后的准备，回到村里开始剩下的后半夜，接着在村里度过一天后的星期一早上，再回来上班。不久，塞兰拉又像以前一样安静下来，只留下了两个年纪较大的工人，在仓房里休息。

夜里，艾萨克醒来，发现英格不在。是看牛去了吗？他起床来到牛棚。"英格！在吗？"他喊道。除了有头牛转过头来望着他以外，没有任何的动静。他转身习惯性地数了数牛，又数了数羊，以前有一只母羊有在外留宿的习惯，现在还没有回来。"英格！"他又大声叫道，仍然没有任何回音。她肯定不会跟着他们一起到村子里去的。

夏天的夜晚是明亮而又温暖的，艾萨克在门口坐了会儿，然后到树林里找母羊。他找到了英格，准确来说是英格和另外一个人。

他们坐在石楠中央，很小声地讲着话，她用她的指尖顶着他的小帽转。看来，他们又在追求她了。

艾萨克慢慢向他们走去。英格转过头，发现了他，不由得低下了头，她全身的力量好像在一瞬间都消失了，就像块破布似的挂在那里。

"哼。你知不知道那只母羊又跑出来了？"艾萨克说，"你怎么会知道。"他似乎在自言自语。

那年轻的电报工人抓起他的小帽，开始侧身往后退。"我先去找我的同伴们了，晚安了，诸位。"没有一个人回答他。

"你们一直坐在这里吗？"艾萨克问，"在外面待得有一会儿了吧？"他开始转头往家里走。英格跟着起身，跟在艾萨克的后面，什么都没有说，就这样，丈夫和妻子一前一后往家的方向走去。

英格一定是在利用回家的这段时间想事情，突然说道："噢，我是在找羊。"她一定是在找借口。接着说道，"我看它又不在圈里。然后叫人来帮我一起找。你来的时候我们没坐多久。你现在要去哪儿？"

"没什么，我还是自己去找一找吧。"

"不要，不要，回去躺着吧。如果一定要有人去的话，那么我去吧。你现在需要休息。至于那头羊，这也不是第一次了。"

"难道要留在那里让别的野兽吃掉吗？"艾萨克说着走开了。

"不要，不要，这么做不值得。"英格跟在他后边跑，"你现在需要休息，我去吧。"

艾萨克始终是敌不过英格的软磨硬泡，不过他也不允许英格独自出门，两人便一起往屋内走去。

回到屋内后，英格立刻去小厢房照看孩子，就好像刚才发生的事情极其地自然。她看起来是极力地想跟艾萨克讲和，就好像她干净利落地做了这么一番解释后，他应该比以前更爱她。可是，艾萨克好像并没有这么容易转变心意，他宁愿看到她手足无措，悔恨得难以自拔，也比这样好。当他在树林里找到她的时候，她片刻的瘫软又算什么？那片刻的羞耻转眼就过去了，又有什么意思呢？

第二天是星期天，他的态度依然不冷不热。他一个人去看了锯木厂，看了磨房，看了田地，带着孩子。有次英格想要跟着他一起，但艾萨克拒绝了，"我要到河的那边去，"他说，"那边高处有点儿事……"他默默地忍受着，不吵不闹，心里可是烦躁得很。艾萨克真的有很多了不起的地方，就像以色列的先祖，神的战士，蒙受了欺骗却依然选择相信。

星期一，他们两个的气氛慢慢缓和了下来，随着日子慢慢过去，这段不开心的回忆在星期六晚上慢慢地模糊起来。时间是可以修补很多事的，啐一口口水，摇摇头，吃顿饭，好好睡一觉，那些伤痕就会慢慢愈合。艾萨克的烦恼并没有那么严重，毕竟，他并不确定太太有没有做什么对不起他的事，再说，他还有很多事情要考虑。收割的季节又要来了，而且，电报线的安装就快要完工，不久，他们又可以安静地生活。在黑暗的森林中，一条宽敞的大路被开辟出来，电线杆和电线翻山越岭地过去了。

下个星期六是最后的发薪的日子，艾萨克特意给自己安排了事出门。他带着奶酪和奶油到村里去，星期天晚上才回来，这时仓房里的人都走了，应该是说几乎都走了，有人扛着他的小包从院子里慢吞吞地走出来，不过这还不是最后一个。在艾萨克看来，他还不能完全地放松，仓房的地上还放着个小包，他不确定这是谁的，也不想知道。他只是看到了小包上那个顶尖小帽很是刺眼。

艾萨克把小包连着帽子往院子里丢，跟着进屋把门关起来。然后他走到厩房，朝外面望去。他大概是这么想的："就让那小包在那里吧，就让那小帽在那里吧，无论它是谁的，这都不重要。"但是如果那主人来拿他的包，艾萨克肯定会让他的胳膊青一块紫一块的吧。然后用一种他永远都忘不了的方式把他踢出去。艾萨克会这么做的！

这个时候，艾萨克又离开了厩房的窗口，来到牛棚往外探望。他看到那小包是用绳子捆着的，那可怜的家伙没有上锁，而那绳子也被撑开了，艾萨克自己也不确定对于那个小包是不是做得太过火了。可是不管怎么样，他都不确定自己做得是否正确。只是刚才，他在村子里看到了刚刚运来的新耙子，那是他订购的。这奇妙的工具让他崇拜。这样一个东西，一定会带来福气的，而那上天的力量，那引导人的脚步的力量，这时可能在注意着他吧，看他是不是配得上这祝福。艾萨克对于上天的恩赐很是在意，他觉得他在这个晚上看到了神，那是收获的季节，在树林里，那是很奇怪的景象。

艾萨克沉默地走到院子里，看着那个小包。他仍然不确定到底要怎么做才算正确。他把帽子往后推了推，搔头，好像毫不在乎，有一种像西班牙人那样无所谓的神情。可是接着却有了同样的想法："不行，怎么看我都不是什么杰出优越的人，我的身份就像条狗。"于是他把那小包重新认真地绑好，捡起了帽子，又把它们放回了仓房。他是这么做的。

当他从仓房出来去磨房时，离开了院子，也离开了一切，可是在屋子里依然看不到英格。算了，她爱在哪儿就在哪儿吧。当然，肯定是在床上吧，不然能在哪儿？但是在他们当初最纯真的那几年，英格是绝对不会独自去休息的，每次他到村里去，她总会在家坐着等他回来。可是现在不同了，什么都不一样了。就像他给她那枚金戒指吧，还有比这更让人伤心的事吗？艾萨克一直都是很谦虚的，绝对不会说这是金戒指。"这不算什么，你可以戴在手指头上看看。"

"金的？"她问。

"嗯，可是不太重。"他说。

她应该是这么回答的，"嗯，还是挺重的。"可是她却说："真的不怎么重。不过……"

"没什么，本来就是不值钱的东西。"他这么随意说道，放弃了最后的希望。

他不知道英格是很喜欢这枚戒指的，缝衣服的时候戴在右手上很漂亮。去村里有女孩上前来找她请教时，她也会给她们看，让她们戴在手上。而傻傻的艾萨克却不知道她是有多得意……

艾萨克独自坐在磨房，听着水流的声音。他并没有做错什么，不用这么躲着，他从磨房出来，经过田地，回了家里。

回到家的艾萨克既羞愧又高兴。他看到了他的邻居布列德·奥尔逊正坐在那里喝咖啡。英格也没睡，他们两个单纯而安静地坐在那里谈天，喝咖啡。

"是艾萨克回来了。"难以想象英格说这话有多么愉快，站起来为他倒了一杯。"你好吗？"布列德同样愉悦地说。

艾萨克可以看出来布列德是和工人们一起在这过夜的，他们离开的最后一夜，他是不可能来外面过夜的，然而他是友善的，热情的。

他像平时一样吹嘘，农场的事都把人们整天的时间占得满满的，哪还有时间来搞电报线的工作，只是对于工程师的请求，他是不能说不的。也是同样的原因，他接下了线路检修的工作。当然不是为了钱，他可以在村里赚很多倍，但是他也不愿拒绝。他们还在他的墙上挂了干干净净的奇怪的小东西，那就是电报机了。

艾萨克认为布列德是个饭桶，喜欢吹牛。可是，艾萨克没什么好抱怨的。当他发现那天晚上进来他屋里的不是外人而是邻居时，他大大松了一口气。艾萨克具有农人的冷静，情感简单、稳定和顽固。他跟布列德轻松地聊着天，虽然觉得对方太肤浅，却也点着头，"再给布列德倒一杯吧。"他说。英格就倒一杯。

英格说，那工程师是个仁慈得不得了的人，他看了孩子们写的字和画的画，甚至让艾利修斯到他的手下干活儿。

"跟着他工作？"艾萨克问道。

"嗯，跟着他去城里，做写字的工作，或者是办公室文员。这全是因为他太喜欢这孩子的字和画了。"

"呵！"艾萨克说。

"你怎么看呢？他也要给他施坚信礼。我看这是件大事。"

"确实是件大事，"布列德说，"只要是工程师说过，那要做的事就肯定会做，你得记住这句话。"

"可是，我们农场里少不了艾利修斯啊。"艾萨克说。

这句话之后，艾萨克突然沉默起来，他不是个好说话的人。

"只是孩子自己想进步，而且有这个天赋，这就不一样了。"英格说道，之后又是沉默。

然后，布列德笑着说："我倒是希望有个孩子跟着他，但芭布萝是老大，却是女孩。"

"是个好女孩。"英格说，是为了礼貌。

"是的，我不否认，"布列德说，"芭布萝是个聪明的孩子，可是现在她要去海耶达区长家里帮忙了。"

"到海耶达区长家？"

"是啊，他太太坚持要她去，我只能答应。"

布列德站起来，好像天要亮了。

"我有个小包和一顶帽子放你们仓房了，"他说，"希望没人顺手牵羊地将它们带走。"他玩笑似的加了这么一句。

14

时间就这样一天天过去了。

没错，艾利修斯终于到城里工作去了，是英格给他安排的。他在那里停留了一年，然后接受坚信礼。之后，他成了工程师办公室的正式员工，在文笔和一些其他技能方面，表现得越来越聪明伶俐了。从他这次寄回家的信上就可以知道——有时用了红蓝两种墨水，写的字很随意，和画图差不多。

从他用的那些词句中就更可以看出他在写作上的天赋。为了满足开支，他不时地会在信中提到需要钱，譬如说，他想要一块怀表，那种带链子的怀表，他会很详细地说明要怀表的原因。他会说，这是他上班必须有的物品，有了怀表早上就能早起，上班不会迟到。他还会要买烟斗和烟草的钱，因为这是城里一般年轻职员都拥有的，当然了，还有他自己知道的那些所谓的口袋钱，也就是零花钱。

还有他所谓的夜班——他在值夜班的时候会在那里学学绘画和体育，这些基本的技能都是在城里像他那种职业、那种地位的人所必备的。总的来说，要维持艾利修斯在城里体体面面地生活，并不是件轻松的事儿。

"口袋钱？"艾萨克说，"那是一直要放在口袋里的，是吗？"

"那是当然，还用问吗？"英格说，"这样的话就不至于口袋里老是空空的了。再说了也不多啊，隔段时间放个一两块钱而已嘛。"

"哼，就是这样，"艾萨克粗粗地说，"隔段时间一块，隔段时间又一块……"但他的粗狂完全是因为他想念艾利修斯，是因为他想要艾利修斯在家这边工作。"最后加起来会变成很多钱，"他说，"我实在没法这样供应下去，你必须写信告诉他，他以后没有这些口袋钱了。"

"呵，要真不给他了，那样还真是好得很呐！"英格用愤怒的口吻说。

"还有那个西维特——他的口袋钱都用到哪里去了？"

英格回答说："你从来都没有在城里待过，所以你也不懂城里那些工作生活的情况。西维特是用不着多少零花钱的。对了，说到钱，等西维特的舅公死了以后，他就会有很多钱了，他是不会缺钱的。"

"你也不知道吧。"

"哎，我偏偏就是知道啊。"

就单单从某些方面来说，英格说的确实是对的，西维特舅舅的确曾经说过要小西维特做他的继承人之类的话。西维特舅舅不知道从哪里听到了艾利修斯在城里有那些了不得的行径，这个故事让他不是很喜欢。他点着头，咬着唇，低低地说，那个用他的名字当名字的小外侄孙西维特，绝对不能够缺钱用。但是，这个有钱的西维特舅舅究竟有多少产业呢？除了他那失于照顾的农场和渔业以外，他难道真有一般人所以为的一笔巨大财富吗？没有一个人可以肯定地回答这个问题。再者，除了这些钱财以外，西维特舅舅是个十分固执的人，他坚持要让小西维特到他那里去。这虽然是个荣幸，但是需要注意的是——他把小西维特带过去，是要让小西维特照顾他，就像工程师与艾利修斯一样。

但是这件事又怎么能行得通呢？送西维特离开家？这根本完全不在考虑范围内。他现在是艾萨克唯一的好帮手了。再说，那小伙子自己并不是很愿意和他那有名望的舅公住在一起，他曾经去那有名望的舅公那里住过一次，可是没多久他就回家了。他已经接受了坚信礼，小西维特个子已经蹿得很快，体格高大，他的脸上也开始慢慢长出了胡渣子，他的手掌很大很厚实，一个天生的劳力胚子。他工作起来不亚于一个大人。

要是没有西维特的帮忙，艾萨克根本无法把新房子造好——但是如今，新房子巍然屹立在那里，有桥楼和起床，那房子大得像牧师家那座住宅一样。虽然说这房子用的是一般的木料，而且房子的房顶也是用木板铺的，但是却造得异常牢固，房顶的四个角都用弯钉钉牢，铺的木板是用了艾萨克自己的锯木厂的木板，有一寸厚。盖房子的时候，西维特不知道敲了多少钉子进去，当他使尽全身力气举起屋架用的大梁时，一度累到快要昏厥。西维特非常适合做他父亲的左右手，稳定地在他父亲身边工作，他跟他父亲就是同类人。尽管他是个单纯朴实的人，却也未能脱离世俗，为了在走进教堂时身上能够有香气袭人的感觉，他不惜上山采摘艾菊擦拭全身。利奥波丁是女孩，又是独生女，自然理所当然地成了娇气十足的姑娘，她脑子里的点子很多。就说有一年的夏天吧，随便你是信也好不信也罢，她发现粥里没有糖浆就喝不下——不管怎么样就是喝不下去。而且不管家中事务大小，她都帮不上忙。

英格从没有打消雇用一个女仆的念头，每年春天她都会把这个问题重提一遍，而每一次她都遭到艾萨克无情的回绝。当然了，她也可以剪裁、缝纫和做漂亮的编织，还能做绣了花边的拖鞋——不过这些得她有自己可以支配的时间才好！而最近一段日子，艾萨克虽然嘴上还是有点嘀咕和牢骚，但是在雇用女仆这个问题上，他的口气稍微软了下来。呵！这可是第一次啊！他曾经做过一次长篇大论的演讲，倒不是对不对的问题，也不是合不合理的问题，也不是他自尊心的问题，而是……可叹！由于脆弱和对这一做法的愤怒。可现在，他感觉自己好像要惭愧地做出让步。

"现在正是我需要雇人帮助家里做事的时候，"英格说，"再过几年，利奥波丁长大后就可以给我打打下手，帮我做些事情了。"

"雇个用人？"艾萨克说，"你要用人来帮你做什么？"

"帮我做什么？你这话说得真是奇怪！你不是也有人帮你忙么？你不是经常有个西维特在旁边帮你忙吗？"

对于这样没有意义、胡搅蛮缠的争辩，艾萨克又能说什么呢？他只能回答道："哦，好吧，等你雇个女佣回来，我想你们俩就既能耕种又能收割，把所有农活儿都一手包办了。那样我跟西维特就可以做我们自己的事情去了。"

"可能是那样吧，"英格说，"但我可以这么说，我现在可以立马把芭布萝找上来，她曾经写信回家说到过这件事。"

"哪个芭布萝？"艾萨克说，"你是说那个布列德的女儿？"

"是啊。她现在就在卑尔根。"

"我才不要那个什么布列德的女儿芭布萝到我家来，"他说，"你找谁来当用人随便你，都行，但是我就是不要她。"

这样总比不准雇用女佣好一点；艾萨克不许用芭布萝，可他也没有说什么人都不许雇用。

布列德利克的芭布萝不是艾萨克看得上眼的那种女孩，她像她爸爸一样——说不定也像她妈妈一样——浅薄和轻浮，做事粗心大意，一点儿都不稳重。她在海耶达区长家待了没多少日子，差不多就只有一年的时间。接受了坚信礼以后，她就又到店老板家去工作了一年，在这里的一年她变得很虔诚，信仰起宗教来。当救世军到村里来的时候她也一起加入了，手臂上缠着一块红袖章，背着一个吉他到处走。她就这一身打扮乘坐着店老板的船，去了卑尔根——那是去年的事儿了。不久前，她才寄了一张自己的相片给她布列德利克的家人。艾萨克看过这张照片，照片上是个头发高高盘起，胸前挂着长长表链的奇模怪样的年轻女子。她的父母为他们的小芭布萝感到非常骄傲，逢人都把相片拿给别人看。看着她们的女儿是学到了城市里的大派头，是让人大开眼界的事。至于那红袖章和吉他，她似乎已经丢弃不用了。

"我把这张相片拿去给海耶达区长的太太看过，"布列德说，"她已经完全认不出来了。"

"她是打算在卑尔根住下去吗？"艾萨克疑惑地说。

"当然，除非是她要去克利斯丁尼亚，"布列德说，"她在这里能干些什么事呢？如今她又找到了新的差事，为两个年轻的书记当管家。

他们都没有娶妻，家里也没有别的女人可以帮他们打理家中大小事务，他们给她的薪水也很丰厚。"

"那是多少钱？"艾萨克说。

"她在信上没有说确切的数额，但是肯定超过这里一般人的工资，这很明显。为什么呢？因为在圣诞节她也有礼物，其他节日也有各种小礼物，这些全是在她薪水之外赠送的。"

"哇！"艾萨克说。

"你还是不要她来你家做事吗？"布列德问。

"我家？"艾萨克吃了一惊。

"你当然不会要了，嘿嘿！我只是随便说说而已，芭布萝在现在的人家做得很好。我本来是要说什么来着？你下山的一路上没有发现那电报线有什么问题？"

"电报线路？没发现啊。"

"没有啊，肯定不会有的……自从我接手以来这个线路就没有过什么大毛病，更何况我家墙上还挂着警报器，一有问题就会报警的。这些日子我得抽空找点儿时间沿着线路上山仔细看一看了，我有太多的事情要管理照料了，一个人都忙不过来了。但是只要我在这里当一天的检查员，当一天的公职人员，我就绝不会忘记我的工作职责。除非我不担任电路线检查员这工作了，不过……可能也当不了多久了……"

"怎么了吗？什么意思啊？"艾萨克说，"难道你不想干了？"

"这个，我还说不准，"布列德说，"我还没有完全想好。他们要我再回到山下的村子里去。"

"是谁要你回去啊？"艾萨克说。

"他们全都要我回去。海耶达区长要我去再当他的助理，医生要我去为他赶车，牧师的太太也不止一次说她很想再让我帮助她，只可惜我们两地相隔太远。艾萨克，你山上的那块地怎么样啦，听说你卖了那块地，还赚了一大笔钱呢？真是这样？"

"嗯，是这样的。"艾萨克回答说。

"但是盖斯乐究竟为什么要买这块地呢？买它干什么呢？至今那块地还荒废在那里，真是怪事！时间年复一年地过去了，什么动静也没有。"

这确实是件怪事，艾萨克自己也想不出个所以然来，他跟海耶达区长提过，也向他问过盖斯乐的地址，想要写信向他问问情况……哎，这真是件怪事啊。

"我也说不清为什么。"艾萨克说。

布列德并不隐藏他为什么对这件事感兴趣。"他们说山上除了你那块地之外还有很多矿藏，"他说，"可能山上的矿藏比我们知道的还要多，只是我们坐在这里都像哑巴畜生一样什么也不知道，那真是太可惜了。我心里倒是想着哪天自己上山去看一看。"

"可是你对金属或什么的这种东西在行吗？"艾萨克说。

"怎么说呢，我还是知道一点的。我也曾经请教过一两个人。不管怎么样，我非得找出点儿名堂出来看看。否则，要我靠这块农场养家糊口实在是太难了。你就不同了，你山上有木材，土壤又肥沃。可我这里除了沼泽地之外其他什么都没有。"

"沼泽地的土其实也挺好的，"艾萨克不客气地说，"我自己的也是这种地质啊。"

"可是没有排水设备，水排不出去啊，"布列德说，"这就没办法搞下去了啊。"

　　其实这个排水还是有办法可以搞定的。有天艾萨克从大路走下来时注意到几处新开垦的土地,其中两块地离村子比较近,地势比较低,可是有一块在布列德利克和塞兰拉之间。哎,现如今人们都开始开垦新土地了,当初艾萨克来到这里时,这里完全都是荒地,而这三个新开垦土地的新农户是从外县来的,从他们外表看来是有点儿头脑的人,这从他们做事的态度就可以看出来。他们并不会刚来就借钱来造房子,而是先上来锄地开荒了一年,然后就走了,销声匿迹似的,就跟死了一般。不过这才是可靠的方法,先开沟渠,然后再耕地播种。艾克塞尔·斯屈洛姆现在成了离艾萨克最近的邻居了。他是从赫尔基兰过来的,这人是个聪明人,还没有结婚。他破土开垦之时曾向艾萨克借了新耙子,一直到第二年他才为自己和两只家畜搭了一个干草棚,盖了草根土的小屋子。他把这个地方叫作曼安兰,意思是"月之地",是因为这里在月光之下的景色看起来很优美。他家中又没有女眷,而且由于在夏天,路太远又那么荒凉,所以他很难找到帮手,但毫无疑问,他还是能把每件事情处理得妥妥当当。布列德·奥尔逊却不是这样,他还没有养家糊口的牲口和土地就先造了房子,然后还带着一大家子的人上来。怎样排出沼泽地里的水,开垦新地,这种事布列德·奥尔逊又知道多少呢?

　　这个布列德呀,他只知道怎么样无所事事地浪费时间。有一天,他途经塞兰拉,准备到山上去——就是专门为了去寻找那贵重的金属矿藏。当天晚上他就回来了,他说他还没有发现任何确定的东西,但是他又若有所思地说已经发现了一些迹象,不久之后他还会再次上山,下一次他会把山上仔细检查一遍,将通到瑞典边界一带的树林彻底探查一遍。

不出意料，布列德果然第二次上山了。不用说，他肯定是爱上这项探查工作了，不过这一次他却以检查电报线路为由——必须去检查整个线路。他的田地已交予他的妻子和儿女管理了，或者也可以说是自由生长了。布列德的不时造访已经让艾萨克深感厌恶，一见他来的时候艾萨克就自己走到屋外，然后英格和布列德两人就兴高采烈地聊起天来。他们俩又能谈些什么呢？布列德经常下山进村，所以他总会有些那里的大人物的新闻可谈，英格则总有讲不完的关于她那有名的特隆赫姆的旅程，还有她在那里住过一段时间的事情。她已经在离家几年间变得健谈不少，见人就可以随意地聊天。是的，她已不再是当年那个脾气冲又单纯的英格了。

年轻的姑娘们和结了婚的妇人们经常来塞兰拉，拿着自己挑选好的布料请英格剪裁，或用她的机器快速地把需要缝很久的东西缝好，英格每次都很好地招待她们。似乎是不可避免的，奥莲也回来过，她每年的春、秋天各回来一次，她会说话、嘴巴甜，温柔如水，可是却是一片虚情假意。"我就是顺便上来看看你们过得怎么样啊，"她每次都会这样说，"我一直都好想看看孩子们，我好喜欢他们啊，这些小天使们多可爱啊。哎，时间真快，他们现在已经长成大人了，但是奇怪的是……我一直忘不了当年他们都很小，是我照管他们的时候。你们的房子盖了一栋又一栋，快变成一个小镇了。又或者是要不要像牧师家一样在房子的顶上装个能发出声音的钟？"

有一次奥莲还带了另一个女人一起回来，她们和英格一起聊天，聊了一整天。围坐在英格身边的人越多，她干活就越是起劲，挥着剪刀烙铁剪啊裁啊缝啊，忙个不停地表现她的手艺。这事使她回想起她学艺的地方——在那的工作坊里总是有很多人。英格从来都毫不隐瞒她是在什么地方学的这些知识和技巧，那个地方就是特隆赫姆。就好像她根本不是在蹲监狱，而是在一所专业学校，在一个机关里，是个专业学习缝纫、纺织、写字、穿着与染色等各科目的地方——所有这些技能、这些知识都是在特隆赫姆学来的。她把那个地方说得好像是她的家一样。在那里，她认识了很多各个阶层各个职业的人，有的是总监，有的是女工头，还有服务员。之后她又回到家乡，和之前认识的那些人没了来往，她顿时感觉十分沉闷空虚，连自己也无法认清自己了。别人还察觉到她甚至还受了寒——她已经受不了这里的寒冷天气。回来之后的好几年，她的身体都难以忍受寒冷，无论什么季节，她都难以在户外工作，可她的工作就需要户外劳动，她是真正需要雇个用人。

“是啊，老天保佑啊，”奥莲说，“说真的，你既然不缺钱，又有见识，还有这么大、这么好的房子，你为什么就不雇个用人呢？”

英格也不隐瞒她受到同情后表现出来的高兴。她拼命地踩着缝纫机，连房子里的地都震动了起来，她手上的金戒指也闪闪发亮。

“喏，你自己也看得出来，”奥莲对她带来的那个女人说，“我说的一点儿都不假吧，英格手上戴的可是金戒指。”

“你们想看看吗？”英格边说边把金戒指摘了下来。

奥莲似乎还有点儿半信半疑的，她把金戒指在自己的手指上转来转去，像猴子在看核桃似的，看着上面的标记。“看，我说的吧，英格她钱、财样样都不缺。”

另一个女人恭恭敬敬地把戒指拿来看着，谦卑地应和着。“如果你想戴你就戴戴看吧，”英格说，“没事，不用怕，不会断的。”

英格是平易近人、和蔼可亲的。她对他们说特隆赫姆的大教堂时，是用这样的话开头的："你们大概没有看过特隆赫姆的大教堂吧？肯定没有，你们肯定没去过！"从她对教堂的赞美、吹嘘的口气来看，那里就好像是她自己的教堂一样，那样的高耸宽敞，多么令人叫绝的教堂啊！七个神父可以同时在教堂里讲道，而他们互相之间却谁也听不到谁的声音。"还有，我想你们也从来没有看过圣欧拉夫井吧？就在教堂的正中央，靠中央的一边，是一口无底井。我们去那里的时候，每个人手里拿着一颗小石子，丢进那井里，可是就没有一颗可以沉到底。"

"没有一颗能沉到底？"那两个女人摇着头窃窃私语着。

"除了这个以外，教堂里千奇百怪的事情还多着呢！"英格得意地大声说起来，"不说别的吧，就先说他们那里的银箱。那是圣欧拉夫自己生前用过的银箱。还有那大理石教堂——全都是纯大理石造的小教堂——在战争年代丹麦人曾经占领了这里……"

到了那两个女人该走的时候了。奥莲悄悄地把英格拉到一边，把她带到储物间。奥莲很清楚所有的奶酪都储存在这里，她还把门关起来。"什么事啊？"英格问。

奥莲轻声悄悄地说："奥斯·安德斯，他再也不敢到这里来了。是我告诉他的。"

"噢，是这样啊！"英格说。

"我告诉过他。他竟然敢做出对不起你的事，他就没有什么脸面再来。"

"哦，是吗？"英格说，"可自从那件事之后他还是来过很多次了啊。再说了，他想来就让他来呗，我又不怕他。"

"我知道你不害怕，"奥莲说，"但是他的底我还是知道一些的，如果你肯的话，我就告他一状。"

"噢，这样子啊！"英格说，"算了，你没必要这样做，不值得的。"

不过，看到现在奥莲站在她这一边，英格也是十分高兴。她赔上了一块奶酪作为交换，不过奥莲的感谢词也让英格听着很舒服："正如我所讲的，我也一直都是这么说的，英格是个慷慨大方的人，从不小气！不过当然了，你是不怕奥斯·安德斯，但我就是不允许他来你这里，这是我为你做的最起码的一点儿小事。"

然后英格就说："就算他来了又能怎么样呢？他也不敢做害我的事。"

奥莲竖起了耳朵。"哦？是不是你从哪里听到了些什么？"

"我以后都不会再生孩子了。"英格说。

现在她们看起来打成平手了，每个人手里都握了一张对方的王牌：因为现在在这里的奥莲是明确知道那个拉普人奥斯·安德斯已经在昨天死了……

为什么英格会说她不会再生孩子的事情呢？倒也不是说她跟她的丈夫相处得不好，他们也不是生活中水火不容、动不动就吵架的那种。——绝对不是这样。虽然说他们各自的性格不太一样，但是他们也不太吵架，而且就算是吵架也不会吵很久，很快就会和好。有好几次英格会突然变回从前那样，在牛棚或田地里拼命地工作，感觉她又恢复了以前的强健身体。每当这个时候艾萨克就会对他的太太流露出感激之情，如果他是那种有什么就说什么的人，他就会马上表达出来，嘴巴里会带着哼腔："哟，这是怎么啦，嗯？"或者是诸如此类的话，只是为了表示他领情了。可是这种时候她等得太久了，赞赏的话也一直没听到。所以对英格来说，当然了，也就会觉得这样做没什么意思，自然也就不愿意去做了。

她的可生育年龄上限估计要到五十岁，而实际上现在她还不到四十岁。她在监狱里学会了很多技能——难道她也学会了耍花招？她在监狱里和那些女杀人犯们共同生活了那么长的时间，现在回到家里的她已经是个受过训练的人了，还有那些男人们——比如狱卒啊，医生等，他们也一定教了她一些东西。有一天她告诉艾萨克一件事，那是在监狱里一个年轻的医务人员说到她的微不足道的罪状时说："为什么杀小孩——就算是健全的孩子——这也算是犯罪行为吗？"那孩子不过就是一团肉而已。

艾萨克问："那么他自己是不是感觉很残忍？"

"他呀！"英格大声说道，那个医生对她有多好多好，并且告诉艾萨克就是他跟另一个医生为她做的唇部手术，才使她重新变成了一个正常的人，现在嘴巴上只不过有一个疤而已。

的确，她的嘴巴上只有一个疤而已。而且她也是一个别有一番韵味的女人，高而不肥，皮肤有点儿黑，一头浓密的秀发。夏天她大部分时间都是光着脚的——她的裙子总是提得很高，就像苏格兰短裙似的，英格是不怕别人看到她的小腿的。艾萨克是当然看过这双腿——谁又没看过呢！

不过，他们并没有经常吵架。艾萨克根本不是吵架的料，不过他的太太就不一样了，她吵起架来得心应手，回起嘴来可是伶牙俐齿的。艾萨克是个老实巴交的人，每次想把他惹火还要经过很长一段时间，英格三言两语就能把他弄得晕头转向，一句话也回答不出来，再者，艾萨克又非常爱他太太——一直爱到骨子里。更何况他也没必要每件事都做出回答。英格也从不抱怨，他在很多方面算得上是个理想的丈夫，她也就悉听尊便了。她有什么好抱怨的呢？艾萨克不会让人轻视自己，她本可能会嫁一个比他还差得多的人。他已经没有精力和兴趣了，是吗？是的，他现在经常会显得很疲倦，但问题也不太严重。他们依旧保持着往日的健康和未曾损耗的精力，在他们已到中年的婚姻生活中，他至少还能和她一样，努力地完成他应该做的事。

但他身上没有什么特别突出的地方吗？答案是否定的。这个时候她就表现出她的自信。不过有时候英格自己会想到她之前见过的那些优秀的男人，比如那些手里拿着手杖，用着手帕，戴着笔挺领子的绅士们！因此，她就让艾萨克保持自己原有的样子，不会用越级的待遇待他。他只是个农民而已，是一个荒野里的大老粗，而且如果她的嘴唇一开始就像现在这样的话，她是不会要他的，这是一定的。没错，她一定会挑到更好的人！他给她住的房子，他给她的生活，是那种贫困寒酸的可怜日子：她本来至少可以嫁给同村的其他人，住在邻里之间，和一圈与自己往来的朋友聚在一起，就不必独自一个住在这样的荒山野地。这里不应该是她这种人住的地方，她开始学会了从不同的角度来观察生活。

真是奇怪，一个人怎么会换别的眼光来看待事情啊！如今英格已经不再美滋滋地赞叹一只新牛犊的诞生，艾萨克带了一大篮子鱼从山上下来，她也不再会高兴地拍手了，没错，她已经在各种了不起的事情中生活了六年了。而最近，就是她叫他回来吃饭的时候，都没有一个好脸色。"你难道不知道饭好了吗，你不知道进来吃饭吗？"只是这样而已。她说话的声音听起来让人很不舒服，起先艾萨克有点儿莫名其妙，怎么她说话的方式这么怪，感觉是一种随随便便的、可恶的、不管死活的口吻。他还会回答："哎呀，我不知道饭已经烧好了。"但是，英格就要反驳他说他应该知道的，也该猜得到，因为看日影也知道时间，艾萨克就沉默了下来。

不过有一次他抓住了反驳的机会——那一次，她打算偷他的钱。倒也不是说艾萨克在钱财方面是个吝啬鬼，但这钱很明显是他的。那一次偷钱险些使她酿成大祸，但是那一次，也不能过于责怪英格，她之所以会那样做是为了要给艾利修斯一些钱——那个在城里工作和生活的儿子艾利修斯，难道他能够不花一分钱就能和那些城里的体面人交往吗？毕竟她有一颗爱子的心。她先向孩子的父亲要钱，后来发现这样不妥，她就自己动手拿了。是艾萨克事先就有所猜疑呢，还是偶然间无意发现的呢——总之，她行窃时被当场抓住了。英格突然间发觉自己的两只胳膊被抓住了，然后觉得自己被拎了起来，她的双脚离开了地面，然后又咚一声推到地上。这势头真是凶猛又惊奇——就像是一场雪崩。艾萨克这次出手是一点儿也不轻，一点儿衰老的迹象都没有。英格痛苦地呻吟了一声，头向后一仰，她浑身颤抖，把钱上交了。

即使是这样艾萨克也无话可说，尽管英格并没有要阻止他说话的意思。他只是喘着大气低沉地说了一声："哼！你——你这个人不配住在这里！"

他说的这些话让她一下子几乎不敢相信那是他了。唉，也难怪，那一定是长期以来不断被压抑才一下子发泄出来的吧。

这可真是悲惨的一天啊，又加上长长的一夜过后，再次迎来了新的一天。艾萨克现在已经出门去了，还有干草需要收进来，西维特又与他的爸爸在一起了。英格虽然还有利奥波丁和家里的牲口与她相伴，但她还是觉得人生非常的孤单寂寞，经常坐在那里摇着头，不住地哭泣。她的一生中像这样情绪波动极大的，还只有过一次，她回忆起了那件事——她一个人躺在床上，亲手掐死了自己那新生的婴儿。

艾萨克和她的儿子到哪里去了呢？他们马不停蹄，放下割草、晒草的工作，利用一天一夜的时间造好了一艘可以在湖泊中行驶的木船。哎，这船的卖相很差，但是他们造的船一如既往的坚固且耐用，朴实无华，现在，他们拥有了一艘船，这意味着他们可以泛舟下网打鱼了。在山上的湖边做了一条小船。哦，一条又粗糙又不好看的小船，却又结实又好用，现在他们有船了。

他们回家后，发现草依然是干的，真让人欣喜。他们本打算听天由命了的，可现在的情形是，没有受到损失，反而获得益处。就在这时西维特一边挥舞着手臂一边说："看！妈妈在家把干草晒过了！"艾萨克向下面的地望去，说了一声"嗯"。艾萨克也发现了干草的变化，心想英格现在一定是正在家里吃着午饭。前天艾萨克还严厉训斥了她，说了声"哼！"并且责备了她之后，她竟然还来收干草，这已经不错了，那干草可不轻，她一直做得很辛苦，而牛和羊也都挤过了奶……"进去吃点儿东西吧。"他对西维特说。

"你不吃吗，你不进去？"

"不了。"

过了一会儿，英格从房间里走出来，温和地站在门口一会儿以后，说："如果你能为自己的身体考虑一下，肯为自己着想一点——那就进来吃点吧。"

听到她已经这样说了，艾萨克只好说了一句"嗯"。最近居然能看到英格谦卑下来了，这可是件奇怪的事，他的顽固动摇了。

"如果你能在我的耙子上装一两只齿，我就可以再去弄点儿干草。"她说。哎，她又来到一家之主——她的丈夫面前，恳请他做一件事，而且由于他没有拂袖而去而露出感激之情。

"你干的农活已经够多了，"他说，"又耙草又运草的。"

"不不不，没有，我做得还不够多。"

"可是，你看我现在也没有什么时间去修耙子啊。你看这天马上就要下雨了。"艾萨克说完便出去工作了。

当然，这么说是为了让她不要过度辛苦，因为他修耙子不过几分钟的事，但是英格干活却会有不止十倍的回报。可是英格还是拿起原来缺齿的耙子走了出去，凭着一股倔劲干起耙草的农活，正巧西维特把车套好了，于是大家就一起合作，奋力工作，终于将干草拖进了仓房。这活儿干得真漂亮，艾萨克再一次想到了那引导世人的道路——从偷进一块钱到收进一季的干草的神灵。此外，还有那条船，那条他们梦想了半辈子的船终于造好了，如今就泊在那湖面上。

"啊，天呐！"艾萨克说。

15

那是一个奇怪的夜晚，一个充满转折的时刻。英格俨然误入歧途有一些时日了，多亏她被从地上拎了起来，这让她回到了原本的正途。对于过去发生的事情谁都不再提及。其实，艾萨克事后也感

155

到羞愧——只是为了一块钱，就这小事儿，就这点儿小钱，他理当是应该给她的，因为他自己也喜欢给儿子点儿零花钱。再说了——他和英格需要划清界限吗，这钱不一样是英格的吗？领悟到这点后，艾萨克顿时感到羞愧难当。

一切因时间的不同而发生着变化。看得出来，她又有了新的改变。她又变得和过去不一样了，她有了新的转变，她不再去讲究那些生活方式，变得仔细了起来，又重新回到过去那种精打细算的生活，回到了一个聪慧的移民者的女人形象。一个男人对她进行的生猛的一抓，居然产生了如此翻天覆地的变化，至此也称得上奇迹了！他这一抓非常漂亮，但是，她的本来面目便是个明理懂事、健康且强壮的女人，却因长时间身处人为的监禁中，而变得面目全非。多亏她命中注定会遇到一个属于她的稳妥的男人。这个安稳的男人，自始至终未曾离开过原本属于他在大自然中所安排的位置，在大地上的位置。没有任何事物可以将其转移。

斗转星移。第二年又遇到了旱灾，农作物慢慢枯萎着，人们的意志也慢慢消沉。麦苗也枯萎不再生长，看那土豆——那些令人称奇的土豆啊——那些富有魔法的土豆不仅没有枯萎，反而盛开起了一朵朵花儿，仍旧在不断地盛开着。草地早已因枯萎变得灰白一片，但土豆们仍继续盛开着花朵。纵然，上苍在指引着一切的一切，但是草地依旧灰白着。

有一天，盖斯乐来了——前任的区长大人终于到来了。他没有去世，而是再度出现了，这令人很开心。这一次的到来是为了什么呢？

表面上看来，盖斯乐似乎并没有携带任何振奋人心的通知，没有购买矿产权或签署文件的通知。盖斯乐的穿着相当不合时宜，头发与胡须显得更苍白，红眼圈也加重了许多。再没人帮他提包，他自己也没有包，而是硬生生地把文件装在自己的上衣口袋里。

"你们好呀。"盖斯乐说。

"您好，"艾萨克和英格答，"这是我们期盼已久的客人啊！"

盖斯乐点点头。

"十分感谢你那时候在特隆赫姆的帮助。"英格发自肺腑地说。

艾萨克点着头附和道："是啊，我们俩都要感谢你呢。"

但盖斯乐——他就显得不同，没有那么多丰富的感情，直接说道："哎，我正要出国，到瑞典走一趟。"

塞兰拉的人们正被旱灾困扰着，但与盖斯乐的重逢仍然让他们开心至极，他们将家中所有的最好的食物拿出来热情款待他，并且，凡是他们能做的一切，都尽全力而为之，以此作为报答。

盖斯乐本人没有表现出丝毫的烦恼与忧愁，他依旧谈笑风生，时而张望外面的田地不断点头。似乎如往常一样神采奕奕，走起路来也一如从前，挺直腰板气度非凡，那样子就像腰包鼓鼓的一样。打他进了家门那一刻起，便顿时人声鼎沸，变得热闹而快乐起来。但绝对不是他说了什么玩笑话，仅仅是因为他这种与生俱来的充满风趣的谈吐，极像个演说家。

"塞兰拉是个漂亮的好地方。"他说，"艾萨克，自从你来了以后，一个又一个的住户来到这里安家。我这么一数，就有五户之多了，还有遗漏的吗？"

"一共有七户人家了，其余的两户没有在大路上。"

"七户人家的话，这么算起来也有五十口人了吧。这样说来，过不了多久这里将人丁兴旺了。据我所知，你们在这里拥有了自己的学校？"

"是的，已经开设了。"

"对吧？我过去说得没错吧？一个完全由你们说了算的学校，在布列德利克附近，就在下面，上下都适中的位置。没想到啊，布列德居然在一片荒野上当上了农场主人！"想到这一点，盖斯乐情不自禁地哈哈大笑起来。"对的，你的所有情况我都知道，艾萨克。你在这里干得有声有色，我很欣慰。你还建了锯木厂，不是吗？"

"是，也就是凑合着用的小地方，不过倒还实用。我有时会给山下的人做一些活儿。"

"不错，不错，这也是个出路。"

"区长大人，如果你有兴趣了解一下这小作坊，我非常希望您能给我一些发展意见。"

盖斯乐摆出一副极其专业的样子，点了点头。好，他是要去看一看的，还要彻底地检查一下。紧接着，他继续问："你有两个儿子是不是？——另一个在哪儿？在城里，在办公室当书记吗？"盖斯乐问道，"这一个嘛，看起来身强力壮的——你叫什么呢？"

"西维特。"

"另外一个呢？"

"艾利修斯。"

"他在一个工程师的事务所——在那能学到什么呢？挨饿受穷的职业罢了，跟着我比那强多了。"盖斯乐说。

"就是这样。"艾萨克碍于情面说道。现在，他觉得有点儿怜惜盖斯乐。唉，这个人不像能雇用得起工人的人，恐怕他凡事都要亲力亲为。那件破旧的夹克衫——袖口早已磨破了。

英格挑选出了一条自己的长筒袜，这已是她最富裕时所穿的一双细细薄薄的还带着边儿的袜子。对盖斯乐说："要不您换双干袜子穿吧？"

"不用了，谢谢你。"显而易见，他的袜子一定湿透了。接着，他们又将话题转移到了艾利修斯。"跟着我多好呢，我又那么的需要他。"说着，他从口袋中掏出了银子打造的烟盒，坐着用手指把玩着。也许这是他身上剩下来的也是唯一值钱的东西了吧。

盖斯乐坐立不安，一会儿这样，一会儿又那样。他将烟盒重新放回了口袋中去，又有了新的话题。"啊——那是什么东西？怎么回事？大地一片灰白？我还以为是影子呢，原来地面上的一切都焦掉了。西维特，跟我走去看看。"

他一下子从桌子旁边站了起来，撂下食物转身就走。直到走到了门口处，转身对英格说了一声："谢谢款待。"接着就走了出去，西维特跟在他的身后。

他们一直走到了河边，盖斯乐留心观察着。忽然，他停了下来，大声叫道。"这里！"接着他说，"你们有一条大得足可以一分钟之内把田地淹了的河，却让田地干涸，这是为什么？我们明天就要让这草地绿起来！"

西维特极其吃惊地答道："那好啊！"

"从这里斜着挖下去，知道吗？——在一个坡上。地是平的，必须做一条水沟出来。那么你们有锯木厂——我想你们可以找到一些长木板。好！去拿十字镐和圆锹来，从这里开始，我等一下就回来，我会画出正确的路线图来。"

他又跑回屋子去，拖着湿透了的靴子，吱吱咯咯地作响，他命令艾萨克开始做水管，越多越好，用于碰到土地无法挖沟的时候安装。艾萨克起初反对，理由是水走不了那么远，干旱的土地会在水没有到达目的地之前把它统统吸光。盖斯乐劝慰说："水要花一段时间才能走得过来，半路上可能会先被吸收一些，但是慢慢地就会流过来——田和草地明天这个时候都会变得绿油油的。"

"好！"艾萨克理解了，开始尽所有的力量敲打长木板。

盖斯乐又赶忙跑到西维特那里，"对——弄下去——我不是说过他是个强壮的小伙子吗？沿着这些树桩挖下去，知道吗，就是我打的这些。如果你碰到石头或阻挡物，就绕一个圈，不过要保持水平——而且深度相同，明白了吗？"

然后又急忙赶回艾萨克那里，"这一个做得非常好了——非常好，可是我们还得多一些——六七个差不多。继续做，艾萨克，你知道，为了大地在明天能覆盖绿油油的衣服——我们把你的庄稼救了！"

盖斯乐坐在那里拍打着膝盖，不由得开心起来，嘴里不停地说着话，脑筋像闪电一样闪动。"周遭有没有沥青、麻絮之类的东西？棒极了——样样齐全。起初这些东西会有漏水的情况发生，但不必担心，它们吸收水以后就会膨胀，然后就紧得像瓶子似的。麻絮、沥青这种东西都有——真奇怪，你怎么会有！做什么？你造了一艘船？你说说看，船现在身处哪里？在上面的湖里。好极了！我一定要去看看它。"

哦，盖斯乐兴奋得什么似的，不断地做这做那，他行动飞快——似乎他比以前更加忙碌了。他现在干活儿由着性子来，但真正干起活儿来那速度几乎无人能敌。这个人的确有他的过人之处。当然，他的话是夸张了一点——要在明天的这个时间段，让所有的庄稼和草地全部穿上绿衣，那的确不现实。话虽如此，但显而易见盖斯乐的确是一个有较强的洞察力、思维敏捷、做事雷厉风行的人。是的，盖斯乐是个很特别的人，就是他一个人，而不是其他人拯救了那一年塞兰拉的庄稼。

"做完多少根了？这还不够。埋下去的木头越多，水流得越快。如果你可以做得到，将水管做成二十英尺或者二十五英尺长。家里有这么长的木板吗？棒极了，全都给我拿过来——到了丰收的时候你会发现这一切是值得的！"

盖斯乐又安定不下来了——他再次来到西维特那里。"对极了，西维特，做得太棒了。你爸爸做的那些如诗歌般整齐的水管，比我预期的数量还要多。你跑过去扛几根过来，我们立刻开工。"

整个下午都异常忙碌，西维特从没见过如此快节奏的工程，他并不习惯这种高强度的工作方式。忙得几乎连吃饭的时间都没有，但水已经流动起来了！有些地方的沟渠还要继续加深，有些水管还需要抬高或放低，但水却已经开始在流淌。三个男人一直工作到深夜，仔仔细细，兢兢业业，直到检验后，确保万无一失。但是当涓涓细流流进曾经最干涸的土地时，塞兰拉大家庭里的老少无不欢呼雀跃。"我忘记戴表了，"盖斯乐说，"现在几点了？哈哈，明天的这个时间大地将是绿油油一片的了！"他说。

深夜，西维特起床去看水渠的情况，却发现他父亲已经先行一步，早已来到了田地。是的，那天太振奋人心了——那可是具有历史性的一天！

第二天，盖斯乐直到晌午时分仍旧卧床不起，高强度工作过后，他已筋疲力尽。他不再浪费精力爬到山上去考察湖上的小船了，倘若不是他之前许诺过，也绝对不会去看锯木厂了。即使是对于这次伟大的工程，也早已不如开始那样感兴趣了——一夜过后，他发觉大地并没有变得绿油油，不由得失望至极，水已经潺潺流动了，如何让它们流得更快，灌溉更多的田地，他都不再去思考了。在事实面前，他修改了措辞，说："需要更多的时间——明天可能依旧变化不大，但成功是迟早的，肯定没有任何问题。"

一天傍晚时分，布列德·奥尔逊溜达过来，他拿来些矿石的样品让盖斯乐帮忙看看。"这些显然是非比寻常的矿石啊。"布列德说。

盖斯乐并不情愿看那些石头。"你就用这种方式经营农场、干农活儿的吗？终日在山里闲逛着寻求致富？"

很显然，如今的布列德早已不满曾经的老领导对他进行责骂了，他话里藏针，冷眼相向，把面前这位前任领导人盖斯乐看成与自己地位平等的百姓："你认为我还在乎你说的那些……"

盖斯乐说："你跟从前没两样，游手好闲，虚度光阴罢了。"

"那你又过得怎么样呢？"布列德说，"我想问问你，你施展了什么抱负！你山上的那座铜矿，经营得怎么样？呵，你又有什么作为了呢？只有你这样的人才配拥有一座矿产吗，哈哈！"

"你给我出去，滚！"盖斯乐说。转眼间，连一句再见都没有说上，布列德只能扛着他一袋子的矿石样品下山回家了。

盖斯乐坐下来边翻阅文件边思考着。他自己好像也被采矿的热情带动。铜矿的事情的确需要整顿一下了，查看置地合同，阅读矿石分析报告。极其优质的矿砂，几乎是纯铜啊，他必须有所作为，不能让其自生自灭，必须大力开发。"我这次来的首要任务就是要把工作具体落实，"盖斯乐说，"过些时日，就在这里开工。招聘一大批工人，开采工作全面动工。你认为呢？"

艾萨克此刻在为这个人感到难过，不愿发表反对意见。

"这跟你也有着千丝万缕的关系，你知道的。将会有很多烦心事需要面对。当然，少不了一大批人会来到这里，有时候会有一些吵闹。山上会有爆破工作进行作业——不知道你能否接受。但话说回来，你完全可以就近销售你所经营的农副产品，这里将聚集更多的人，有更广阔的市场。而且，什么价格你自己决定就可以了。"

"嗯。"艾萨克说。

"不仅如此，你所拥有矿上的股权——会为你赚取更多的利润，你知道，很大一笔钱，艾萨克。"

艾萨克说："你给我的钱足够多了，甚至超过我的想象……"

第二天的早晨盖斯乐要一路向东，奔赴瑞典了。艾萨克提出要送送他，但是遭到了拒绝，他贫困潦倒又孤单无助地徒步行走，看了让人备感心痛。英格用心准备了一包食物，又放入了特别制作的薄脆饼。但是仍感觉不够多，她还要将一整罐奶油和许多的鸡蛋赠予他，但是他无论如何也不肯要，这让英格觉得有些失望。

这次的食宿花销，盖斯乐没能像以往那样在离开前付钱，这让他觉得很难堪。因此，他就假装成这钱已经付过了，假装已经付给他们一张面额巨大的钞票一样，接着对小利奥波丁说："看，孩子，也给你样东西吧！"说着就把他那个银子打造的烟盒给了她。"你可以把里面冲洗干净，放针啊线啊什么的，"他说，"算不上是个礼物。倘若是在我家的话，我可以给你找一点儿别的东西，家里的东西倒是多得很……"

盖斯乐走了，倒是他的水利工程开始有了成效，夜以继日，一周一个样地发挥着神奇的功效：大地变绿，土豆停止开花，麦苗也开始旺盛地生长着……

山下面的村民们纷纷跑到山上，争先恐后想目睹这个奇迹。那个既没有媳妇，也没有女人作为工人帮忙，大小事情全部依靠自己的艾克塞尔·斯屈洛姆——也到山上来了，他是来自曼安兰的新邻居。那天，艾克塞尔·斯屈洛姆心情极好，他告诉大家他刚刚与一个年轻女孩约定好了，她将在夏季与他一起劳作。如此，了却了他内心中一个巨大的忧虑。他没提及那女孩是谁，艾萨克也没问，但是要来的女孩便是布列德的女儿芭布萝。若要把她从卑尔根叫回来必须要发一封电报，艾克塞尔的确出手不够大方，甚至称得上吝啬，但是那天他出了那笔电报费。吸引他过来的也是水利工程，他从源头看到最后，看得极其认真。他的土地上虽没有大河，但是有一条小溪，虽没有木板做水管，但是他可以办得到的是，在地上挖出一条条水沟。他的土地位于山腰下的斜坡之上，旱情目前没有对他产生特别大的影响，但是如果干旱持续下去，他也必须想引水灌溉的方法。他看到了自己想看的，便启程下山回去了。不，他不回家了，他没时间，当天晚上就要开始动手挖沟。于是，他说了声再见就回去了。

这就是他跟布列德做事方法的区别。

嗬，布列德现在游走于各种荒芜的农场间，传播着塞兰拉制造出的这奇迹般的水利工程！他说："在山下的农田里做的都是无用功，看看山上的艾萨克，他一直在挖了又挖，以后他将灌溉所有的田地。"

艾萨克性格温和，可他每次都想摆脱这个整日在塞兰拉游荡，只会说些没用的而又还吹嘘傲慢的布列德。布列德把到这里的借口说成是为了电报。作为一名公务员，他的职责是必须保持电报线路畅通。但是电报公司好多次因线路问题斥责他，并邀请艾萨克来做这个职位。不，布列德思考的并不是电报，而是那里的矿石，那是他目前唯一发财致富的梦想。

现在他经常顺道来塞兰拉，对自己能找到宝藏的事情深信不疑，他会边点着头边这样说："我现在还不能够把一切都告诉你们，可是我可以透露给你们的是——我这次的发现是具有非凡意义的。"他的时间和力气都被这事浪费掉了，当在傍晚回到他的小房间时，他就会把一小袋矿石样品往地板上一摔，样子就像是没人比他为了养家活口而更加辛苦劳作似的。在劳累过后，他便吸烟快活。在酸性的土地上种植少许土豆，除去房子周围的野草！这就是布列德的务农方式了。他从来就不是做农活儿的，结局也只有一个。他家用草做的屋顶上稻草飘落下来，通往厨房的台阶因潮湿变得腐朽，磨石闲置在地上，马车仍然在无遮盖的露天停放着。

幸亏布列德不会因这些小事而感到烦恼。孩子们滚着他家的磨石玩，他还亲自和他们一起滚着玩。他是个不着调的人，闲散慵懒，不务正业，但又不肯放弃，不负责任，还胆小怕事。令人惊奇的是他总能东拼西凑地为自己的全家老小觅到吃食，让家人可以活下去。但是不能一直寄期望于杂货铺的老板养他们家一辈子吧，他跟布列德说过许多次了，这次又郑重其事地提出来。布列德承认店老板是正确的，答应他一定会改头换面——他会把他的田地卖掉，而且这笔钱数目可观——这样就可以用这笔钱偿还所欠的杂货店的债务！

唉，但是布列德就算是赔钱也会把它卖掉，农场对他有什么用呢？他又惦念起游手好闲的村寨生活了。附近有商店可以让他无拘无束，这要比无欲无求的开荒生活更适合得多。况且他能忘了圣诞节的晚宴和圣诞树吗？还有立宪日那天热闹的聚会，还有在会场里的义卖活动？他最喜欢找知己聊天了，和他们交换新闻和看法，但是这里谁是他的知己呢？有段时间英格跟他比较谈得来，现在的她已经变了——如今从她那里一句话也套不出来。再说，她是个坐过牢的人。就他现在的身份而言——不行，那肯定行不通。

唉，他离开村子是个巨大的错误，这相当于自己放弃了。令他感到嫉妒的是海耶达另外聘请了一个助手，医生的车夫也换了人。他自己离开了需要他的人们，现如今，他不在那里了，别人只得找人代替他。但那些新人根本不如他，照常理，他应该被热情地邀请回来！

再看芭布萝小姐——他为什么会全力举荐她回到塞兰拉来工作呢？对，那是他与妻子通过讨论做出的决定。如果顺利的话，女儿的前途不但一片光明，家人都能跟着一起风光。在卑尔根供职于两个年轻的书记员做管家是不错，可是谁又能保证一直做下去会有好的发展呢？芭布萝是个长相靓丽的女孩，又爱打扮，也许回来后她的发展会更好，毕竟，在塞兰拉可是有两个儿子在这里。

但是当布列德意识到这个计划将永远不能实现的时候，他做了另外的打算。毕竟，嫁到塞兰拉家中去并不能像想象中的可以光宗耀祖，要知道他家的英格可是曾经坐过牢的人。除了塞兰拉家中的两个男孩，还可以考虑别的男孩们——比如艾克塞尔·斯屈洛姆。他拥有自己的田地，有自己盖的草房，他非常会过日子，还有一些牲口之类，可谓是小有积蓄。关键是他还没有娶妻生子，连一个女工都没有。"对，我可以肯定地告诉你，你要是雇用了芭布萝，她将是你最合适的助手。看看吧，这是她的照片，你可以仔细看看。"

一周过后，芭布萝真的回来了。艾克塞尔一个人忙碌地晒着干草，独自一人重复着白天下地割草，晚上再把它们收回来的工作——而芭布萝就在他忙碌之时降临了，这是上天安排了她的到来。芭布萝上手很快，立刻将她那吃苦耐劳的精神体现了出来：她洗衣服，收拾房间，会做饭，可以挤奶，还可以到田里去一起帮忙晒草，收草，没有她做不来的活儿。艾克塞尔决定将她的薪酬提得很高，可不能因为薪酬低的缘故而让她离开。

　　现实中的她绝对要比那张照片更加漂亮。芭布萝身段挺直，略显消瘦，声音略带嘶哑，做任何事情都表现出了她明事理和有经验的一面——这绝不是一个孩子了。让艾克塞尔困惑的是她的身体为什么那么瘦弱，面容憔悴。"从容貌上我辨认得出你，"他说，"但你与照片上还是有差距的。"

　　"都是路上给累得啊，"她说，"之前又一直笼罩在城市的生活气息当中。"

　　就这样，没过多久她就变得圆润且漂亮了许多。"我说得对吧。"芭布萝说，"这样劳累的旅途太难熬了，之前又一直过着城市生活。"她也透露了一些在卑尔根的生活中所经受住的诱惑——在那里的人们必须要万事谨慎。他们在一起聊天的时候，她诚恳地希望他能够订阅一份报纸——卑尔根的报纸——让她不至于与世隔绝。她有看报纸、看戏剧和听音乐的生活习惯，相比之下这里的生活太过于单调与乏味了。

　　艾克塞尔非常满意她在夏季工作中的表现，爽快地为她订了一份报纸。他对于布列德一家子的频繁到访，还在这里吃吃喝喝内心颇有不满，但也很想对女孩的工作表示感激。还有什么比在星期天的晚上，他弹奏着吉他，芭布萝用她那略带嘶哑的声音哼唱着小曲，更让人感到安逸与美好的呢？这情景与这动人的歌声，让艾克塞尔感动不已，真有人为这令人怜惜的田地而歌唱着。

　　不错，整个夏季这段时间里，他也更加了解芭布萝身上的其他性格特点，但大体上，他对此是满意的。她有她的生活习性，说话快言快语，称得上自以为是。举个例子，星期六晚上艾克塞尔到山下的商店买东西，而这段时间里，芭布萝竟然跑到别处去了，完全不顾家和家里的牲畜。为这事，他们有些争执。问她去哪儿了？她轻描淡写地说不过是回娘家坐坐，但实情是……艾克塞尔晚上回家，芭布萝并不在家。他独自喂家畜，自己做饭吃，之后便去睡了。直到天蒙蒙亮的时候，芭布萝才回来。她不以为然地说："我只是想感受下木质地板的气息罢了。"艾克塞尔哑口无言，因为他住的是草房，地面是踩过变硬的泥地。可他却说道，如果真的只是这样的话，他也可以在合适的时候买一些木地板来，住上有木地板的房子又不是难事！芭布萝为此感到懊悔，她并不是如此不明事理的。尽管是在星期天，她却马上到树林中采了许多新鲜的松柏枝条铺在家里的地面上。

　　她的善良以及她的所作所为让人感到欣慰，艾克塞尔还能有什么怨言呢，艾克塞尔除了拿出白天为芭布萝买的头巾——尽管他还想着拖几天等到她做出什么让他感动的事时再拿出来。对吧！她立刻将头巾戴上，足以表达对这个礼物的喜欢——嘿，她转身询问他，戴上头巾好不好看。很漂亮，她要是戴上艾克塞尔的旧皮帽，比这还要漂亮咯！芭布萝哈哈地笑着，那就美言几句吧，她说："去教堂做礼拜的时候，我选择戴这头巾，不戴帽子。卑尔根的人们总是戴帽子的——只有从农村出来的普通的女仆是例外。"

他俩和好了，彼此的感情也有所加深。

当艾克塞尔拿出了从邮局订购的报纸，芭布萝坐在这里开始了与世界新闻的对话：卑尔根某街道上的珠宝店铺被抢，另一条街道上两个吉卜赛人大吵大闹；令人震惊的一件事发生在港口——一个刚出生不久婴儿的尸体被缝进了一件剪掉袖子的旧衬衫里。"谁会做出这种事？"芭布萝说。与过去一样，她浏览了市场价格走向表。

一个夏季就这样缓慢地过去了。

16

塞兰拉有了翻天覆地的变化。

与过去相比，这里变得让你无法再辨认：锯木厂、磨坊、一幢幢各式各样的建筑物——过去荒芜的田野现在已经是有人居住的村子了，而且还将有更多的村民搬迁至此。倘若说到变化最大的，则非英格莫属，她变得更加的勤劳、聪慧了。

去年那件让他们产生矛盾的事情，就事情本身而言，还不足以改变她的自由与涣散，她有时候也会走回头路，谈论起"学院"和特隆赫姆的大教堂。哎，事实上也没那么严重吧，把金戒指摘掉，把超短裙改长几寸。她感受到了，周围与过去相比要安静许多，串门的人不怎么来了，村里来的那些女孩和大嫂们也基本上不来了，因为英格不喜欢看见她们。没人在山林深处做这些无用的事情，幸福与胡闹是两码事。

在这片森林里，每一个季节都有着那个季节独特的美丽，永恒不变的是会有开天辟地的响声，使人感到无法呼吸，如同被紧紧包围一样。森林是一片黑暗、熟悉的树木，它们让人感到虽沉重但不失柔和。这里会给你无限的遐想与思考。在塞兰拉北部的山上有一个小型湖泊，像水族箱那样。湖里的鱼儿极小且长不大，它们生在那里，死在那里，根本没一点儿用处——上帝啊！在这世界上毫无用处。一天傍晚，英格站在那里，听着晚上回窝的牛儿的铃铛声，除此之外，周围听不到任何声音。接着她听到了来自湖中微弱的响声，微弱到极致的一丁点儿的声音，那是小鱼儿在唱歌。

　　幸运的是，在塞兰拉每到春秋两季时，他们都可以欣赏到成群结队的灰雁从荒野上的天空飞过，它们在天空中谈笑风生——这声音足以振奋人心。掠过的刹那间，万物仿佛都静止了。大地上的人类，你们会不会觉得自己此刻变得渺小了？他们重新恢复劳作，在这之前需要深呼一口气，原因是他们刚刚与天外的生灵有了一次对话。

　　他们的周围不断有大自然的杰作，冬天有布满繁星的天空。可以经常看到北极光，一个带有闪耀光芒翅膀的天空，一片燃烧着的火焰。偶尔出现的，并不是经常性的，有的时候，他们听得到打雷的声音。一般是发生在秋季。人与动物都对雷声有种紧张却庄严的感觉，在家附近吃草的家畜们聚拢在一起等待着。它们低着头——为什么？等待结束？人们呢，每当雷声响起，也低着头，这又是为何，在等待着什么？

　　春天——是的，意味着忙碌与期待，可秋天呢！它勾起了由黑暗产生的恐惧！迫使人们去做晚祷。到处都存在着不安，天空也发来警告。人们在秋天里到野外去寻觅——男人去寻找需要的木材，女人去寻找因贪吃蘑菇而走散了的牛群。但他们回家来的时候可是带着不能说的秘密。他们不留神踩到了一只蚂蚁，后半部碎了，前半部也不动了？或者是与白松鸡的窝巢太近了，被惊动了的鸡妈妈奋不顾身地冲过来驱赶他们。即使是那些牛儿喜欢吃的大蘑菇，它们也不甘平庸。别小看这些白白嫩嫩的大蘑菇。它们虽然看起来个儿很大，蘑菇们并不开花也不会动，但让人大跌眼镜和毛骨悚然的是，它看起来简直像个人的肺，一个鲜活的肺部赤裸站立着——一个逃离了身体的肺部。

英格最终变得郁郁寡欢，田地给了她巨大的压力，她只有寄希望于信仰。怎么能完全责怪她呢？在这片荒芜的土地上生存的人们大多是如此。他们的生活不只为了金钱而劳作与收获，他们害怕死亡，有点迷信。也许英格认为自己更害怕末日审判，她觉得逃也逃不掉了，每当夜幕降临，上帝都会睁大双眼降临这片土地审视一切。没错，他一定可以查处她。在平时的生活中，她并没有做很多积德的事，她能做的就是把金戒指深藏在箱底，还可以写信给艾利修斯，呼吁他也信仰上帝。做好这些以后，她除了干好自己的农活儿，任何时间都不偷懒，也无能为力了。嗯，还有一处可以改进，那就是在衣着上下功夫，平时穿麻衣，只有在周末的时候才在脖子上系一条蓝色缎带。不要刻意装穷——但这也可以体现修行中的透彻、无欲无求与谦卑之情。这条蓝缎带是旧货了，是从小利奥波丁因太小而无法戴的帽子上剪下来的，有褪色后的斑块，说实话，它还有点儿脏——英格现在却把它当作系在身上高贵的饰品。唉，她可能是夸张了一些，假装贫穷，刻意模仿贫民窟里的人们。这样看来——如果这寒酸的带子是她最好的一件装饰品，上帝就会对她有所眷顾吗？让她冷静一下吧，她也该拥有平静的生活。

她很优秀地完成了许多分内或者分外的工作。塞兰拉的土地上有两个身强力壮的男人，英格在这两个男人外出的时候，替他们做了锯木头的工作，让自己的身体如此劳累疲倦有什么好处呢？她固执地认为自己是那样的渺小，没价值、没才能，就连她的生死也无关紧要，她寄希望于这片荒芜的土地。在这片土地上，她称得上伟大——不管怎么说，伟大还是贴切的。她认为自己所遵守的这些约束都是值得的。她丈夫说："我和西维特，经过协商作了一个决定，我们不能再让你因锯木头而感到劳累了。"

　　"我这样做是为了良心上能得到宁静。"她说。

　　良心！这两个字使得他陷入了深思。他上了年纪，思考速度稍显缓慢，可深思熟虑后总会得出极具分量的结论。良心拥有无可比拟的力量，它将英格塑造得有了强烈的变化。不论这究竟是怎么一回事，英格内心的转变使得他本人也有了变化——他被她感染了，变得温和，善于沉思了。这年冬天，生活沉重艰难，他渴望感受孤独，寻找一个无人之地。他为了保存下自己的树木，便购买了瑞典附近归国家所有的森林，那里的树木好极了。总是独自去砍伐树木的他，婉拒任何人的帮助。西维特被安排在家中照顾好母亲大人，决不许她干太多的活儿。

　　冬季夜晚的时间要比白天长一些，离家和回家的归途都在夜幕中进行。月亮与星星并不经常出现，再加上路上的脚印常常被白雪覆盖。有一晚，真的出事了。

　　他就要到家了，在皎洁的月光下，他看到了山坡上的塞兰拉，在丛林中美丽的小村庄，还有围墙上的积雪，在这些围墙的映衬下，房子看起来很小，倒像陷了下去。他所拥有的木材数量可观，要是让英格和孩子们听到他要利用这些木材建成一座漂亮的房子，那将会是多么令人振奋的喜讯。他坐在雪地上稍事休息，以免回家时露出疲惫的脸庞。

四周鸦雀无声，祈愿神灵祝福这善良的一切吧。艾萨克在森林中开垦良田早已成习惯了，他此时下意识地看着周围的土地，在脑海中想象从哪里开始动手，如何把大块的石头搬开——艾萨克真是这方面的行家。他明确地知道，他所拥有的土地上，其中有这么一块比其他地方的地势都低，光秃秃的一片地方，那里藏满了矿产资源，那一片地上低洼处的水坑里浮现出金属的薄膜——他要做的是把它们挖出来，就是现在。他用眼睛在土地上做了标记，用脑子做了统筹规划，这些地方统统要绿起来，成为果实累累的肥沃土地。这一切都是理所应当的，也理应让人欣喜若狂……

他站起来，却感觉到咯噔一下。啊，发生了什么？没有任何问题啊，他只是坐了一会儿的工夫。可眼前出现了一个东西，是人是鬼？——没有啊，没有任何东西啊。他只觉得一阵头晕目眩——他试探着摇摇晃晃地走了半步，竟然与那个东西相撞了，并且还近距离看到一张脸，一双眼睛。同时，旁边的白杨树也沙沙作响。不管怎样，白杨树有时会发出令人毛骨悚然的声音，这是大家都知道的。不管怎么说吧，艾萨克哪里听过这么恐怖的声音，他被吓得浑身颤抖。他无助地用手向前摸索。

出现在眼前的究竟是何物？究竟是鬼是人啊？艾萨克惊恐地认为恐怕是更有修为的神灵，因为在这之前他的确目睹过一次神灵。但他刚才所见并非是上帝啊，是其他神灵吗？倘若是真的，怎么会出现在了这荒无人烟的土地上？一张脸上除了一双眼睛之外再无其他？如果是为了迫害他，勾走他的魂魄，他也只好听天由命了，死亡不过是早晚的事。那时一定要去天堂，要永远和天使们生活在一起。

艾萨克已经对接下来发生的事情迫不及待了，他依然瑟瑟发抖，迎面而来的似乎是一团冷气——肯定是魔鬼——这时艾萨克心灰意冷。如果真的是魔鬼出现——那他到这里来干什么？艾萨克，在这短短的时间里做了什么？——除了安静地坐着，想想田地的事情再无其他——这显然没有任何不妥？他想不出自己所犯下的其他罪行了。刚刚结束一天的砍伐树木工作后准备回家。一个为了家庭而工作到又累又饿的男人正要回到塞兰拉的家中——他没有做任何伤害他人的事情……

他又像刚刚那样迈出半步，真实的情况是，他马上退了回来。那影像不肯离去，艾萨克紧锁眉头，洞察到了一些诡异。就算是魔鬼，也随他去吧。魔鬼并不如想象般神通广大——路德就曾差一点把魔鬼杀掉了。还有那么多的人，以十字和耶稣圣名驱赶恶魔。但这并不意味着他也要与魔鬼决斗，他不想放弃，也不敢藐视与嘲笑魔鬼。他快步径直冲向异影，同时高声喊道："耶稣圣名！"

啊。圣名回响在自己耳朵里的那一刻，他好像重新清醒，山坡上的塞兰拉映入眼帘。空中那两只眼睛也消失不见了。

他立刻赶回家去，不再与幽灵有任何瓜葛。回到家门口后，他总算安全了，有了底气后，便咳嗽了一声，然后如同顶天立地的男人阔步回到家里——嗯，真是见过大场面的男人。

英格看到他后吓了一跳，追问他为什么脸色苍白。

听她这么一问，艾萨克便全盘托出自己遇到了魔鬼的事情。

"在哪里遇到的啊？"她问。

"就在那边。回家的路上，离家不远。"

英格没表示出对此深信不疑的神情。这神情里没有赞许，也没有挖苦。读者们是知道的，最近的英格变得和善与温柔了，她问道："是魔鬼本人吗？"

艾萨克点点头，他认为那是魔鬼本人，千真万确。

"那你是怎么逃出他的魔掌的？"

"我以耶稣圣名冲向他。"艾萨克说。

英格受了很大的惊吓，一直在摇头，过了许久，才将晚饭端上了桌。

"无论如何，"她终于说出口，"我再也不允许你独自一人跑到树林里去了。"

艾萨克感受到了英格在担心自己——这让他非常感动。他要表现出像过去那样勇猛，自己完全不在意单独还是结伴去森林里，这番话只是为了让英格能够安心，不要因为这次的魔鬼事件让她感到恐惧。保护好女人和全家人是一个男人必须做到的。

英格看穿了他的心思，说："我知道你是不想吓到我。不过以后你必须要带上西维特一起去。"

艾萨克只是哼了一声。

"如果你在森林里感到不舒服了怎么办——你最近身体不太好。"

艾萨克又哼了一声。什么生病？劳累，兴许还有一点儿，但是哪里会到病倒这么严重？英格过度的担心完全没必要，可别把自己当成蠢人了。他身体强壮，吃得多，睡得香，力气大。他的身体强壮如牛！有一回去伐树，那棵树倒向了他的脑袋，耳朵都被碰坏了，但他并不在意，他把耳朵装回原位，日夜都戴着帽子压着它，竟然就这样长好了。遇到肠道问题，他就用热牛奶冲泡糖浆，使自己多发汗——这糖浆的配方是神奇的古老偏方，商店就有得买。如果割伤了手指，就用家中平常的盐水冲洗一下，过不了多久伤口自己就会愈合。艾萨克在这方面无师自通，也没请过医生。

不，艾萨克绝对没病，但就算是体格最强壮的人也躲不掉魔鬼。在这段惊险旅程过后，魔鬼反而赐予了他力量。在等待春天来临的冬季里，日子并不乏味，这个一家之主觉得自己更像英雄了：他懂得鬼神之说；一切都交给他，需要的话，他甚至可以独自驱赶魔鬼！

从整体的天气来看，天长了，日照的时间也变长了。复活节庆祝完毕后，艾萨克收集好了所有的木材，万物复苏，一派欣欣向荣的景象，人类顺利度过了萧条的冬季，尽情地呼吸清新的空气。

首先变得活跃的人依然是英格，很长一段时间她都没有如此开心了。她为什么这么开心？呵呵，开心的理由很简单，英格又要孕育一个新的生命了：她怀孕了。她现在的生活是得心应手，一帆风顺的。但是，她在有过那样的犯罪记录后，居然又要拥有新的儿女！上帝是多么眷顾她，以至于让她喜出望外。是啊，她是幸运的，一个名副其实的幸运儿。有一天，艾萨克也看出了她外形的变化，就直截了当地问她："我看你好像又怀孕了，是吗？"

"是的，感谢上帝，我想是这样的。"她回答。

两个人为此都感到吃惊和欣喜。并不是说英格的年龄太大了，在艾萨克的眼中她没有一点儿让人觉得苍老的感觉。只是，家里从此又多了一个孩子……认了，认了吧……小利奥波丁一年中有好几次要到山下的布列德利克上学——现在他们家里没有小孩子了——再说，利奥波丁也在一天天地长大。

过了些日子，艾萨克毅然放弃了整个周末——星期六的晚上到星期一早上这段时间——动身到山下的村庄去一趟。出发前他不肯说下山是要去哪里，可是却带了一个女孩一起回来。"她叫珍欣，"他说，"是新雇来的女工。"

"你这就是胡闹，"英格说，"我不需要女工来帮忙。"

艾萨克说，她现在的工作需要帮忙的人。

不管是否需要帮忙——这都体现了艾萨克对她的体贴与关心，英格为此感到羞愧和感激。珍欣是铁匠的女儿，约定好了这个夏天将与他们住在一起，在这里帮忙。至于以后的安排到时候再定。

艾萨克说："我发了一份电报给艾利修斯。"

这简直让英格大跌眼镜。发一封电报？他是打算用他对她体贴入微的关心打乱她的思绪吗？是因为她的儿子求学在外——生活在那险恶的城市中，所以这时的她才备感焦虑。艾萨克在信上对他提及魔鬼，毫无隐瞒地诉说了一切，父亲因为超负荷的劳动，体力与身体每况愈下，他们家开垦的耕地越来越大了，小西维特一个人无法应对，再说，他迟早会去继承舅公的财产——说了这些之后，还将回家的路费一并邮寄过去。

但那个过着富足城市人般生活的艾利修斯，怎肯重回到农村来生活？他回信反问道，就算回去了又能如何，荒废了在学校学的文化知识去种地吗？照他的意思就是——"我现在可不想回去。如果你可以给我邮寄一些布料，我用来做成衬衣，那就能省下我买衬衣布料的钞票了。"这就是他的回信。他母亲果然给他邮寄了布料——不断地将许多布料邮寄过去。在有了这种坚定的信仰后，她开始变得聪明了，她知道了艾利修斯只是把那些布料卖掉换钱，再把钱花在其他地方。

他的父亲同样看出了真相。不过，他也没有揭穿。他明白艾利修斯是他母亲的心头肉，他见到过英格是如何为了他痛哭流涕，伤心难过的。看着家中编织精美的上好布料大批大批地被邮寄过去，他知道哪个大活人能穿得了那么多衬衫和裤子？现在看来，事情再这样发展，着实让人看不下去了，现在艾萨克必须行使一家之主的权利，介入这件事情。艾萨克让店老板帮他发了一封电报，并为此付出了一大笔钱。但是，首先，这封电报一定要让儿子引起足够的重视。其次，要把家中的特大喜讯告诉他。他虽然不得不把家里女工的箱子背在背上一步步走回家，但他特别的自豪，就像怀揣上次把金戒指买回家那样的巨大秘密……

从此以后，情况向好的方向转变。英格坚持不懈地努力干活儿，只为让丈夫看到她是如此的勤劳与贤惠。现在她依然会对他说："你不要老是这样拼命地干活儿了！"或者，"再这样下去，任凭谁都要累坏的。"又或者说，"停，立刻停下来，快进来吃饭——我给你做了薄脆饼。"有时为了讨好他而说，"这么多的木材呀，我想问问你，你会用这些木材做些什么用呢，接下来有什么打算呢？"

"嗯，现在还不好说。"艾萨克故作神秘地说。

是的，与过去一样。孩子降临到这个世界上——胖乎乎、健康的女婴——艾萨克又不是那种铁石心肠的人，他怎么能不好好感谢一下上帝呢。但他接下来要做的是什么呢？这又将成为奥莲奔走相告的新闻内容——塞兰拉又将拥有一幢新房子，建在正屋的边上。现在在塞兰拉的那个家族壮大了——他们家还有个女工，艾利修斯最近也要回家了，他们又添了一个女婴儿——如今老房子只能是临时使用了。

当然，这些消息总会传到英格的耳中，她是那么急切地想知道，不过她也许已经从西维特那里得到了一点儿小道消息——可是她还是表现出来异常的兴奋，把双臂垂了下来，"你是在乱说吧——你说的不是真的吧？"

艾萨克自豪地表示说："哈哈，你在这里以后还不知道要养育多少个儿女呢，这是我最起码要做到的。"

现在，这两个男人每天都出去找建造房子要用的石块。他们二人都尽心尽力地工作：年轻的那个，身体强壮，反应灵敏，可以快速找到需要用到的大石块，并在上面做好标记；年纪大的——粗壮有力，可以将重物用有力的长胳膊用撬棍轻松撬起来。当他们完成一项艰巨的工作后，就留给自己片刻的休息时间，他们会在一起用特有的、稍显含蓄的方式聊聊天。

"布列德，他谈起卖地这事儿。"父亲说。

"嗯，"儿子说，"不晓得他要多少钱？"

"哎，"儿子说，"不知道他要压低到什么价格？"

"呃，我也不知道。"

"你听说过什么吗？"

"没有。"

"我听说压低到两百块钱。"

父亲迟疑了一下，说："你怎么看待这块石头，是好石头吗？"

"那要看我们如何敲掉他的外壳了。"西维特说着，就直起身子，将小锤子递给他爸爸，自己则拿起大锤，他早已红着脸喘着粗气，大汗淋漓。他挺直腰板站立，一下一下地敲击着大石，连续上上下下击打了二十下。他毫不吝啬工具与体力，这是相当艰巨的工作，他向上卷起了衬衫，露出胸肌，为的是能更好地使出全身力气，每一次的捶打他都踮起了脚尖，敲击了二十下。

"非常棒！现在由我来看看！"他父亲喊道。

儿子住手，问父亲："锤出一些裂痕了吗？"

他们匍匐着一起去观察那块大石头，这块石头就像一个猛兽一样，一丁点儿的裂痕都未曾出现。

"我要用大锤头来试试。"父亲说着就站了起来。锤头都开始发热了，也变钝了，有点儿不太好使了。

"锤头都要脱手了。"他停下了手，"如今的我已经不行了。"

咳，别把这当真，如今抢锤子的本事不如从前这样的想法他是绝对不会有的！

他是一个伟大的父亲，他单纯、善良而慈爱，他要让儿子获得最后的成功，最后的这几下就由儿子动手来砸。现在这石头已经开裂成两半了。

"啊，还是你能干啊，"父亲说，"哎，说真的……布列德利克……说不定可以在这里下些功夫。"

"对，我也这样认为，"儿子说，"这边翻土什么的工作要差不多了。"

"房子一定要重新翻修一下。"

"嗯，必须这么做，需要大动工程。那的确会消耗人力……我指的是，你妈妈每天都要去做礼拜对吗？"

"嗯，大概是这样的。"

"哦！……嗯。现在开始留心观察找一块适合放在房门前面的大石板。有可以做原材料的石块吗？"

"暂时还没有。"西维特回答。

他们又开始忙碌起来了。

两天之后，一个周五的晚上，他们两个坐在一起谈话，都认为砌墙所用的石块已经足够用了。

"那个——你说呢？"父亲说，"关于布列德利克，我想我们是否应该考虑一下了？"

"你的想法是什么？"儿子问，"我并不清楚它与我们有什么关系？"

"哎，我也不知道。那里有一所学校，在下山路边的山腰上。"

"那又代表什么呢？"儿子问，"我们能做些什么呢，利用不上。"

"这就是你的想法吗？"

"不，也不是……除非艾利修斯肯接着办下去。"

"艾利修斯吗？哦，我也不清楚了——"

两个人都不出声地思考一番。父亲收起工具，整理好，准备回家。

"但是，除非……"西维特说，"你可以询问一下他，看他怎么说。"

父亲此时打住了这个话题，"那就改天再说吧，况且我们连门前的大石头还没找到合适的呢。"

第二天是星期六，因为他们要带着孩子翻山越岭，所以一大早就出发了。家里的女工珍欣也跟着他们一起去，她会成为他们家里的一名教母，另外一些则需要到英格的娘家去聘请了。

英格今天特地打扮了一番，穿上了衣领和袖口都带有白边的棉质连衣裙，看起来特别漂亮。孩子们也穿了一身白，身上还带有蓝色的丝带。他们家的孩子也是极聪明的，现在已经会哭闹了，并可以咿咿呀呀地学说话了。墙上的时钟发出悦耳的声音，她也是可以听得到的。她的父亲行使了自己一家之主的权利，为她取了名字。对于起名字这事儿他决定要自己做主—— 一定要相信他，就把这事儿交给他吧，没问题！雅各布和蕾碧卡这两个名字哪个更好呢？他在这两个名字中犹豫不决。之所以选用这两个名字或多或少地与艾萨克这名字有所关联。最后他跑到英格那里，小心翼翼地问："你觉得蕾碧卡怎么样？"

"可以啊，挺好的。"英格说。

艾萨克听了这句话后，决定自己一定要拿出一家之主的威信。"要么不给孩子起名字，如果要起名字的话一定要叫蕾碧卡！起名字这事儿我说了算！"

他决定与家人同行，一起到教堂去，一来是为了抱孩子，另一方面这也是当地的习俗。绝对不能在蕾碧卡接受洗礼时没有全家人的陪同！艾萨克修剪了胡子，像年轻时那样穿上了红色的衬衫。这可是极其炎热的夏天，他却不合时宜地穿上了看起来很好看的新冬装。虽然如此，但艾萨克从来不会以穿着而炫耀，比如现在的他，正穿着一双异常沉重的皮靴子。

西维特与利奥波丁在家看门。

他们坐船摆渡穿过湖面，这与过去走那么远的路相比，简直方便太多了。当船行驶到湖中间，英格解开衣服给孩子喂奶的时候，艾萨克注意到了在她的脖子上挂有一串亮闪闪的东西，在教堂里的时候，他便注意到了她手上的金戒指。哎，英格——真是让你为难了！

17

艾利修斯回到了家中。

他已经离开家很久了，现在，他比父亲都要高了，手也长长白白的，嘴唇上方也有了淡淡的黑色的痕迹。他没有一点儿架子，反而急切地想与大家亲近，他的母亲对此显得既吃惊又高兴。他与西维特一起睡在一个小房间里，兄弟两人相处得特别融洽，老是互相开玩笑。但是很显然，艾利修斯也得加入盖房子的工作中来。让他沮丧的是，他已经很久没有干过体力活儿了，现在的工作让他感到特别辛苦。特别是西维特出去的这段时间，大大小小的活儿都要依赖这对父子了。艾利修斯根本帮不上忙，也许还有点儿碍事吧。

那么西维特去哪里呢？一天，奥莲专程赶到这里，替西维特舅舅转达消息，说他命不久矣，所以作为小辈的西维特必须去他那里照看他。真是不够幸运啊——怎么让西维特遇到了这样倒霉的事情呢，怎么就发生在了这个时候？

奥莲说："事实上，我哪有时间来传信儿，因为是这样的……你知道，我喜欢这里的孩子们，每一个都喜欢。倘若，我可以帮助他们顺利继承这笔遗产·……"

"西维特的舅公病情很严重了吗？"

"病重？上帝保佑，他现在是一天不如一天了。"

"现在已经卧床了吗？"

"卧床？你怎么可以在上帝的审判桌上将死亡这样轻描淡写？他是完全撑不住了，你的舅公西维特，他没有精力存活在这个世界上了。"

这些话的意思即是西维特的舅舅距离过世没多久了，她在极力劝说西维特应该即刻启程。

但事实是西维特的舅公，那个奥莲口口声声说已经无药可救的他连卧床休息都没有，这一切都不是事实。西维特进来一瞧，这小房间里可真够乱的，简直就是乱七八糟——就连那冬天产生的粪肥都没有全部拉到外面去。若说他是马上就会不行了的病人，他还真没有到那种程度。西维特的舅公的确是老了，身子的确不那么健康了，衣衫褴褛的他不是在房间里闲荡，就是一直躺在床上不动弹，他的确是需要人来照顾了。就比如说已经发霉了的渔网就挂在棚子上面。但，这并不意味着他真的病入膏肓了，他现在甚至还可以吃臭鱼和抽烟。

西维特仅仅用了半个小时，把这里的情况都看明白了之后，便提出要回家去。

"回家去？"老人说。

"我们家正在盖房子呢，爸爸没有一个帮得上忙的好帮手。"

"哦！"他舅公说，"艾利修斯不是回家了吗？"

"是，但是他不适合干这种体力活。"

"那你还来干什么？"

"因为奥莲，她说舅公您即将去世了。"

"去世！"那老人叫道，"她说我快要死了？这个该死的老太婆！"

"哈哈哈！"西维特笑道。

老人恶狠狠地瞪了他一眼，"哼？你这个和我一样名字的人，居然还笑我快要死了！"

西维特毕竟还太年轻了，他并不能够为此装出悲伤的样子。他与这个舅公也并没有太多的感情。何况，现在的他正急着赶回家去。

"哦，原来你也是这样想的啊？"老西维特接着说，"以为我快没气了，所以你才来到了这里，是吗？"

"奥莲说是这样的。"西维特说。

他舅公不再言语，过了一段时间才接着说："听我说，你去把那张渔网修补好，将它们整理一下，那么我就给你看一个东西。"

"哦，那你要给我看的是什么东西呢？"西维特问。

"别问这么多了！"老人趴在床上好像有点儿生气了。

这是一件相当耗时又麻烦的事情。西维特手足无措。他到外面晃了一圈，周围显得特别荒凉，真的很难理出一个头绪来，过了一会儿，西维特到屋里去看他的舅公，他舅公已经从床上坐了起来，在炉边取暖。

"看到那边的箱子了吗？"他指向自己脚边地板上橡木做的盒子。那就是他的钱箱子了。实际是一个有隔层用来放置瓶子的箱子，就像是过去法官或者大人物出巡时候所携带的旅行箱，只不过现在那里面已经没有瓶子了。那是老人在当区财政委员时用来装各种证件和文件用的，现在装满了他的账本与钱。传说这里有着无穷无尽的钱财，村民总是边摇头边感叹："唉！我要是能拥有像西维特箱子里那么多的钱该有多好啊！"

西维特的舅公郑重其事地把一张纸从箱子里拿了出来，然后严肃地说："我想你可以读懂文件上面的内容吧？"

西维特的确在阅读方面没什么天赋，但他还是读懂了文件上面的内容，获知他将获得他舅公去世后的全部遗产。

"那就好，"老人说，"现在你想干什么就去干什么吧。"他把文件放回原位。

然而，西维特对此并没有多么大的惊喜。因为，这与他曾经听说过的没什么两样。在他的成长过程中，他就不断地被灌输着他将继承舅公西维特的全部财产。不过，真的看见这些钱财之后，又当别论了。

"箱子里一定有许多贵重的东西吧，我是这样猜想的。"他说。

"多得超乎你的想象。"老人不以为然地说。

他的侄孙让他气愤而失望。他把箱子锁上，然后又爬回床上。他躺在那里，在那一段段地诉说着："我是本地的财务官，三十年来一直在这里为公家管理财务，我并不需要求着谁来帮忙！我现在想知道的是，是谁告诉奥莲我快要死了？如果我需要的话，我可以派遣三个人，驾着马车去请医生。年轻人，你不要在我面前耍花招！这感觉就像，连我伸腿都来不及了似的。这文件你也看了，想必也看懂了，现在它就在箱子里面——我就对你说到这里。如果你仍然要弃我而去选择回家，到了家就麻烦你带个话给艾利修斯，让他过来。虽然他不是跟我同名的人。"

他话里明显带着威胁的口气，可西维特仍然不假思索就回答："哦，那我去叫艾利修斯来。"

西维特回家的时候，奥莲还在塞兰拉。她已经找时间到山下艾克塞尔·斯屈洛姆和芭布萝的农场转了一圈，并且带着许多秘密和八卦话题回来了。"那个女孩可比原来胖了好多——谁知道是因为什么。可别说这是我说的啊！呀，西维特怎么回来了？不必问发生什么新闻了，是你的西维特舅公去世了对吗？人老了，年龄大了，也不中用了，该进棺材了。你说什么——他还没死呢？那真是个好消息，这是最好不过的了！""我说谎？唉，您可真的是冤枉我了。我怎么知道你舅舅躺在床上，是不是危在旦夕了？活不久了，我敢说这样的话。就是与上帝见面的那一天，我都敢坚持这样说。你说什么？喏，不是他自己卧床不起，双手合十放在胸前，说自己就要离去吗？"

西维特是说不过奥莲这张嘴的，她这与人争辩的技术和气势，无人能敌。西维特说舅公叫艾利修斯过去，听到这里，她立即抓住这个话题，以此来证明她没有说错："你们听听，我没有胡说八道吧。西维特也让我召集他的亲人，他想与自己的骨肉最后相聚一下。唉，他真的是命不久矣！你一定要过去的，艾利修斯。你立刻出发前往你舅公家里，趁他现在还健在。我也走这条路，我们一起过去。"

奥莲在临行前把英格拉到角落，然后窃窃私语，有关芭布萝的消息千万别传到别人耳朵里去了。"这些话一定不要和别人说是我说的——但我已经看出来一些事情了！她一定会成为那个农场的女主人。有些人生下来就是要干大事的人，虽然开始，他们并不那么伟大甚至渺小得像大海里的细沙。谁料到芭布萝就是这样的人呢！唉，早该想到的，艾克塞尔是这样的勤劳勇敢，早晚会通过自己的努力创造出许多的财富。就像你家似的，要啥有啥——简直比山那边的我们这样的人家强出百倍。你家原也是那样的，你自然知道我说的是真的。芭布萝她自己的抽屉里面有一些羊毛，倒也不是什么贵重的物品，就是一些冬天里的羊毛罢了，我没要，她也不曾给我。我们只说了'你好'和'再见'，她刚刚学会走路的时候我就认识她了，那个时候我一直在那里，那段时间你离开家在学校上学……"

"蕾碧卡居然哭了。"英格打断了她的话，并将一些羊毛给了她。

紧接着，迎来了奥莲所发表的很大篇幅的答谢词：是啊，她刚刚不就对芭布萝说过，英格是乐善好施的好人，世间都是少有的；她的东西都舍得送给有需要的人，就算自己一无所有了，她都不会有任何怨言。现在进去瞧瞧可爱至极的小天使，还有哪个孩子能像蕾碧卡长得这么像妈妈呢——绝对没有。英格是否对不会再生孩子这事有印象了？看看现在！是的，本来就要来听听在年龄偏大时养育女儿的经验，谁能揣测出来上帝的意思呢。

唠叨完了这些之后，这个上了年纪又显苍白可怜，喜欢打听别人八卦的她向艾利修斯所在的丛林里奔去，试图追赶上他。她现在急于到老西维特身边去邀功，让他知道艾利修斯之所以能来看他，那完全是因为她奥莲游说的缘故。

其实艾利修斯根本用不着游说，因为他早已比过去成熟了。他原本就是一个做事守规矩，为人谦虚和善的大男孩，只是没什么力气。他并不十分愿意回家也是有他自己的原因，他清楚地知道母亲杀婴坐牢这件事。在城里，他可从没听任何人提及过此事，可是在村子里所有人对这件事也都是清清楚楚的。如果他与同事共同生活，不可能不受此影响。与之前相较而言，他更敏感与脆弱，他已了解到叉子与刀子同样重要。在商界里混过，他已经在使用新的货币单位，可是荒野里的人们仍旧在使用银圆这个单位。嗯，他并非不愿意到山的另一边走一遭。在这边，在家里，他需要抑制自己的优越感。他需要刻意地取悦周围人，效果还不错。可他须得时刻保持警惕。比如说，两个星期前，他刚刚回到塞兰拉时，尽管俨然是仲夏时分，他带的却是一件单薄的春天外套，当把大衣挂在钉子上时，他原本可以翻过来，将刻着名字的银牌露出来的，可是他并没有选择这样做。同样的事情发生在他的手杖上。是的，其实那只是一个伞的伞柄罢了，拆除了伞面和伞骨之后剩下的东西，可是使用方式有很大的不同，在这里可以大摇大摆，尽情挥洒，但在家这边他只能让手杖贴着自己的腿一步一步走着。

的确，艾利修斯翻山越岭而来并不是什么让人吃惊的事情，他并没有盖房子这项技能，仅仅对书信还比较在行，但是这事儿也不是人人都能干的，在他们的家中，除了她的母亲还比较重视这项技能之外，便没人看重这雕虫小技了。他一路奔走穿过森林，落下奥莲有很远的距离了，他准备在前面再找个地方等她，像极了一只刚出生的牛犊，兴冲冲地赶路。从其他角度来看待这件事，艾利修斯也像是从农场跑出来的，他并不想被别人看到这一幕——现在的情形是，他把那件春天的大衣和手杖都带上了。到了山的那一边，有很大的概率他会遇见别人，甚至还有去教堂的机会。因为这个原因，他才在烈日的阳光下带着这件并不需要的春天里穿的大衣，他也因此在太阳下流下了更多的愉悦的汗水。

　　他们在盖房子的时候，完全没察觉少了一个人。西维特又回到了艾萨克的身边，他在干活儿的时候简直比他哥哥强十倍。从凌晨干到深夜也绝对没问题。没花费太多的时日，他们就把房子里面的大体结构做好了，因为是老房子接出去的新房子，所以他们只需盖三面墙就可以了。木材构造这方面也没有难度，他们在自己的锯木厂里制作所需的木质屋顶等结构。他们的房子终于在某一天竣工了。一座拥有屋顶、地板、窗户的房子，这座宝贵的房子真实地呈现在了他们的面前。在农闲的时刻，他们能做的已经完成了，其他安装大块地板以及涂油漆的工作只能等到以后再去做了。

　　现在，盖斯乐带领一群人马从瑞典翻山越岭而来。同来的男人们骑在有黄色马鞍的皮毛光亮的高大骏马之上，他们肯定个个都是有钱人，他们矮小而结实，连马匹都被他们压得弯下了腰。在骑马的人群中夹杂着徒步行走的盖斯乐。除了盖斯乐，这支队伍中还有四位绅士，另外还有两个用人分别牵了一匹驮马。

来到农场边，大家都从马上下来了，盖斯乐说："这位是艾萨克——他就是农场的主人。你好，艾萨克！我言而有信吧，我说过要来的。"

盖斯乐同过去一样，即使只有他因没有马而不得不徒步而行，他也不曾有低于他人的自卑感。是的，他的外套破旧不堪，披在他弯曲了的脊梁上，可他的气势依旧，自命不凡且神采奕奕。他甚至说："现在我要带这几位绅士到山里走一圈——这可有利于他们减肥。"

几位绅士都是面容和善的人，他们听了盖斯乐的话都微笑着，并向艾萨克问好，表达了此番出行对他们的打扰，并请求谅解。他们带来了食物，并没打算将他家里吃个精光，只要晚上能有个住宿的地方就心满意足了。或许可以把新房子让他们住一下吧？

他们稍作休息，盖斯乐同英格及孩子们见了面之后，队伍就走进了大山里，直到日落时分才回来。那天整个下午，塞兰拉的人不时听到山上传来轰隆隆的巨响，他们这支大部队下山时带来了好多袋崭新的矿石样品。他们指着矿石并不断点头说："这是青铜。"他们在一起谈论着高深的有关科学等的话题，核对他们所画的一张地图。其中有一位工程师和一位采矿方面的专家，有一位看起来则像个大地主或者大老板。他们谈论着有关将铁路架在桥上和兴建缆车等专业问题。盖斯乐偶尔插上几句话，看样子像是在给他们提出自己的意见，看得出来他们对此很重视。

"湖边南面的土地是谁的？"其中一个向艾萨克提问。

"国家的。"盖斯乐迅速作答，他聪明敏锐，艾萨克的手上握着那份有签名确认的真实文件。"我之前就和你们说过的，这是国家的地，"他说，"不要再多问了。如果你们不能相信我的话，你们就自已去调查。"

夜里，盖斯乐拉着艾萨克到了角落，小声地说："你说说看，我们是否要将那座铜矿卖了？"

艾萨克说："怎么还这么说呢，您已经把地从我手中买走了，并且买地的钱已经给过我了。"

"是这样的，"盖斯乐说，"我如果购买这块地。可在合同中加上这样一项条款，意味着你将从这座矿分红，你是否愿意将你所占的股份卖掉？"

这些事情对于艾萨克来说是全然不懂的，盖斯乐必须详细地解释说明一番。艾萨克是一个靠开垦、种地为生的农民，没办法经营矿业，盖斯乐也没法这样做。钱呢，钞票呢？哎，钱的问题完全不必担心，他有非常多的钞票！但时间是个问题，总是有太多的事情要他忙来忙去的，全国各地到处奔波。既要照看南方的家业，也不能落下北方的产业。所以，现在盖斯乐计划着把矿产转卖给瑞典的绅士，他们几个都是他妻子那边的亲戚，都是富翁级别的。"我的意思你明白了吗？"

"我会按照你说的去做。"艾萨克说。

奇妙的是——他的这种全心全意的信任，给了这个穿着破旧不堪的盖斯乐极大的慰藉。他思考片刻后说："嗯，这样做是最划算的，但我并不能确保，"紧接着，在他拿定了主意后说，"但是，如果你把一切都交给我去拿捏处理，我所为你争取到的，必将要远远高于你自己所能拿到的。"

"好的，"艾萨克说，"你一直以来都有恩于我们全家……"

盖斯乐听了这些话后皱了皱眉头，打断他说："好的，就这么说定了。"

第二天一大早，几位绅士开始着手立字据的事情。这是一件重大的事情，首先要拟出一份以四万克朗购买矿权的合同，然后还需要写一份文件表明盖斯乐把他全部的金钱赠送给他的妻子和女儿。艾萨克和西维特两人都被请来作为见证人并签署姓名。在这结束后，那几位绅士表示要收购艾萨克的股份，并给出了一个荒诞的价格——五百克朗。就在这时盖斯乐打断了他们，"这不是在开玩笑吧？"他说。

艾萨克对这笔买卖并不十分了解，他所知道的只是已经把矿区卖过一次，并且已经收了地钱。但是从他的角度看，克朗并没有赢得他的信任——因为这不同于银圆，不是真实的钱。西维特对这买卖还是有所了解的。他觉得，今天的谈判似乎有些怪异，似乎更像是一个家庭会议。其中一个客人说："亲爱的盖斯乐，你应该懂得的，你不该让自己的眼睛变得这样红。"盖斯乐含蓄而坚定地说："我懂得不该这样。我们在这个世界上却没有办法得到自己想得到的一切东西。"

这一切似乎为的是盖斯乐妻子的兄弟和亲友们想要摆脱他那强烈的控制欲望和喋喋不休的啰唆，进而想尽一切办法用金钱将他收买。说到那些矿产，毋庸置疑的是，它们有着巨大的价值，这是显而易见的事实。可是这矿区实在是过于偏僻且又这么荒凉，他们也坦诚地告知，他们购买后的目的不过是转手再卖给别人，或与更适合的人共同经营它。这事情是合情合理的。他们也直言不讳，谁知道这矿再转手的时候又能卖上什么价钱。而且现在矿产闲置在这里，一切都是零，但是如果有人再次收购它或进行开采了，那么四万克朗在整个矿产中只是微不足道的小钱。现在的情况是，它就闲置在这里，所以这笔钱等于说是有去无回。不过，无论如何，他们现在需要的是一份清清楚楚，没有任何瓜葛的产权，所以他们愿意出五百克朗来收购属于艾萨克的这笔股权。

"我是他的代理顾问，"盖斯乐说，"他的股份出售的价格少于整个矿产价格的十分之一，我是断然不会卖的。"

"是四千？"其他的人说。

"对，四千，"盖斯乐说，"这块地原来就是他的，他该得到这四千。这地原本不是我的，可我却得到了四万。各位可以仔细考虑一下。"

"是这样的，但是四千克朗啊！"

盖斯乐起身，说："要买就买，不买拉倒。"

他们思考了一番，又在一起窃窃私语，接着又到天井附近，探讨研究了许久。"把马匹准备好。"他们对仆人高声喊道。其中一位绅士来到房间里，大方地将很大一笔钱作为他们享用咖啡、几个蛋和住宿的费用，给了英格。盖斯乐在房间里无所事事地来回走着，但是始终保持着警惕。

"去年做的那个水利工程有效果吗？"他问西维特。

"它将整个村庄的庄稼都保住了。"

"我上次来的时候，见这里有一个土墩，现在已经被你削平了吧？"

"对的。"

"你们的农场还需要添置一匹马。"盖斯乐说，他观察得非常仔细。

一名绅士向他们走来，"好吧，就让我们把这件事情谈清楚吧。"他说。

大家全都来到了新房子里，将四千克朗一分不差地给了艾萨克。

他们递给盖斯乐一份文件。盖斯乐接过来，然后将它随手塞进自己的口袋，好像这份文件毫无用处一样。"将它收好，"他们对他说，"过几天你的妻子就将收到来自银行的存折了。"

盖斯乐额头紧蹙，只说了一句："那很好。"

但是他们跟盖斯乐还没算清。他不曾开口向他们索要任何东西，他只是一个人站在角落里，可他们也看出来了，他站在那里是在等待着，可能事前他们就约定需要给他一些好处吧。领头人将厚厚一沓钞票递给他。盖斯乐接过钱，也只是应了一声："好的。"

"现在我想我们应该与盖斯乐碰杯了。"另外一个人说。

在干杯之后，一切交易顺利完成。他们共同与盖斯乐告别。

就在这个时候，布列德·奥尔逊走进房间。他又来做什么？可以肯定地说，布列德听到巨大的爆破声音后，知道铜矿方面一定又有了新情报。他一定又是兜售矿产来了。他直接忽视盖斯乐来到绅士们的身边与他们进行谈话：他在附近的山里面，又发现了很多上好的矿石样品，它们是极其特别的；有些有着血一样的红色，有些则像银子一样白晃晃。他对附近的地况熟悉极了，想要到哪里去，他都能立马找到过去的路，他还知道长长的矿脉，里面蕴藏着重金属——但他并不知道是何种金属。

"你有采集样品回来吗？"矿冶专家问。

有的，布列德是有样品的。可是他们完全可以到实地去考察呀？路也不远。样品啊？他可是有很多袋。现在没有，他没有拿来，都放在家里了——他可以跑回去拿。如果他们可以等待一下，那么他现在可以到山上再采一些回来。

绅士们摇了摇头，然后上路了。

布列德望着他们的背影，感到一阵悲伤。如果说他刚刚看到了一丝希望，那么现在就是希望破灭的时刻。命运总是对他开玩笑，事事都不顺利，幸亏布列德是个乐观的人，他看着他们渐渐离去的背影，最后只好说句"旅途愉快！"如此而已。

现在他对他曾经的领导盖斯乐的态度又恭敬了起来，不再以平辈自居了，而是变得尊重与谦卑。盖斯乐随便找了一个什么原因，把皮夹子掏了出来，谁都看得出来，里面被钞票塞得满满的。

"如果您能够帮帮我就好了。"布列德说。

"你还是回家好好种田吧。"盖斯乐说，他一点儿也不肯帮助他。

"我是可以带一大堆样品过来，但是直接到山上面亲自看看，不是更加省事吗？"

盖斯乐对他毫不理睬，转了身去问艾萨克："我刚才那张合同到哪里去了？这张文件可是非常重要的——它价值几千克朗。啊，在呢，它被夹杂在这一大堆钞票里了。"

"那些人是谁？"布列德问，"他们是来骑马游玩的，还是过来办事？"

毫无疑问，盖斯乐刚才是非常紧张的，直到现在才冷静下来。他现在还有足够的精力去干点活儿，拿了一张很大的纸后，他与西维特向山上走去。他们将位于湖南边的土地在纸上画了下来——天知道他们又在规划些什么呢。几个小时以后，他们下山回到农场，布列德还在那里等他们，但盖斯乐从不回答他的问题，他现在已经很累了，于是向布列德挥手示意让他回去。

他就这样瘫睡在床上，一直睡到日上三竿，他的体力又恢复到最佳状态。他站在屋子外面，向四周张望了一番，"美好的塞兰拉啊。"

"你的意思是这些钱全部都归我吗？"艾萨克说。

"全部的钱？"盖斯乐说，"天哪，老兄，你难道不认为属于你的钱本该更多吗？按照我们之前的合约来看，我本该补偿给你更多的钱，但是事情的经过你都看在眼里——现在只能这样了。你又得到了多少钱呢？按照老的计算方法，你不过仅仅得到了一千银圆罢了。现在，我在想的是，你们的农场必须再添置一匹马。"

"嗯。"

"明白了？"盖斯乐的手挥了一个圈，他说，"地主——就是你！房子，牲口，良田——就是谁想饿死你，也是不可能办到的！"

"对的，"艾萨克说，"我们拥有了主创造的所有东西。"

盖斯乐在赞美了农场后，自己溜进房间去找英格。"你能再做些吃的给我带在路上吃吗？"他问，"只要一点薄饼就行了——不用添奶油和奶酪，煎饼的热量已经够了，算了！你就按我说的做，我路上带不了那么多的东西。"

他又走出来了。盖斯乐还是有些惴惴不安，他走进新房子里，坐在椅子上开始写信。他在心里已经打好了草稿，所以一挥而就。他略带神气地对艾萨克说："和你说，这封信是要交给内政部门的。对，目前还有很多的事情等着我来处理。"

当他正准备将这一小包食物带走上路的时候，好像突然回忆起了什么事情，"对了，我忽然想起来一件事，上次走得太匆忙，还欠你们一笔钱呢——我那时特意取出了一张钞票，塞进了马甲的口袋里——走了之后看到钞票才想起来还没给你。我同时要兼顾很多的事情……"他把一叠钞票塞给英格之后离开了。

是的，充满奇幻色彩的盖斯乐启程了，看他的样子别提多神气了。完全没有垂头丧气，或者步履蹒跚的样子。此后他又来过塞兰拉，过了很多年以后他去世了。每次他离开后，塞兰拉全家人都如同思念亲友那样挂念着他。艾萨克原想打听一下布列德利克的情况，以及他的意见，但是这一切都没有来得及，也许盖斯乐对这件事情会持反对意见吧。艾利修斯是个在政府供职的工作人员，而他们要购买一块土地让他耕种。

<h1 style="text-align:center">18</h1>

西维特的舅公终于去世了。艾利修斯伺候了他三周之后，他才离开人世。艾利修斯将老人的身后事办得井井有条，他从附近的村舍旁边找到了倒挂金钟花，借来了一面旗子升至半空，在商店里买了些黑纱，悬挂在放下的百叶窗上，起到遮挡的作用。艾萨克和英格得到通知后也赶来参加了葬礼。艾利修斯以主人的身份招待前来参加追悼会的亲友，并招呼他们享用茶点，当尸体被抬出去的时候，他们举行了唱诗仪式，艾利修斯甚至在现场发表了相当得体的悼词，他的母亲为此感到骄傲与感动，她不停地用手绢来擦拭泪水。总之，一切都进行得有条不紊，庄严得体。

在与父亲同行回家时，艾利修斯不得不公开带着他的大衣了，不过他的手杖还是被他藏进了袖子里面。一切都进展顺利，但当他们乘船过湖的时候，他的父亲不经意地坐在了他的大衣上面，结果"咔啦"一声。"什么东西？"艾萨克问。

"啊，没什么。"艾利修斯说。

虽然手杖断掉了，但是他不曾丢弃它。刚回家，他马上想找来一些工具把手杖修补好。固执的西维特说："我一定有办法能把它修补好的，听我说，现在去找两根结实的粗木条来，用它们包住手杖的两边，再找一些蜡线来，将它们紧紧地包扎起来……"

"我选择蜡线用来绑你。"艾利修斯说。

"哈哈哈！成交，也许你更愿意用红色的吊袜把我绑得整齐些吧？"

"哈哈哈。"艾利修斯自顾自地大笑起来，但是他到房间里去找了母亲，从母亲那里要了一个旧顶针，打磨一番后，做成了一个效果非常好的金属箍。看，艾利修斯那双又长又白的手，也绝对不是没法做事的。

两个兄弟之间还是像往常一样嬉笑打闹。"西维特舅公的遗产是要全部给我吗？"艾利修斯问。

"已经给你了？有多少？"西维特问。

"哈哈哈，还问有多少，你真是个财迷！"

"哼，反正都是归你的。"西维特说。

"五千到一万吧。"

"银圆？"西维特大叫起来，他这是情不自禁。

可是艾利修斯早已不用银圆来作为单位了，但那时候他也不愿意否认，所以只是点了点头，没有正面回答。

第二天，他们又讨论这件事情。"你昨天答应把所有的钱都给我了，你现在不感到后悔吗？"他说。

"笨蛋！当然不。"西维特说。他嘴上是这么回答，但是——这么多钱，五千元毕竟是五千元啊，这并不是一个小数目，如果他的哥哥不是那些老土的印第安人，就应该把其中的一半还给他。

"好啦，实话告诉你，"艾利修斯解释说，"我从没想着要靠这笔遗产发财。"

西维特吃惊地看着他。"哦，是吗？"

"是这样的，这并不是一笔你所认为算得上发一笔横财的数目。"

艾利修斯对会计这个职业略懂一二。他在那边的时候，西维特舅公装钱的盒子，也就是那个非常著名的钱盒子已打开并进行了审核。他那时不得不将所有的账目都进行核对，整理出清算过了的资产负债表。西维特舅公并没有叫他的侄孙去农田里干活儿或者修补渔网，却安排让他清理这份前所未有的混沌账目，杂乱的数字和离奇账簿。比如，在几年前，一个人用一只山羊或者一捆干鳕鱼等实物，充当税金。但是现今却找不到这鱼或者肉了，怎么办？老西维特会冥思苦想很久然后说："他给过了！"

"好的，那么就把他划掉了！"艾利修斯说。

艾利修斯的确适合做这样的工作，他聪明而机灵，一直都在安慰病人，鼓励他会好的。二人在一起很融洽，有时还会讲讲笑话。或许，艾利修斯在一些方面显得呆头傻脑，这点可能随他的舅公了。这两个人坐在一起认真地写着遗嘱。受益人不但有小西维特，还有老西维特为之服务了三十年的社团。啊，那是一段让人难忘的时光！"再没有人比你更适合做这些工作了，艾利修斯。"舅公西维特说。在这仲夏的时分，他叫别人买回了羊肉，还有刚从海里打捞上来的新鲜的鱼，让艾利修斯从钱盒里面取钱付款。日子过得舒坦极了。他们把奥莲也找了过来——再没有比她更适合分享这美餐，以及将好善乐施、为人慷慨的西维特的美名传播出去的人选了，而且受惠的是双方。"我们也要帮一把奥莲，"西维特舅公说，"她只身一人，家里也很穷。而且,留给小西维特的钱已经够多了。"艾利修斯书写了几笔，在后面增添了一个遗嘱附录，看，奥莲也变成了遗产中的受惠人。

"我会好好照顾你的，就算这次好不了了，我也会留意不把你遗漏的。"西维特舅公对她说，"我会留心，不让你缺什么。"奥莲表示她已经说不出话来了，她痛哭流涕，内心深深地被感动，不停地表示感谢。谁能像奥莲那样快速地将看起来世俗的遗产与"下辈子一定会得到千百倍的报答"找到因果关系。不，她并不是真的说不出话来。

艾利修斯如何呢？起初，也许他对舅公的经济状况很乐观，但仅仅过了一会儿，他就发现了端倪，并且表达了出来。开始他只是试探性地问："这账目好像有些问题？"

"哦，但是不必担心，"那老人说，"用到我去世后，还会有很多结余。"

"那么，你在其他地方还有钱？"艾利修斯说，"是存在银行了吧？"因为外界就是这样认为的。

"农场、牲口、红牛、白牛加在一起——艾利修斯，孩子，你就别为这事而担心了。"

他所说的渔业能值几个钱他并不晓得，但他家的牲口是一目了然的。一共只有一头牛，红白相间的一头牛。西维特舅公简直是在胡说八道。有些账单更是无解，突出的是币制变革之后，他总是把小克朗写成银圆！怪不得他总是以为自己还有许多的钞票呢！当把一切账单都进行核对之后，艾利修斯认为结余基本上没有，甚至刚好只够把债务抵销。

是的，西维特可以不假思索地答应将舅公的遗产拱手相让给哥哥！

兄弟二人经常以此为话题互开玩笑。这件事完全没有让西维特郁郁寡欢，反而，如果他真的将五千银圆花掉，才会令他感到不安。他与西维特舅公同名并非是有所图，他也没有其他理由享用这份遗产。现在，他极力规劝艾利修斯继承这份遗产，"舅公的遗产理所应当由你来继承，你过来，过来，我们写一份字据。我是很希望你成为有钱人的。你可不要对这不屑一顾！"

嗯，他们老是拿这件事情开玩笑。是的，留住艾利修斯在家里的，非西维特莫属了，如果没有西维特，他的日子该有多么无聊啊。

可事实是，艾利修斯的娇惯病又犯了，在山那边的三个星期的闲散生活对他来讲并没有太多好处。他曾到那里的教堂炫耀过，是的，他甚至还在那里与几个女孩子相遇。在塞兰拉，这种事情是绝对不会发生的，珍欣不过是个女佣，她不能算在其中，她最多也就仅仅能够与西维特相提并论。

有一天，艾利修斯说："现在我倒是想到布列德利克去看看芭布萝那个女孩变成了什么样。"

"可以啊，下山到艾克塞尔·斯屈洛姆那里去看看吧。"西维特说。

艾利修斯果然在某个星期天下山了。看，他的自信与骄傲又回来了，他在艾克塞尔的小房子里精力充沛，欢声笑语。芭布萝这个女孩绝对不是你想象中的小角色，不管怎样，她可是方圆几里唯一一个女孩。她会弹吉他，善于交谈，而且她身上的芬芳不是艾菊散发出来的，这味道来自商店里出售的真正的香水。艾利修斯的表达就是让对方了解到这一点，他现在只是回家探亲度假，不会过太久就会被召回城里去工作。他在家里生活得也不错，有属于自己的小房间；但是不管怎么说，肯定是不如城里生活舒服！

"就是这样的，"芭布萝说，"城市生活与乡村生活太不一样了。"

艾克塞尔显得那么格格不入，在这两个城市人面前感觉很没趣。他宁愿到外面去看看田地，也不愿忍受这无聊透顶的相处。现在房间里只剩下他们两个人，他们可以无所顾忌了。艾利修斯完全掌控了节奏。他谈到了他是怎样处理山那边舅公的丧事，如何在葬礼中致悼词的。

当他要告辞回家的时候，他请求芭布萝送送自己，陪他走上一段路。但芭布萝对此表示抱歉，她不想这样做。

她反问道："你们家那边的风俗是让一个女孩送一个男人回家吗？"

这话让艾利修斯因羞愧而脸红，他知道自己冒犯了她。

紧接着，下周他又要去曼安兰了，而且还带上了手杖。他们像上次一样聊天，艾克塞尔则一如既往表现得格格不入。"你父亲的地真的很大，"他说，"他似乎又在建造房子了。"

"嗯，他的确做得很好，"艾利修斯说，他按捺不住要炫耀一番。"他有的是钱干这样的事。我们这样的穷人就不能奢求了。"

"你怎么这样说呢？"

"哦，你可能还没听说，前几天有几个从瑞典过来的大富豪从他手上购买了一座矿产，是铜矿。"

"这是真的吗？那他现在一定特别有钱，有一大堆的钞票了？"

"是很多。嗯，我也不夸大其词，几千块钱是一定有了。我刚刚说到哪里了？盖房子的事情？你们这里的木材有很多，打算何时开工？"

芭布萝插嘴说："永远都不会开工！"

这话显然是不符合现实的。早在去年秋天，艾克塞尔已经将要用的石材准备好了，到了冬天便把它们运到家里。他利用农闲，已经将地基、几堵墙、地窖和其余的工作完成，现在剩下的只有上面的木料方面的工作了。他希望能在今年的秋天把屋顶建好，想请西维特这几天过来帮忙干活——艾利修斯会认可这个提议吗？

艾利修斯认可这个提议。然后笑眯眯地说："那么为什么请的不是我呢？"

"请你啊，"艾克塞尔带着敬意说，"请你来是大材小用。"

这句话颇令艾利修斯高兴！"唉，只怕我手笨做不来呢。"艾利修斯谦虚地说。

"给我瞧瞧。"芭布萝说着便将他的手握住。

艾克塞尔又插不上话了，像上次一样，留下他们两个，独自出门了。他们有着相同的年龄，在同样的学校上学，他们曾接过吻，共同拥有过跑跑跳跳的日子。现在他们可以肆无忌惮，满不在乎地谈及过去——也许芭布萝只是想在朋友面前炫耀一下。说实话，艾利修斯根本比不上城里那些在事务所上班的时髦少年，他们更加儒雅，戴着眼镜与金表。但在这片荒野里，他确实是出类拔萃的青年。她将自己的照片拿了出来让他欣赏——她以前就长这个样子——"完全不同于现在的模样。"芭布萝叹气地说。

"不明白，现在哪里不好了？"他疑惑地问。

"难道你不认为我比之前难看许多了吗？"

"难看？我负责任地告诉你，比之前好看得多。"他说，"你变得丰满了，还说变难看了？我要打消你这个念头！"

"你看这件衣服漂亮吗？前胸和后背都有露出来一些。再看看我这条银链子，它也是很值钱的，它是我之前就职单位的两个领导送给我的礼品。它们被弄丢了。但是，实际情况是它们已经变成我回家的路费了。"

艾利修斯问："这张照片送给我好吗？"

"送你？那，你又能送给我什么呢？"

"嗯，"艾利修斯已经想好要如何回答了，却又不敢张嘴，只好说，"等我回城以后，我也去拍一张照片和你交换。"

芭布萝把照片收起来。"不，我只有这么一张照片了。"

他觉得心灵遭到了打击，不由得伸手去抢那张照片。

"现在，就给我点儿东西交换吧。"她一边笑一边说道。就在此刻，他抓住时机深深地吻了她。

从此以后，他们进展得更加顺利了，艾利修斯更加外向和精力充沛了。他们现在是非常亲密的朋友，经常在一起打情骂俏。"你刚刚拉我手的时候，这感觉就像是鹅毛般柔软舒适——我指的是你的手。"

"嗯，你是要回城的人，你回去后就再也不会回来了，而我却要永远守候在这里。"芭布萝说。

"你把我想象成那种人了吗？"艾利修斯说。

"唉，我确信城里一定有位你喜欢的姑娘。"

"实话跟你说，真的没有，我没有订过婚。"他说。

"不，你有，你是订过婚的人，我是知道的。"

"没有，向天发誓，我真的没有。"

他们两个在这里来来回回讨论着，艾利修斯明显已坠入爱河。"我将写信给你，"他说，"我能这样做吗？"

"好的。"她说。

"如果，你要是对我全无好感，我也不会这么唐突。"他忽然打翻了醋坛子，尖酸地问道，"很多人都说你已经被许给了艾克塞尔，是这样的吗？"

"艾克塞尔？"她开心又轻蔑地说，"那我要好好考察他一番了！"但她又有点儿反悔的意思，接着说："艾克塞尔，他这个人待我很好……他知道我喜欢看报纸，就特意给我订报纸，还时常送给我许多的好东西。从这些事情上看得出来这一点……"

"嗯，看得出来，"艾利修斯说，"他这个人还是不错的，但更重要的是……"

想起艾克塞尔，芭布萝就显得有些惴惴不安，她起身，对艾利修斯说："你该回去了，我现在要去喂牲口了。"

接下来的周日，艾利修斯下山的时间比以前都晚，他还带了一封信过去。为了这封信，他花了很大的精力和时间，整整一周都在这封信上动心思，顺利完成了这封杰作："致芭布萝·布列德小姐。与你有过几次相逢，看到你美丽的容颜，我的心情久久不能平静……"

他这么晚才下山来，芭布萝说不定已经照看好了牲口，上床睡觉了。不过这不要紧——而且效果更好。

但是芭布萝没有上床，只是在屋子里坐着。她的表现很冷淡，毫无幽会或者想亲昵一番的样子——艾利修斯在猜忌，是不是艾克塞尔抓住了她的小辫子，然后威胁了她。

"这封信是我上次说要给你的。"

"谢谢。"她说，阅读了全文之后，她并没有为此而陶醉，也没有表现出来多大的感动。"可惜的是，我的文笔与你相差甚远。"

一阵失望涌上艾利修斯的心头。是他做错事了吗？她今天究竟是怎么了？艾克塞尔又去哪里了？他不在家。他是对每周日都到他家里来的客人感到厌烦了吗，选择故意回避。还是因为前些天，到村庄去办事，不顺利没能回来。不管是哪个原因，至少他现在不在家里。

"在这迷人的夜晚，为何不出去走走？这里简直是太闷了。"艾利修斯提议。

"我在等艾克塞尔回家。"她回答。

"艾克塞尔？你的意思是你离开了艾克塞尔就不能活下去了吗？"

"那倒不是，但是他回家总是要吃饭的。"

时间一点一滴地流逝，但大家并没因此拉近了距离，芭布萝总是那么难以取悦。他又旧事重提，将在山那边照顾舅公的故事再描述一遍，也不会落下他声情并茂的追悼词，"我并没有说得有多好，可是还是有那么多的人感动得落泪。"

"是真的吗？"她说。

"其中的一个星期天，我还跑到教堂里去了。"

"那边发生什么新闻了吗？"

"新闻倒是没发现。我只是去转了一下。从我的见识来讲，那个神父太逊色了，他没有一点儿气质。"

时间仍旧在流逝。

"假如艾克塞尔今天又看到我们在一起了，而且还是在晚上，你猜他会怎么看我们？"芭布萝突然说。

这话一说出来，仿佛像她给了他重重一击。他们上次见面时候的约定都忘记了吗？他们不是已经约好就在今天要见面的吗？艾利修斯觉得自己很委屈，他非常伤心地埋怨道："只要你说让我走，我现在就离开，可是我做错什么了呢？"他的嘴角都因为生气到极点而跟着颤抖。

"没有，你并没有做错什么。"

"是吗？那今天晚上到底是因为什么？"

"我到底干了什么？哈哈哈，不过好好想想，艾克塞尔怎么会不生气呢？"

"可以，我走。"艾利修斯又说。她对此仍旧无动于衷，一点儿都不在意他独自在那里苦恼烦闷。她简直是个女骗子！

他现在真的是生气了，他的不高兴开始有所表现，"你可真优秀啊，为女性添光彩！"但是，这样的话丝毫没有作用——嗯，他本来应该再忍耐一下，但是他没忍住，最后说道："要是知道你会这样对我，打死我都不会来的。"

"可以，你不来又能如何呢？"她说，"你不过少了一次炫耀手杖的机会罢了？"

芭布萝是在卑尔根生活过的人，她知道如何去讽刺一个男人。她在那里见识过什么叫手杖，现在她可以质问他挥着那根补过了的伞柄有什么意义。他让她接着说下去。

"我想，你现在需要把送我的照片要回去了吧。"他说。这或许是唯一可以触动她的事情了，因为在这个荒原上，给别人的东西还要回去，那是最遭人鄙视的行为了。

"看情况吧。"她不置可否。

"行，我还是还给你吧，"他赌气地说，"我不会拖太久给你的，这点儿你不必担心，那么你也把信归还给我吧。"艾利修斯边说边站起来。

"给你，"她把信退回去。但是此刻，她的眼睛湿润了，这个女佣开始伤心了，她的朋友要与她分道扬镳——永远不再和好了！

"你可以不走的，"她说，"艾克塞尔怎么说是他的事情。"

占了上风的艾利修斯不肯示弱，他对她表达了谢意之后，告别离开。临走时还补充道："当一个女人把话都说到这份儿上了，作为一个男人别无选择。"

他满意地离开这里，向山顶上的家走去。路上他打着口哨，挥舞着手杖，摆出一副大男子主义的形态。"喂！"走了没多一会儿，芭布萝就追赶上来了，她还接着连续喊了两声。很好，他停了下来，但是很明显的，他此刻仿佛是一只受伤的雄狮。她感到懊悔，坐在了草丛的石头上，摆弄着一根小树枝。现在，他也忍不住了，他想与她吻别。但她并不情愿这样做，他上前服软，"我们再来一次那样热情的拥吻吧。"他围着她转圈，以找到合适的角度和机会。可是她不肯接受，反而站了起来，仍旧无动于衷。无奈，他只能点点头，独自离去。

当他的背影消失了，艾克塞尔突然从矮矮的树丛中蹿了出来。这可把芭布萝吓了一跳，这是她不曾遇到的，她问："你要干什么——从哪边儿过来的，也要上山吗？"

"没有，我从山上下来的，"他回答说，"可是我看到你们两个一起上来的。"

"哦，是吗？这和你有很大的关系是吗？"她生气了，大喊大叫起来。现在她又被惹怒了，"你告诉我，你在这里鬼鬼祟祟地想要干什么？你管得着吗？"

艾克塞尔本人也心生不快。"哦，看来他今天又来过？"

"对……他来过，但是他来与不来跟你有什么关系，你管得着他吗？"

"管得着吗？我倒是想问问你，你们两个想要干什么，你不该感到羞耻吗？"

"羞耻？哼！你没有资格多说。"芭布萝说，"莫非我应该像尊雕像似的屹立在家里当摆设吗？我不知道我为何要感到羞耻？如果你可以找到更好的管家帮你，我马上就离开。如果不是那么过分的话，你可以闭嘴了，这是我唯一想要嘱咐你的。我现在应该回家给你做饭了，面包与咖啡做完之后，我爱干什么就干什么，与你毫不相干。"

回家的路上他们一直都在争吵，越到后面越厉害。

不，他们有时并不那么友好，甚至还有剧烈的争吵。她在他的身边已经有足足两年了，也争吵了两年，争吵的原因一般都是因为芭布萝说要再寻找其他的归宿。艾克塞尔只想把她留下来，永远和他在一起，住在他的房子里，仅仅属于他一个人。他明白，若失去了她，他的生活将变得艰难而且会一塌糊涂。她曾经答应过不会离去，在她开心的时候甚至承诺连离开的念头都不会有。但他们不管因为何事有了争吵，她都把离开当成威胁的手段。就算是不争吵的时候，她自己也要找个理由到城里去逛逛。她总是往外跑，而他总是想紧紧地拴住她，用他能想到的一切办法。

把她拴住？芭布萝要是想挣脱，那么用什么都不可能将她拴住！

"哦，你又准备走了，是吗？"他说。

"是要走，那又能怎样？"

"你想想看，你走得了吗？"

"为什么走不了？你以为冬天我就不敢走了吗……我没什么可怕的，我随随便便就可以在卑尔根找个新工作。"

艾克塞尔胸有成竹地说："随你吧，但你现在肯定是走不了。至少在你怀孕的这段时间内。"

"我怀孕？你究竟在说些什么？"

艾克塞尔直勾勾地盯着她。这女孩像发疯了一样。

说实话，他理应再沉得住气一些。他现在已经有了可以将她留下来的把柄。以前的他似乎过于急功近利，也过于自信，这些都是他的错误。不该对她太严厉，也不该老是发火。比如那年春天的土豆事件，他不该苛责要求她去种那么多的土豆——他完全可以一个人去种。等到结了婚，再去行使丈夫的权利也不迟啊。在修成正果之前，他应该学聪明一些。

但是——艾利修斯是个遭人恨的第三者，挥舞着手杖的政府职员。与一个许配给他，又怀孕了的姑娘在一起乱搞！简直是太荒唐了！——艾克塞尔的身边从来没有出现过第三者——但是现在有了。

"我给你订了一份新报纸，"他说，"还有一份礼物也是给你的，不知道你是否喜欢。"

芭布萝的态度依旧冷淡。他们虽然坐在一起，一起喝着滚烫的咖啡，但这与她冷冷的态度截然相反："我猜那是一枚一年前你就要送给我的金戒指吧。"

可是，她猜得不全对，是戒指没错，但可不是金子打造的，那是她幻想出来的，没人说要给她买金戒指，这是银的，是纯银打造的，上面有镀金的交叉起来的搭手，还有商店的标志。但是，她是去过卑尔根的人，多说无益——芭布萝看过真正的求婚戒指！

"这样的戒指，还是留着你自己戴着吧。"

"这枚戒指不够好吗？"

"不好吗？我也不知道。"她回答，起身收拾桌子。

"那么，你先暂且戴着吧，"他说，"也许以后我可以给你换一个更好的。"

芭布萝没回答这个问题。

那天晚上芭布萝表现得极不通情达理。这是一枚崭新的戒指——她总该要好好感谢一下。她一定是被那个城里的职员勾走了魂魄。艾克塞尔再也忍不住了，说："艾利修斯这个家伙为什么老是跑到我的家里来，你们两个之间有什么关系？"

"和我有关系？"

"哼。他是个没什么见识的人，以你的阅历难道看不出来门道吗？你头上没长眼睛吗？"

芭布萝转过身去，盯着他，说："对了，你也别以为你已经抓住了谁的小辫子，你给我听好了，别找错人了！"

"哦！"艾克塞尔说。

"对，我也不可能留在这里。"

艾克塞尔只是微笑——不带有嘲笑或者讽刺意味的微笑。因为他可不想因此而惹怒了她。接着，他像哄孩子一样，和蔼地说："好，好的，芭布萝最乖了，别生气了，我知道我们是有感情的。"

最后芭布萝被哄好了，而且也听话了，甚至睡觉的时候都戴着那枚银戒指。

不用担心，他们终究会重归于好。

草屋里的两个人已经和好了，再来看看艾利修斯现在怎么样了？日子过得很糟糕：他无法治愈芭布萝带给他的创伤。他也不明白这个女人为什么要对他歇斯底里地绝情，他将这归咎于她的冷酷无情。来自布列德利克的芭布萝，就算这个女人的确去过卑尔根，可是她的地位不曾有她所想象的那样崇高……

他用自己想出来的招数将他的照片给芭布萝送过去——有一天的半夜，他亲自将照片塞进她睡觉的草房里。他并没有用粗鲁的方式进行这项计划，而是在门缝的地方鼓捣了许久。她终于醒来了，当她的手肘撑起来时，她说话了："你怎么了，难道你今天找不到进来的路了吗？"他恍然大悟，这话完全是对另外一个男人讲的；这话像针一样刺向了他的心脏，让他感到剧痛。

他徒步向家走去——路上没挥手杖，也没有打口哨。他完全丢失了大男子主义的气概，心如刀绞般痛。

事情结束了吗？

一个星期天，他下山去，只为偷窥到真实的状况。他一反常态，将自己藏匿在草丛中，监视着草房里面的一切状况。最后，草房里终于有了动静：艾克塞尔和芭布萝两个人出来了，一起进了牛棚。他们大秀恩爱，一起度过甜蜜夜晚。他们相拥而行，还搂着腰，他还要帮她干活儿，他去喂牲口。这一切都是真的！

艾利修斯怒狠狠地盯着他们，他知道自己已经输了。他边看边想：她现在与艾克塞尔·斯屈洛姆搂抱在一起。她怎么能有这样的举动？前段时间她搂抱的人明明是自己！可现在呢？却抱着别人消失在牛棚里。

哼，随便他们怎么做吧！难道他要一直趴在这里吗？自己趴在这里是干什么——把其他要做的事情都忘了吗？她这样做算什么，她算是什么人？自己可是个男子汉大丈夫。走，现在就起来。

他起身，离开这里。将身上的树枝、灰尘，以及杂乱的一切都抖下去。他直起身子，将所有的愤怒与绝望用一种奇特的方式宣泄出来。他要让自己忘却一切的烦恼与忧愁，让它们随风飘走，他开始唱起了一首歌词轻佻的民谣，并且尝试将最难听的那部分用最大的声音唱出来。

19

艾萨克从村子里回来时还牵了一匹马。

嗯，确实实现了。马是从海耶达的助手手中买来的，跟盖斯乐当初说的一样，马是向外出售的，但要价到两百四十克朗——折合成老算法是六十元。马肉的价格现在贵得离谱，要知道在艾萨克小的时候，最好的小马驹也不过卖到五十元而已。

他之前为什么没有买一匹小马，然后把它饲养大呢？他也曾考虑过购买一匹英俊的小马这事儿——这两年中，他一直在等待着这样的机会。喂马这件事情，需要耗费一些时间，而这势必要从做农活儿的时间里扣除。适合做这工作的人必须要抽得出时间，而且还要让一块地在那里荒废着，只有这样，才可以将马匹养到可以帮助人们下地干活儿驮谷物的时候。海耶达的助手曾这样说："我不愿意为它投入金钱，我在外办事的时候，家里的女人都弄不到那么多的草来喂马。"

添置一匹新马，这是艾萨克一直渴望实现的梦想，绝不是最近突发奇想出来的，也并非是受到了盖斯乐的怂恿后才去购买的。他的大量准备工作足以说明这一点，他事先准备好了一切：一间新的马厩、拴马用的绳子，以便夏天来临时可以用来喂它吃草。就连拉货的车子，他也已经做出很多辆，他还想再造一辆出来，以备今年秋天的时候使用。饲料才是重中之重，这个他也完全考虑到了，如果不是为这事，他去年干吗一定要费那么大的力气，将最后一块地都要开垦出来呢？当初的劳作为的就是这些牲口，那样他就可以让这匹马吃饱，也不会抢占母牛为哺乳小牛犊所用的饲料了。

他的计划无疑考虑到了方方面面。他就是想让英格像以前那样，为他的英明而拍手称赞。

艾萨克从外面的村子带回来了许多新闻：教堂外面墙壁上的公告显示布列德利克的农场要出售了；还有一些草料和土豆——外加其他物品，其中甚至会有牲畜，但是只有小牲口，大的却没有。

"他简直是疯了，卖掉一切净身出户吗？"英格吃惊地说，"那他要搬到哪里去住？"

"去村里住吧。"

的确是这样，布列德是打算要到村子里生活了。而且他曾经请求艾克塞尔·斯屈洛姆容他跟芭布萝一起住在他家，但这个计划失败了。布列德并不真的想干涉他女儿跟艾克塞尔的关系，他也不敢过多地为此事而发牢骚，只是他接连有了种挫败感。艾克塞尔今年秋天要盖的新房子就要竣工了。那很好，他和芭布萝完全可以搬过去住在一起，是什么原因使布列德和他没有在新家居住呢？不！布列德的想法跟别人就是不一样，他看事情有别于开垦荒地的农民们。他不明白，艾克塞尔必须搬出去住的原因是他要把小草屋改造成牛棚，以存放越来越多的牲口们的口粮。虽然艾克塞尔已经向他们家做了详尽的解释，但依然无法获得理解。问题就在于，难道人还没有牲口重要吗？他们所持的意见是完全不一样的。因为人在冬天的时候，总会为自己找一个可以栖息的地方。芭布萝这一次可算懂得了，说："我到现在才明白，你的牲口要比我们这些人重要得多，对吧，你优先考虑的是牲畜？"艾克塞尔立场不变——没有地方收容他们。

因此，他将这一家子人得罪了，而且他还不肯退步。他并不是一个高情商的人，事实上简直是笨透了，只是他觉得自己应更加谨慎才行。他看出来了，假如这一大家子人都住进来，所有的人都要吃饭，而吃的都是他家的。布列德告诫女儿可以住口了，他自己会想办法搬回村子里生活，他变卖那些家产，卖房子卖地，不过是因为在荒原上住厌烦了，想换一种生活而已。

哦，真实的情况是，卖房子卖地的人并非是布列德，而是店老板。只不过，为了给他留点儿面子，布列德还使用了自己的名字罢了。这个方法，遮住了他的难堪。艾萨克遇见他的时候，他也并没有表现出来有多么的失落，他用自己担任电报线检查员这个职位寻求安慰，不管怎么说，这是份固定的工作，并且有一份稳定的报酬。他甚至认为自己还有高升的潜力，比如抓住某个机会后就会成为蓝斯曼德的助手或者达到其他更高的职位。幸好，他的失落感总是暂时性的。前面已经提到过，这是布列德这个人最大的优点。他这一生仅仅有过一次想成为一名农民的想法，但那只是一刹那的想法罢了，并不会实现。他也有过缜密的计划，按部就班地实现着，但是不会坚持下来的。有些事情没有人能打包票——谁又能够这么确定，他就真的一事无成了，说不定他收集的那些矿石，有一天就会变成真金白银！再来看看芭布萝的情况，他成功地将她拴在了曼安兰，她从此不会与艾克塞尔·斯屈洛姆分开了——事实就是这样，谁都能看得出来，再也不会出现她吵着说要出走的事情了。

布列德·奥尔逊说，只要身体是健康的，其他的一切都不重要。只要他还可以为自己，为需要他照顾的人而工作，那就没什么可畏惧的。孩子们都长大了，完全可以按照自己的想法到外面的世界去闯荡一番。他说，赫尔基已经有了一份捕鲱鱼的工作，凯特琳的工作是一名医生的助手。身边只剩下两个年纪小点儿的孩子了——非常好，而且他们还要再养育一个孩子，不管怎么说……

艾萨克从村子里还带来了一条新闻：海耶达的太太顺利产下一个孩子。英格兴致勃勃地问："真的呀，那是男孩还是女孩呀？"

"哦，这个我没听说。"艾萨克说。

现在海耶达的妻子也是有孩子的人了——过去她一直在妇女俱乐部里鼓吹着，穷人们的生育率应有所增加。她说，最好也给女性们权利，让她们参与选举，也可以发表自己的意见。而现在，因为这个孩子，她的嘴被堵住了。谁不说呢，牧师太太说："以前谁的事情她都要插手管一管——现在她自己的事还没弄明白呢，哈哈哈！"街头巷尾，都在传这事儿，村民们也都懂得这话里的含义——显然英格也是明白的，不明白的也就只有艾萨克 人了。

艾萨克懂得他的工作是什么，他需要做些什么。他现在是有钱人了，有一座很大的农场，那笔不劳而获的钱财他不曾挥霍，而是将它们存了起来。所有的一切全部得益于这片土地。如果他生活在山下的村子里，那他一定会受到世俗的熏染，那么丰富多彩的聚会，那么多的出游玩乐，一切都是华丽富贵的。他也会购置一些毫无用处的奢侈品，平时也会穿上本该周日才穿的红色衬衫出门。多亏了这片荒原，是它保护着他，使他免于被外界的浮躁侵蚀。他呼吸着清新洁净的空气，每个周日到山顶的湖里洗澡。那一千元钱，是上天赐给他的，他原封不动地保存着。还有别的开销吗？地里的庄稼以及牲畜所产生的农副产品已足够支付他所有的日常开销了。

艾利修斯显然懂得更多，他建议父亲把这些钱存进银行里才是最好的处理办法。是的，这的确是目前看来最好的方法了，但是艾利修斯将存钱的事情搁置在了一边——又或许他今后都不会去办理或重提此事了吧。事实是，艾萨克并不是不把儿子的建议放在心上，艾利修斯不可能是个傻乎乎的男人，这是有事实依据可以证明的。现在正是收割牧草的季节，他也学着使用镰刀，但他并不能娴熟地驾驭这个工具。他不能少了西维特，而西维特每次都得帮他先将刀磨锋利。西维特的一双长胳膊派上了用场，在收割牧草的这个工作上，他显然干得不错。他与西维特还有利奥波丁及女仆珍欣，在那年第一批草料收获的季节里都忙得热火朝天。艾利修斯也在认真干活儿，他的手都被磨破了，为此要用纱布将手指包扎好。其中，有一周他食欲不振，但是工作并没有随着食欲的下降而减少。这个孩子一定是遇到了什么挫折，或许就是失恋吧，像那种这辈子都无法治愈的伤痛，这件坏事似乎也有它的好处，那就是让他振奋了起来。你们快来瞧瞧，他吸光了所有带来的烟叶。通常情况下，这样的事足够让他大发雷霆了，可以让他作为一名公职人员摔门而去，甚至摔东西。可是如今的艾利修斯并不这样，艾利修斯不会再这样了，他变得更稳重，更加成熟而且像个男子汉大丈夫了。就算是西维特，那个很能开玩笑的人，也无法战胜他了。今天他们俯身趴在大块的石头上喝水，西维特挖苦他说："你看石头上的苔藓，你怎么不采点儿回去当卷烟抽呢？你去把它们晒晒吧——要不然就得抽衣服了！"

"我先让你尝尝我的烟吧。"艾利修斯说着，伸手去把西维特的头和肩膀按到水里。哦，他喝了一口水！西维特回家的时候，头发都还没干呢。

"艾利修斯这孩子慢慢地变乖了。"艾萨克心里想道，他对英格说，"那个——你看咱们的儿子艾利修斯会不会在家里长久地待下去啊？"她仔细思考了这个问题，"这个我也说不准，他应该不会一直待在家里。"

"那，你跟他谈过这个话题吗？"

"没谈——嗯，但是也提过，就说了几句,但是我是这样认为的吧。"

"我现在想知道确切的答案，我想给他一块田地……"

"你这话是什么意思？"

"他会不会自己在这块属于他的地上耕作？"

"够呛，恐怕他不能。"

"哦，你们究竟都说了些什么？"

"没谈什么呀？这你都看不出来吗？能行吗，我看艾利修斯就不是种地的料。"

"别总是坐在这里尽说他的坏话好吗？"艾萨克公平地说，"我今天看见他在地里，踏踏实实地干了一天。"

"哦，也许行吧。"英格附和着。

"我真不懂你为什么老是在孩子身上找毛病,"艾萨克吼道，他很明显的不高兴了。"他每天都在进步,你的要求干吗要这么高呢？"

英格低声说："唉，但是他已经变了一个人似的，你要是不信你可以和他谈谈关于背心的事情。"

"背心，什么背心？"

"他曾经说过的，过去在城里，每到夏天他就要穿一件白色的背心。"

艾萨克也小声嘀咕道，这太让他不解了。"什么啊，他不能穿一件白背心吗？"他说。这也就是妇人之见。孩子买一件白衬衫怎么了，

218

孩子当然可以去买一件属于他的白衬衫。如果他愿意穿的话，他当然有这个权利去买，去穿，只要这是他想要的。但是不管怎么说，这事儿没什么可提的，不算什么大事，换下一个话题吧。

"喏，你帮我想一想，如果把布列德的那块地给了他，由他来种怎么样呢？"

"给谁种？"英格说。

"给艾利修斯，让他来种。"

"布列德的田地？你快别操这没用的心了。"

事实是，英格已经将这个计划的内容透露给艾利修斯了。她并不认为这是一件需要保密的事情。他父亲的目的不就是要打探艾利修斯的口风吗？这不值得保密。这已不是英格第一次充当他俩的传话者了。那么，艾利修斯的回答又是什么呢？他所说的和过去来自城里的信里的内容是一致的——不想这样，为的是不想抛弃所学的知识而当一个小人物。这个时候，他的母亲就开始对他进行游说了，将在家里的种种好处都跟他说了。可是他逐条将它们攻破，他对自己的人生有着全新的规划。这名年轻人是有野心的。再说，这事儿之后，他都不肯与芭布萝做邻居了。今天与母亲的谈话，他的音量忍不住地放大了，他可以成为一名区长，看守灯塔的人，或到海关做事。一个有科学文化知识的人，会有很多个选择。

不管怎么说，他母亲还是接纳了他的想法。嗯，她不曾彻底忘却过去的城市生活，而且还时常想念。那个冬天她从克隆赫姆带来的书，她还要时常翻开来读一读，那是一本从学院带回来祈祷时用的书，可是现在，艾利修斯有一天可能会成为一名区长。

"怎么就当不上了？"艾利修斯说，"那海耶达不也很普通？过去的他，也不过就是个部门的职员罢了。"

想着未来光明的道路。他的母亲怎么会亲自劝阻自己的孩子放弃前程，困在这片荒野里种一辈子的地呢？显然她不该也不会这样做。

为什么现在艾利修斯要在他父亲的田里卖力气地干活？天知道这是为了什么，也许他正打着自己的如意算盘呢。也许是因为他不甘落后，动力来自他天生的骄傲。再说，他就要离开家了，如果能给父亲留下一个好印象，这事儿对他还是有好处的。说实话，他在城里还欠下了几笔小额的债务，如果可以一下子将它们付清，这会有利于他信誉度的提高。这已经不是一百克朗就能解决的问题了。

艾利修斯可不是一个愚蠢的孩子，他这个人极有头脑。当他看到父亲已经回家时，他知道父亲一定会坐下来透过窗户来观察他们。此时，他需要干更多的活儿，比平时要更卖力一些——这样做对谁都不会有坏处，而且对他自己倒是有着很大的益处。

艾利修斯似乎变了，但是无论发生了什么，他的内心的确有了些扭曲，他人不坏，只是存在一些缺点。是否是因为在过去的几年里，缺少了大人对他的关心与指引呢？那么现在他的母亲能做多少弥补？他的母亲对他还是可以进行一些帮助的，比如她会一直支持他。她懂得欣赏儿子对未来伟大前程的憧憬。可以作为一个桥梁，让父亲与儿子有更好的沟通，在遇到麻烦时充当和事佬——这些她都做得到。

但艾萨克对她一直提出的疑虑非常不耐烦，他认为有关布列德利克的提议可以大胆实行。就在那天，他上山来到附近的时候，他勒住马，带着轻蔑的眼神，审视了一下这片在他看来因管理失败而荒芜的土地。哎呀，只要经营得当，这里将变成一个上好的农场。

"为什么不值得这样做？"他现在问英格，"总之，我很爱艾利修斯，我心甘情愿地帮助他。"

"如果你是真的爱他，那你就不要再提及关于布列德利克的事情吧。"她回答。

"哦！"

"嗯，因为他的脑子里装的伟大的理想，不是像我们这样的平凡人能够理解的。"

对此，艾萨克的确没有十足的信心，因为他已经做出来了好的设想。说出去的话，如同泼出去的水，覆水难收这个道理他是懂得的，但他可不想就此善罢甘休。

"他必须按照我说的去做，"艾萨克突然做出这个决定。而且把声音提高了好几个分贝，就怕英格听不清。"对，你自己看看，这是一个好地段，这里位置适中，附近还有学校，其他设施也很完备。我不知道你说的他的伟大追求是什么，又怎么可能有这个伟大？要是有这样的儿子，我非被他饿死不可——你认为这样才算得上好了是吧，还有你告诉我为什么我的儿子就不能听我的话了——我可是他的老子？"

艾萨克闭嘴了，他明白现在多说无益，只会让事情更加糟糕。他正想去换一套衣服，于是取出来了他最好的一套衣服，就是平时可以穿着进城里去的那种衣服。但是他又临时改变了主意，还是不换了，就穿身上这件吧——不知道他的这个行为有什么意义。"你最好向艾利修斯先透露一下。"他说。

英格回答道："那你还是自己去说吧，我说了他也不会听。"

说得对，艾萨克才是这个家的主人，让他艾利修斯说个不字试试！但也许是因为艾萨克也害怕这会产生尴尬，他似乎有所退让，说：

"嗯，我是该亲自和他说道说道，可是你知道我身上还有很多事情要忙，眼下就有一件比这更重要的事情等着我去办。"

"嗯？……"英格表示吃惊。

艾萨克走出去了——距离倒也不远，就是和这边的田地稍有一些距离吧，但终归是走开了。他的心里还藏着秘密，需要躲起来。是这样的：他从村里其实一共带回来了三个新闻，最后件新闻要比前两件更加吸引人，他事前将它藏在了树林的边缘处。它现在就在那里了，用厚纸和袋子包裹着。他将其打开，看，它可真是好看啊，它有着巨大的齿轮，曲柄、螺旋盘等一应俱全，颜色则是红蓝相间的——原来是一个割草机呀。不，如果不是这台割草机的话，他今天还不会下山买马呢。

他站在那里，表情显得非常投入和认真，他在努力回忆杂货铺老板当时给他念使用说明，教他使用的场景。他推动这边的弹簧，拧紧那里的螺栓，然后在每个关节处都上了油，每个洞里和缝隙也不放过，再把整部机器从头到尾都检查一番。艾萨克一辈子也没经历过这样的一个小时。他在一张纸上用钢笔书写，在文件上面签署自己的名字——这事儿听起来是挺惊险的。上次他从山下买新耙子的情形也是这样认真——上面有非常多的零部件，弯弯曲曲的特别奇怪，这让他颇费脑筋。更别说现在这个巨大的圆形割草机了，一定要毫无差错，不能安装错一个地方，千万不能摇晃，否则就会四分五裂。但是你看他的这辆割草机——它简直是一个蜂巢，上面有无数个钩子，无数段弹簧，和成百上千个螺丝——英格的缝纫机与它相比起来简单得就像是一张书签！

艾萨克把机器套在了自己的身上，然后开动机器。这可真是个振奋人心的时刻，怪不得他不想让别人看到这一幕，因为他把自己当成了一匹马。

因为——假如机器装错了，不能使用，或者它散开了，怎么办呢？好在他设想的这个灾难并没有发生，机器可以顺利地割草了。当然可以了，因为他可是花费了好几个小时的时间组装的。现在太阳已经开始落山了，他再次试了一下机器，仍然可以正常工作。

炎热夏季的夕阳已落山，刚刚开始有了露水，两个男孩开始出门工作了，他们都携带着自己的镰刀，去为明天的工作做好准备。这时，艾萨克出现在了屋子的附近，说："今天你们快把镰刀收起来。然后把咱们的马牵到树林边上，你们一定做得到。"

说完以后，他没有进屋吃饭——别人都吃过饭了——他转身，顺着来路又回去了。

"那么，你需要车吗？"西维特追在后面喊着。

"不要。"父亲边回答又边走着。

在他的步履中，夹杂着骄傲又包含着秘密，他每一步都是在甩着小腿儿。就像是手中没有携带武器而奔赴战场去送死的勇士。

儿子们牵着马过来了，当他们看到这个机器后，非常的兴奋。这可是这片荒原上的第一台割草机，也是村子里的第一台——红蓝两色的机器，看起来非常的耀眼。但是作为一家之主的他并不以为然，没把这当作什么稀罕物，只用很平常的口吻说："过来，把机器套在马上。"

刚开始他们在赶马，然后父亲去赶。在机器唰唰的声音下，草一行接着一行地被割下来。两个儿子空着手笑呵呵的什么都不干，跟在后面走。父亲停下脚步，回头看了一下，觉得割得还不够整齐。他把螺丝拧紧了一些，让刀离地更近一些，但发现割出来的还不够整齐，还是有问题，而且这个刀有些跳动，于是他们一起研究问题出在哪里。艾利修斯拿出说明书，"上面这样写的，人要坐在座位上赶马才行——这样才会让机器更稳定。"他说。

"嗯！"父亲说，"哦，这个我知道了，这些我已经研究过了。"他坐上座位，再开工的时候，已经稳多了。但是这机器过会儿又罢工了——刀片停止了收割。"停！那现在又出什么问题了？"父亲从座位下来，现在他不再那么骄傲了，他焦急地弯下腰检查机器。父亲和儿子都紧张地盯着机器观察，一定是哪里又出现了问题。艾利修斯站起来，仔细阅读说明书。

西维特将一枚螺丝从草地上捡了起来，"大概是因为这个东西。"

"哦，就是这个东西，"父亲说，这感觉就像是找到了这枚螺丝就可以把这机器修好了似的。"我现在要找的正是这枚螺丝。"虽然找到了这枚螺丝，但是现在他们又不知道这枚螺丝应该具体安在何处。

此刻，艾利修斯感受到了自己的重要性：他是这里唯一看得懂这张说明书的人。要是没有他的话，他们现在该怎么办呢？他夸张地指着他找到的那个洞口，解释道："按照说明书上所说的，螺丝应该放在这里。"

"对的，就是这个地方，"父亲说，"我之前就是把它安装在这里的。"他这样说是为了找回他一家之主的尊严，"这样的螺丝其实是有两个的，还找得到吗？"他说这话的时候仿佛说明书上的构造图已经烙印在脑海里。"找不到了是吗？没关系，那它可能还在自己的位置，没有掉出来。"

父亲又开工了。

"稍微等一下——这里也有问题，"艾利修斯大喊道。对，艾利修斯站在边上，手中拿着代表法律的说明书，一切都要遵守他说的法则！"这个弹簧的位置不对，要朝外放。"他对父亲说。

"是的，怎么了？"

"可是你看，你把它装在内侧了，你把它装错地方了，这个是弹簧，正好装反了。不然，它就会刮到刀子，它是会被震出来的。如果不信你就看看这张说明书里的图片。"

父亲这样解释说："好的，我没戴眼镜看不清楚，你看得更清楚一些，就按照你的想法安装吧。我又不能在这个时候回家取眼镜。"

好了，现在已经安装好了，艾萨克又坐上去。艾利修斯在他后面指导："你要把车赶得快一些，这样才会割得更好——上面就是这样说明的。"

艾萨克加快速度赶车，一切进行得很顺利，机器里继续发出唰唰的声音。他所到之处，草都被割得很好了，随时可以取用。现在家里人都可以看见他了，女人们都从房子里出来看热闹了，英格抱着小蕾碧卡——她还是一个小女孩儿。她们一起大大小小的四个女人都跑出来看热闹了——争先恐后地跑来看。现在的艾萨克真是风光极了，他身着节日华丽的衣服，身上还戴着闪耀的配饰，还戴了顶帽子，这使他很热，流了很多的汗，但这丝毫不影响他激动的心情，他感到非常自豪，就好像自己是个很了不起的大人物似的。他沿着地的四周拐弯，然后继续割草，再转弯，不停地割草，还经过了女人站的地方。她们直立在那儿看得目瞪口呆，真是难以想象啊，这真是个神奇的割草机，不停发出唰唰的声音。

然后艾萨克停在了她们的面前。他当然需要停下来听听她们的意见，她们究竟会如何评论呢？她们不敢惊扰了这神圣的工作，只能小声地讨论着。那么，她们都在讲些什么呢？现在，他俨然成了这里的慈善家和领袖了。他时常鼓励她们，他说："好了，今天就先干到这里，明天你们有空的时候就可以摊开这些草去晒了。"

"你现在有时间回来吃点儿饭吗？"英格说，她现在真的是极度惊喜。

"不能，我还要去做些别的事情。"他回答。

然后，他开始给机器的每个部位都加上了油，让她们了解他现在正忙着干与科学有关的工作。他又开到别的地方去割了很多草。过了许久，女人们才回家去。

艾萨克的心情很愉快——塞兰拉的所有人也感到非常高兴。

没过多久，山下面的居民就纷纷跑到山上来参观了。哪有事儿到哪的艾克塞尔·斯屈洛姆，可能明天要来。还有那布列德利克的布列德可能今天晚上就会来到山上。艾萨克不认为这很麻烦——他将割草机的工作原理和方法详尽地向他们介绍，让他们了解割草机的构造，并不厌其烦地给他们演示。但是这台机器的价格是高昂的——是，像它这样红蓝两色的机器价格贵得离谱！

快乐的艾萨克！

当他停下来第三次给机器上加润滑油的时候，看！眼镜，他的眼镜从口袋里掉了出来。更糟糕的是，这一幕被他的两个儿子看到了——这是不是对他过分的骄傲给出的警告呢？那天他三番五次地将眼镜拿出来，仔细阅读这张说明书，但是他根本一个字都看不懂。全靠艾利修斯一个人解决了所有的问题。啊，天呐，还是有学问好啊。他认识到了自己的错误，决定放弃留艾利修斯在这里务农的决定了，这件事他将只字不提。

两个儿子根本没把眼镜事件当回事儿，倒是喜欢开玩笑的西维特，他抓住艾利修斯的袖子说："走，回家，我们把镰刀都扔进火炉里面吧，反正爸爸的收割机会帮助我们干完那些割草的工作。"当然，这仅仅是开玩笑。

卷 二

1

塞兰拉不再是一个荒凉的地方了，在这里大大小小一共有七个人居住。就在这个收割的季节，来了一两个陌生人参观割草机。最先到来的是布列德·奥尔逊，接着还有很多山下来的居民，另外还有奥莲，那个不会消失的奥莲也来了。

这次她还是带着村里的八卦新闻来的，要是不带来点儿什么闲言碎语那可就不是奥莲了。老西维特的丧事办理好后，他的账目也都清理好了，他的遗产竟然是零。

什么都没有，奥莲撇着嘴巴说，挨个看每个人。一声叹息都没有人发出——屋顶会不会塌下来呢？艾利修斯第一个用微笑打破了沉默。

"呵呵——你和你西维特舅公的名字是一样的，对吗？"他轻轻地问。

小西维特也用同样的声调回答："是的。但是我已经把我可以得到的遗产全部给你了。"

"那一共有多少钱呢？"

"五千到一万之间。"

"是银圆吗？"艾利修斯突然模仿他弟弟的声音在那大声说。

不用多说，现在的奥莲显然并不适合开这个玩笑。她觉得受到了欺骗，她装作悲伤地在西维特舅舅的坟前掉眼泪，可是现在她什么都没有得到。艾利修斯对这件事情是很了解的——要让奥莲今后的生活有所依靠，让她度过余生。可是依靠在哪呢？一切都是缥缈虚无的！

奥莲是一个可怜的女人，他们原本会给她留下一些遗产——让她的余生也可以幸福地度过！但是奥莲什么也没有得到。她一直靠行骗为生——她走到哪里就骗到哪里。她唯一的工作就是不断地制造出危言耸听的话，让别人担惊受怕。是的，她就是靠着伶牙俐齿来欺骗别人，到处散播谣言。一个去世的人给她留下了一些遗产这件事，只会令她的生活不断恶化了。她这辈子很辛苦，生儿育女，抚养他们长大成人，教会他们生存的本领。为了他们去乞讨，可能还要为了他们而偷窃，但是她总要找到途径去养活他们——虽然她很穷，但她尽到了一个做母亲的责任和义务。她的本事并不逊色于那些政治家们，为了养活她的儿女们，她见人说人话，见鬼说鬼话，并且每次都可以达到目的。她每次都可以成功地骗取一块奶酪或者是一捆羊毛。她可以靠这手段行走一生，坑蒙拐骗，虚情假意。

老西维特或许有段时间，把她当作了一个年轻貌美、气色红润的美女吧。现在，她已经老得不行了，样子也很丑，到了垂死的阶段，她死了以后怎么办呢？她没有家族墓地，只能被埋在杂乱的坟岗。是的，曾经生过，现在将死去的奥莲——她如今落到了这样的下场。她也曾年轻活泼过，在生命的最后时刻，需要小小的馈赠吗？一缕金色的光芒，将会使得这个一生过得牛马不如的女人双手合十表示感谢。这个世界将会带来一份正义的嘉奖，在这最后的时刻前来奉上。为了能够这样，她为自己的孩子们曾有过乞讨的经历，甚至也有过偷窃的行为，不管是通过何种途径，她总是想方设法地弄到手。这时候——黑暗将吞噬她的内心，她会睁大双眼，伸出手去，问：有多少呢？还会说，怎么会只有这么点儿？然后她又恢复从前的模样。她拉扯大了那么多孩子——她受得起这优厚的酬劳。

可是事实与设想背道而驰。当艾利修斯将老西维特的账单核算过后，总算有了一些头绪了。但是他的农场和奶牛、渔业和渔网等，仅够填补债务。奥莲是个功臣，多亏她才让这一切没有变得更糟糕。因为她也想从遗产中分得一部分，因此她努力翻出一些容易遗漏的账目和因顾及他人脸面而故意遗漏的一些账目。另外，她这么多年来所记住的，各家的八卦事，不可告人的小秘密，都翻了出来。还有一件事情，奥莲不会再说老西维特任何一句坏话了，因为他能留一部分遗产给自己，那是他的一片善心。他去世后，本该留下很多的遗产给她，可是却被部里派来的两个人欺骗了。她说，终究会有那么一天，万能的上帝会看到这些事情的。

让人心生疑惑的是，遗嘱的名单中有她，可她却不认为这有什么不妥，反而以此为荣，要知道名单中另外没有一个是她这样身份的人！

塞兰拉的一家对这个打击泰然处之，他们对此还是做好了一些心理准备的。可是说实话，英格却没法理解——西维特舅舅一直以来都那么有钱啊……

奥莲说："如果不是因为这场打劫，他还是个有钱人，还可以像个有气质的富人一样站在上帝的面前。"

艾萨克站起身子，要向外走去，奥莲说："艾萨克，真遗憾你就要走了，我看不到你的新机器了，我听大家讲你特别能干，还买了一台新机器呢。"

"是的。"

"哎，大家都这样夸赞你呢，艾萨克真是个有福有财的男人，割起草来，你的新机器要比一百把镰刀还管用。你这么有钱，什么好东西你能没有啊？我那边的一名牧师，他买了一把有两个柄的犁，要我说，他的那个怎么可能和你的相提并论呢，差太远了。就是当着他的面，我也会这样说的。"

"让西维特带你去看看新机器吧，他现在可比我用得还要好。"艾萨克说完，就走了出去。

艾萨克出门了。中午时分，在布列德利克将要举行一场拍卖仪式，他要过去参加这场拍卖会。时间很紧，现在出发到那里也不过刚刚准时。他并不是要购买那个农场，但毕竟这是这荒野上举行的第一场拍卖仪式，如果不去参加就太不通情理了。

当他走到曼安兰时，看到了芭布萝。原本他只想打个招呼就继续赶路，没想到芭布萝把他叫住了，要和他说话，询问他是否要下山去。"是的。"艾萨克说，因为下面要拍卖的就是她的家，所以他的回答很简略。

"你是要去看拍卖吗？"她问。

"看拍卖？不是，我只不过是到下面随便看看。你和艾克塞尔两个人的日子过得如何？"

"艾克塞尔吗？不，我不知道。他去下面看拍卖了。不知道他会不会像别人那样也捞点儿便宜回来。"

现在的芭布萝已经是身怀六甲了——哎，不过依然伶牙俐齿！

拍卖仪式正式启动，艾萨克听到海耶达区长的大喊声，这里有一大群人。走进人群，看到了很多生疏的面孔，有些人是从别的村子过来的。身着华丽盛装的布列德到处张罗着，像往常一样，谈笑风生，应对自如。"你好，艾萨克。谢谢你肯赏脸前来参加我的拍卖仪式。多谢多谢。嗯，我们可是老朋友了，做了那么多年的邻居。我们两个在一起都没生过气。"布列德不禁有些伤感："唉，离开曾经居住惯了又舒适又喜欢的地方，这是多么令人伤感的事情，但是这就是命运，能有什么办法呢？"

"说不定你以后会发展得更好。"艾萨克安慰他道。

"也许你说得对吧，"布列德说，他立刻接着这个话题说下去，"不过说实话，这个决定我一点儿也不后悔。我不敢说在这里有多么的富有吧，但是我相信以后会更好的，家里的孩子们也都长大成人，可以独当一面了——对了，我的妻子又怀孕了；尽管这样……"突然布列德公布了一条新闻："电报的差事我已经没有再做了。"

"什么？"艾萨克问。

"电报的差事我已经不做了。"

"电报的差事不做了？"

"嗯，从新年开始。事实上，我不认为这是一份很好的工作。仔细盘算一下，如果我有事需要外出，为海耶达或医生赶车，又不能忘了电报的事情——不行的，我根本顾不过来，非常无趣。这样的工作更适合那些无所事事的人来做。翻山越岭查看电报线，仅仅是为了那一丁点儿的金钱就要来回奔波。而且，我跟那些电报局的人也有过不愉快，他们总是在找我的茬儿。"

海耶达一遍遍报出农场的出价，价钱已经到农场理应值的几百克朗了，现在的出价仅仅以每一次五个或十个克朗往上攀升。

"咦——那不是艾克塞尔在出价吗？"布列德突然叫起来，然后急匆匆地往外冲去。"什么，你还要买我的土地吗？你要种的地还不够多吗？"

"我在帮别人出价。"艾克塞尔含糊其辞地说。

"没事，没事，这对我没有坏处，我不是那意思！"

海耶达把小锤子举起来，又喊出了一个新的价钱，直接再添一百克朗，再没有人比这更高了。海耶达把这个价钱高声重复了几次，然后一锤定音。

"是谁出的价钱？"

艾克塞尔·斯屈洛姆代表别人出的。

海耶达在本子上记录下来，艾克塞尔·斯屈洛姆为代理人购买。

"你代表的是谁呢？"布列德问道，"是的，这的确与我不相干，可是……"

但现在海耶达的桌子旁边有几个人在一边窃窃私语，其中一个是银行代表，有一位是商店里的店员。事情有一些纠纷，其中一件事情要被考虑进去。布列德被叫过去，他轻松地点头——"是啊，谁知道有没有更高的出价了呢？"他提高声音面对大家说："今天这场拍卖会是很难得的，而且还劳烦海耶达区长亲自过来，我愿意把我所有的东西都卖掉：车子、家畜、一把叉草的叉子、一个磨盘。这些东西我都用不上了，统统卖掉！"

接着，这些小商品开始逐一拍卖。布列德的妻子依旧摆出一副无所谓的样子，春风满面。她觉得当一名销售人员是一件很有趣的事情。布列德过来要喝咖啡的时候，她开玩笑似的问他要钱。布列德也真的掏出他瘪瘪的钱包来。"真是个好妻子啊，多会赚钱！"他对别人说。

那车一点儿都不值钱——露天放在园子里很久了，且已经破旧不堪，但艾克塞尔为此追加了五克朗才把这辆车买来。买了这件物品之后，他就不再购买别的物品了，但让大家感到吃惊的是，一向小心翼翼的他买那么多东西是要干什么呢。

现在到了拍卖家畜的时间。牲口都被关在笼子里面，为的是如果出价成功后就可以很方便地把牲口直接牵回家。布列德没有了农场，没地方喂养它们，也没别的用处了。他没有母牛，倒是有两只山羊，现在已经有了四只。此外，他还有六只绵羊，但是没有马。

艾萨克买了一只扁耳朵的绵羊。布列德的孩子把羊从棚里牵出来后，他立刻开始出价，别人也都在看着他。从塞兰拉来的艾萨克是大户人家的主人，他不需要再添置一只羊了。布列德的妻子也暂停了叫卖咖啡，说："对了，艾萨克，你别看这羊老了，但是它每年都会生下来两三只小羊羔，这是千真万确的。"

"我知道的，"艾萨克盯着她说，"这只羊我以前见到过。"

回去的路上，艾克塞尔用绳子牵着牲口。艾克塞尔没说什么，好像被什么事情牵绊着。艾萨克在心中暗暗想，能有什么事情让他感到担忧呢？他的庄稼生长得很好，牲口的饲料储存在粮仓里，房子也已开建。艾克塞尔·斯屈洛姆田里的工作在有序地展开，虽然有些不顺利吧，但是最后还是很有把握的，别忽略了这一点，他现在还有了一匹马。

"你已经将农场买下来了，接下来有什么打算？"

"不是我亲自去干，我是替别人买的。"

"哦！"

"你认为如何，我的出价是不是偏高了？"

"怎么会呢？不是的。认真打理一下，那会是一块好地的。"

"我是替在赫尔基兰的兄弟买的。"

"哦！"

"我倒是有个主意，或许你能跟他换一下。"

"换你愿意吗？"

"那兴许会让芭布萝高兴一下。"

"嗯，那倒是。"艾萨克说。

他们不再说话，走了一段很长的路。然后艾克塞尔说："他们现在又来烦我去做电报的工作了。"

"电报？唉，我听布列德说要辞职不干了。"

"哦，"艾克塞尔笑着说，"事实是，布列德被辞退了。"

"这是真的吗？"艾萨克还想为布列德辩解几句，"可是电报线的工作需要耗费很多时间在上面。"

"上面下了通知，如果再不好好干，就辞退。"

"哦。"

"你希望我接替他做这份工作吗？"

艾萨克思量了一番，回答道："嗯，待遇是可以的，但是……"

"他们承诺会给我更高的待遇。"

"给你多少钱？"

"翻一番。"

"翻一番？那你真的要去做这份工作了。"

"但他们现在把线路加长了许多。说实话，我也不知道该怎么办了——我这儿并不像你那边那样富有，我需要买很多的东西，也不像你可以出售木材，我在盖房子，需要买很多东西，很多地方都需要用钱，我家的牲口和农副产品一年也卖不了几个钱。这样子，我好像要在电报线路上干一整年才行……"

他们两个都不曾考虑布列德自己会把工作做得好一些，从而留任。

他们来到曼安兰时，奥莲已经下山到这里了。七十多岁的奥莲又肥又丑，她就像是一条蛆，仍旧随处乱窜，一点儿也不安分。她坐在小屋里喝咖啡，看见两个男人出来后，知道已经躲避不开了，只好走了出来。

"你好，艾克塞尔，欢迎你从拍卖会上回来。我是来关心关心你和芭布萝两个人过得怎么样。别把我当个怪物似的看着。你们家越来越有钱了，还盖了新房子，真是太好了。艾萨克，这是你新买的一只羊吗？"

"是的，"艾萨克说，"也许你该认得它？"

"不，我可不认识它……"

"你看它的两只扁耳朵。"

"扁耳朵是什么意思，能代表什么呢？我想知道的是，谁买走了布列德的农场？我刚刚还和芭布萝讲到这里，谁会成为你们的邻居啊？芭布萝真的很可怜，一直坐在那里哭，不过这个也可以理解，但上帝在曼安兰赐了一个新家给她……扁耳朵？我这辈子见过扁耳朵的绵羊数不胜数。我告诉你，艾萨克，你那个机器我这双老眼睛是看不懂了。具体是多少钱买的我也不多问，我怕那个数字我数都数不过来。艾克塞尔，你要是看过你就知道我为什么这么说了，它就像是书中所说的伊莱贾那辆喷火的战车一样，上帝原谅我这个比喻……"

在把干草都收集到仓库之后，艾利修斯就做好了回城的打算。他已经将信寄给了工程师，说他就要回去了，但是得到的回复却是截然相反的：由于经济萧条，办公室不得不裁去这个职位，让主任兼职来做。

真不走运！但是，一位地区测量员雇用一个职员干什么呢？他聘请艾利修斯这个小青年的时候，只是想向荒野上的人们炫耀一下自己的地位罢了。如果仅仅是给这个少年一些衣服，提供住宿，一直到他受了成人礼，他也以与书写有关的工作作为回报，那么现在孩子长大成人了，一切都不同了。

"可是，"那工程师写道，"如果你真的回来了，我也会尽力帮你寻求另一份工作。但是你要知道，这是很困难的事情。因为现在过来求职的年轻人太多了。谨致问候……"

艾利修斯会回城里吗？答案是肯定的。他怎么可能自暴自弃呢？他今后要名利双收。至于城里工作的变动，他并没有和家人提及，就算说出来又能怎么样呢？说了也没用，他现在心烦意乱，诸事不顺。

总之，他不再言语。塞兰拉的生活方式再次在他的身上有了影响。这里的生活平淡无奇，一切都很宁静，让人感到麻木，却是让人向往的生活。这里并没有值得向别人炫耀的东西，就连试衣镜也都显得毫无用处。城市的生活将他改变，他比别人更加优秀，但是也比别人更显得懦弱，他认为自己已经是个无家可归的人。他再次爱上了艾菊的味道——别再说这个了吧。一个乡村里的男孩子在清新的早晨，看着姑娘们在挤奶，这样想：听吧，听她们挤奶所发出的声音，这声音悦耳动听，来自这挤出的涓涓细流的奶水声，而非别的声音。这声音与城市喧嚣的救世军军乐队和汽船的声音有很大的区别，是奶流进奶桶的声音……

塞兰拉一家人并不善于表达感情，艾利修斯与家人告别的那一瞬间是担惊受怕的。他的准备工作做得非常完善，带了许多物品，他母亲将很多羊毛制品放进去，将来给他做衬衫穿；也给了他一些钱，是他父亲让她这么做的。钱——艾萨克真的舍得拿出来吗？不错，真的是钱。英格暗示他，这是给他的最后一笔了，因为艾利修斯不是说要独自出去闯荡吗？

"嗯。"艾萨克说。

家里的气氛沉默寂静，这是最后一顿饭，每个人都吃到了一枚白水煮的鸡蛋。西维特已经在门外候着了，准备帮助他提行李，送艾利修斯下山。

他与利奥波丁说了声再见，她也有了回应，一切都很大方得体，女佣珍欣也是如此，她正一边坐着梳羊毛一边与他告别——但两个女孩都盯着他看，糟糕！他的眼圈已经发红了。他与母亲握手，她忍不住在这么多人的面前大哭起来，毫不在乎别人受不受得了。她边哭边说："再——见，祝——福你！"她已经哽咽了。他与父亲的分别是最糟糕的，再没有比这更加糟糕的了。噢，有太多的往事值得回忆了，他曾抱着孩子们长大，给他们讲海鸥和飞禽走兽的故事，还有田野里各种各样的趣事，那些事情仿佛就发生在昨日，一点儿都不遥远……父亲倚在玻璃的窗口，突然转身，抓住了儿子的手，稍显尴尬地说："好吧，那么再见。有一匹新马脱开了缰绳。"然后艾萨克便朝门外匆匆走去。但那匹新马的缰绳其实是他自己偷偷在事前放开了的，这一切被那个淘气的西维特看到了。他在父亲的旁边，自己暗暗发笑。其实，马匹不过是在田地里吃草罢了。

艾利修斯与家人的告别仪式终于结束了。

他母亲再次来到了门口的石板砖那里，一路上都在打嗝，说："愿上帝保佑你！"然后交给了他一样东西。"拿着——他说不需要你的感谢。不要忘记给家里写信，要经常写信过来。"

那是两百个克朗。

艾利修斯看了看下面田地里的父亲：他的父亲正用力地将拴马的桩子向地里打进去，他的动作显得非常费力，但是土地看起来却是那么柔软。

兄弟两个人沿着大路向山下走去，来到曼安兰时，芭布萝正站在门口，招呼他们进去。

"艾利修斯你又要出门了吗？不，一定要进来坐坐，喝杯咖啡总可以吧。"

他们进去了，此时的艾利修斯已经不再深陷失恋的泥沼走不出来，也不再想跳窗或吃下毒药了。不，他将外套脱下来放在腿上，还故意露出那块银牌，然后用手帕擦拭着头发，儒雅地说："今天的天气真的很好，不是吗——真的是风和日丽！"

芭布萝也故作镇定，她把玩着手上的戒指，两只手上都各有一枚，一枚银戒指，另一枚则是金的——真的，她现在有金戒指了——

她身上那件从颈部到脚踝处的长裙就像是在昭告天下，她的好身材一点儿都没有走样。客人在品味着刚刚煮好的咖啡，她开始做起了针线活，然后又在一些领圈的地方做了一些钩针的活儿。芭布萝不会因为他们的到来而显得不自在，这样更好，大家都可以轻松愉悦地进行交谈，艾利修斯也可以无拘无束。

"你的艾克塞尔跑哪里去了？"西维特问。

"嗯，他就在这附近吧，"她说完后就转移了话题，"那么，我想今后在这里我是不能再见到你了吧？"她问艾利修斯。

"会很难吧。"他说。

"是，这里的确不适合城里人生活。我倒是很希望能和你一块儿出去。"

"这不是你的真心话，我知道的。"

"不是真心话吗？我在城市里生活过，我知道城市的生活是什么滋味儿，也知道在这里的生活是什么滋味儿，甚至我生活的城市比你那个城市还要大呢——你说，你说我会不想念城市生活吗？"

"我说的不是这个意思，"艾利修斯赶快说，"你住的可是卑尔根。"真是奇怪，她怎么会这么烦躁呢！

"要不是因为还能看到报纸，我一天也不想在这里待了。"她说。

"那么艾克塞尔呢，他怎么办呢？——我想知道的是这个。"

"艾克塞尔他跟我没有关系。你呢？——城里有相好的在等你吧。"

听到这个话题，艾利修斯想卖个关子。他细细地品味了一下口中的食物，闭上眼睛享受一番：说不定真的有人在城里等他呢。嗯，他完全可以趁这个机会好好地惩治一下她——可西维特不巧在这里，无奈，他只能说："你不要乱说！"

"哼，"她说——她今天毫不隐藏自己的愤怒——"你可真大胆，我怎么就乱说了，你别对曼安兰的人说的话抱有太高的期望，我们可不如你那样气度非凡。"

哼，让她去见鬼吧，这一切与艾利修斯无关，她疲倦的面容，明显是怀孕了，就连他这双清净的眼睛都看明白了。

"你不能去弹弹吉他吗？"他问。

"不能，"芭布萝就这一句。"我想问问西维特，你能不能过来一两天，帮艾克塞尔一起盖房子？等你从外面回来以后你就过来行吗？"

西维特想了想回答："这个应该是可以的，但是我没有衣服穿。"

"今天晚上我就上山帮你把你的工作服拿过来，然后等你回来的时候就有衣服穿了。"

"好，"西维特说，"如果你能跑一趟。"芭布萝今天显得特别殷勤，"愿意，只要你肯来就是最好不过了！你知道夏天马上就要过去了，在秋雨之前房子是必须要盖好的。艾克塞尔想了多次把你请过来帮忙，只是他不好意思开口罢了。你要是能来，就帮了我一个大忙了！"

"我一定会尽力帮助你们。"西维特说。

"就这么愉快地决定了。"

现在生气的人是艾利修斯了。他已经看出来了，芭布萝这阴险的一招，她聪明地为自己和艾克塞尔谋福利，找个帮手帮他们盖新房子，保护老房子。这点也表现得太赤裸裸了吧，她的行为分明像是这个家里的女主人。可是呢，前不久他们两个人还在一起接吻——这个荡妇！还有一点儿羞耻心吗？

"对，"艾利修斯忽然说，"我到时候会及时赶回来，过来当你孩子的教父。"

她瞪了他一眼，非常不悦地说，"教父，这话你也说得出口！真搞不懂，简直是胡说八道。你等我需要教父的时候写信给你，那个时候再回来也来得及。"艾利修斯尴尬地笑了笑，除了快点儿离开这里，还有别的办法吗？

"谢谢你！"西维特说，接着起身就要走了。

"谢谢。"艾利修斯也表示感谢，但是完全不像是因为享用了他人的咖啡而礼貌点头示意，或者鞠躬表示感谢——他是不愿意这样做的。就让这个尖嘴猴腮，伶牙俐齿的丑女人见鬼去吧。

"拿来我看看，"芭布萝说，"就是这个，我供职的那两个年轻人，他们的外套上也有这样的银牌，但是他们那个要比这个大许多，"她说，"好的，就到这里吧，西维特，你回来的时候就到这里住，我到时候就把你的衣服拿过来了。"

与芭布萝告别后，两兄弟接着上路。艾利修斯再也不为芭布萝而感到难过了，就让她见鬼去吧——更何况，现在他的口袋里面可装有巨额钞票！兄弟二人都避免谈到让对方难过的话题，比如他们不会说父亲在告别时候的神态，母亲在说再见时的眼泪。为了不在布列德利克久留，他们绕了远路。就为了这点儿心思，他们两个还互相开玩笑。但当他们即将到达目的地的时候——也是西维特该回去的时候了，两个人都不再克制了。比如，西维特伤感地说："你走了，家里都变得冷清了。"

这个时候，艾利修斯吹起口哨来，看看鞋子，摆弄摆弄树枝，或者摸摸口袋。要不是因为有了这些动作，这场面还不知道要持续多久呢。"碰！"西维特突然喊了一声，碰了他哥哥的肩膀一下，然后跑开了。他们就互相告别，边走边高喊着再见。

是命运还是机会都已无所谓了——艾利修斯终于回到城市了，去就职于一个不再需要他的职位，几乎在同一时间，艾克塞尔找到了一个帮忙的人。他们在八月二十一日这一天开始工作，这座房子的十天后就封顶建好了。嗯，这座房子并不是什么大房子，一点儿也不高，最多算是木质结构的吧，不是草屋。这意味着，到了冬天，牲口们将住进这所华丽的棚舍，而在这之前，里面居住的是人。

2

九月三日这一天，芭布萝不见了，并不是指她失踪了，仅仅是因为她不在房间里。

艾克塞尔勉为其难地做着木匠活儿，他想尽办法为新房子装一扇玻璃窗和一扇门，他将自己所有的时间和精力都用在上面。过了很长一段时间，也没人叫他去吃饭，他就自己走进了房间里。屋里没人，那就自己做点儿吃的吧。在吃饭的时候，也没看到她。芭布萝的衣服都还在屋子里面，她一定是到外面溜达去了。他又开始工作，过了一会儿他进屋又看了看，还是没有看到她。她到哪里去了呢？一定是在外面什么地方躺着吧，他现在要出去找她。

他大声呼喊："芭布萝！"。没有人回答。他找遍了房子的每个角落，在田地间和树丛中也找了很久，还是没有发现她的身影。他整整找了一个小时之久，仍是没有任何发现。最后，他在离家很远的矮矮的树丛中找到了她，她躺在里面，溪水在她脚边流过，她光着脚丫，没有戴帽子，后背也湿透了。

"你躺在这里干什么？"他说，"刚才为什么不回答我？"

"我说不出话。"她回答，声音微弱得几乎听不见。

"怎么了，你掉进水里了吗？"

"是的，刚才滑下去了——哎呀。"

"还疼吗？"他说。

"嗯，疼过了，扶我回家吧。"

"那是什么……"

"什么，在哪儿？"

"不是——你生的孩子呢？"

"不。他死了。"

"已经死了？"

"是。"

艾克塞尔思维缓慢，动作迟缓。他矗立在那里。"那么，孩子在哪里？"他问。

"这个你不用知道了，"她说，"快扶我回家。他死了。你只扶着我的一只胳膊，我就可以行走了。"

艾克塞尔搀扶她回到家中，把她放在椅子上，她全身都湿透了。"他死了吗？"他问。

"我说过了，他已经死了。"她回答。

"你把他怎么处置的？"

"你难道是想闻一闻吗？我不在的时候你吃过东西吗？"

"但是你为什么要跑到河边去？"

"跑到河边去了？我是在找桧木枝。"

"桧木枝？干什么用？"

"把水桶弄干净。"

"那路上根本没有这个东西。"他说。

"你去忙你的吧，"她嗓音粗哑地说，变得有些急躁。"你问我为什么要到河边去，我回答说，我要拿些树枝做扫帚。我问你，你有吃过东西了没有，你听见了吗？"

"吃东西？"他说，"你现在感觉怎么样了？"

"好多了。"

"我想我应该去请个医生过来看看。"

"你去试试看，"她说着站了起来，想换上一身干衣服。"你的钱是不是多到没处花了啊。"

艾克塞尔重新开始工作，但是做得不多，只是发出一些声音做做样子，让她能听见就行了。最后他把窗子装好，把窗框的四周用泥草混合物粘贴好。

那天晚上芭布萝吃不下东西，但还是忙忙碌碌的——在规定的时间挤牛奶，只是迈过牛棚的门槛时，很小心谨慎。她照例到干草棚里睡觉。艾克塞尔有两次进去看她，她睡得很熟，全然不知。

第二天早晨，她基本已经恢复过来了，只是嗓子沙哑得快不能说话了，脖子上有一道伤口。他们无法交谈了。日子慢慢过着，这件事也被渐渐淡忘了，由于还有很多其他的事情等着他们去处理，所以这件事便没有人再提起。通常，新房子都该有个过渡期，让木头更加牢固。但是他们等不了那么久了，他们现在就开始入住了。牛棚也已做好，这些事情已经办妥。当他们住进新房子以后，就开始挖土豆，然后收割谷子。生活与过去没什么不同。

然而，曼安兰的状况不断。芭布萝在想自己和别的女佣有什么区别呢，她没有说一定待在这里哪儿也不去。艾克塞尔已经看出来了，自从孩子死了以后，他已经没有筹码让芭布萝留下了。他曾经美好地设想："等有了孩子就好了！"可是现在孩子已经没有了。后来，芭布萝连戒指也不戴了，一枚都不戴了。

"你这是什么意思呢？"他问道。

"什么意思？"她说，然后摆头。

还能有什么意思呢？无非就是她要离开他了，不愿继续厮守。

某天他在河边找到了弃婴的尸体。他并不是像侦探一样去寻找，他对尸体的位置了如指掌，他并不想多问。但命运提示他，他不该把这件事情忘却。鸟儿开始在那个地点的上空盘旋，而后还有乌鸦出现，高空中的老鹰则让人眼晕地翱翔。起初有一只鸟发现有东西埋在那里，它也不会像人那样保密，它大叫着把信息透露了出来。接着，艾克塞尔不再对此冷漠，而是心生疑惑，他跑到了尸体的边。他在扁平的石头下面夹杂着树枝和其他东西的地方，看到了由一块破布包裹着的孩子。他既害怕又好奇，将布拉开一些——它眼睛闭着，头发浓密，是一个男孩，腿盘着——他看了这些。这块布以前是湿的，现在已经干了，整个尸体就像是一件拧过了的衣服。

他没有忍心在这大白天把它丢下，或许是怕这会给他自己带来灾难吧。他跑回家拿了一把铁锹过来，用心挖了一个深深的小墓穴。可是距离河流太近了，害怕进水，他又不得不换一个地方。他这样做的时候，很怕芭布萝会过来发现这一幕，但是现在的他心生怨恨，完全没有之前的顾虑，他想要表达反抗。她来了是最好的，如果她来了，他就要命令她把孩子整整齐齐地包好，包得像她自己那样体面，别管是不是死胎。他现在清楚地认识到了孩子的死，意味着他将失去的一切。他将变成孤身一人，更加孤单——而且等着他照看的牲口是过去的三倍多。让她来好了——他才不怕！但芭布萝——她也许已经意识到了他在做什么，但最终她并没有过来，而艾克塞尔只好一个人亲自动手把小尸体包裹好，然后放进墓穴。又用草、土像原来那样填满。现在，除了在这片矮树丛中看到一个小土包之外，什么都看不到了。

他回家的时候，芭布萝在屋子外面。

"你去哪儿了？"她问。

他的悲伤与愤怒得到了缓和，因此他只说："没有去哪儿，那你去哪儿了呢？"

哦，他的脸色让她察觉到了一些，她不再讲话，走进屋子。

他也跟着进去。

"回答我，"他直截了当地问，"你把两枚戒指摘下来是什么意思？"

芭布萝知道她现在或许需要让步，她笑着回答道："呵呵，你今天太严肃了——我都忍不住要笑话你了！如果你让我天天戴也可以啊，那还不是你一声令下的事情呀！"她把戒指戴回手指。

但是在看到了他呆呆又很满足的表情时，她的胆子更大了一些。"我还做错别的事情了吗，你给我讲讲？"

"我并不是抱怨你，"他回答道，"我只求你和以前，就像你刚来的时候那样，我就心满意足了。"

长久的融洽和谐相处，真的很难。

艾克塞尔接着说："我买下你父亲的农场是因为，我想你可能更愿意住在那里。我们和他对调一下，你看怎么样？"

对，这句话透露出了他的让步，他怕失去她，从此只剩下他一个人，没有了帮手，也没有人帮忙照看农场和牲口——她知道了！
"嗯，这以前已经说过了。"她冷冷地回答。

"对，我是说过，但是你没有给我答案。"

"答案？"她说，"哦，这个问题我已经厌烦了。"

艾克塞尔认为自己已经仁至义尽了，他让布列德和他一家人继续生活在布列德利克，而且他们家的粮食也被他买下来了，却只运回了一些干草，土豆也全留给了他们，可现在芭布萝还是执意反对。显然，这是不合理的，但她不理会这个，只是愤怒地说："你是想要我们搬到布列德利克，然后我的家人无家可归是吗？"

他难道没听错吗？他坐在那里呆望着，然后咳嗽了一声，并没说出想好了的大道理，只是问道："他们不准备回村里去生活了吗？"

"这个别问我，"芭布萝说，"你是要在村里给他们一座大房子让他们住吗？"

艾克塞尔依然不想和她争吵，但他还是想让她看出来现在他的情绪，他听了这个话是很吃惊的。"你讲话真是越来越难听了，我知道你不想伤害别人，但这真的很无情。"

"我说话算数。"她回答说，"你为什么就是不肯让我的家里人来一起住呢——你回答我，那样我的妈妈还能帮帮我。或许你认为我的工作很轻松，不需要别人帮忙是吧？"

当然，她的话还是有一些道理的，但是总体上来讲这是不现实的。如果布列德一家过来住，那么他们就要住在草房里面，可是艾克塞尔的牲畜又没地方住了——事情将会和以前一样为难。难道女人就没有辨别是非的能力吗？

"你听好，"他说，"你最好找个女用人来帮你。"

"冬天即将来临了，没什么工作了，不需要，在忙的时候你怎么不请呢？"

她这样说也是有道理的，在她身子不舒服的时候，工作繁忙的时候，为什么不帮她找个女佣过来帮忙呢？但那时候芭布萝并不觉得繁重，她和过去一样，还是那么灵巧，能把每个工作都完成得很好，也从没要求过请女佣。

"嗯，我是和你讲不明白了。"他无可奈何地说。

一阵沉默。

芭布萝问："你将接替爸爸电报的工作是怎么回事呢？"

"什么？听谁说的？"

"大家都这么说的。"

"也许是的，"艾克塞尔说，"也许有这个可能，但是我不想要。"

"哦！"

"你怎么问这个呢？"

"不怎么，"芭布萝说，"只是你让我家没了住的地方，现在还要把我爸爸的饭碗也抢走。"

又是一阵沉默。

哼，艾克塞尔失去了耐心。"我告诉你，"他狂喊，"你根本配不上我对你这么好，以及善待你的家人！"

"哦！"芭布萝说。

"根本不配！"他站起来用拳头狠狠地捶桌子。

"你休想吓到我，你休想。"芭布萝边哭边向墙角那边退去。

"吓到你？"他说，接着哼了声。"我们现在当面对质。那个孩子是怎么死的？是你用水把他淹死的吗？"

"淹死？"

"对。它被水泡过。"

"哦，你还是到那里去看了——""你去闻了，"她本来要这样说的，但她不敢说出口，此时的艾克塞尔是不能被开玩笑的，这一点儿看他的表情就能明白了。"你到那里去过，找到他了？"

"我看出来他有被水泡过的痕迹。"

"嗯，"她说，"那倒是。因为他是在水中出生的，我当时滑下去了，没法上来。"

"滑下去的吗？"

"对，我还没爬上来孩子就在水里出生了。"

"哼，"他说，"但是你在临出门的时候把布都准备好了——到底是谁准备滑下去？"

"布？"她问。

"一块旧了的白布——是从我的衬衫上撕下来的。"

"是，"芭布萝说，"我是准备带它去包桧木枝的。"

"桧木枝？"

"对。之前跟你讲过我为什么出去。"

"是，你是这么说的：找树枝做扫把。"

"对，你就别问这些原因了……"

这是他们两个正式的吵架。以前，过一会儿就会平息，一切很快就会恢复正常。但是，这次他们并没有完全恢复正常。不过是不那么僵持下去了。芭布萝知道现在要小心行事了，情况比较危险，态度也变得温顺了。但这样一来，曼安兰的气氛就很紧张，让人无法忍受了。——在这样的气氛下，两个人不能坦诚相见，互相提防着。

这种局面怎么会长久呢？可是只要持续一天，艾克塞尔就当成是度过了一天。他把这个女孩带回来，让她在这里帮忙，喜欢上了她，占有了她，共同生活，将一切与她分享。如果想改变这些，是很难的。芭布萝熟悉这里的一切，锅在哪里，碗放哪儿，母牛和母羊在什么时候产下崽子，冬季的草料收集了多少，有了多少牛奶，怎么制作奶酪——旁人不可能弄清楚，就是让他马上做到这些都很难。

唉，艾克塞尔也曾有好几次想要辞退芭布萝，另外雇用年轻的女孩来帮忙，因为有时候她的脾气特别坏，他还有些怕她。即使他们甜蜜依偎的时候，有时他也要在她的恶狠毒辣面前退缩。她长得还算好看，有时也会多情地紧紧抱住他。但那些已经过去了——今天一切已经结束了。不，谢谢你——芭布萝不想再继续干这些苦差事了，可是真的要改变怎会是件容易的事情啊……"我们两个立刻结婚吧。"艾克塞尔苦苦央求她。

"立刻结婚？"她说，"不，首先我要到城里去治牙，我的牙齿都要掉光了。"

所以，除了正常过日子以外，还能做点儿什么呢。芭布萝没有固定的薪水，可是她得到的要比她付出的高许多。每次她伸手向他要钱，他都会给她，而她仅仅把这当成一份礼物表示感谢一下。艾克塞尔不明白的是，这些钱都到哪里去了——在这荒野里她的钱到哪儿去花？她是在攒私房钱吗？那这私房钱她打算怎么花呢？

让艾克塞尔感到困惑的事情还有很多，他不是送过戒指给她了吗——一枚纯金的戒指，送完这份礼物之后，他们的确好了一段时间。但那不会一直延续下去，挺不了太久，他总不能不断地给她买戒指吧。总之一句话——她是不是准备离开他？女人真的很奇怪！是不是有个拥有肥沃土地和很多牲口的男人在等着她呢？艾克塞尔有时会因为对她的愤怒而气得用拳头捶桌子。

芭布萝真是个奇怪的女人，她除了回忆卑尔根的城市生活之外没有别的事情了。那也可以，但是如果是这样的话，当初何必回来呢？她父亲的一封电报就能把她叫回来吗？这个见鬼了的女人！她一定有别的原因。现在的她根本学不会满足，左也不行，右也不够，每天都在抱怨。这是木桶，没有铁皮桶啊；这是炒锅，需要的是汤锅；天天挤牛奶多烦啊，到奶房那边去散散步；只能穿着沉重的靴子，用的是黄色肥皂，枕的是塞满干草的枕头；没有军乐队的音乐，少了人来人往的热闹。这样的生活……

大吵过后，小吵小闹不断。动不动就要开始吵架！"放聪明点，别再继续说下去了，"芭布萝说，"你也别再重复我爸爸一家人被你搞得有多惨的事情了。"

艾克塞尔说："你说，我究竟做了什么呢？"

"做什么，你自己最清楚，"她说，"你是永远都做不成电线检查员的。"

"哼！"

"是，你做不了，除非我亲眼看见你当上了。"

"你的意思是我还没有这个资格？"

"够资格，你有这个资格，不管有没有吧……你又不认识字，我从来没见过你读报纸。"

"那还不至于，"他说，"常用的我都会，我可不像你总是没完没了……我都烦死你了。"

"正好分手。"她说，然后把银戒指摘下来扔在桌子上。

"啊！"他过了一会儿又接着说，"还有一只呢？"

"好，你要把你送给我的戒指要回去，我给你。"她说，然后把金戒指也摘了下来。

"你爱怎么闹就怎么闹吧，"他说，"如果你以为我在乎的话……"他走出去。

很自然，没过多久芭布萝就把两枚戒指又都戴上了。

在这以后，提到死婴的事情，她也不以为然了。她只是应承一下，就扭过头去。她从来没有承认过罪行，只说："随便，就算是我把他淹死了又能怎么样呢？住在这荒原里面，谁知道周围到底是什么情况呢？"有一回，他们又谈论这个话题的时候，她的态度转变了。她试图要开导他，让他明白，打掉孩子并不是什么很严重的事情。她在卑尔根所认识的两个女孩子也做过这样的事情，只是其中一个因为太笨没有杀死孩子，而是让孩子在外面冻死了，为此她坐了两个月的牢房，另一个则被判无罪释放。"这没什么的，"芭布萝说，"法律现在并不那么严格了。再说，这样的事也不是每次都会被发现。卑尔根一家旅馆有一个客人，曾经杀死过两个孩子，她是从克丽斯丁纳来的，戴着帽子——插着羽毛。为了第二个死孩子，她被判了三个月，第一个死孩子都没人发现。"芭布萝说。

艾克塞尔听了她的谬论后，越来越害怕芭布萝了。现在，他只想把事情弄个清清楚楚，但她却认为她是对的。他也许确实把事情看得太严重了些，但芭布萝无疑是个庸俗下流的女人，她不该得到过多的重视。她认为杀死一个婴儿根本不算什么事。她是一个女佣，而且以低俗、淫荡的标准来要求自己，这本无可厚非。以后，她仍然表现得无所谓的样子，不肯在思考问题上面耗费时间。盲目乐观，过分自信，永远只是一个女佣。"我一定要去城里治牙齿，"她说，"我还要去买一件新式的斗篷。"市面上流行了好几年的那种新式的半长外套，芭布萝说她一定要有一件。

她每天像个没事儿人一样，艾克塞尔也只好不再追究。他并不是一直以来都认为她是在犯罪：她也从来没有承认过罪行，而且她一直在否定这一点。只是在否定的时候表现得很无力，既不愤怒也不坚持，完全把这当成一件微乎其微的小事来看待。自然得就像是一个女佣打破了一个盘子，不该加以指责，无论她到底有没有打破过盘子。两周之后，一切都变了。艾克塞尔再也不能忍受了。有一天，他站在屋子的中间，完全开窍了。我的天啊！过去谁都看出来她怀孕了——但看她现在的身材——孩子哪去了？要是有人过来找怎么办？一定会有人过来找。要是没出过什么问题，孩子就该体面地葬在教会的墓地里，而不是随便一埋，并且还是埋在了他自己的田地里……

"不行，这会有大麻烦，"芭布萝说，"他们将要进行尸检，会解剖，我不想有这麻烦。"

"但愿以后不会有更大的麻烦。"他说。

芭布萝全然不放在心里，"你就别去担心了，就把他埋在原处好了，"她居然还能笑得出来，问道，"你是害怕他们找上门来吗？别去想这些没用的，别再提这事儿了。"

"哦……"

"你以为是我把孩子淹死了吗？我跟你说过的，我滑下水，在水里生了他，他是自己被淹死的。你脑子里想的那些事情，我没听过，你放心吧，永远不会被别人发现的。"她说。

"英格在塞兰拉的那件事不还是被别人发现了吗？"艾克塞尔说。

芭布萝想了想，说："好了，我不害怕，你看看现在的法律就知道了，与过去完全不同了，报纸上面已经写了。现在做这样事情的人多得很，谁也没摊上大事。"芭布萝向他解释，还故意开导他——让他把眼光放开阔点。她是见过世面的人，有很多的阅历，这些都是有用处的；现在她坐在这里要比他强。她一直强调的有三点：第一，她没有故意把孩子淹死；第二，就算她这样做了，那也不是什么大事儿；第三，这些事情永远不会被别人发现。

"在我看来，世上没有不透风的墙。"他表示反对。

"这是不可能的，"她回答，不知道是为了否决他或者是鼓励他，还是出于她的虚荣心，或是想炫耀一下，她出语惊人："我自己就做过这样的事情。"

"什么？"他一脸惊愕地看着她，"你说你做过什么？"

"做了什么？我杀了什么。"

她也许不想透露这么多秘密，但是现在说漏嘴了，他正瞪大了眼睛等待她的答案。这不是什么勇敢的表现，只能算是庸俗的炒作。她要让他知道，她是很了不起的，没有什么是她不敢做的，要说得他无言以对。"你不相信吗？"她叫道，"你还记不记得，报纸上的一条新闻，在港口发现了一个弃婴？那就是我干的。"

"你说什么？"他说。

"婴儿的尸体。你怎么什么也不记得了。我记得是你那次把报纸拿回来以后我们一起看到的。"

过了一会儿，他开始抓狂了，大喊："你疯了吧？"

但他的打断，仿佛更加刺激了她的神经，她现在甚至还能说出作案时的每个细节："我把他放在了一个盒子里面——那个时候他当然就已经死掉了——当船刚刚进港的时候，我就从船上把他扔进了大海。"

艾克塞尔变得沉默寡言，呆坐在那里，她接着叙述，那是在很多年以前，她刚来曼安兰工作的时候发生的。所以，她举例说明，并非所有的事情都会被人发现！如果真的是这样，每个墙都会透风，那么这个世界将会变成什么样子？城里那些结了婚的夫妻，他们都做过什么事情啊？他们甚至会主动这样做，把专门负责这事儿的医生请过来，然后在孩子还没出生的时候就把他们杀死。有医生专门就是做这个事情的，因为城里的人不想要那么多的孩子，他们最多也就要两个吧。唉，艾克塞尔他应该认为这在外面的社会里，根本不是什么大事儿。

"呵！"艾克塞尔说，"我猜你就是用这种方法把孩子给弄死了，对不对？"

"不是，"她尽可能满不在乎地回答，"我是因为滑下去的。"她说。而且她总是要补充，就算是的，那也不要紧。她已经习以为常了，如果说第一回干这事儿的时候，她很紧张和担心，但是第二次再做这事的时候就完全不会了。她现在完全可以把这当作是一次成功的经验——这么做是行得通的。

带着沉重的心情，艾克塞尔走了出去。他并不介意芭布萝把第一个小孩杀掉——这事与他毫不相干。就算是在她来到这里以前已经生过孩子，这也没关系，因为她不是一个坚贞的女孩，她也从来没有装过纯洁。是的，她从来没有隐瞒过她有丰富的性经验，而且在黑暗中教会了他很多。这样也好。但是现在的这个孩子——他多么的不想失去他。一个小男孩，他被包在白布里面。艾克塞尔如果孩子一定说就是她杀死的，也许是真的错怪了她也说不定——如果这个孩子真的是她杀死的，那她真的是毁了他。艾克塞尔将孩子看作是维系他们关系的纽带，可却被她无情地剪断了。如果说是错怪她了，但是那块白布呢……这是她事先准备好的。时间在一点一滴地流逝，吃晚饭的时间到了，然后迎来的就是黑夜。最后进入梦乡，艾克塞尔起身，向黑暗注视着，一直睡到了第二天太阳出来。然后迎来了第二天，第三天……

芭布萝像往常一样，依然表现得见多识广，这或许也有好处。她从不将这荒野上一般人认为很严重的事情当作有多棘手；她的聪明智慧，抵得上两个他，活泼潇洒也抵得上两个他。从平时的言谈举止上来看，她一点也不吓人。这个女孩是个妖怪吗？完全不是，她是一个好看的姑娘，有着蓝眼睛、高鼻梁，干起活儿来也灵巧卖力。只是她对农场上的工作，清洗那么多的木制盆碗表示讨厌，也不喜欢这荒野上跟不上时代步伐的落后生活。但是她从来都没有杀过一头牛，也没有在夜晚举着菜刀监视他。

有一次，他们又聊到了埋在田里的那个小尸体。艾克塞尔依旧认为将他埋在教堂里的墓地中要更好一些，但是她觉得已经做得够妥善了。然后，她把自己的思维模式告诉他，让他从她所推崇的角度来看待这个问题——她想得很长远，她总是在用她那可怜的小脑袋去思考这个问题。

"就算真的被发现了，那我就去请海耶达，我曾经帮过他的忙。海耶达太太也会帮我说情。有些人即使没有这样的人物作为靠山，出了事情不是照样没事吗？再说了，我爸爸也会帮我，他也认识很多大人物，他也给别人帮过忙。"

但艾克塞尔摇头。

"好了，又有什么不对了？"

"你以为你父亲还能帮你做什么吗？"

"这个你应该最清楚了！"她愤怒地叫道，"是你毁了他，你先是抢走了他的农场，然后是夺走了他的饭碗，到头来还说这样的话。"

她似乎知道父亲现在声誉受损，她也要跟着遭殃。而艾克塞尔此时又能说些什么呢？他无话可讲，他只是一个与世无争的农民，一个劳动者。

3

那年冬天，艾克塞尔一个人萧瑟寂寞地生活着。芭布萝终究还是走了。唉，这就是结局。

她去城里不会待太久的，她说，这与去卑尔根不一样，因为她总不能眼睁睁地看着自己的牙齿一颗一颗地掉光。"这一趟要花多少钱？"艾克塞尔问。

"我怎么知道呢？"她说，"不管花多少钱，也花不到你的钱，花的都是我自己赚来的。"

她还解释了为什么现在适合出门，因为现在只有两头奶牛需要挤奶，但是到了春天就会又增加两头，还有那些羊也要开始生崽，紧接着就是农忙时期了，一直要忙到六月份为止。

"随便你吧。"艾克塞尔说。

反正也不花我的钱，但其实是根本不会少花。她总需要带点儿钱走吧，比如路费，治疗牙齿的医药费，她不是还要买个新款的斗篷，和一些其他的小物品吗……但是，如果他不愿意给的话。

"你身上的钱够了吧。"他说。

"没，"她说，"老早就花光了。"

"你没攒钱吗？"

"攒钱？你去翻翻我的盒子。在卑尔根的工资要比这里高得多，我也从没攒过钱。"

"那我也没钱给你。"他说。

他根本不相信她还会回来，况且她喜怒无常、随便发脾气的性格也已经让他受够了，所以，他从此变得冷漠。最后他还是给了她一些钱，虽然是非常少的钱。但是她在离开的时候带走了很多积攒下来的食物，他也没有介意。甚至用车把她和她的行李拉到山下，让她能更方便地乘上去城里的轮船。

就这样结束了。

他可以一个人经营这座农场，他几年前对此就有经验了，但是牲口很难管理。因为他要是出门了，牲口就没人照看了。杂货铺的老板极力说服他快点儿把奥莲请过来对付这个冬天。她曾经在塞兰拉帮佣过好多年，虽然她现在老了，但是一般的事务她还是可以处理的。艾克塞尔真的叫人去请奥莲了，但是她没过来，也没回话。

这个时候，他只能在树林里伐木，打些麦子，还要照看牛羊。他的生活清净而寂寞。塞兰拉的西维特到别的地方的时候总会路过那里——他每次下山的时候都会带些木材、皮革或者农副产品下山，但是自己却很少带东西上来。因为现在的他实在不知道该买些什么东西回来。

有时布列德·奥尔逊也会徒步路过那里——最近的频率有所提高，也不知道是因为什么原因。看得出来，他在勤奋工作，为的就是让电线局的人认为他是必不可少的。芭布萝已经走了，他现在再也不与艾克塞尔往来，从不登门——在这种形势下，他们还这么骄傲蛮横，真的是不应该了。他们还赖在布列德利克不肯走。有一天，当他们又当作没看见艾克塞尔时，艾克塞尔把他们拦了下来。

"芭布萝是如何被你打发走的？"布列德反问。他也说出另一个消息："你打发她走的时候连钱都没给过她，她差一点儿就到不了卑尔根了。"

"哦，她现在已经到了卑尔根，是吗？"

"是的，她最后终于到了那里，她在信上是这么写的，但是没有得到你的一点儿帮助。"

"我一定要把你从这里撵出去，毫不留情。"艾克塞尔说。

"好，谢谢你，"另一个哼了一声，说，"过完新年以后我们自然会搬走。"说完就走了。

芭布萝去的果然是卑尔根——这与艾克塞尔的猜测是一样的。他并不为此感到伤心。根本没把这事儿放在心上吗？不伤心，一点儿都不在乎。不过，虽然这样讲，但他仍然对她回来抱有一丝幻想。这固然不合理，但他也许是爱上了那个刁蛮任性的魔女。她也有可爱的时候，他们也有过甜蜜。他故意给她很少的钱，就是因为他不想让她到卑尔根去。房间里还有几件她的衣服挂在那里，还有包在纸里面的帽子，她都未曾回来取走。他还是有些在意的。像个笑话一样，她不在了，可专门为她订阅的报纸还是每期都会被送到家里来，而且一直要送到新年才会期满。

好了，好了，还有别的事情在等待着他去完成。他要像个男子汉一样。

春天来临时，他需要在屋子的墙北面造出一个侧屋，这个冬天要砍伐很多的树木，然后制作成木板。艾克塞尔这边是没有什么木材的，他准备在田地周围的大树那边开工，如此一来，把它们拉到锯木厂时也会更方便一些。

一大早，他给家畜准备了很多的食物，让它们能挨到晚上。把所有的门窗都关好后，他就去伐木了。除了斧头和一堆食物外，他还带了耙子用来除雪。雪已经停了，天气也非常好，很暖和。他沿着电线杆上山去，来到伐木场后，他便脱下了夹克衫开始伐木。他将砍伐好的树木去掉枝丫，仅留下树干，并将砍下来的树枝收集好。

布列德·奥尔逊也经过这里——一定是昨天的大雪让电报的线路出现了问题。也许没出什么问题，仅仅是他对工作的负责？——布列德最近在工作上很是用心！两个人没说一句话，甚至都没有打招呼。

天气变化无常，转眼间又变天了。艾克塞尔也发现了，但是仍然继续工作。已经到了晌午，他还没有吃东西。然后，在砍伐一棵树的时候，悲剧发生了。树木倒下的方向，与他原计划倒地的方向恰恰相反。他被压在了下面，他也不知道这到底是怎么回事儿，但是一棵大树从根部倒地，重重地压在了他的身上。他原本可以跑开的，但是地面被雪遮挡。艾克塞尔一脚踩空，陷进一个巨大的石缝里面，身子被树压着，动弹不得。

唉，怎么办呢？他原本是可以脱身的，但是倒下来的位置不对啊——他觉得自己伤得并不严重。于是他四处张望着，只是身体仍旧动弹不得，一直蜷缩在那里。他抽出了一只手，但另一只手仍然蜷缩在那里，还是够不到身旁的斧子。这种感觉就像是一头猛兽被困在了陷阱里面。他凝视周围，想着布列德一会儿还会顺路下来的，自己先喘口气。

刚开始，他并没有过于为这件事而担心，他只是觉得浪费了干活儿的时间。他完全没有认为自己有什么危险，更别说性命之忧了。可是他现在已经全身麻木了，掉在石缝里的脚也冻僵了。但是没关系的，布列德就快过来了。

可是布列德并没有来。

风雪越来越大了，艾克塞尔觉得它们不断迎面而来。唉，越来越紧了，受不了了，虽然他还是不太担心——但他透过风雪看到，情况危急了。他大声呼喊着，这个声音传播不到很远的地方去，但是会顺着风传到布列德的那个方向。要是他能伸出手去，够到斧头就好了，那么他还可以砍出空间而出去——但是他的手背只能接触到石头的边缘，缓慢地向它入侵。唉，它要是不在那儿就好了，但是石头能有什么慈悲心肠。

天色渐晚，风雪越来越大，艾克塞尔很快被雪覆盖。大雪真的很无情，它们开始落在他身体上还会融化，但现在已经不再融化了，情况越来越危险！

他又大叫了两声。

他的斧头已经被白雪覆盖，他只能看到斧头的柄部。还有他装饭的篮子也在那里，挂在树上，要是他能够到就好了，他一定一口气把它们吃掉！要是能穿上外套就更好了——他真的好冷。他又大叫了几声……

布列德过来了。在半路上站住了，他只是向这边的人瞧上一眼，只想看看这边发生了什么事情。

"你能把斧头朝我这边推吗？"艾克塞尔用微弱的声音说。

布列德赶紧把头转向别处，他已经明白这是怎么回事了，他抬起头，仰望着电报的线路，又好像在吹着口哨。他这么做是什么意思啊？

"喂，把斧头递给我，行吗！"艾克塞尔喊的声音更大一些，"我被压在树下面了。"

但布列德显然对他的电报线更热衷一些，一直抬头看着，口上也一直在吹着口哨。值得注意的是，他的口哨越吹越欢快，看样子是有种报复的快感。

"喂，你要见死不救吗？——连斧头也不肯递给我吗？"艾克塞尔叫道。而现在，就像是电报的线路出现了很大的问题，他现在一刻也不能停留，现在就要走，他消失在风雪中了。

啊——好吧！在他走了以后，艾克塞尔不能依赖别人递给他斧头了，现在他只能靠自己的力气够到它。他调动每一块肌肉，用尽全身的力气，把巨大的树木顶开，他已经明显感觉到大树在摇晃了，但最后得到的只是飘落的雪花，他选择了放弃。

现在天已经黑了。布列德走了——但是他能走多远呢？艾克塞尔又大声呼喊，他毫不客气地喊叫："你就要像个杀人犯一样，对我见死不救吗？你看我快死了没有一点儿的同情心吗？就算是一头牛在这里，你也应该拉它一把啊。布列德，你真是个狼心狗肺的畜生。你给我等着，早晚有一天我要让所有人都知道你的罪行——看我困在这里也无动于衷，甚至连斧头都不肯递给我一下……"

　　周边一片死寂。艾克塞尔又用尽全部力气顶住那棵树，但是依旧没能成功，只是换来一阵雪从树上落下，洒在他的周边。艾克塞尔叹了一声，他一天来一直忙碌着，现在只感到精疲力竭，他几乎快放弃了。家里养的牲口从早晨开始到现在没饮用一滴水，也没有吃一口饲料，一定站在圈内吵着要吃的，看上去像是一种要挟。如今它们没有了芭布萝的照料，她已经带着金戒指和银戒指溜走了，跑得远远的。黄昏来了，夜晚的寒冷降临了。算了，算了，他瞧了一眼树上的夹克，又叹了一声。事已至此，估计自己坚持不了多久了，他的身体越来越冰冷，现在屁股下边都几乎没有知觉了。他自言自语："我的命已经交到上帝的手上。"好像他自己愿意就能说出这种对神灵虔诚的话，天越来越黑了，是啊，一个人在没有灯的时候也可以死去。艾克塞尔笑了起来，那是一种傻傻的、安详的笑，顿时，他觉得周边的一切都温和而亲切；他觉得风与雪似乎就是上帝的旨意，他觉得这是无比纯真的东西，受到感召的他觉得就算是布列德那种人也能得到饶恕，没必要告发他……

　　就好像某种毒药让他全身麻痹一样，他变得非常安静，同时，感觉越来越困。他一眼看去，周边白茫茫的一片，树林、巨大的翅膀、白幕、白帆！都是白色，白色……那都是什么呢，那都是白雪而已啊！他此刻正被压在树下，躺在雪中。

　　他接着胡乱一顿吼叫，吼叫从他那巨大多毛的胸膛发出，那山坡下的小屋都能听到。他向布列德接着喊叫："你这个猪一样的魔鬼。我只不过想要你递给我斧头，你竟然能视而不见；你究竟是畜生还是人啊？如果你想要这样做，那你走你的路好了，祝你好运……"

他睡了一会儿，这时他完全被冻僵了，他已经没有愤怒了，只有他的眼睛还在睁着，但是已经不能转动，无法眨眼——他是不是睁着眼睛睡着了呢？他或许只睡了一秒，或许，是一个钟头，估计只有上帝知道。如今，奥莲站在他的面前。他听见她在说："我凭耶稣的名，你还活着！"接着问他是否趴在此处睡着了，他有没有失去理智。

　　奥莲像是一只猎犬那样，喜欢四处刺探别人的隐私，什么地方有事情，她就会出现在那里，因为她能闻出来。不过说真的，假如她没有具备这种本事，她又怎能度过这一辈子呢？她听到了艾克塞尔的呼唤声，虽然她已七十多岁了，但是她还是穿过田野走来了。她前天顶着风雪天气来到塞兰拉，在那里待了一晚，接着她来到曼安兰，家里只有她一个人，除了喂牲口，就是站在门口聆听，到挤奶的时间就去挤奶，接着去听，那会是什么声音呢？……

　　接着，她听到一声呼喊，她下意识地点了下头，也许，那是艾克塞尔，或者是一个山民，要么就是鬼怪——不过无论是什么，那是绝对值得她去一探究竟的。她要去看看把黑暗与这片森林掌握在手中的全能者会有什么样聪慧的安排。她相信上帝一定不会为难连为他提鞋都不配的奥莲……

　　所以她现在就出现在这里。

　　奥莲不断地在挖雪，她找不到斧头。既然如此，那就不用斧头了，她想把树抬起来，可是她的力气连一个孩子都不如，她只能摇摇树枝罢了。无奈之下，只能去找斧头了，这时，天全黑了，但她在用自己的手脚刨挖着。艾克塞尔不能动弹，只能说斧头开始是在哪里放着的，但现在已经不见了。"如果咱们离塞兰拉近点儿就好了。"

他说。

艾克塞尔跟她说在那个地方找不到的，没想到奥莲完全按照自己的方法一顿乱找，竟然找到了，"全靠全能的主的荣光"，她声调高亢，激动地喊道。

"你找到了啊！"他问。

"是啊！感谢主！"她又说了一些好听的祈祷词。

现在艾克塞尔心中的骄傲全部消失了。他认识到了自己所犯下的错，可能自己的头脑也不清醒。虽然现在有了斧头，可他又能做些什么呢？他连动也不能动，还需要奥莲为自己找一条活路。啊，幸好奥莲以前是抡过斧头的人，她这一辈子砍过许多的木柴。

艾克塞尔现在从一条腿到屁股上都是麻木的，甚至连背上也不太对劲了，一股巨大的疼痛使他呻吟，他感觉自己身上有一部分被留在树底，只有一部分是属于自己的。"谁知道怎么回事。"他说。但是奥莲知道发生了什么事，她用严肃认真的语气说："你不知道出什么事了？"她确实知道自己做了这件事，她觉得也许是全能者觉得她适合这份工作，所以上帝没有派遣数不清的天使过来。既然如此，那就让艾克塞尔思考一下，把整件事情搞明白再说，在这样的事上，全能者的指挥真是伟大！他甚至可以把一只虫子派出来，他又可以不把其他人派过来，对他来说，一切皆有可能。

艾克塞尔说："我知道这些事，却搞不明白我究竟是怎么了——这种感觉十分奇怪……"

"你感到很奇怪吗？哦！再等一等。一次移动一点点，直到全身又慢慢活动起来。"

他穿上自己的夹克，身子逐渐暖和。但她这一辈子也不会忘记是主的使者把她召唤到此，以至于她可以听到那个从树林内传出的叫唤。这场景就像在天国一样，每当号角响起时，绕着耶利哥的墙……

非常奇怪的是，艾克塞尔的身体在她说话的时候，已经慢慢恢复，过了一会儿就可以移动了，还能挣扎着走路。

奥莲仍然扮演着恩人的角色，搀扶着他朝家里走去。边走边想办法怎么继续走下去。过了一会儿，在下山不远的地方，他们遇见了布列德，"怎么了，"布列德问，"让我帮一下你们。"

面对布列德的搭讪，艾克塞尔不予理睬。因为他已经向上帝承诺不再报复，也不会把布列德做的事说出来，但除了这两个原因外，他是自由的。为什么布列德现在会向上走呢？是不是他看到了奥莲出现在曼安兰，猜想她会听到求救声。

布列德接着说："是你吗？奥莲，你在树底下找到他的吗？真是奇怪啊！我刚才因为公事沿着公路走着。好像听到有人在求救，但是转过头去，却什么也没有发现，我一般是哪里有需要就会伸手帮忙的。你是说，艾克塞尔被压在树底下了。是不是？"

艾克塞尔叹了一口气说道："你其实很清楚，看明白了，也都听见了。不过你丝毫没有朝我伸出援手……"

"上帝呀，来拯救我们吧！"奥莲惊声叫起来，"我真是个罪孽深重的人……"

布列德向他解释说："我看见了？那又如何，是的，我当时是看见你了。不过，你一声不吭的是为什么呢？要是情况不对劲，你大可以呼救啊。我的的确确见到你在那儿，我承认，但我当时以为你不过是要躺着休息一会儿。"

"你最好给我闭嘴，"艾克塞尔警告他，"你自己心里清楚，你为什么把我丢下不管，那是因为你希望我再也不会从那儿爬起来。”

奥莲这个时候才清楚知道，这种情况下，就是要把布列德排除在外。她得保持住自己那个必不可少的位置，不能出现任何一个人挡在她和艾克塞尔中间，不然的话，她对他的救命之恩就要和人一起分享了。救他的可是她一个人，只有她。她冲布列德挥挥手，叫他走开，斧头和篮子都不让他拿了。噢，此时此刻，她坚定地和艾克塞尔站在一边——不过下一刻，她到布列德那儿一起喝喝咖啡，聊聊天的时候，他们俩就是一边的了。

“我什么也不说了，我就拿斧头和其他东西吧。”布列德说。

“不必了，”这个时候，奥莲与艾克塞尔一起针对他，“他自己可以拿。”

布列德接着说道：“无论如何，你当时可以叫我，我们又不是什么死敌，还不至于叫我一卜都不行吧？你确实叫了？好吧，或许你是真的叫了，有人也听见了。不过刮那么大的风……你也要挥挥手呀。”

“我用哪只手去挥呢，”艾克塞尔说，“我当时手脚都卡住了。你明明看见了。”

“没有，真没有看到，我发誓。我当时没有听到，千真万确。好吧，这些东西都给我吧。”

奥莲说道：“别再烦他了。他只是个可怜的病人。”

不过，现在艾克塞尔心里在默默思考着如何做才好。他之前对奥莲就有所耳闻，知道这种情况下他得为此付出不小的代价，如果她坚定地认为是她自己一个人救了他的话，那她就会像阴魂一样十分难缠。最好的办法是尽可能把这功劳分摊给他们两人。于是，他把篮子和工具给布列德，让他拿着。他表现得好像是这样才能减轻他的负担，会让他舒服很多。不过奥莲可不答应，一把夺过篮子，就算要拿什么东西，也只能是她拿，别人可不能抢她的功劳。这种小伎俩表现得过于明显，她得时刻保持着警惕来应战。这样一来，就没有人扶艾克塞尔了，布列德只好扔下篮子跑去扶他——虽然艾克塞尔这个时候差不多也能自己站起来了。

就这样，布列德搀着艾克塞尔的胳膊，奥莲拿着东西，走了一段。奥莲边走边嘀咕，越来越不是滋味儿，越来越气愤，自己是个多么可怜的角色，确实是，病人不去搀扶，只是旁边拿篮子的。布列德这样跑来算个什么东西——那个讨厌的男人！

"布列德，"她问道，"他们都说你把家产什么的都卖了，是不是有这回事啊？"

"那到底是谁这样说的呢？"布列德尖锐地反问道。

"是谁又怎么样，这个事情，我不觉得算是个什么秘密不能讲的。"

"那你怎么没有到拍卖场来，来拍个好价钱！"

"我——哎，只有你这样的人才会开这种玩笑，我可是穷人。"

"呵，你不是发达了吗？老西维特不是有一整箱子钱吗？到最后不全留给你了？你还不是有钱人吗！嘿嘿嘿！"

他提到的这笔遗产，奥莲一点儿也没觉得高兴。"哎，老西维特是个好心人，他一直很关照我，这个我是知道的。不过他一死，之前他们就没有留下多少他的产业。你是清楚的，人要是被剥削光了，只能寄人篱下的时候是什么滋味儿？但现在，老西维特可住在天堂宫殿的大厦里了，我们这种人也只能在地上爬，混口饭吃。"

"呵，真是好一张利嘴！"布列德讽刺道，回过头来对艾克塞尔说，"好的，我很高兴一来就帮得上忙——把你送回家。我们走路的这个速度会不会太快了，呃？"

"刚好。"

敢挑战奥莲的，那些跟她斗嘴的！到现在为止还没有人能打败她的！这个女人一辈子都没有认输过，她把好的和坏的、恶毒的和胡扯的乱七八糟地揉在一起，到现在也没人是她的对手。这个时候，居然有人公然挑衅，说是布列德一个人把艾克塞尔送回去的！"我想问一下，"奥莲开始说，"哎，布列德，有一回，好像来了几个先生去到塞兰拉，你弄来的那几袋石头是不是都拿给他们看了？"

"艾克塞尔，我背着你走好吧，怎么样？后面这一段路我背着你走吧。"

"没关系的，"艾克塞尔说，"你的好意我心领了。"

于是他们还是这样继续走着，走不了多远就快要到家了。奥莲一定要把握住这剩下的机会。"叮惜呀！布列德，要是那个时候在他快要不行的时候你能出手相救就好了呀！"她说，"可是，当他快要死了的时候，你听到了他的叫声，却只是走过去看了看，怎么会不去救他呢？"

"你赶紧闭嘴吧。"布列德说。

如果真这样，那么过雪山，背着重物气喘吁吁地急行还会走得舒服一点儿。不过，让她闭上嘴，那简直是违背她的天性了。她心里还藏着一点儿小秘密，像一个迷你包。呵，虽然那是个敏感的话题，不过她还是壮起胆说了出来。

"那个芭布萝，"她说，"她现在情况如何呢，难道是跑掉了？"

"是的，的确是跑掉了，"布列德毫不在意地回答，"这样今年过冬才能给你留个好位置。"

的确，这就是奥莲绝佳的一个位置。这个时候，她想要让所有人都知道，她是多么有能耐的一个人物，要是少了她奥莲，谁都没法好好活——在奥莲身边，远近的人都要请她去。就是因为这样，她可能有两个地方可去，或许，甚至有三个。包括那些个大人物——他们也特别欢迎她的到来。而且——好吧，艾克塞尔也了解了解我好啦，也没什么坏处——就一个冬季，那些人就给她多少多少钱，更不要说还外加一张羊皮和一双新鞋了。但是她对于自己是来干什么的很清楚：到曼安兰来，是神指引她到一个人这儿来的，她要去解救这个人，并会因此而获得丰厚的报酬。——她就是为此而来的。不用，压根用不着布列德来瞎操心——因为一直以来，天父都在关照着她，把一扇扇门为她打开，请她走进去。啊，就像高特一样，她内心十分清楚她要去做些什么，那一日，她被派到曼安兰来，是来救他在那儿的造物的性命……

这时，艾克塞尔愈加显得疲惫了，似乎双腿已经不能支撑住自己的身体了，全身快要瘫下去。这是很奇怪的，照理说他应该会逐渐恢复的，慢慢地应该能走路了，经过休息后，生命的气息和热力会慢慢流入他体内。不过现在的情况不容乐观，当奥莲谈到她的薪水时，他的身体就越变越弱，现在他只能倚靠在布列德身上。而当她又一次说救了他的命时，状况又变得更坏了。不知道他是不是打算挫挫她的胜利感？谁也不知道——但是他心里又开始嘀咕了。快要到住的地方的时候，他停了下来，说："我看我是永远到不了家了。"

布列德二话没说，立刻扛起他来往前就走。就这样他们一直走着，奥莲满肚子怨气，艾克塞尔则把身子整个趴在布列德身上。

"我问你，"奥莲突然冒出来一句话——"芭布萝的情况怎么样了——她的小孩已经大了吗？"

"小孩？"布列德一边喘着粗气一边回答道，哦，这一段路走得很艰难，但艾克塞尔一直就这样让他扛着走，直到家门口他才坐下来。

布列德停下来喘息着休息了一会儿。

"哎，到底怎么样——生了没有，最后？"奥莲问。

艾克塞尔这时候赶忙插一句话，对布列德说："今天晚上多亏了你，不然我真的没办法回家了。"他也顺便感谢奥莲："奥莲，是你，第一个发现了我。你们两个都是我的救命恩人。"

这就是艾克塞尔获救的全部经过……

过后的好几天，奥莲一直都在反复谈论着救命这件事情，艾克塞尔想要让她停下来那是不可能的。奥莲老是指着屋子的某个地方说，那就是她当初站的地方，在那儿，她听见了主的召唤，促使她走出门去，然后听到那救命的呼声……

艾克塞尔已经返回树林继续做伐木的工作了，当砍下的木材足够时，他就将一根根木材搬到车上，然后运到塞兰拉的锯木厂去。

在冬季，这样的工作照常顺利地进行着，从未间断过。把木材运到山上，下来时就变成锯好的木板了。最重要的就是要赶紧完成这件事情，必须赶在新年之前，否则霜雪大降，锯子就罢工了。这项工作进行得很好，如同想象的那样顺利。碰到西维特从村里开着空车来，他会帮他的邻居捎些木头上山。两人叙叙旧，彼此都很愉快。

"村里有什么新鲜事吗？"艾克塞尔问。

"也没什么，"西维特说，"就是有一个新来的人，买了块地，他们说。"

来个新人——这不稀奇，西维特的惯用说法就是这样。每年都有新住户过来买地的。现在，已经有五个新的农户在布列德利克的下面了。山上还没怎么发展起来，虽然那些土地要肥沃得多。艾萨克是这群人中最聪明、最敢于冒险的一个，也是走得最远的，那时就在塞兰拉定居下来。后来，来了艾克塞尔·斯屈洛姆——现在，又会来一个新住户。这新人要在曼安兰的下方落脚，购置一大片耕地与树林——那儿有很多的土地。

"有人知道他是什么人吗？"艾克塞尔问。

西维特说："没有。"

"但是他会把现成的房子带过来，然后安装一下就成了。"

"嗬！那是有钱人了，你说呢？"

"哎，应该是。他还带着太太和三个孩子一同过来，还加上一些马啊牛啊之类的家畜。"

"这样啊，那么，他一定是个富翁吧。还知道他一些什么？"

"没有。他三十三岁。"

"叫什么名字？"

"听他们说叫亚伦。他买的地方叫斯多堡。"

"斯多堡？哼，那一定不小了，是吧。"

"他是从沿海过来的。听说他之前在那边有一个渔场。"

"哼，渔场。那就不知道他懂不懂得耕种了，"艾克塞尔说，"你就知道这些，还有其他的吗？"

"没了。他买地是一次性付的全款。我只知道这些了。养鱼场肯定是大赚了一笔，他们说，他打算在这儿开个铺子了。"

"啊！铺子？"

"哎，是的，听说是这样。"

"哼。那真的是要开铺子了？"

这个才算是一条重大新闻，两个邻居一边赶着马车，一边反复谈起这个开铺子的事情。这可是件大事情——说不定，这件事情是这一片历来最大的事情了。哎，说起来可真有太多的话说不完。可是，他准备和谁做生意呢，一个新来的？跟其他住在这儿的八户人家？要不然，难道准备跟村里的人做生意？无论如何，铺子都是能对他们产生重大影响的，很可能吸引更多的人来这儿定居。土地价格就会上涨——谁说得准呢？

他们对此津津乐道，不知疲倦似的。哎，他们两个人对这件事情都怀有各自的兴趣与目标，他们和别人一样把这件事看得非常重要。他们生活的地方就是这片开垦的土地，做农活、四季、庄稼就是生活的全部。这些难道还不够有趣还不够刺激吗？呵，足够了！有多少次，他们都必须废寝忘食，在挨饿的时候，还得去庄稼地。不过一切都过去了，熬过去了，其实也没什么大不了，比起以前也没什么不好的。虽然被压在树下七个小时，但现在仍有健全的四肢，这些并不能对艾克塞尔的一生造成影响。这是一个坐井观天、毫无前途的生活吗？呵，真的！崭新的斯多堡出现在这里，在这荒野里的铺子代表了什么呢？难道不是预示着光明美好的前景吗？

他们一直谈论着这个话题，直到，圣诞节将至……

艾克塞尔收到了一封装有政府公文、封皮上盖有双狮子印戳的大信封。政府指示他从布列德·奥尔逊那里接管电线物资，包括一个电报机和其他工具，并从新的一年起，接替查线员的职务。

4

联套的马车车队越过高山，穿过沼泽，把建房子的材料运送到荒野中为新来的住户做好准备，运了一批又一批，没完没了。那些运来的东西堆放在一个叫作斯多堡的地方。现在，这户人家就已经雇了四个人在山上为他们采石，要用来做围墙，然后还要砌两个地窖。毫无疑问，过不了多久，这里就是个名副其实的斯多堡了。

东西运了又运，房子的四边都是已经做好了的，春天一到，就可以装上。这些布局都是精心设计好的，准备得妥妥当当，每一扇窗户都有固定的安装位置，就连阳台的彩色玻璃都准备好了。有一天，到了一整车小木桩。这些又有什么用呢？山下的一位拓荒者知道它的用处，他来自南方，那儿有这样的东西。他说："这是用来做围花园的篱笆用的。"那么，这位新住户是想在荒野里建一个花园——而且是一个大花园。

看上去一切都进行得很顺利，在这荒原上从未出现过这样庞大的运输，那些出租马匹的人都因此大赚了一笔。这，又成了大家议论的话题，以后赚钱的机会还多着呢，这位商人到时候一定会从四面八方购进货物，无论是内陆还是沿海，都会用得上他们的马车把这些货物运到他这个地方来。

哎，看上去马车车队规模逐渐壮大。负责运输工作的是一个年轻人，看上去像是这儿的工头，总是盛气凌人的样子，虽然压根儿没有那么多的货物要运，他却总是抱怨马匹太少了。

"盖房子需要的东西差不多都运过来了，你看那房屋都快盖起来了。"他们说。

"呵，可是还有那么多的货物打算怎么处理呢？"他说。

有一次，塞兰拉的西维特和往常一样驾着空车回家。那工头把他叫住问道："嘿，你是打算空车上山去吗？怎么不顺路帮我们带点东西去呢？"

"这样啊，没问题呀，"西维特说，"不过我都完全不知道你们在运东西啊。"

"他是塞兰拉过来的，他们家有两匹马。"有人低声插嘴。

"什么？你们那有两匹马？"工头说，"快把你们家的马都牵来吧，我全要，到这儿来帮我们运货，少不了你的钱。"

"什么？"西维特说，"这倒听起来不错！不过我现在忙得很，实在没空过来啊。"

"什么？有赚钱的机会都不来！"那工头问道。

不过，车队在塞兰拉一直都没什么空闲时间，需要忙活的事情多得很。他们又请了两个人过来帮忙，准备把石头挖出来建一所新牛棚——雇人来帮忙在塞兰拉还是头一回——那是两个石匠，都来自瑞典。

艾萨克一直以来就想建个像样的新牛棚，这是他多年的夙愿。牛群所居的那间草屋实在太小了，而且常年失修：他想建一所双重墙头的石头牛棚，底下要挖一个合适的粪坑。现在就是把这个事情做完了，还有别的事情要等着他来做。事情总是做不完，做完一件估摸着还有另外一件事情要配套着安排好。建屋子的工作好像永远也没个头似的。他的锯木厂、磨坊有了，夏天用的牲口棚也有了，自然而然现在就需要个铁匠店了。地方不用太大，要做点零星活儿的时候能派得上用场就好了。以前的时候，像刀卷了口子，马蹄铁有些不好用的时候，都要走很远的路去村里修理才行。只要能干这样的活儿，就足够了——弄个这铁匠店又有何不可的呢？其实，塞兰拉的那些大大小小额外的建筑已经够多的了。

这个地方一直在不断地扩大着，到最后成了一个大农场了。到现在，没有女佣来帮忙是肯定不行了，珍欣一定要留下来帮忙打理农场。那铁匠，就是她的父亲，随意地询问她的意思，问她想不想回家，不过她也没有坚持要回家去。他这个人很好说话，其实女儿留在塞兰拉也未尝不可，他或许还有着自己的打算。在全部的开拓区中，离村子最远的要数塞兰拉了，不过，它正一天天地壮大起来，不管是那儿的房子，还是那儿的田地都在扩大，唯一不变的就是人口。拉普人过来乞讨并且能有所收获的日子已经一去不复返了。如今他们也不经常出现了，好像是故意绕着走免得被瞧见。即使偶尔来了，也没人进屋，他们都是站在门外等着。拉普人一直隐藏在那黑暗之处，远离尘世，阳光与空气反而让他们难以忍受，格格不入，就像，蛆和蛇一样。每过一段时间，在塞兰拉的边缘就会有一只小牛或小羊不见了——这件事情让人无计可施。还好，这点儿损失塞兰拉还承受得起。就算西维特要开枪，也没有枪，就更别说他根本不会开枪了。他性格温顺，不喜欢与人争斗，天生既乐观又幽默，"哼，法律上写了可是不准杀拉普人的了！"他说。

嗯，对艾萨克来说丢几只小羊、小牛算不了什么大事，他到现在还是那么实力雄厚。不过他也不是事事都顺心，也有他自己的烦恼。英格对于这一整年的生活也不是一点怨言没有。只要她到别的地方去一趟以后回家来就会有一种特别糟糕的印象，这样一种印象可能会在一段时间后消失，不过总是会死灰复燃。她年轻的时候既聪明又能干，也是一位魁梧的男人的美丽健康的妻子——她还会想起特隆赫姆吗，仍有梦想吗？哎，特别是在冬季，有时觉得精力充沛，盼望着有着许多的风流韵事——不过就她一个女人怎么能跳舞呢？而且塞兰拉也没有舞会这种东西。严谨的思考与祈祷书吗？哎，是可以……不过，天晓得，那是另一种生活方式，存在着一种特别的东西，非常奇妙而且美味，别有一番风味，有着无与伦比的吸引力。她慢慢学着知足常乐。让她有些安慰的是那些瑞典的石匠，也算是新鲜的面孔，新鲜的声音，不过他们都是一些上了年纪的老人家，太沉默无趣了，每天只会工作而没什么乐趣。不过，有了他们总比没有强——其中一个叫希亚麻的，他喜欢在工作的时候唱几首歌曲，而且很动听，英格时常驻足聆听他那美妙的歌声。

让艾萨克觉得烦恼的事情还不止这一件。就像那个艾利修斯——他真让人大失所望。从他的来信中知道，他丢掉了工程师事务所的职位，正打算谋得另外一个——不过还需要时间。后面一封来信中又提到，马上就会有转机出现了，有一个一流的职位在等他，不过在就职前他也不能没钱过日子。所以家里给他寄了一百克朗，他收到后回信说，这点儿钱只够他还一些零星小债……"嗯，"艾萨克说，"不过石匠的工钱我们还要给，其他的东西也都需要花钱……给他写信问问看，索性回来帮帮忙。"

英格在信中问了，但艾利修斯不愿意回来，不，要是没什么缘由他是不会再回家来的，情愿在那边饿着。

嗯，可能当时城里根本不存在什么一流职位的空缺，而艾利修斯也没有像利刃一样钻研自己的事业。天知道——可能他的工作能力也不是那么优秀。写东西？哎，他写得还不错，速度和数量都不错，但是，总觉得少了一种画龙点睛的东西。要是一直这样，他的发展是很让人堪忧的。

当时，艾利修斯在城里还有一笔旧账缠身，他带着两百克朗从家里回到城里面，把那些账都还清后，好啦，就要将原来的伞柄换成一根像样的手杖了。另外还有一些能用得着的小东西，买得也都比较恰当——和他所有的同伴一样，有一顶过冬的皮毛帽子。为了方便在冰上滑行，他还买了一双冰鞋。和其他同伴一样，他还有一根用来剔牙的银牙签，可以在跟朋友喝酒或者干其他事情的时候，拿出来显摆一下。他一定会慷慨解囊，只要兜里面还有钱。在一次为庆祝他回城举办的晚宴上，他把叫来的半打啤酒一瓶瓶打开来喝，还叮嘱他们要节约一些。"什么——给女招待二十奥尔的小费？""只要给十个就可以了。"他的朋友们说。

"那真是太小气了。"艾利修斯说。

艾利修斯觉得做人一定得大方，是的：他出身于富裕家庭，有大农场，有一望无际的森林、四匹马、三十只奶牛、三部割草机，在他的"总督"父亲的名下。这不是艾利修斯自己在吹牛，而其他人：有人把塞兰拉庄园描述成一个神奇的地方，那是在好多年以前地区测量员散布的一个谎言。他凭着一时高兴说出了这样神乎其神的故事来取乐。从现在来看，这个故事还多多少少有点儿真实的色彩存在着，但艾利修斯并没有因为这点儿而觉得多么的高兴。因为他自己不算什么，就算作为一个什么大人物的儿子存在，听起来也是不错的，这样他的身价就高了，偶尔还派得上用场。但不可以这样一直下去，他一直这样欠着别人的钱不还，最后该怎么收场呢？他的朋友给他介绍了一个工作，让他去杂货店当伙计，那是朋友父亲开的一个小店，专为乡下人采购开的——有工作总比没有的好。一个成年的小伙子还得在小店里当伙计赚一点儿微薄的生活费，真是太可怜了。没有通往区长位置的捷径可走。不管怎么说，他的生活总算可以维持下去了，这是他最困难的时期，但终会过去的——噢，情况也没有想象的那么坏。艾利修斯对工作非常认真，脾气也很随和，大家都喜欢他，他给家里回信说他从商了。

　　听到这件事情，他母亲大失所望。艾利修斯跑到商店里当店员——也就跟在村里自己的店里做事差不多。以前，他还比别人要优越一些，他是周围这些人中唯一一个住在城里的，也是唯一一个在事务所工作的人。难不成他已经把他那伟大的抱负忘掉了？英格可不是笨蛋，她对于什么是平凡，什么是卓越还是有判断力的，尽管她没有时时刻刻将这些挂在嘴边，也没有处处都指望着。艾萨克思维比较迟钝，头脑也比较简单，现在他也没打算指望艾利修斯能帮点儿什么——要是他有点儿什么指望的话，他已经把这个大儿子排除在他的考虑以外了。如果有一天艾萨克要离开这个世界，他是舍不得把家产平分给这两个儿子的。

　　春天，不少的工程师和工人从瑞典来到这儿，准备修路，搭建临时住房，以及其他的杂务工作，爆炸，平泥土，粮食的运送，雇马，与河边的地主搞好关系。这——是为了什么呢？在这荒山野岭，一直没有其他人在这附近乱跑，都是当地的居民！噢，他们都只不过是到这里来采矿的而已。

　　是的，事情真的开展起来了，盖斯乐果然没有胡说八道。

　　上次和他一起来的有头有脸的人物这次没有来——那是肯定的，

这次来的两位一定是上次因为公务缠身没有过来。不过，上次来过的那位工程师这次也来了，爆破专家也是上次的那位。他们买了艾萨克的木板，只要是他剩下的可以卖的木板，他们都要了，还有食物和饮料等。他们很喜欢塞兰拉，付钱的时候很大方，和他们聊天也很投机。"高架铁道，"他们说，"从旷野最高点到海边用缆车直线拖运。"他们说。

"什么？要穿过那么大一片荒原运过去？"艾萨克迟钝地问道。他们都笑了起来。

"不，可不是你说的那一边，老兄，那边是不行的，实在太远。不是的，我们说的是高原的另一边，可以一直通向海边，很陡，距离不远。把矿石放进铁箱里面，然后通过索道运下去。噢，你等着瞧好了，到时候可以看看。不过我们开始的时候还是要用车运，用车开一条路才行。我们需要五十四匹马才够用——你到时候看吧，我们会处理得妥妥帖帖的。我们的工人也不止现在这几个，还有一些没到呢——这些都算少的。山的那一边还会有大队人马来，他们将带来工棚，还会把大量的粮食、材料、工具和东西运过来——我们在山顶上会合，在这段路的中间。事情我们都会处理好，不用担心——矿石我们用船运到南美洲，就可以几百万、几千万地大赚一笔了。"

"还有几位先生呢？"艾萨克问，"上次那几个呢？"

"什么？噢，他们已经不干了。原来你还认识他们？他们把产权卖掉。后来又转手了几次。现在可是一家大公司掌握着产权——那可是有着雄厚的资金。"

"那盖斯乐现在在哪儿呢？"艾萨克问。

"没听说过一个叫盖斯乐的。他是谁？"

"他叫盖斯乐，是那个首先把地卖给你们的。"

"噢，他就是盖斯乐吗？在哪里天才知道呢。原来你也认识他啊？"

整个夏天，接连的爆炸声从山上响起，这是正式开工了，一批批工人在工作——要完成的事情还真多。英格高兴地忙碌着，她的牛奶和农产品卖得特别好——算是经营起买卖来了，来往的人这么多，她的生意就特别红火。艾萨克依然踏着沉重的步子到处走动着，在自己的田里干着活儿：他与世无争。西维特和两名石匠砌了个新牛棚，既结实又漂亮。工作的人只有三个，其间西维特还被喊到田里帮忙，所以费了好多时间才建好。割草机可以发挥作用了，而且幸运的是，在收割的季节还有三个能干的女人来帮忙。

所有的事情都那么的顺利，现在，荒野里生气勃勃，金钱滚滚而来，到处都是一片兴盛。

看看那个斯多堡吧，有个新开张的铺子——生意可红火得很！亚伦肯定是个有经商头脑的人，精明极了！不知道他从哪儿打听到矿场要建在这里的，所以抓住了时机。他一大早就把这些用品运过来囤积着——哎，够全国人用的了！那儿什么都有，日常用品和工人衣服一应俱全。矿工赚的钱多，根本不担心花钱，除了那些生活必需品，其他的东西他们看上了都会买，什么都买。最热闹的是星期天晚上，斯多堡的店铺人山人海，亚伦那个时候可赚足了。那个时候，人手经常不够，他的职员和太太都跑到柜台后面去招呼客人，而他什么都干，拿东西、收钱、应酬客人——就算这么多人帮忙，但店里不到深夜是不歇业的。村里那些租马给他的人说得真对，那些运到斯多堡的货物，拖上去的，数量惊人。他们运送货物的时候经常在道路拐角处抄个近路，结果越抄越短，就走出一条新路来了，完全不同于艾萨克早期那条窄窄的小径。亚伦是上天带来的，是所有人的恩人，他把铺子和新道路带给了大家。其实，他的真名叫亚伦逊，亚伦只是他的教名。他称自己为亚伦逊，他太太也是这样叫的。他们雇用了两个女仆和一个伙计，现在这个家庭在这片土地上有着举足轻重的地位。

斯多堡的土地，目前还没有动过。亚伦逊没空去耕作——去挖那些沼泽土地能有什么意义呢？不过亚伦逊有一座花园，那儿用栅栏围住，矮树、柴菀、花楸以及栽种的树木——哎，那是名副其实的花园。园内开辟了一条宽敞的小径供亚伦逊在星期天的时候散散步，抽抽烟斗。园子后面是装有彩色玻璃窗的阳台，门上镶着的玻璃五彩缤纷，有橙色的、红色的和蓝色的。斯多堡……他的孩子们——那是三个可爱的小宝贝，在那儿嬉戏。女孩子学习着当富商的女儿，男孩子则模仿着做生意——哇，这些孩子真是前途不可限量啊！

亚伦逊是一位很有远见的商人，不然他不会来这儿。他原本可以一直做渔业，也可能赚得很多，但这和经商是不能相提并论的。就普通人而言，经商是最好的选择了。商人要是见到渔夫人们是不会摘帽子的。亚伦逊从前既划过船也撑过舵，此时，他准备扬帆起航了。他的口头禅就是，"兑现"。在很多事情里都听到他说这两个字。要是事情顺利进行了就是"兑现"。他的孩子要步入社会了，"过得要比我更'兑现'"。他就是这样说的，他觉得他们以后的生活要比他现在更安逸。

人们就是这样，事情做得顺手，邻里们就把他捧得高，甚至他的太太和他的孩子也都受到重视。这可不是件寻常的事情，因为这儿的人对待小孩一直不怎么重视。那些在山上干活的矿工下山来时都已经好多天没看见小孩子了，这个时候，在院子里看到亚伦逊的小孩正在玩耍，马上就过去亲切地跟他们聊起天来，就好像看见在相互追逐的三只小狗一样。他们想给小孩子一些钱，但他们是老板的孩子，就不好怎么给了。所以这些人喜欢通过吹口琴和他们交流。有一个年轻人，叫葛斯塔夫，他把帽子歪戴着遮住一只耳朵，从他嘴里说出来的话总是那么逗人乐，他可是那些人中最活泼的一个。哎，每一次葛斯塔夫和孩子们一起玩的时间都很长。当孩子们看见他过来时，就会奔过去迎接他。这时他会把他们三个小孩全部抱起来，驮在身上一起走，和他们一起跳舞。"呵！"葛斯塔夫说着，就与他们一起舞蹈起来。他用口琴吹奏出各种曲调，这个时候，听到音乐声的两个女仆也都出来看他，听着他的吹奏，甚至感动得双眼饱含泪水。哎，葛斯塔夫是个爱闹腾的小伙子，但是他做事情还是很有分寸的。

和他们嬉戏了一会儿后，他就到店铺里取乐，他不惜一掷千金，买了满满一袋子物品。当他往回走的时候，身上已经背着一袋子小店的货物了。走到塞兰拉的时候他会歇歇脚，打开他那装满货物的包，把东西拿出来给他们看。有边上印着花的信纸、新衬衫、新烟斗、带花边的围巾——那是女人们的最爱，还有闪闪发亮的东西，以及带指南针的表链和一把小刀——哦，东西可丰富了。哎，还有准备在星期天放给大家看的火箭炮。英格请他喝牛奶，他则跟利奥波丁嘻嘻哈哈，又把小蕾碧卡抱了起来，在空中抛来抛去——呵！呵！

因为葛斯塔夫是瑞典人，他和那两个砌房子的瑞典人是朋友。

他问他们：“你们砌的房子现在进展得如何啦？”他们回应道，那房子能建成现在这样已经是够好的了，因为就他们三个在做事。葛斯塔夫说："好啊，那么我也过去帮帮你们。"当然他只是开玩笑而已。

"哎，要是你是说真的就好了。"英格说。因为在秋天到来之前，牛棚一定要建完的。到时候牛啊羊啊就要牵进来了。

葛斯塔夫先点了一根火箭炮，既然已点了一根，其他的留着也没什么意思了。所以他将其余几根全部点着了，大概有五六支的样子。妇女和小孩们都将这位魔术师团团围住，紧张地屏住呼吸看着他的魔术表演。英格第一次看见这样的火箭炮，熊熊火焰勾起了她对曾经去过的大世界的回忆。缝纫机和这个比起来简直就是小儿科！当葛斯塔夫的口琴吹奏完毕后，他准备上路了，英格则兴奋得恨不能立马跟他一起离开……

现在，矿场正式开工了，一队队的马车将矿石运送到海边。一艘正准备运往南美的汽船已经装得满当当的了，还有另一艘在等着装运持续运送过来的矿砂。哎，这可是很大的动作啊，人人都关心这件事情。几乎所有开荒的人都跑到山上去看开矿，只要还能走得动的全部都上去了。布列德·奥尔逊也带着他的矿石样品上去，但是正赶上矿业专家回瑞典，他算是白跑一趟了。每逢星期天，都有一群人从村子里上去参观。哎，就连那个忙得不可开交的艾克塞尔·斯屈洛姆，也在巡检电报线的路上绕道去看了那采矿地。这矿场的奇异几乎人人都瞻仰过。最后，就连英格，在塞兰拉的英格，也盛装打扮着上山了，还戴上了她的金戒指。

她去那儿干什么呢？

其实她也不干什么，甚至都不是去了解那些采矿工程的进展情况。英格去的唯一理由就是为了在别人面前出出风头。她知道别的女人都上去看过了，她就一定得上去看看。尽管她的上唇上有一条弯弯曲曲的疤，孩子们也都长大了，但是这英格，却要和那些年轻女孩一样，非要到山上去。一想到那些女孩们，那些年轻的女人都过去了，她就觉得受不了，哎……她得上去跟她们比一比，看看谁厉害。她没有发胖，仍然将体态保持得很好，身材高挑又聪明伶俐，她还是一个很好看的女人。真的，她的面色自然比不上年轻的时候了，她的皮肤已经不是那娇滴滴的水蜜桃了——即使是如此，他们也应该对她行注目礼的，对，他们应该这样说，她毕竟还风韵犹存啊！

那些工人们很热情地和她打招呼，这点儿确实没让她失望。他们还记得她，她以前经常请他们喝牛奶，于是那些工人带着她参观矿场、工房、马厩、厨房、地窖和仓库。那些大胆一些的挨着她近一些，轻轻碰着她的胳膊，英格对此一点儿也不反感，反而觉得很舒服。当走到台阶需要向上或者向下的时候，她就高高地撩起裙子，露出一截小腿来，她的动作非常自然，看起来像是无心的。哎，其实她在那些男人心里确实已经够美的了。

哦，这里发生的事情多多少少让她有点儿热血澎湃，这个已经开始慢慢变老的女人在那些血气方刚的男子不经意间轻瞟她一眼后，立刻回以秋波。她对此非常领情，她和那些其他的年轻女人一样，觉得这是让人激动和兴奋的事情。她之前一直是一个正经的女人，不过也可能是没有受到诱惑。

如今，她已经上年纪了……

葛斯塔夫到山上来了。他上来的时候故意把两个姑娘和自己的一位同伴撇下。葛斯塔夫上山来自然是有自己的事情的，他以超乎正常的热情和力量紧紧握住英格的手，他非常感谢英格在塞兰拉陪伴自己度过的那个愉快的夜晚，但他也非常谨慎得体，没有表现出过分的殷勤。

"啊，葛斯塔夫，你到底要等到什么时候才会下来帮我们盖房子啊？"英格红着脸说道。葛斯塔夫答应她，过不了多久，他一定会去帮忙的。他的那些同伴听说他要下去，也纷纷表示不久也都一起去帮她。

"呵！"英格说，"那么，难道你们不用在矿场里过冬吗？"

工人们有些犹豫地回答道："看情况，可能不会留下，不过也不一定。"不过葛斯塔夫一点儿戒心也没有，一边大笑着一边说："看上去那些铜矿都已经被他们全部开采光了。"

"你说的这些不是真的吧？"英格问。其他工人提醒葛斯塔夫说话要小心点儿，让人听见了可不得了。

不过葛斯塔夫一点儿也不担心，他反而说得更起劲，就英格来看，她不知道为什么被这个小伙子吸引住了，他也没做过什么，好像也没有什么过多的殷勤表示。其中，一个小伙子拿上六角手风琴演奏起来，不过比葛斯塔夫的口琴可差远了。还有一个相当俊秀的小伙子，想要用什么方法来引起她注意，就跟随着音乐哼起歌来，尽管他的声线不错，不过唱得一般，毫无吸引力。过了一会儿，就是葛斯塔夫了，出乎意料的是他这时把英格的金戒指戴在了自己的小拇指上！他到底是什么时候拿到那戒指的呢？他根本没有怎么接近她啊，也没有纠缠不休，那是怎么回事！噢，其实他做得已经够多的了，只不过他是用另一种方法，不露声色地，悄悄地，他的这种方式和英格自己的一样。他们说的话并不多，而她好像也没有注意到他正在玩弄她的手。一会儿之后，当她坐在一间草屋里喝着咖啡，紧接着有很大的争吵声传来，是几个男人在争风吃醋。她明白这是因她而起的，她心里暗暗地感到高兴。这是让人很有面子的事情——特别是对于像她这样，其实并不年轻，就要上年纪的半老妇人。

那个星期天的傍晚，英格下山回家的情形怎么样呢？呵，特别的好，她是那么的贞洁，就像她去时一样，什么也没缺。送她的男人有一大群，只要葛斯塔夫继续送她，这一大群人也就不打算回去，他们可不能让英格和他单独待在一起，就算他们真有什么见不得人的秘密！此时此刻，英格感受到了前所未有的愉快！就算是在外面世界待的那些日子也比不上。

最后他们终于问："英格你掉了什么东西吗？"

"什么东西？没有啊。"

"比如说金戒指什么的？"

葛斯塔夫这个时候只好被迫把戒指拿了出来：他一个人势单力薄，他的对手可是一群人。

"噢，是你找到的，太好了。"英格说，然后匆匆对那些送她的人道别。

她快到塞兰拉了，远处望过去是层层屋顶，那儿就是她的家。她再次清醒了，恢复了往日贤惠能干的太太的那股劲儿，她通过一条捷径来到牛棚，去照看牛羊。在去那儿的路上她经过一处熟悉的地方，她认得出来，在那儿她曾亲手将一个婴儿埋葬，还用手轻拍过那儿的泥土，在那里竖了一个很小的十字架——噢，这件事情已经过去很久了。这个时候，她考虑的是，女孩们是不是已经按时把牛奶给挤好了……

矿场一直在开工，但有些风言风语传了出来，好像矿产的产量比预期的差了很多。上次回去的矿业专家，回来的时候又带来了另外一位专家，他们四处查看，爆破、钻孔、勘察。到底有什么问题呢？铜的品质非常好，这个是没有问题的，但是矿脉太薄，不够深。往南走倒是会渐渐加深，在公司这片矿区最边远的矿才是又深又好——不过边界的那边是阿尔明，是国有土地，已经不属于公司了。是的，或许最开始购买这块地的人根本不是这样打算的。原来是项家族产业，某几个亲戚一起买了这块地准备转手投机赚一笔，他们不是冲着什么矿床而买的——从这儿一直延伸到下一片山谷有好多数英里长的优质矿区，但他们没有想到这些，他们只从艾萨克和盖斯乐手里买来这样一块地，然后转手卖给别人而已。

这个时候怎么办才好呢？企业的几个首脑人物——专家和工头——都很清楚，他们最紧迫的事情就是要和政府交涉。于是他们派人立刻带着信、计划与章程赶往瑞典，他们还骑马到区长海耶达那里，试图得到河南岸矿区的产权。谁知道在这儿碰了壁，遇上了法律的限制：他们是外国人，而外国人是不能自己在这儿买地的。他们也知道这一点，后来就试图做一些安排。但南面的高原早已卖掉了——而关于这点他们还一直蒙在鼓里。"卖了？"

"是的，卖了很久了，好多年了。"

"是谁买了那块地呢？"

"盖斯乐。"

"哪个盖斯乐？噢，就是那个家伙——哼。"

"产权早就给他了，登记了的，"海耶达区长说，"那一片全都是荒山，秃岩石，什么也没有，他当时根本没用多少钱就买了那块地。"

"这个突然出现的盖斯乐，他到底是谁呢？他现在又在哪里呢？"

"天晓得他去哪里了！"

于是，他们又派了一个人去瑞典，吩咐他一定要查清这个盖斯乐的底细。同时，也用不了这么多工人了，这些人必须先等着看下一步情况而定。

这样，葛斯塔夫就带上他的家当来到了塞兰拉，这次，他是真的来了。是的，葛斯塔夫没在矿上上班了——意思是，就在上周那个星期天他说话没有注意分寸，把那些矿务的秘密都泄露了。后来工头和工程师都知道了这件事情，就解雇了葛斯塔夫。

好的，那就再见，这结果正是他求之不得的呢。现在，他可以光明正大地去塞兰拉，其他人也不会说闲话了。马上，他们让他加入了修牛棚的工作。

他们把全部的力量都用来修建石头墙。过了几天，矿场上又有一个人下来了，下来的这个也被雇用过来修牛棚。他们增加了两个帮手后，速度便大大提高了。哎，这下子到了秋天肯定能盖好，不用着急了。

不过，矿工陆陆续续都被解雇了，从山上一个个下来，回到瑞典去。开采矿产的工程只能暂时停止。听到这个消息后，村里的人都在叹息。这些无知的村民，连探矿到底是什么意思他们都不清楚，总之，这只是前期的实验而已。但这些村民没有人不因此而失望的，赚钱的途径少了，薪水也就少了，斯多堡店铺也没什么人光顾了。这代表什么呢？在原来繁荣的时候，亚伦逊购买了一根旗杆和一面旗，还为冬天乘坐的雪橇而特地购买了一张白熊皮做垫子，为家里人订制了衣服……这都算是一些小事。大事也有，有两个新鲜面孔来这儿买了曼安兰与塞兰拉中间的垦荒地皮，在拓荒者这片偏僻的地方也不算是件小事了。这两名新来的人把茅屋都盖好了，现在正准备开垦土地，挖土了。他们非常的勤劳，没过多久就把很多事做好了。他们整个夏季需要的日用品都是在斯多堡买的。不过，上次他们再来光顾的时候，店里待售的货物就很少了。当时都没有什么东西可以卖了——因为，矿场现在是暂时的关闭，没有工人来买了，亚伦逊自然也就不用进那么多的货物放在家里。看起来好像是什么也没有了——只剩下钱了。在附近的人们当中，亚伦逊是最沮丧的人了，因为他之前的计划和安排全部都泡汤了。有人劝道："你就先种耕地，以后好转了再说。"他回答说："种地？我到这里来盖房子安家可不是为了要到这儿来种地的。"

最后，亚伦逊实在按捺不住了，他决定去那矿场打探打探。某一个星期天，他走到塞兰拉的时候，就约艾萨克一起去矿场。艾萨克却是一直都没有去过那矿场，因为他在山坡上的日子过得非常悠闲自得。英格这时插了一句："既然人家已经开口了，你就跟亚伦逊去看看吧。"可能英格对他去山上也有些不舍，不过或许因为是个星期天，她希望有一两个小时能摆脱他吧，最终艾萨克还是去了。

他们看到山上发生了一些奇异的改变，这让艾萨克差一点儿认不出来是哪儿了——这里已经变成了一个独立的城市了，有居住区、货车、马车，地上还有裂开的洞。带他们四处参观的是这儿的工程师。在此时，他的心情是比较沉重的，对于那些忧郁的村民和拓荒者，这位工程师希望能以一己之力让大家好受些——而现在机会来了，来的这些人可不是一般人，来的可是塞兰拉的"总督"和斯多堡商店的主人。

这位矿业专家知道的东西非常多，他在参观的途中向他们一一解释着矿石和挖出砂岩的情况。这里面有混合在一起的铜、铁、硫黄。哎，他们对于岩石里面含有的矿物质和金属都非常清楚——这里面甚至还有少量的金和银，虽然不太多。

"那现在工程要停止了吗？"亚伦逊问。

"停掉？"那工程师对此很诧异，"要是真的把它停掉，南美可如何是好！"不会的，只是把前期的工作暂时搁浅，时间不会很长。他们对这个地方究竟能产出什么东西，实际的情况是什么都已经心里有数了，之后他们就要把高架铁道建起来。开发高原南面的矿区。他回过头来问艾萨克："那个盖斯乐在什么地方你知道吗？"

"不知道。"

好，没关系——不管在哪里他们都会找到他的，之后就可以开工了。停止？那是不可能的！

突然，艾萨克看见了一台带踏板的小机器，他对这机器饶有兴趣——只需动动脚，机器就能启动了！他马上知道了——原来这是一个小小的锻炉器，它的大小刚好可以放在马车上，搬动起来非常的方便。

"这机器要卖多少钱，现在？"他问。

"这个？手提锻炉器？噢，不要多少钱。"这样的东西他们可有好几台，不过在海这边可没见过这种东西。他们公司的机器非常多，各式各样的都有，都是一些巨大的机器。艾萨克这个时候才知道，开矿，可不是用指甲就能办到的，是要用这些机器在岩石上挖沟，凿出裂缝——哈哈！

他们在矿场里到处转着，工程师说自己将来也要回瑞典一趟。

"那么还会回来吧？"亚伦逊问。

怎么？肯定的啦！当地的政府或警察也没有任何理由阻止他入境。

艾萨克设法又走到之前那个锻炉附近，他停下来，又细细地看。这么一部机器值多少钱呢？不好说——一定不便宜，不过，就整个矿场的产业来讲，这是九牛一毛。噢，那工程师是有派头的人，虽然他当时心情不太好，不过，他依然能保持住风度，且表现得还是有钱人的样子。艾萨克是不是想要这座锻炉？好，他就把这个拿走吧——公司也不会在乎这一点点东西的——公司就把这锻炉当礼物送给他了！

一小时以后，亚伦逊和艾萨克离开了矿场往家赶。此时，亚伦逊总算能稍微安心了一些——毕竟还是有再次开工的希望的。艾萨克将这宝贝锻炉扛在背上，盘旋着下山来。哎，这个男人魁梧得很，扛东西可难不倒他！本来工程师答应他说第二天上午就让两个人把东西给他送下去，不过艾萨克觉得这样太麻烦他了，就谢绝了。他当时猜想着，要是家里的人看见他们背了个锻炉下来，不知道有多惊喜！

没想到，真正惊奇的却是艾萨克。

当他就要到家门口的时候，院子里面正好驶进一辆马车。车里的人非常引人注目。车夫其实就是村里的人，没什么奇怪，不过他旁边坐着的这位绅士——正是盖斯乐，这可让艾萨克目瞪口呆。

5

或许让艾萨克感到惊奇的还有其他什么事情，不过他一下子还想不到那么多。当他经过厨房门口时，他只记得问了一句："英格去哪儿了？"盖斯乐能否受到热情的接待是他心里唯一关心的。

英格吗，她出去摘草莓了，艾萨克刚出门的时候她就跟那个瑞典人葛斯塔夫动身去摘草莓了。哎，她虽然是个已经上了年纪的女人，但是仍然陷入了狂热的情网之中，而且疯狂得难以自拔。虽然已是深秋，接近冬日了，但她心中熊熊的爱火在燃烧着，心花怒放着。"来，告诉我草莓在哪里？"葛斯塔夫说，"还有那酸果蔓。"面对这样的请求一个女人怎么好拒绝呢？英格跑到自己的小房间里，急切又虔诚地待了几分钟。这时葛斯塔夫正在外边等她，整个世界都在她的脚下，她只需要对着镜子细心地整理下头发，然后看看整体搭配再出去。她就算做了这样的事情又代表什么呢？同样的事谁都做得出来，不是吗？哦，关于这个男人和那个男人到底有什么不一样，一个女人是分辨不出来的，很多时候都分辨不出——很多时候。

之后，这两个人一同去摘草莓了，从那一片片的沼泽地走过，四处寻着草莓，从树丛的一边跨到另外一边时，她用手指把自己的裙子高高提起，露出那白净匀称的双腿。周围静悄悄的，以前的时候，只要有人走过，那些小白松鸡就会飞起后对着他们鸣叫，现在它们都长大了，也不出声了。这儿有很多矮树丛遮住的地方，可以用来乘凉。他们从出发到现在还不到一个小时，就找个地方坐着休息了。英格说："哦，没想到你是这样的一个人啊！"哦，在他的面前她是那么的脆弱，因为是那么的深爱着，就连微笑都变得那么的柔弱——啊，爱情就是这样甜蜜和痛苦并存着！痛并快乐着！开始的时候她还小心地保持着距离——哎，最后还是被他征服了。英格对他真的是痴心一片——其他的什么也都不管不顾了，她心中充满了爱恋，只想时时刻刻与他亲密无间地在一起，成为他心中的唯一。

啊，这是一个上了年纪的女人……

"如果工作做完了，你就该走了吗？"她说。

不，他不会那么快走的。当然，总有一天会走，但不会是现在，最近这一两周是不会离开的。

"现在是不是要回家去了呢？"她说。

"不。"

他们又找到了一些草莓，然后没过多久他们在灌木丛之间找到一个遮蔽处。英格说："葛斯塔夫，你太疯狂了。"过了几个小时——他们在树丛中进入了甜蜜的梦乡。睡着了吗？太美妙了——这荒野之中无人打扰的地方，这是一个美丽的伊甸园。突然，英格把身子立起来，细细地听："听到没有，那边那条路上有人经过？"

太阳慢慢落下，他们回来的路渐渐暗了下来。一路上有很多遮蔽的地方，葛斯塔夫看见了，英格自然也知道那些地方，不过这个时候她感到好像有个什么人正在他们前面不停地带领着他们。噢，和这样英俊又热情的小伙子一起回家，怎么可能时时刻刻都警惕着呢？英格是那么柔弱，她微笑着说："我还从没见到过你这样的人。"

她自己一个人回家了。非常幸运，她回来得正是时候。要是再晚一分钟就露馅了。艾萨克正在这个时候扛着他那煅炉走到院子里面，亚伦逊也来了——此时，一辆马车也在前面停下来了。

"好啊。"盖斯乐一边和英格打招呼一边说道。

大家都在这个地方碰面了，互相招呼着——真是太巧了……

盖斯乐又重返镇子了。他已经走了有好几年了，不过现在还是回来了，看起来老了一点儿，须发有些发白，但是他仍旧和以前一样开朗，总是让人觉得愉快。他这次的着装非常考究，身着一件白背心，一条金色表链斜在胸前。真是个难以捉摸的人！

难道他是听说了矿场里的一些传闻后，想自己过来证实一下？嗯，他的确来了。他这次神智清醒地浏览着整个地方。这里的变化的确很大，"总督"已经把他的那些领地都扩宽了，盖斯乐点点头。

他见到艾萨克，问道："你背上背的什么东西？那东西可只有一匹马才能驮得动的。"他说。

"是铁铸的锻炉，"艾萨克回答道，"对于我这片小农场来说有用极了。"他说——是的，在他的眼中塞兰拉就是一个小农场！

"这东西哪弄来的？"

"从矿场上弄来的。那儿的工程师把这个当礼物送给我了。"

"是那个公司的工程师吗？"盖斯乐疑惑地问道，似乎不太明白。

我们的盖斯乐，怎么能让矿场的工程师抢了风头？"我听说你们家这儿有一台割草机，"他说，"瞧我这次给你带来了什么——一台有把的耙草机，方便极了。"他用手指了指车上的东西。那就是他说的东西，是一台红蓝相间，要靠马拉的耙草机，上面有着巨齿。他们一起从车上把它弄了下来，看，艾萨克把它套到自己的机器上，试试看，他都快乐开花了！塞兰拉上的奇迹一个接着一个！

他们接着聊到了矿场工程的进展。"他们一直在找你，老问起你。"艾萨克说。

"是谁在找我？"

"工程师，那些先生们都在找。他们说一定要把你找到。"

噢，不过艾萨克这句话说得太重了点儿，好像是这样。盖斯乐有点儿火了，他转过身去，愤怒起来，声色俱厉地说："那好，我就在这里，那些要抓我的人来就好了。"

第二天，之前到瑞典的两个使者和两个矿主一同回到了这里。他们都是骑马而来的，从外表看来，他们身体胖胖的，很有绅士的派头，一定是非常有钱的人了。他们到塞兰拉连片刻都没有休息，就在马上打听着路线，然后一直往山上走。尽管盖斯乐就在离他们不远处，他们也假装看不见似的。两名使者负责照看载满货物的驮马，他们在塞兰拉停留了一个小时，与当地那些盖房子的人攀谈起来，从他们口中知道了原来盖斯乐就是那位身着白背心，胸口挂金表链子的老年绅士。后来，他们继续上路了。当天晚上，其中一位使者又骑马回到这里，他带口信给盖斯乐，让他去矿场上与那两位绅士见面。"要是他们要找我，就要自己下来。"盖斯乐是这样回复的。

似乎盖斯乐此时已经升级成了一位大人物，他认为自己有着巨大的权力——掌控世界的权力，要是传个口信他就自己跑过去了，那与他的身份也太不相符。他来得为什么又这么凑巧呢？这些人正好在找他，他就到塞兰拉来了？——太巧合了！说不定他是一个能预见未来的神奇人物。不管怎样，那些在矿场的绅士收到他的回复后，只能从山上又折腾下山来，也没有其他的办法了。和他们一起下来的还有公司的工程师和两名矿业专家。

这件事情经历了那么多的曲折，这个时候才进入正题。不过，事情可不像想象中的那么简单。哎，盖斯乐这时可是趾高气扬的。

那两位绅士这个时候表现得彬彬有礼，对于前一天带口信请他上去的事情表示了抱歉，因为一路赶过来后，当时实在太累了。盖斯乐也以礼相待，说自己也是这几天太辛苦，不然就一定会上山了。好吧，那么，就说说正题吧：河南面的地盖斯乐愿意卖吗？

"我想请问一下，是你们打算自己买，"盖斯乐问，"还是帮别人做代理？"

这样说话就表示盖斯乐是故意要损他们一下了。这两位绅士，从穿戴上看就知道一定是非常有钱的了，怎么可能是为别人做代理的呢？接下来他们说到重点的地方了，他们问："价钱你要多少？"

"价钱？噢，"盖斯乐坐下来想了想，"两百万。"他说道。

"哦？"那两位绅士听到笑了笑。但盖斯乐没有开玩笑。

对于那块地，这些工程师和两个专家已经钻过几个洞，也爆破了几次，这些粗略的调查都完成了，报告上面说：这些由于喷发产生的矿不是规则分布的，从之前的调查推断，矿床最深的地方在公司和盖斯乐拥有的土地交汇处，再到后面也是呈减少的趋势，到后面一英里左右就毫无开采价值了。

盖斯乐对于他们做的报告完全就是漫不经心。他拿出口袋里的几张纸，仔细地看着它们，那些既不是图表，也不是地图的东西——跟矿区可能没什么关系。

"那是你们探得不够深。"他说这句话的时候，好像是从那几张纸中得出的结论。先生们马上承认了这一点，他们的工程师反问他是如何知道这个事情的，"我想你自己应该没有钻孔吧？"

盖斯乐微微一笑，就好像他其实已经钻过成千上万个深达数百英里的孔一样，然后又不动声色地把这些洞掩盖了。

直到中午前，他们都在东拉西扯地闲聊着，到最后他们都频频拿表出来看时间了。此时他们已经把盖斯乐的价格还到五十万了，不过让他再少一毛他都不肯了。不行，一定要想个办法来让他退步才行。开始的时候他们断定盖斯乐肯定是急着出手这块土地，不得不卖掉，后来才发现完全不是那么回事——呵，他可一点儿也不急，在和他们谈论土地的时候，卖家和买家一样的轻松，根本不着急，所以他们的算盘可是打错了。

"一万五，最多两万，这样的价格算是个合理的了。"他们说。

如果他急着卖出土地换成钱，盖斯乐承认这个价格也算是合理了，不过两万五难道不是更好的价格？此时另外一位绅士插话了——可能想让盖斯乐不要这么漫天要价才说的吧，"我记起来了，在瑞典的时候我见过你太太家里的人——他们让我带上问候给你。"

"谢谢你。"盖斯乐说。

"嗯，"另一个绅士发现这种方法对盖斯乐没什么用处，便说，"我们买的是铜矿，可不是黄金，二十五万……"

"对的，没错，"盖斯乐说，"这里就是铜矿。"聊到这里，大家都渐渐没有了耐心，焦躁起来，他们五个人纷纷打开表盖子，又啪啪地合上，这样毫无意义地浪费时间实在是不能再继续了，再说吃饭的时间也到了。他们没有要求在塞兰拉吃饭，而是打算自己骑马回矿场解决午饭的问题。

谈判就此结束。

只有盖斯乐一个人留在这里了。

这段时间里面他到底在思考着些什么呢？还是压根儿什么也没想，就是随便走走而已？不是，他表面上看起来好像在闲逛一样，但肯定是在考虑些什么。午饭过后，他对艾萨克说："我想到我那块地上转一圈，就像上次一样，请西维特陪我去一趟。"

"好啊。"艾萨克立刻答应。

"不行，他现在正在做其他的事情。"

"我让他停下手中的活儿马上跟你去。"艾萨克说着就马上让西维特把手头的工作停下，但盖斯乐慢慢地把手举起来说："不用。"

他来到院子里来回走了好几圈，到这儿看看那儿看看，和那些工人们故作轻松地聊着天，聊一会儿以后又走了，然后返回来。这期间他心事重重，但仍然表现得轻松自在的样子，一点儿也看不出来有什么心事。盖斯乐这些年来什么都经历过了，遇事宠辱不惊，心态早就已经变得很淡定了。不管遇到什么事情，大概他也不会觉得有什么大不了的。

此时他会出现在这儿，完全是因为巧合。他买第一块地的时候是为了给他太太的亲戚们，后来呢？就把河南面那整片地都买下来了——为什么会这样做？是要故意和他们成为邻居而气他们吗？无疑，他最开始的想法是购买一小块地就行了，他想到矿厂建好以后在那边或许可以建一个新的村子，最后，他倒成了这片矿产地的主人。买地的时候他几乎没有怎么花钱，而且他根本没去想什么边界的事情。结果，就是因为没去搭理，他这时才成了真正的矿业之主，这些山的主人。他最初的想法是在这里建几个草房和放机器的棚，最后演变成了一个一直延伸到海的王国。最开始的一小块地在瑞典已经转手很多次，而盖斯乐一直关注着这块地的归属。第一个购买者可以说是糊里糊涂就买下了，没有考虑什么收益。那次家庭会议的参与者中压根儿就没有矿业专家，他们在第一次就没有把足够的土地买下，当时的想法就是让土地和盖斯乐的关系消除掉。不过后来的买主可不是一般人，那些可是大财主，他们或许是因为玩笑，或者纯粹为了好玩，要不就是喝醉了后打赌，谁知道到底是怎么回事就把地买下来了。但是到了他们正火热地准备开采的时候，却撞上了这样的一堵墙——盖斯乐。

像个幼稚的孩子！高傲的盖斯乐心里这样嘀咕着，他觉得自己如今浑身都充满了力量，觉得对其他人可以完全不屑一顾了，他想说什么就说什么。他们当然想挫挫他的锐气，不过他可不是他们认为的那样急需这笔钱，区区一万五或两万就想让他屈服了——哎，想得太简单了。盖斯乐是什么人他们压根儿就不知道。他现在仍然在这里屹立不倒。

那一天那些人没有下山来，无疑，他们是想让人觉得他们是不着急做这件事情的。直到第二天上午他们的人带着驮马下山了，是准备走了。可是谁知道——盖斯乐根本不在这儿。

不在？

他们最初的想法是，迅速地，都不用下马就能把这件事情轻易地解决掉，但此时他们只得下马等他回来。请问，盖斯乐现在到哪儿去了？竟然没有一个人知道他的去向，他去哪儿都有可能。这个盖斯乐，他对塞兰拉周边很多事情都感兴趣，他最后一次被人看到好像是在锯木厂。他们马上派人去找，但盖斯乐可能是去了更远的地方，因为那些人在那儿喊他，却没有人答应。绅士们一直在看表，显然有些恼火了，说："就这样在这儿傻等也不是办法，要是他想卖地，怎么能到处跑呢？"哦，过了一段时间他们的口气完全变了，再过一阵子，也没什么可恼火了，甚至觉得这件事情有些可笑，还给自己开起玩笑来。他们现在已无路可退了，可能今天晚上就要在这个荒山里过夜，或许会在野地失踪，饿死，他们的家人过来寻人的时候，可能只找得到白骨了——哎，这些人真是闹了个笑话。

后来盖斯乐终于回到这儿。他只是转了个小圈到处去看看——去了牛棚那边瞧瞧。"过不了多久就会好了，"他和艾萨克说道，"你知道这里现在有多少头牲口了吗？"哎，他其实见到了那些财大气粗的绅士正拿着怀表在那儿等着他呢，自己还故意和别人聊天，盖斯乐脸涨得通红，好像喝醉了似的。"呵！"他说，"我走路走得累死了。"

"我们从山上下来的时候想你可能会在这儿呢。"一个绅士这样说。

"我之前可不知道你们会下来见我的，"盖斯乐回答，"要是知道的话我就在这儿迎接你们了。"

"好啦，这笔交易怎么办呢？那么盖斯乐对于这个合理的价钱有什么打算呢？这种一万五或两万的进账的事可不会每天都碰得到哦——什么？除非，当然啦……要是钱对他来说根本不重要的话，那么……"

最后的这句话可完全不合盖斯乐的胃口，他听了有些生气了。真不会说话！嘿，要不是他们在这里等得太久已经不耐烦了，也不会这么刻薄地说。而盖斯乐，毫无疑问，要不是刚刚走路把脸弄得通红，听到这些话也不会让脸白得这么明显。现在他的脸由红到白迅速地转变，冷冷地说道："先生们，你们想从我这儿得到一个你们想买的价钱，我不知道那是多少——但我只告诉你们我愿意接受的价钱是多少，其他的我是不愿意接受的。像小孩一样幼稚地来讨价还价，我觉得毫无意义了。价钱就是昨天说的那样。"

"二十五万克朗？"

"对。"

于是先生们上了马。"好吧，"有一个人说，"我们再退一步了，两万五你觉得呢？"

"我看，你们在逗我玩儿，"盖斯乐说，"不过我倒是有一个想法，你们把山上的那个矿厂卖给我怎么样？"

"什么？"他们说，有些惊讶，"啊，也是，我们可以考虑一下，说不定会卖。"

"我等着你们卖。"盖斯乐说。

噢，好你个盖斯乐！全院的人都听到他说什么了，塞兰拉的每一个人，包括那些石匠和使者都清楚地听见他说的每个字了。几乎可以确定的是，他是绝对筹不出这么一大笔钱来做这个买卖的。但是，这些事情谁说得准呢？盖斯乐可是一个神秘莫测的人物啊。不管是不是真的，他这些话着实让马背上的几个绅士惊慌失措了。这是他的计谋吧？这样一说的话就无形中把自己的地抬高了价钱？

绅士们思考了片刻，哎，他们还低声地交谈了一会儿，然后从马上下来。一位工程师带着一种权威严肃地说了一句话，他肯定是觉得这样让他无法忍受了。全院子的人都在等着他发话，他说："我们不卖。"

"不卖？"

"不。"他的同伴回答。

他们低声交流了一会儿，又骑上了马——这次是真的了。其中一个不死心再喊了一句："两万五千！"盖斯乐毫不理睬，扭头就走，和石匠说话去了。

最后会谈的结果就是如此。

看起来盖斯乐对于这桩买卖能不能成根本不在乎，他四处走动着，聊着一些其他的事情，这样看起来他似乎对如何把新牛棚的大梁安放好更加关心。他们准备在一周内把这项工作给完成好——屋顶可以先临时安上一个——之后再来盖一个草料棚。

现在，艾萨克可以把西维特叫过来一起盖棚子，然后让他有空闲——这样一来，盖斯乐什么时候想上山去探测那块地的时候就可以方便地带上他。不过艾萨克做的这个事情其实没什么用处，盖斯乐对卖土地的事情完全没有上心，或者，根本就不记得这件事情了。他吩咐英格把吃的给他准备好，他要出门去。这一天时间他都要出去，直到晚上他才能回塞兰拉。

塞兰拉下面有两块新开垦的土地，他从那里经过的时候，与他们聊了一会儿，接着往下去了曼安兰，去打听艾克塞尔·斯屈洛姆今年都做了些什么。似乎不是很成功，看起来没有他预计的那么好，不过终究在田地上也有了一些可喜的成绩。盖斯乐对这个农场也很关心，问道："有马吗？"

"哎。"

"好，如果你需要的话，有一部割草机和一个耙草机在我南面山下，都是没用过的，我拿过来给你。"

"多少钱呢？"艾克塞尔对于他这种慷慨的行为大感意外，心里计算着是不是要分期付款。

"我把这些东西送给你。"盖斯乐说。

"真是不敢相信。"艾克塞尔说。

"不过你上面有两个邻居，你要帮助他们开垦土地。"

"哎，那是肯定的啦，"艾克塞尔说，但盖斯乐到底是个什么意思他还是不太明白。"那么,在南边你放了一些机器和农具什么的吗?"

"我照看的东西还有很多呢。"盖斯乐说。实际上,他目前要照看的东西根本不是很多了,但是他的派头还是要做足了。那个割草机和耙草机,随便哪个城镇里都可以买得到,从那个地方运到这儿来就是了。

他跟艾克塞尔两个人天南地北聊了很久,他们说到另外的那些开荒者,还有斯多堡商店,那对刚搬到布列德利克来的克塞尔新婚兄弟,还有他的事情,比如他自己在荒野开了一条沟渠把水排出去。艾克塞尔向他抱怨说,他找了很多地方就是找不到一个能够帮忙的女人,除了那个叫奥莲的老女人,就没有别人了。到了农忙的季节她肯定是帮不上什么大忙,不过她愿意待在这儿,他就要谢天谢地了。在那个夏季,艾克塞尔几乎整天都要工作。本来他是可以从自己家乡请一位女帮手过来的,但是请这个人来的话,除了要付薪水外,还要给她从这里到赫尔基兰的往返路费。这样的话就不划算了,艾克塞尔又告诉他自己已经接替了之前电报线检查员手头的事情,现在看来这可真是一个大麻烦。

"像布列德那样的人才适合做这件事情。"盖斯乐说。

"哎,说得对,"艾克塞尔承认自己失算了,"但是我考虑到这个也可以挣一点儿钱。"

"你这儿的母牛有多少头?"

"四头。还有一头小公牛。和艾萨克他们家一比,那可真是差远了。"

除了这些,艾克塞尔心里还有一件心事想和盖斯乐分享:芭布萝的事情败露了,现在有人在调查这件事情。败露了?当然。芭布萝怀孕的时候出来到处走,谁都知道她肚子里面是有孩子的,但是她离开这里的时候却是孑然一身。这到底是怎么一回事呢？

当盖斯乐知道原来是这件事情的时候，他简短地说："跟我来。"他让艾克塞尔跟着他来到外面，完全是一个指挥者的架势。走到树林旁边他们坐下来，盖斯乐说："好的，现在把事情的来龙去脉都讲给我听吧。"

败露了？这是肯定的，纸怎么能包住火呢？这个地方可不是之前的那个荒野之地了，不是那种到处都没有人烟的处所，再说，还有一个奥莲。奥莲和这件事情有关系吗？呵！那个布列德·奥尔逊真是自不量力，居然得罪了她，实在太糟了。对于奥莲的态度，是没办法扭转的了。她就待在这个地方，把那些秘密一点一点地挖出来。她就是为了揭人的隐私而活着的，哎，从某种角度看，这就是她赖以生存的手段。这些事情正是她期盼已久的——我们相信她好了，她一定会将事情挖出来的！说句实话，奥莲已经很老了，再来看管曼安兰的房子和牛羊已经不合适了。她本来早就该回家去，不过她怎么能放下这里呢？这个地方有一个天大的秘密等着她来把真相揭露，她在这个时候怎么能离开呢？她用尽全力把冬天的工作完成，哎，然后又挨过了夏天，她的目的就是要把布列德女儿的丑陋面目在布列德面前展示出来，为此她展露出了惊人的耐力。在积雪还没有完全融化的初春，奥莲已经开始四处寻找迹象了。她在小溪旁发现了一个小小的绿土堆，一眼就看出那是在上面覆盖的一层方形的草根土。有一天，她正巧发现艾克塞尔也在那个小坟墓旁边，用脚平了平那泥土。这样看的话，艾克塞尔可能什么都知道！奥莲把她那白发苍苍的脑袋点了点——哎，这下子她可有机会了！

艾克塞尔不是一个好相处的人，和他一起的日子一点儿也不好过，而且他还特别吝啬，就连奶酪的数量都一清二楚，每把羊毛都登记着，奥莲简直没办法从中获利——完全不可能。去年那个意外发生时，还是她救了他——要是艾克塞尔还懂点儿人情世故的话，就该知道功劳全都是她的，只有她救了他的性命。但事与愿违——艾克塞尔觉得她只占有一半的功劳。哎，他是这样说的：幸亏奥莲来了，不然他还要在风雪中冻上一整夜，不过布列德，他帮我回到了家，也非常重要。对她全部的感谢就是这样！奥莲一肚子的怨恨——全能的上帝应该不去理会他的那些子民了！艾克塞尔应该很大方地从牛棚里分一头母牛来送给她，说："这是你应得的，奥莲。"这么容易理解的事，他居然一个字也没说。

好嘛，我们就走着瞧吧——到时候我会让他知道他所损失的可比一头母牛多得多！

整整一个夏天，奥莲一直在注意着那些路人，只要有人过来，她就上前去跟他们低声耳语，不时点点头，要告诉他们什么秘密。"我说的这些你可别告诉别人了。"她每一次都这样对别人说。

再说，奥莲也去过村子里面好几次。然后，谣言四起，大家都知道了，哎，这些传言就像雾一样拂过脸颊，钻进你的耳朵里，就连在布列德利克小学的孩子们都互相在传着这些风言风语。最后，区长海耶达要出面处理这件事情了，因为舆论如此，他必须要写好报告，并着手调查了。然后，他带上一个笔记本，在一位助手的陪同下来到了曼安兰。有一天，他过来调查情况，把了解到的记录下来，又返回了。三个星期过后，他再次来调查，又写下些什么，不过这一次，他挖开了小溪旁的那个小绿草包，一个婴儿的尸体露了出来。奥莲在这件事情上可是帮了大忙，海耶达回来的时候也被她盯着问了很多问题。她问的问题中有一个，他是这样回答的：对，很可能艾克塞尔一样会被捕。听到他这样回答，奥莲吓得直拍手，懊恼怎么让自己卷入到这种事情里面去，她现在巴不得马上离开，和他撇清关系，越远越好。"那个女的呢？"她小声问，"芭布萝现在怎么样呢？"

"芭布萝嘛，"海耶达说，"早在卑尔根她就已经被捕了。法律可不容挑战。"他说。他把那婴儿的尸骨收好，又返回村子了……

原来是这样，不用猜，艾克塞尔·斯屈洛姆现在肯定是心急如焚了，他向海耶达交代了一切。孩子生下来，他负有不可推卸的责任，坟也是他亲自挖的。他此时只想征求盖斯乐的意见，下一步他要怎么做才行，他会不会被抓到城里去然后受到更加严苛的审讯，是不是还要受什么折磨？

盖斯乐变得和以前不同了——他听完这个故事后，显得有些疲惫，他现在的反应有点儿迟钝，不管是由于什么原因，他不像早上那么的精明能干，让人信赖了。他看看时间，起来了，说："这个事情我要好好考虑考虑。等我从全局考虑清楚，在我离开的时候我一定会给你答复的。"

盖斯乐走了。

当天晚上他又回到了塞兰拉，在那儿吃的晚饭，然后睡觉了。直到第二天上午才醒来，这次睡得足够久，他养足了精神，毫无疑问，上次和瑞典矿场主们的谈话让他觉得身心疲惫。休息了两天，他才再次上路。现在，他恢复了以往的精神，他在这儿的住宿和用餐费用，那可是付得很大方，他还给了小蕾碧卡一个闪亮的克朗。

他对着艾萨克大肆发表了一通言论，他说："交易没有成功，我一点儿也不觉得后悔，后面的机会多着呢。现在嘛，我就是要让他们矿产的工程停一停，休息休息。上次那几个家伙——幼稚的笨蛋！就他们还敢来教训我，可能吗？你知道他们开价多少吗？两万五！"

"哎。"艾萨克说。

"好吧，"盖斯乐大手一挥，就像要把那些过分的开价从他头脑中洗去一样，"好吧，要是我真的让矿场暂时休息，其实对于我们这个地方也没什么坏处——相反的，这样会让大家把心思更多地放在田地上。我知道村里的人会觉得这样对他们影响很大。去年夏天因为矿场他们可是赚了一笔，那些好衣服、舒适的生活——这样的话都得结束了。哎，在村上的那些人，要是对我友好一点儿，肯定不会吃亏，现在可不行了，我就要随着我的性子来了。"

话虽然如此，不过他离开的时候，确实显得有些可怜，一点儿也不像一位掌控着几个村子命运的大人物。他手上拿着一小包食物，白背心都已经发灰了。可能这次出来的行头都是他那位好太太用之前的那四万克朗剩下的一点儿钱为他打扮的。——谁知道呢，可能真的是她的钱也说不定。

他下山的途中还真的到艾克塞尔·斯屈洛姆家里去了，他没有忘记要把他想知道的东西告诉他。"我已经全盘考虑过了，"他说，"这确实是一件很棘手的事情，也没什么其他的办法。要求你去做进一步的调查是肯定的，到时候你一定要详细地说明一下全部的情况……"

废话。盖斯乐说不准根本没有想过这件事情。艾克塞尔有些灰心，不过也同意他说的这些。但最后，盖斯乐又展示出他那大人物的派头，紧锁双眉，思考着说："不过，或许，开庭的时候我会亲自过来看看审讯的过程。"

"嗯，如果能那样可太好了。"艾克塞尔说。

盖斯乐马上就决定。"有空我一定来。不过山下南边，我还有一堆的事情要照看。要是可以去，一定会来。再见吧，那两部机器过阵子就给你送过来。"

　　盖斯乐走了。

　　他还会回来吗？

6

　　机械声、号子声逐渐沉寂，喧闹的矿场开始变得安静了下来。原来，一天的工作已经结束了，矿工们三三两两地走下矿场。旷野也重新变得一片死寂。

　　塞兰拉有一大片盖好的房子，房子的屋顶上铺盖着厚厚的草皮，这是暂时用来过冬的，房子的空间非常大，大片的空间被分成了好多间，正中央的大客厅很是透亮，它有着很大的窗子，阳光照射进来，屋子里亮堂堂的。紧挨着大客厅的两边各有数间比较大的房间，是准备给人住的。以前艾萨克和几只羊就住在盖着厚厚草皮的小房子里——但是现在那种盖有草皮的小房子已经从塞兰拉的世界里消失了。

　　马槽、储物箱等都已经装好了，那是一个个很大的盒子。石匠们正紧张地忙碌着，他们的动作很熟练，做得又快又好。他们两个想尽快地结束这里的工作。葛斯塔夫说他要离开这里了，因为他觉得自己干不好木工活儿。不过要说到做石工的话，葛斯塔夫则是这方面的专家，各种技术活儿他都做得像模像样，而且力气大得像头熊，他可以轻松地扛起大石头，每当天黑收工的时候，幽默的他总会吹着口哨，说着笑话，逗得大家哈哈大笑。他很热心地帮女人做一些事情，拿着大木桶帮她从河里提水，送到她家里去。可是现在他必须离开了。葛斯塔夫说他对木工活一点儿兴趣都没有，他急着离开，似乎是要逃离这里。

"不能明天再走吗？"英格问道。

是的，不能再等了，他已经失业了。况且，现在他可以跟离开矿场的工人一起走，这已经是最后一批矿场工人了，他可以跟他们一起翻过大山。

"你走了，以后谁再帮我去提水呢？"英格落寞地笑着问。

葛斯塔夫没有半点儿失落，他没去管英格的落寞，他早就准备好了应对的话语，"你可以叫希亚麻。"他说。虽然希亚麻是石匠中年龄较小的那个，但他们两个比葛斯塔夫都要大，而且希亚麻跟他一点儿都不像。

"哼，你说希亚麻！"英格很不屑地哼出声。她的声音突然变了，转过脸来对着葛斯塔夫，故意让他吃醋。"希亚麻，他在这个地方其实算是很适合的了，"她说，"他确实很讨人喜欢，歌唱得也不差。""你也不要真的以为他有看上去的那么好。"葛斯塔夫说。他的音调一点儿都没变，好像没有一点儿妒忌的意思。

"可是你应该还能多留一晚吧？"

不可以，葛斯塔夫不愿意再多待一晚上——他马上就要跟矿工们一起翻过大山离开了。

自从他把她从众人那里抢夺过来，在这几个星期里把她据为己有，这不是一件坏事情。可是现在他要离开了，可能他家里面说不定还有个旧情人呢，他的心里似乎还装着别的什么事情。嗨，葛斯塔夫应该已经厌倦这个游戏了吧。他会一直待在这里吗？会为了她留下来吗？答案是否定的，她其实心里面知道得清清楚楚，他不会留下来，他为了把这份感情结束还特意找了充分的理由，可是她已经那样的大胆，那样的不顾一切了。不，不会，其实事情注定不会一直拖下去，该解决的还是要去解决，该结束的也必定会结束。可是他那时还在这里工作，只要在这里，一切的一切还是会一直存在下去。

英格的心情很低落，变得沮丧起来，神情之中充满了哀怨，她是那么的爱他，对他那样的念念不忘，以至于为此开始茶饭不思了。她是确确实实地爱上他了，难以接受他的离去，她没有半点儿的虚假、做作，也一点儿都不觉得这可耻。相反她觉得很幸福，很快乐。她已经很久没有这么幸福快乐了。她是那样的柔弱却又那样的积极坚强，她遵循着自然法则、人类的天性。已到中年的她，这是她生命彩霞的最后亮光，即将落幕却又那样的亮丽、光芒四射。她一边为葛斯塔夫收拾着衣物和路上吃的东西，一边抽噎着，胸口起伏不止。她没想过这是否正确，也不考虑该不该冒这个或那个险。如果艾萨克知道了肯定会把她从屋顶上面丢下来，将她摔死的。可是，那又算得了什么，她已经无所顾忌了，还有什么伤痛会比感情的伤害更严重呢？

她拿着为葛斯塔夫准备好的食物，提着大木桶走到了屋子外面。

她把大木桶故意提到葛斯塔夫面前，期待着葛斯塔夫能再帮她去河边提一次水。他们一起到河边走走，再说些什么，或许再送给他一点儿小礼物——她的金戒指，上帝知道，她会做出什么事情来，无所顾忌的她现在可是什么都能做出来的。可是一切都已经到了说再见的时候了……葛斯塔夫没去拿大木桶，只是接过了食物，并向她道谢，说了声再见，转身走了。

她呆呆地站在那里。

"希亚麻！"她突然大喊了一声，这比平常她的声音要响亮很多。声音里透露着深深的渴望，似乎还有一点点绝望。她好像已经下定决心了，她要无所顾忌地去寻找新的幸福和快乐！或者说这是对葛斯塔夫和她这段感情最后的悲伤呐喊吧，但葛斯塔夫没有再回头。

葛斯塔夫终于还是离开了……

这是一个忙碌的季节，山上山下、地里田间，农活儿照常进行着。挖土豆的，收割谷子的，放牧牛羊的，到处都是一片繁忙的景象。农场现在已经扩建到8个，每一个人都很忙碌。可是在那拥有着商铺的斯多堡却显得有点儿萧条，那里只有一座大大的花园，没有牛羊，没有草地，没有绿油油的田园。因为斯多堡现在没有买卖交易，所以显得很冷清。

塞兰拉的大地上长着成片成片的绿色波浪，这是一种新的块根农作物——萝卜。牛群把篱笆统统冲破践踏，再高的篱笆也挡不住它们。它们一边吼叫着一边吃着这片绿色波浪，在这片地里撒着欢。现在只好让利奥波丁和小蕾碧卡去看着这片绿色波浪。小蕾碧卡手拿着大木棍到处巡视着，可别看她小，赶起牛羊来却是很厉害的。在附近田间劳作的父亲，不时会过来看看她，摸摸她的小手，问她冷不冷。利奥波丁在特隆赫姆出生，五岁大时才回到塞兰拉。现在她已经长大了，成了一个漂亮的大姑娘。她很能干，可以一边巡视看管牛群一边织着冬天用的厚长袜和手套。时间似乎已经过去得有点儿久了，大城市里的繁华经历和归途旅程中看到的美丽景色已经渐渐地从她的记忆中消失了，那一切都已经离她越来越遥远了；现在的她是草原旷野的孩子，除了曾经一两次到村子里的教堂接受坚信礼外，她对外面的世界已经了解得越来越少……

人们日复一日地忙碌着，偶尔会有一些别的琐碎事物。就比如说，山脚下的公路有几处已经被进出的车辆压坏了，不过不是什么大问题，地基还好，只是路面有些坑洼，里面有下雨后留下的积水。所以，艾萨克带着西维特一起到了山脚的公路上，清理积水，疏通道路。

艾克塞尔·斯屈洛姆有一匹马，他经常会用到这条公路，所以这一次他也答应过来帮忙。可是这个时候艾克塞尔还在城里处理事情，只有天知道他要处理什么，但是听说事情确实比较紧急。于是他让他的弟弟从布列德利克赶了过来，让他帮大家完成这次道路积水的清理工作。

他的弟弟名叫弗列德利克，非常年轻，新婚不久。性格很好、很活泼，喜欢开玩笑，为人友善，他跟西维特很相像，所以他们非常的投缘，很聊得来。弗列德利克那天上山来的时候顺道去斯多堡看望了亚伦逊，他以前跟亚伦逊是邻居。直到现在，弗列德利克的脑海里回荡的都还是亚伦逊的生意经。

他们的谈话是这样开始的，弗列德利克需要买一筒烟叶，但亚伦逊说道："我要先去进货，进到货了才能给你。"

"什么，你这里连烟草都没得卖吗？"

"我这里没有烟草，而且也不会去进货了。因为这里没有人买。你倒是给我算算我卖一筒烟草可以赚多少钱啊？"

亚伦逊那天早晨的情绪简直糟糕透顶，他觉得自己被瑞典的这家该死的矿业公司给骗了。

在这里，他在这啥都没有的地方开了这家店铺，这简直就是块不毛之地，矿业公司现在把整个矿场关闭后离开了。

弗列德利克看着西维特微微一笑，开始调侃起亚伦逊来。"他的地，他碰都没有去碰一下，甚至就连喂食牲口的干草饲料都没有，还要去买。过来问我有没有饲料卖。我说，我没有饲料卖给他。他很是不客气地问我：'你是不是不想赚钱呢？'他似乎认为世界上只有钱一样，好像只有钱才是好东西。他把一张一百克朗的钞票放在他的柜台上，说：'钱！'我说：'钱，这个东西确实不赖。''现在咱们现金交易。'他说。嗨，他那表情别提有多奇怪了，他的老婆也是一样的，时时刻刻都戴着那块破表，表链子啥的全露在外面，时不时地拿出来看看时间——只有天晓得她的时间有多宝贵，有那么多的事情需要赶时间去处理。"

西维特问道："亚伦逊没有跟你聊到一个叫作盖斯乐的人吗？"

"嗯，他有说起过，说他以前弄到手的那块地现在准备卖掉。亚伦逊为了这件事情气得两眼怒火直冒。'他就是混球、恶棍，以前还是个小官，是什么区长之类的，后来被赶下台了，'他说'他身上现在连五克朗都不会有，应该马上拉出去枪毙！'

"我说：'那块地说不定他真的会要卖掉的，但是你可能需要再等一等。''不会的，他的为人我清楚得很，他就是个臭流氓、臭混球，你要知道我是个生意人，对这一切我可是了解得清清楚楚的。'他说。'这，我倒是明白的——一边开价二十五万，另一边却只肯出价两万五，这个差距确实太大了。'"

"'这种交易能够做成那才真的有鬼了。看着吧，看着他们各走各的好了，看他们最后会搞成什么样子。'他说，'我真恨我自己，怎么会跌倒在这个坑里面，现在不但自己半死不活，儿子、老婆也跟着我受这份罪。'我接着问他是不是会准备卖掉这个地方。'哎,'他叹了口气说,'我现在正是这样打算的,这是一个害人坑,是个黑洞,一块荒地、沙漠,我现在一整天连一克朗的生意都做不到。'"

他们哈哈大笑,对于亚伦逊的窘境他们,不会有半点儿同情心。

"他说他要把店铺给卖掉?"艾萨克问道。

"是的,他确实这样说了,连他店里的那个棒小伙子都被他给解雇了。那小伙子太能干了,要是我怎么都不会解雇他。嗬,亚伦逊这个家伙还真的是一个怪人。那么能干的小伙子,大冬天去砍柴火,经常套着马车去运干草,把能做的事情基本全都做了。但是他却偏偏把他给解雇了,留下个记账的伙计在那里,留着他写写算算的。正如他自己所说的,现在他每天连一克朗的生意都做不了。他店里现在根本就没什么货。都已经这样了,真不明白他还留卜这个记账伙计做什么,留着他撑门面吗?真是好笑了,留个记账伙计在那里显摆,看起来好像很了不起。实际上大家谁不知道谁啊……哈哈哈!"

劳累了一上午,三人开始休息。各自取出食物,边吃边聊着,聊自己的工作和生活。他们谈论着一些与自己有关的事情,当然他们不是在闲聊瞎谈。他们都是明白人,不会感到疲倦,也不会去讨论别人,说长道短。他们认为自己的事情非常重要,需要跟大家详细探讨。秋天已经到来了,这片丛林很安静,周围静悄悄的。没有了虫鸟叫声,层层叠叠的山峦,太阳照射下来一片金黄。晚上会有虫鸣声,月亮出来了,山林变得一片银灰,天上的星星一闪一闪的。人们日出而作,日落而息,很有规律,在大地的宽阔胸怀里,一切显得亲切而温暖。大家躺在茅草地上小憩一会儿,多么的惬意。

"布列德利克现在还是老样子，没有做出什么成绩。"弗列德利克说："不不不，现在那边做得很不错，我下山路过顺道看见了。"艾萨克说。

弗列德利克听了非常高兴，在这次谈论中这是给他的唯一的肯定和赞美，并且这个优秀的人很难得去赞美一个人。弗列德利克开始兴奋起来，他高兴地说："确实是这样，再过一段时间，我们会变得更好。今年我有得忙了，房子要维修，房顶需要整理，草皮要全部换掉，下雨天有点儿漏水。再不维修屋顶可就要塌下来了。还有我的牛群羊群比以前多了很多，现在必须要搭建更多的草皮小屋，给牛羊遮风挡雨。这可是大工程了。"这个时候弗列德利克两眼放光。

"看来你在那边干得非常好呢！"艾萨克说道。

"嗨，谢谢，我也觉得自己做得很棒。还有我的妻子，她也很能干。能够娶到她，我真是得到了好宝贝。我的房子位置很好，院子前是条大马路，屋子前后很开阔。在我房子附近还有一片小灌木丛林，有柳树、樟树、柏树，等到明年春天，我准备在院子周围全部种上这些。我还新开垦了一块地，那是去年冬天干的。很大的一块地，真叫人高兴。现在我唯一发愁的是，我今年要在这块地上耕种什么。哎，这真是让我们两个头痛的问题。"

"嗨，你们两个，你们一直都只会是两个人吗？"西维特他调笑问道。

"哈哈，怎么可能，当然不会只有我们两个。"弗列德利克的回答很肯定。"我们肯定会有自己的生命爱情结晶，我们会开枝散叶，发达起来，这点毫无疑问。"

大家休息够了，然后继续干着活儿，一直干到傍晚。时间长了，会稍稍歇一歇，伸伸腰，活动活动身体。不时还会谈论几句。

"这么说，你没买到烟抽？"西维特问。

"是的，没有。不过没关系，我买了也没用。"弗列德利克回答。

"没用吗？"

"是啊，没用。我不抽烟，我只是想去亚伦逊店里转转，看看他会说些什么。哈哈哈……"喜欢开玩笑的两个人，笑了好一阵子。

收工回家了，在回去的路上，艾萨克似乎有心事，他在思考着什么事情。他们父子很少交流，他们一直就是这样少言寡语。

"西维特。"

"嗯？"

"算了，没事。"

过了很长时间，艾萨克问道："他是做生意的，现在没有货可以卖了，那还开着店做什么？"

"没生意可以做，现在这里人越来越少了，他不会有生意的。"西维特回答道。

"嗨，你是这么觉得吗？嗯，在我看来这确实是事实。"

西维特感觉父亲今天有点儿怪怪的。又过了一阵子，父亲说道："这里现在只剩下七八户人家，事实上不久以后，这里的人一定会多起来的。嗯……人会多起来，这个我知道……"

西维特心里越发疑惑了，父亲这是什么意思，难道他对那个店铺有想法？四周又安静了下来，只有轻微的脚步声。这下子两个人都有心事了。又过去了很长的时间，两人一直沉默地走着，已经可以看到家门口了。

"嗯，你觉得亚伦逊的店铺他多少钱才会卖掉？"艾萨克问。

西维特已经开始明白父亲的想法了：父亲一直在为艾利修斯打算，心里时时刻刻都在想着他，替他着想，跟母亲对他的爱一样。不过父亲的方法不同，父亲的爱藏得很深。就像那塞兰拉的土地，厚重、深沉。

"嗨，我知道了，父亲你是要把店铺买下来吧，呵呵。"西维特笑着说道。这一刻，西维特的心情突然有点儿沉重。

"我觉得，他的价格应该不会太高。"艾萨克抬头望着西维特，听到西维特说的话，他明白西维特已经知道他的心思了。艾萨克开始转移话题，他又谈起今天排除积水，修整公路的事情，他们的进度不错。

距离上次修整公路已经过去两天了。西维特跟母亲最近几天神神秘秘的，他们相互交流了很多。他们写了封信，准备寄出去。到了周末，西维特跟父亲说要去村子一趟。

艾萨克知道西维特是准备去邮局寄信，心里有点儿不愉快。"你这个时候跑去村子里做什么？跑那么远，靴子都会磨坏掉。"艾萨克不想西维特去村子里，故意找借口阻拦他。

"我要上教堂。"西维特回答道。

父亲低喝一声："嗬，教堂有什么好去的？"艾萨克心里很清楚，这是他可以找到的唯一理由。

"既然你是去教堂，那你就把马车准备好，带上小蕾碧卡一起。"父亲说。小蕾碧卡是大伙儿的心肝宝贝儿，她是那么的能干，把牛羊看管得那么好，自然要带上她一起，去村里教堂看看。西维特不敢反对，于是准备好马车，小蕾碧卡由仆人珍欣带着一起往村里去了。

他们出发不久，亚伦逊的记账伙计从斯多堡顺着公路走了过来。他过来做什么呢？其实没什么，他只是被亚伦逊叫过来看看，仅此而已。在塞兰拉，大伙儿并没有什么惊奇表情，好像见怪不怪了。跟往常相比，现在显得很不相同。以前，下面的人很少上来，生人少见得很。英格以往见到生人上来，都会很热情。现在，英格冷漠、矜持了许多。

《圣经祷告书》是一本很神奇的书籍，是指引心灵、灵魂的导航仪。以前英格曾被花花世界所吸引，她差点儿控制不住自己，那一刻她都已经迷失了。是放在她卧室的《圣经祷告书》拯救了她，引领她重新回到生活的正轨上来。

现在的英格变得很谦和，她相信上帝，敬畏神明。以前她的性格很坏，就连做针线活不小心扎到手指，她都会破口大骂半天。这跟她多年以前的经历有关，那时她跟一群同伴一起做工，她的粗鲁话语全是跟她们学的。她现在还做针线活，有时候不小心还是会扎破了手，导致流血。这时候她静静地吸吮着自己的手指，直到血止住，然后当作什么都没发生。《圣经祷告书》确实很神奇，竟然能够改变一个人的性格、天性，这个真的很伟大。英格的改变不仅仅是这一点，她是全方位的改变。

在《圣经祷告书》的帮助下，英格度过了很关键的一个时期。那时候塞兰拉的房子全部盖好了，石头也堆砌得整整齐齐，建筑工人们陆陆续续地全部离开。塞兰拉重新变得一片死寂。那段时间，英格过得很艰难。她饱受折磨，痛哭流涕，几乎整天以泪洗面。

她在心里深深地谴责自己，觉得自己是个无耻的女人。她想跟艾萨克坦白，说出所有的事情。只有这样她才能放下心里的包袱，那样她就能轻松很多。可是不能，英格说不出口。塞兰拉的人们没有这样的习惯，对他们来说，跟别人交流感情，那是根本不可能的。

英格没有其他办法，只能更加尽心尽力地照顾丈夫，以此来赎罪。比如以前她叫丈夫吃饭，都是站在大门口直接嚷嚷。现在，每次吃饭前她都细声细语地跑到丈夫面前叫他，真是贤惠。晚上，丈夫睡下了，她会拿起他的衣服仔细检查，看到开线的地方她会细心缝补好。她现在做的远远不止这些。

有一天夜里，他们准备睡下了。英格抬起了头，坐直了身子，喊道："亲爱的！"

"怎么啦？"艾萨克问。

"还没睡吧？"

"嗯。"

"哎，没事，我没有像我应该做的那样做得足够多、足够好，我对不起你。"英格说。

"怎么？"艾萨克有点儿迷糊了。艾萨克也抬起头，直起身子，他们默默对视着，不再说话。

过了好一阵子，他们重新躺下，继续交谈。英格现在是一个贤惠善良的女人，她对自己的男人付出了所有真心。英格说道："我没有像我应该对你的那样，做得足够多、足够好，为了这个，我心里很不好受。"

英格质朴的话语让艾萨克很感动，尽管艾萨克不知道英格究竟因为什么事情，但这个雄壮的汉子，被英格质朴的话语打动了，他要安慰她，呵护她。"宝贝儿，不要哭了，这没什么好伤心的。我们都一样，为对方做的事情都不够多、不够好。"

"对，你说得没错。"英格有点儿激动地说。嗨，生活原本已经偏离了正轨，但是所有麻烦被艾萨克这个坚毅、果敢的汉子，勇敢、积极地解决了。生活重新回到正确的轨道上来。"我们为对方做的事情确实都不够多、不够好。"艾萨克是正确的，他的内心强大，心里好像住着一个神灵。他有深厚的阅历，走过许许多多的地方。他是个骄傲的人，曾经桀骜不驯、野心十足。这些，从他的装扮上就能够看出来。他今天可以在玫瑰园里纵情高歌，回忆往事，明天就可以耐心地去拔下脚上所有的刺。他付出了足够的代价吗？不会，他不是那种逃避责任的人，只会勇敢地向前冲。代价再多又怎么样，只要不死，就可以从头再来。他怕死吗？答案是否定的。心灵强大的人，怎么会畏惧死亡呢？

英格终于把心事说了出来，心里不再有包袱，这个坎她跨过去了。除了每天辛勤劳作外，现在她有了新的习惯——每天会有一段时间捧着《圣经祷告书》，祷告、忏悔。她变得无比友善、待人真心、热诚。她现在已经完全明白，只有艾萨克对她的好才是真心的，她要全心全意地去回报艾萨克，去爱他、服侍他、关怀他。因为《圣经祷告书》，她信仰上帝，敬爱自己的丈夫，虽然丈夫不再年轻，但是现在的他更有韵味，成熟、稳重、包容她的一切。

这个周末，亚伦逊的记账伙计安德逊从斯多堡来到了塞兰拉。英格很平静，没有一点儿躁动的样子。她没有去招待他，只是让利奥波丁给他倒上一杯牛奶端过去。因为今天是周末，利奥波丁穿着新衣服，很漂亮。利奥波丁给安德逊端来牛奶，她显得很害羞，脸都红了。其实她不用害羞的，她是那么的美丽。

"谢谢，你真客气。美丽的小姐，你真是太漂亮了。"安德逊说。"你的父亲应该在家吧？"安德逊问道。

"嗯，是的。父亲他就在离家不远的田间劳作。"

安德逊喝掉牛奶，拿出手帕擦了擦嘴巴，又看了一下时间。他问道："这里离矿业公司应该不是很远吧？"

"很近，一个小时就可以到那里，走快一点儿，一小时都不用。"

"你认识我的老板亚伦逊吧，我是他的记账伙计，他叫我去矿业公司一趟。"

"哦。"

"你应该也认识我吧，你去亚伦逊店里买东西，那个写写算算的人就是我。"

"嗯。"

"我记得你，你去过我们店里两次。"安德逊说。

"是吗，你竟然会记得我！"利奥波丁感觉自己的身子突然软了下来，只好靠在椅子靠背上。

安德逊活力十足，他继续说道："肯定记得，美丽的小姐，你给人留下的印象如此深刻！"

"美丽的小姐，我是否有荣幸，邀请你跟我一起去呢？"他问道。

利奥波丁一下子精神恍惚起来，感觉身体轻飘飘的，周围五光十色。视野里只剩下安德逊，他似乎站在远处，对她微笑！

他说："你不能抽出一点儿时间吗？"

"不能。"利奥波丁拒绝了。

只有上帝知道，利奥波丁是怎样从客厅脱身，走到厨房的。她母亲看了她一眼，问她发生了什么事情。"没什么。"她回答道。

真的没什么吗？怎么可能会没事呢？大家看吧，利奥波丁已经春心萌动了。这是人类天性的释放，生命规律的自然循环。利奥波丁现在是一个大姑娘了，她是如此的美丽动人。她开始春心萌动，小鹿乱撞了。她真的漂亮极了，修长的手臂，曼妙的身姿，柔软、性感。塞兰拉是一个神奇的地方。利奥波丁竟然会跳舞，她跳得很好，简直是个舞蹈天才。她在哪里学的舞蹈？塞兰拉吗？或者别的地方？

这是属于他们塞兰拉的舞蹈，有点儿像苏格兰舞、像探戈、像爵士、像华尔兹。在这片新开垦的土地上，各种舞蹈风格，融合在一起。形成了力量十足、活力四射、充满激情的塞兰拉舞。西维特和利奥波丁是塞兰拉舞蹈的佼佼者。利奥波丁已经坠入爱河了，少女怀春的她需要把自己装扮得漂漂亮亮的，每一个少女都应该这样。记得她去教堂接受洗礼的时候，母亲把戒指借给了她。装扮整齐的她在金光闪耀的戒指映射下，是多么的明艳动人。她去领了圣餐，直到洗礼活动结束她都一直戴着金戒指。利奥波丁需要这枚金戒指彰显自己的地位，要让大家都知道，她是一个有着尊贵身份的人。她的父亲，是塞兰拉领地的领主。

安德逊从矿业公司下来的时候，艾萨克已经回到家里了。艾萨克一家人很热情，请他到家里吃晚饭，喝咖啡。一群人围坐在一起一边喝咖啡一边聊天。安德逊告诉大家，他是被老板亚伦逊派上来的，让他去看一下矿业公司现在到底是个什么情况，会不会再动工。明眼人都看得出来，安德逊在撒谎：从塞兰拉去矿业公司，路程这么远，他在这么短的时间里，根本就不可能爬上去再走下来。他肯定没去矿业公司，应该是在附近某个地方坐了一阵子，但是没有人去揭穿他。

艾萨克说道："矿业公司的矿场开工，从外面可看不出动静来。"

是，安德逊认为艾萨克说得对，可是，老板命令他上来，他只能照办，况且两双眼睛确实比一双眼睛看得更加清晰。

英格有点儿焦急，插话问道："现在好多人在说亚伦逊要把自己那块地方给卖掉，是真的吗？"

"嗯，他现在是在考虑卖掉它。他赚了很多钱，这块地方对他来说可有可无。"安德逊说。

"嗨，他真的很有钱吗？"

"是的，很有钱，我在他身边很久了，这个我知道。"安德逊喝了口咖啡说。

英格显得更加急切，急问道："他会开价多少，会很贵吗？"

艾萨克心里比英格更想知道，但是他不能表露出半点儿念头。他不想让外人知道，他对亚伦逊的那块地方有兴趣。他装得很随意，随口说道："英格，你要知道这个干什么呢？"

"我随便说说。"她说。他们盯着安德逊，等着安德逊回答。

具体要卖多少钱，安德逊不知道。可能是他也不敢说出底价来。他想了一下，说他知道亚伦逊花了多少钱买这块地。

"多少钱买进来的？"英格问道，似乎有点儿太用力，手里端的咖啡都差点儿洒出来。

"一千六百克朗。"安德逊回答。

嗬，英格听到价格，一下子站了起来。对于土地和地产女人是最没有发言权的，她们根本就没有关于土地价格的概念。可是英格却知道一件事，她心里很担心，艾萨克会因为价格而打消心里的念头。因为一千六百克朗，对于他们荒野的人来说，已经算是很大的一笔资金了。艾萨克老练地坐在椅子上，稳定如山，他说道："亚伦逊的房子盖得又大又漂亮。"

"嗯，确实很大很漂亮。"安德逊说。

安德逊起身准备离开，这个时候，利奥波丁却从门口悄悄跑了出去，她其实是很想去跟安德逊握手告别的。利奥波丁再次出现的时候，她的脖子上已经系上了一根天蓝色的丝带，她躲在新搭建的草棚后面，目送安德逊离开。安德逊其实长得并不帅，他长得矮矮胖胖的，走路有一点儿外八字，留着一大撮胡子。可是利奥波丁对他一见钟情了，虽然安德逊大她八九岁，但那又有什么关系呢？

夜幕降临，天色已经很晚了。西维特他们才从村里教堂赶回来。小蕾碧卡在回来的路上睡着了，她睡了好几个小时，一直到家里都没醒。一切都很顺利，除了需要西维特把小蕾碧卡抱进屋子，小姑娘现在已经有点儿沉了。西维特在山下听到了很多消息，他母亲问他："西维特，你就不说说你今天的旅途收获？"西维特却说："没什么新鲜事，只是看到艾克塞尔了，他买回来一台割草机和一个耙草器。"

"是吗，你见到他的机器了？"他父亲问，他对这个很关注。

"是啊，我看到了，机器现在还在港口放着。"

"哦，难怪他必须留在城里处理紧急事情，原来是为了买机器。"他父亲说。其实，西维特听到了很多的消息，但是他却不再开口说话了，只是静静地坐在那里。

西维特只告诉他的父亲、母亲，艾克塞尔留在城里处理的紧急事情，就是购买机器。事实上，他们早就听到了许多传闻，比如大家都在悄悄议论的旷野杀婴弃尸案件。

"太晚了，清洗一下，去休息吧。"父亲最后说道。

西维特心里装着一大堆的重大消息去洗漱，休息。艾克塞尔已经被传讯过了，区长海耶达大人也需要陪同他一起过去，这是个大案子。就连区长太太也把自己刚生下的孩子留在家里，陪着丈夫一起进城，准备向陪审团求情。

村里现在到处都在传着这件事情，似乎大家联想起了不久之前发生的，另外一起灭婴案件。西维特听得很清楚，他走在教堂外面。大家看他走过来，就把谈话停下来，等他走过去了，再继续说。如果不是因为大家比较了解西维特，觉得这个人还比较不错，谈话的人估计都会转过身，背对着他。大家都知道西维特，他是塞兰拉领主的儿子，家里有大片的土地、牛羊。他本身也很聪明，做事很有一套，地位比一般人高，很受大家的尊敬。一般大家对塞兰拉出来的人，都很友好，很尊重。西维特想着心事，假如珍欣回家之前没听到那些消息该多好。塞兰拉的人其实跟住在旷野外面人的一样，同样受不了流言蜚语。珍欣带着小蕾碧卡离开了教堂，回自己家里去了。她其实看到他了，却没有叫他一起。他在教堂门口站了一阵，然后驾车去铁匠家里接她们。

　　当他到了门口，她们一家人正围坐在桌旁吃晚饭。她们请西维特一起吃，但西维特已经吃过饭了，只能表示感谢。他们其实可以等西维特一起的，明明知道他会过来，如果是在他们塞兰拉的话，肯定会等客人一起，但这边好像没有这个习惯。

　　"小伙子，我们家的饭菜肯定没你们家丰盛。"铁匠太太说。"教堂那边都有一些什么新鲜事呢？"铁匠问，其实,他刚从教堂回来不久。

　　他们准备驾车回去，珍欣和小蕾碧卡上了马车，这时铁匠太太说道："珍欣，再见。用不了多久我们就会接你回家来。"西维特似乎听到话里有其他意思，他顿了顿，没说什么。假如她把话说得更清楚明白，更坦率一些，西维特可能会说些什么，他眉头拧了起来，停在那里等着，最终没再听到其他话语。

　　在驾车回家的路上，气氛有点儿凝重。只有小蕾碧卡叽叽喳喳说个不停。她惊奇今天在教堂看到的一切：穿戴着黑袍、银色十字架的神父，教堂璀璨绚丽的灯光，唱诗班清澈纯净的风琴乐曲。过了好半天，珍欣说道："芭布萝竟然会做出这样的事情，真丢人。"

"为什么你妈妈说要接你回家去？"西维特问。

"你是问为什么？"

"是的，你打算离开塞兰拉了吧？"

"嗯，我估计我父母需要我，到时候要帮他们做些什么。"她说。

"吁，"西维特停下马车，"那我现在就把你送回去吧！"

珍欣抬头望着他，他脸色苍白如死人。

"不。"她说。过了一阵，她大哭起来。

小蕾碧卡有些惊讶地看着他们两个。嗨，在这一刻，幸好有小蕾碧卡。她帮着珍欣，安慰着她，细声细语地逗着她，使她终于破涕为笑。小蕾碧卡做着打哥哥的动作，还说要跳下车去找大木棍来教训哥哥，这个时候西维特也恢复了笑容。

"我现在想问一下，你到底是什么想法？"珍欣说。

西维特说话有点儿冲，直截了当地说："我在想，你都不喜欢待在我家里了，那我们家就得另外找人接替你的工作。"

西维特驾着马车，继续向前行驶。又过了一段时间，她说："利奥波丁长大了，我的所有工作她都可以做好。"

嗨，这段旅程一点儿都不美好！

7

秋季是一个多雨的季节，今天更是风雨交加，一个男人毫不在乎地走在盘山公路上。他看上去很高兴，喜气洋洋的，事实上他确实心情很好，感觉就像是漂在雨中，自由自在。他是谁？哦，原来是艾克塞尔·斯屈洛姆。他很快活，因为，他没有犯罪，他被放了出来，得到了自由。法官不会冤枉一个好人。现在事情完美解决了，杀婴案件跟他没关系，他的割草机和耙草器也已经运到了码头。

他想起在城里的遭遇，至今都心有余悸。他这样一个种地耕田的庄稼汉，在庭审上被询问，出庭做证人。上帝做证，这是他这一辈子最难熬的日子。让他做证人，证明芭布萝罪孽深重，对他来说不会有半点儿好处。所以，在庭审现场他说话很小心，他的每一个字都像是被挤出来的，在这段难熬的时间里，他甚至都没说出全部实情。只是小心翼翼地回答说"是"或"不是"，这已经足够了，他不可能去捏造歪曲事实真相。当时的庭审局势，在他看来很严峻，审判庭的审讯人员沉着脸，一丝不苟。他感觉自己很危险，好像他们随便一句话，就会决定他的命运，宣判他有罪。审判庭是神圣的，他们也都是公正严明的好人。另外，还有几位大人物在试图解救芭布萝，这些对他都很有利。

但是，他究竟还在担心什么呢？

芭布萝不会故意夸大罪行，去为难她的前主人和情夫。其实，他对于现在这个案子，了解得很清楚，就连以前那个类似的案件，他也知道。芭布萝不是傻瓜，相反她很聪明。她说艾克塞尔是个好人，事先完全不知道她生孩子的事情，直到事情完结后她才告诉他。也许，在某些方面他跟别人不一样。虽然他们相处得并不是很愉快，他很少说话，但是他确实是个好人。虽然他确实挖了新的坟地，重新掩埋了尸体。艾克塞尔那时候想法有点儿怪，他觉得旧坟地太潮湿了，其实很干燥。但是那个时候事情已经过去很久了。

艾克塞尔还在担心什么呢？芭布萝已经把所有罪过都扛了下来。现在，芭布萝有大人物在替她辩护，向法官求情。

海耶达太太亲自担任辩护人。她走访了所有的有关人士，请求他们帮助。她在庭审现场发表了一篇辩护演说。她是一位很有能力的女士，她站在众人面前，形象庄重、伟大。她从杀婴案件的各个方面进行分析，一点一点解释所有的问题。她好像得到了许可，准备得很充分，胸有成竹，洋洋洒洒地把案件分析得很彻底。海耶达太太真厉害，至少在发表演说上无人能及。事实上，她对于政治和社会问题，确实认识得很深刻。但她在法律专业方面也能够做到这一点，就有点儿让人惊讶了。审判长大人似乎想打断她的演说，让她提出辩论重点，但最终还是没有打断，仍然让她继续说完。辩护完的时候，她主动提出了两个重要数据、材料，还提出了一个惊人建议。

除去所有法律术语，她的实际辩护演讲内容是这样的。

海耶达太太说："我们女人，人数占有全人类的百分之五十，却饱受压迫和屈辱。我们女人基本上没有任何权利，只能去接受你们男人拟定的法律。但我们女人肩负着传承生命的重要责任。哪个男人可以了解我们女人生育孩子的痛苦呢？那是一种可怕的折磨，比拿刀子在身体割肉要痛苦一百倍。哪个男人能够明白我们在生育孩子的时候的痛哭呐喊？"

"在这起案件中，我的当事人是个仆人。她没有结婚，就怀上了孩子，她极力隐瞒她怀有孩子的事实。她懵懂，她害怕。事实上，她自己都还是个孩子。这不是她的错，这是我们社会的不公，是社会的责任，社会歧视未婚妈妈。社会法律不但不救助她，反而要审判，侮辱，迫害她。这是不公平的，凡是有良知的人，都会反对，抗议社会的不公。对于这个姑娘来说，要独自生育孩子，本身就是件很困难的事情。现在，还要因为这件事情定她的罪，这实在是太可笑了。也许，我们应该为这次意外感到庆幸，至少这对她和小孩来说算是一件好事。她失足落水，最终生下小孩，导致小孩淹死。这并不应该是她的责任，这个责任应该由社会担负。现在，社会现状是这样。我认为，未婚妈妈就算杀了她的孩子，也应该情有可原。"

"不然，再怎么说，对她的惩罚也只能是有名无实的。"

听到这里，审判长大人轻声低语一声："无论如何，她都应该受到一定的惩罚，即使是再轻微的惩罚。"

海耶达太太继续说："我们都明白，孩子确实是无辜的，毕竟是条小生命。但是，我们该不该思考一下，为什么法律不站在人性这一边，为什么没有一条法律是保护这位可怜母亲的。大家换位思考一下，她怀着这个小孩，整整十个月。每天遮遮掩掩，躲躲藏藏，她不知道自己该怎么办。她时时刻刻担心着，孩子出生后，母子俩怎么活下去？她饱受着这种煎熬，这是你们任何男人都无法想象的。"

"至少孩子是死于一颗慈悲之心。他的母亲为了拯救自己和她的孩子，不得不出手杀死他，这对她来说是多大的煎熬！社会给她的压力太大了，已经远远超出她的承受极限，她是那么的迷茫，所以才会想着把孩子处理掉。这事实上是在拯救孩子，也是在救她自己。没有人知道她生下孩子，她经过了整整二十四小时的迷茫痛苦，在她决定放弃孩子的那一刻，她已经身不由己了。这一瞬间，她无法对自己的行为负责。她在分娩的阵痛还没有完全消除的时候，不得不结束孩子的生命，把他深藏掩埋。自然，我们都希望孩子能够活下来，对于孩子的遭遇我们每个人都感到心痛。可是，这是社会环境造成的，这个社会，黑暗肮脏、毫无人性，它时刻准备着，用尽一切手段，摧毁这位未婚妈妈！"

"可是这位母亲虽然饱受社会摧残、虐待，但她还是坚强地抬起了向命运、向社会抗争的头颅。这样的女孩，在改过自新之后，往往会发挥她最高贵、最耀眼的品质。审判长可以去询问，收容未婚妈妈和孩子的福利院主管人员，问问他们，我说的是否属实。事实证明，最好的保姆就是在这些姑娘中产生的。可是，因为社会环境的原因，她们被逼无奈，只能杀害自己的孩子。这种社会现实，难道不该让我们去反思吗？"

"这还仅仅只是一方面，事实上，造成这一切的罪魁祸首是男人。为什么要惩罚这位可怜的未婚妈妈，让她饱受责难，遭受牢狱之灾。而始作俑者——孩子的父亲却可以逍遥法外，不用负半点儿责任。孩子之所以会存在，全是那个男人的原因，他才是主谋，他的罪过应该更大。如果没有这个始作俑者，这件惨案根本就不会发生。可是，为什么男人可以无罪，可以逍遥法外？因为法律是由你们男人制定的，这才是问题的关键所在。这样的法律不该再存在下去，我们女人现在只能向上帝祈祷，惩罚制定这些法律的家伙。除非我们女人能够进入权力、法制的中心，拥有参政、议政、立法、执法的权利，才能最终解决这种社会现状。"

海耶达太太停了一下说："可是，假如那些犯罪的人，确实由于充分的证据，被判定犯了罪。但是那些只有犯罪嫌疑，却不能被真正判定犯罪的无辜者怎么办？我们的社会法律有补偿措施吗？什么都没有！我能够证明自己认识这个姑娘，我看着她长大，我了解她，她以前在我家里做事，她的父亲当过我丈夫的助理秘书。"

"我们妇女有权利站出来，反对男人对我们的诬蔑、控告，我们有权利反抗，我们要提出自己的想法。这个姑娘，现在面临两项指控，一是隐瞒孩子出生，二是涉嫌杀害孩子。如果罪名成立，她将被关进监狱，失去自由。可是，她是无辜的，她完全没有任何犯罪的理由，法庭调查人员，将会充分证明这一点。隐瞒孩子出生？孩子出生的时间是大白天的中午时分，地点是荒无人烟的野外。她当时是一个人，周围可能会有男人在劳作。但在分娩的那一刻，她是不可能去叫男人过来帮忙的。这件事情，发生在任何女人身上都是一样。至于，涉嫌杀害孩子？据调查，孩子是在水里出生的，这是多么可怕，多么危险的一件事啊！母亲掉到了冰水中，而孩子刚好在那一刻出生。她去水边做什么了？她是个年轻女佣，也可以说是名女奴，她每天都要做许许多多的事情。她要去捡松树枝，制作扫帚打扫卫生。她在过河的时候不小心滑倒，掉进了水中。然后，受到刺激，孩子在水中出生了，没人救援，孩子淹死在水中。"

海耶达太太止住话语。从审判长和陪审员的表情来看，她断定自己的辩护很精彩。审判大厅寂静无声，气氛有点儿压抑，偶尔芭布萝传出一点点抽泣声。"我们妇女更有良心，讲感情。我为了这个不幸的姑娘，把自己的孩子丢给别人照顾，长途跋涉赶到这里为她辩护求情。男人的法律不能束缚我们妇女的想法。我认为，这个无辜的姑娘已经受到了不该有的庭讯、审判与惩罚，她已经受够了。请判她无罪，让她恢复自由吧。她以后的一切由我全权负责，她一定会成为最好的保姆的。"这是海耶达太太的总结语。

海耶达太太走下辩护席。

审判长这时说："刚才我好像听你说，只有杀了自己孩子的女人，才能成为最好的保姆。"

嗨，审判长他不是在反驳海耶达太太。他是个善良的人，性格柔和，有点儿像神父。随后，公诉人员继续向证人询问，审判长大人大多数时间只是在文件上记着笔记。

证人不多，案件简洁明了。才刚过中午，听证会就结束了。艾克塞尔·斯屈洛姆原本满怀希冀，忽然，公诉人和海耶达太太好像联合起来，矛头直指他。原因是，他不仅没有报告婴儿的死讯，而且还帮助掩埋婴儿尸体。针对这一点，他被严词盘问。假如他不是恰好看到坐在庭下的盖斯乐，他肯定会顶不住。盖斯乐向他点头示意，幸好有盖斯乐在庭下，他不是一个人在战斗。艾克塞尔变得充满勇气，他可以从容面对这要将他打倒的法律。

是的，盖斯乐到审判庭来了。他不是证人，却坐在庭下。在开庭之前，他对案件进行了详细的调查研究，记录下了在曼安兰听到的谈话。通过调查取证，盖斯乐觉得案件的大部分证据都不充分。海耶达太太是个心胸狭隘的人，她始终都在想办法证明艾克塞尔是同谋。她就是个自以为是的傻瓜，她不懂旷野之人的生活，根本看不出来，艾克塞尔希望有个孩子，这样可以把这个女人留下来，陪伴他。

盖斯乐还跟公诉人交流了一番，但事情发展已经不需要他干预了。他过来是想帮助艾克塞尔重新回到农场和田园。现在，事情发展到这一步，已经不需要他帮忙了。芭布萝那边的辩护基本胜利了，如果芭布萝被无罪释放，就不会再存在同谋者了。这个时候，就要看证人的证词供述了。

少数几个证人供述完毕后，奥莲没有被传唤。做证的有区长、艾克塞尔、矿场鉴定专家和村里的两个姑娘。传讯完，已经到了中午退庭的时间。盖斯乐又去找公诉人交流了一会儿。公诉人认为一切对芭布萝都很有利，这是大家都希望看到的，在其中，海耶达太太起到了很大作用，如今一切就看现场庭讯调查了。

"你很在意这个姑娘是否被判刑？"公诉人问。

"嗯，是的，准确一点儿说，我更在意这个男人是否有罪。"盖斯乐说。

"这个姑娘做过你的女佣？"

"不，这个男人没帮我做过事情。"

"我是说这个姑娘，她是多么的值得同情。"

"不，她不是我的女佣，没在我家做过事。"

"这个男的，现在状况对他有点儿不利，他居然独自去掩埋婴儿，这个情况对他很不利，很不利。"公诉人说。

"我觉得，他是为了把孩子重新安葬，那之前的掩埋根本不算是埋葬。"盖斯乐说。

"确实，女人在这方面，力气是比较小，再说她当时才生了孩子，能掩埋已经很不错了。"公诉人说，"我认为我们社会的法律应该更加人性化，如果我是审判长，我一定会赦免这个可怜的姑娘。从现在的事态发展来看，这个姑娘也不会被认定有罪了。"

"听到您这么说，我很高兴。"盖斯乐向他鞠躬说道。

"就我个人角度，作为一个有良知的人，我觉得任何未婚妈妈杀害婴儿，都不能判定她们的罪行。"公诉人接着说。

盖斯乐说："嗨，公诉人您竟然支持海耶达太太的观点，这真是一件有意思的事情。"

　　"喔，你说海耶达太太，我同意她的一些观点，她说的一些问题确实引人深思。说到底，就算把这些未婚妈妈全部关进监狱，对其他人也不会有任何好处。反而是这些未婚妈妈，她们承受了太多的痛苦。社会对她们太不公平了，社会的歧视冷酷无情，已经是对她们最大的惩罚。"

　　盖斯乐站直身体，最后说："确实如此，可是孩子们毕竟没有错啊？"

　　"不错，孩子们是无辜的，他们太可怜了。可是，这些私生子往往过得也不好，大多数都是命运悲惨。"公诉人说。

　　盖斯乐对这位公诉人自鸣得意的态度有一丝厌恶，于是，他说道："伊拉斯谟他就是个私生子。"

　　"你说谁，伊拉斯谟？"

　　"鹿特丹的那个伊拉斯谟吗？"

　　"嗯，还有雷奥纳多，他也是私生子。"

　　"雷奥纳多·达·芬奇？真的吗？嗯，确实，总会有一些例外，常规和例外是对等的。但总的来说，没有常规就不会存在例外。"

　　盖斯乐说："我们制定保护自然界鸟类、动物的法律，却不去保护我们自己刚出生的婴儿，这个就有点儿说不过去了。"

　　公诉人庄重地、缓缓地伸出手去拿桌上的卷宗，好像在暗示：谈话就到此结束吧。他的回答开始敷衍起来，"是的，你说的对，嗯，正确，确实……"

　　盖斯乐起身告辞，他最后为这番谈话向公诉人道谢。

他重新回到审判厅里坐下，动作优雅，从容不迫。可能，他对自己所知道的一切有些自鸣得意吧。他看到一块布条，是从旧的男式衬衣上裁剪下来的，那块布条可能是用来扎松枝扫帚的吧。他还知道卑尔根港口浮起的婴儿尸体。嗨，如果他愿意，他能够让审判庭忙得不可开交。他随便一句话就抵得上千言万语。但现在，毫无疑问他没有说出来的必要。现在，审讯进行得很顺利，局面对被告有利，甚至连公诉人都已经站到了被告这一边。审判庭重新挤满了人，审判长宣布继续开庭。

这似乎是镇上上演的一出喜剧表演。公诉人面色沉稳、一丝不苟，被告辩护律师慷慨陈词，积极辩护。审判长稳坐在审判席，尽职尽责地听取案件审讯汇报。

对这个案子绝对不能随意做出审判决定。公诉人严明公正，是一个善于采纳别人意见、建议的好人。可是，似乎最近他正为了某些事情心烦，或者是因为他是国家公务人员，不得不违背自己的意愿，按法律规章制度办事。这让人觉得惊讶，但是，他确确实实比上午要严肃很多，态度生硬，不像上午那么随和。他说："假如有证据证明她是故意犯罪，那么这就是一起严重案件。而且从庭审现场，证人证词来看，情况可能很不妙，如果证人证词再次被证实无误的话，事情就真的不妙了。那样只能由审判庭来审判决定最终结果。"最后，他提醒大家注意以下三点：一，庭审现场是否能够确认犯罪嫌疑人隐瞒怀孕生产这一事实。二，那块包裹的布，犯罪嫌疑人为什么会携带这块布，她是有预谋地携带这块布吗？他为这一想法，做了很详细的说明。三，仓促、随意地掩埋尸体，他们没有向教堂神父或者海耶达区长报告，庭审现场现在必须确定这一点由谁担负主要罪责。因为，假如判定男人是掩埋婴儿的帮凶，那么他的女佣人，必定在他之前犯下了杀害婴儿的罪行。

庭审现场突然有人"哼"了一声。

艾克塞尔·斯屈洛姆的心又悬了起来，他感觉自己处境危险。他抬头看向四周，没有人关注他。现在所有人都在盯着公诉人。幸好，他看到了远处的盖斯乐。他神态随意、无比傲慢地坐在那里，一点儿都不在乎这个神圣庄重的法庭。听到这声冷哼，艾克塞尔的心一下子定了下来。有盖斯乐在，他不是被人们完全孤立的。

事情又慢慢向好的一面发展。公诉人觉得已经表达出了自己的观点，并得到了大家的基本认同。因为，大家似乎已经开始怀疑这个男人动机不纯了。他停下话语，转过身体，停住。他已经改变初衷了。最后他说道："根据所有的证人证词，我不再向被告人提出诉讼，不再要求对其进行宣判。"

艾克塞尔心里想，这样再好不过了。事实上，审讯到这里已经基本结束了。

然后，被告辩护律师进行总结辩护。他是一个攻读法律的年轻人，如今，接受这次辩护委托。这是一个可以展现他才华的案件。他言辞犀利，有理有据，有着自己鲜明的立场、观点：他要维护这个可怜的女人，为她进行无罪辩护。事实上，他的好多论点，都被海耶达太太抢先说了。尤其是关于"社会·人性"这一论点主题，这个让他觉得有点儿恼火。幸好，他还准备了其他几个鲜明的论点。审判长大人应该制止海耶达太太的辩护演说，她把所有的话都说了，那还要他们这些专业的辩护律师做什么？

他开始述说芭布萝的成长史。她的家庭情况不好，但是有着可贵的品质：勤劳、勇敢、善良。很小的时候她就出去做事，为家里减轻负担。第一份工作是在海耶达区长家里，海耶达太太可以证明，她是多么的懂事能干。后来，芭布萝来到了卑尔根。说到此处，他拿出来两封芭布萝以前在卑尔根工作时，雇主写来的品德证明书——证明书极尽赞美之词。最后，芭布萝离开卑尔根，来到荒山旷野做未婚男人的管家。在这里，她遭受了人生最大的苦难。

她怀上了未婚男人的孩子。公正严明的公诉人，已经详细说过关于她隐瞒怀孕的事情。实际上，芭布萝从来没有隐瞒她怀孕的事实。两个跟她同村的女孩做证，她们知道她怀有身孕。而且，她们询问过她，为此还一起打闹。她从来没有否认自己怀孕，只是岔开话题。这种情况下，岔开话题是她最好的办法吧。然后，怀孕的事情，就再也没人提起过了。至于说，去告诉女主人——一个未婚男人家里哪来的女主人，要说有，也是她自己。她倒是有一位男主人，可是再怎么说，她一个年轻姑娘，是不可能去告诉男人她怀孕的事情的。她有苦不能说，只能独自忍受，默默不语，背负这不该背负的一切。她隐瞒过真相吗？没有，她只是无处诉说她心中的苦闷和辛酸。

一个健康结实的男孩儿出生了，生下来是活着的，但后来因为窒息导致死亡。法庭已经调查清楚孩子出生时的状况了：孩子出生在水里：先是母亲掉进冰冷的河流里，接着孩子出生了。她已经耗尽所有力气，也无法拯救自己的孩子，甚至连她自己都差点儿溺水。在婴儿的身体上找不出任何的施暴痕迹，这表明没有人蓄意谋害他，他死于因为溺水而导致的窒息。他的不幸，仅仅只是一个意外。一切事实已经非常清楚了。

刚刚严明的公诉人又说到一块破旧的衬衫布，觉得她带着那块衬衫破布有点儿可疑。这个没什么可疑，她拿着那块破布，那是用来包裹松树枝的。她可能应该拿个篓子，但是她挺着大肚子，拿衬衫破布包裹松树枝会更方便。她不可能用手抱着松树枝回来，那样带不了多少。这样，她带着破衬衫布去捡松树枝也就很正常了。

但是，还有一些情况不是很清楚：在她怀孕期间，她有没有得到应有的照顾和关怀？她的男主人有没有特别关照她？如果有，那就太好了。弄清楚这些，对于他的男主人也会很有好处。这个可怜的姑娘，在庭讯过程中高度赞扬了他的男主人，说他对她很好。这本身也能说明，这位姑娘品质善良、高尚。至于男人，艾克塞尔·斯屈洛姆，他没有指责姑娘有任何不好，没有去加重她的负担。他这样做，是最正确的选择。他很清楚，如果姑娘被判有罪，那么他也好不到哪里去。因为他的案子，大部分要依靠姑娘的案子情节来判决。

在这个案件的一切证据和证人证词面前，我们不得不为这位可怜姑娘的悲惨遭遇，深表同情。但是，她的案件，我们并不需要去向法律请求宽恕。只要保持法律公正，人性道德考量，就能证明她无罪。她和她的男主人早就已经私定终身了，可能是由于他们的一些观念看法、脾气方面存在差异，导致他们暂时没结婚，或许是姑娘自己认为这个男人无法保护自己一辈子。我要重新提一下那块布的问题，当然这个有点儿沉重。大家注意，这位姑娘没有带自己的衣服去，而是带着男主人的旧衬衫布。大家立刻会怀疑：这块布是不是男人特意提供？他的男主人，是不是本身就知道，并且参与了谋害婴儿的事情？

审判庭又发出"哼"声，声音又响又亮。辩护人不得不停下话来，四处张望，看到底是谁打断了自己的演讲。审判长大人眉头拧了起来。

被告辩护律师接着往下说，大家重新把焦点聚集在他身上。他说："我们应该感谢被告人，因为她让我们放下心来。她可以把一部分责任推给另一个人，这样可以减轻她的过错。但她显然没有想过要这么做。她直接否认艾克塞尔·斯屈洛姆的参与，排除了他是同谋的可能性。虽然，她去河边捡松树枝不是带的自己的衣服，而是男主人的旧衬衣。但她却全力承担所有罪责、指控。证据也表明她的声明、证词都是真实的，没有任何虚假、谎言，完全与所有调查的事实相符合。假如，那件衬衣是男主人给她的，那么杀害婴儿，就可能是他们预谋好的。事实上，被告人她很诚实、善良，她没有去诬陷别人，而是为他开脱，替他证明。她的所有言行举止，都让人敬佩。她不会去嫁祸别人，让自己逃脱罪责。她是多么的品德高尚，性格善良，庭审现场已经多次证明了。再说，她把孩子仔细包裹好，埋葬在海耶达区长发现的干燥的地下。这些更是有力的证明。"

这时，审判长大人例行公事地插了一句话，"海耶达发现的埋尸现场，其实尸体已经被移动，是第二现场了。"

"嗯，是的，大人您说得对。我更改这一点。被告辩护律师很尊重审判长大人说的话。可是，艾克塞尔在陈述中说，他仅仅是将婴儿尸体从一个墓地迁移到另一个。再说，有一点显而易见，女人绝对比男人更知道怎么包裹婴儿，这一点，没有任何人比得上一位母亲。她包裹得是那么的小心、温柔。"

审判长大人微微颔首。

"总而言之，假如这个姑娘是杀害婴儿的坏人。她完全可以把婴儿随意埋葬。我们甚至可以说，她可以随意丢弃，比如，丢进垃圾桶里；丢到旷野里，让他被狼吃掉；把他丢进河里随着河流飘走；把他丢进火炉里烧成灰烬。有这么多的处理方法，她一样都没有选择。她选择，把婴儿仔仔细细地包裹起来进行埋葬。如果挖掘开坟墓发现婴儿是包得整整齐齐的，那这绝对是女人做的，肯定不是出自男人之手。"

被告辩护律师接着说，"现在就看法庭审判长了，到底会判定她犯了什么罪。事实上，如果从被告辩护律师的观点来裁决，这个姑娘根本没有罪，应该无罪释放。除非，法庭裁定：因为她没有报告婴儿死亡而定她的罪行。就算依据这一点来裁定，也站不住脚。我们必须认识到，孩子已经死亡了，任何人都无法让他死而复生。他们住的地方太偏僻了，荒山野岭之中，那里离教堂、区政府都太远了。把孩子就地安葬是最好的选择。如果，安葬孩子也是种罪过的话，那孩子父亲的罪过应该跟母亲的差不多。其实，这种行为根本不算是罪过。现行法律制度已经开始注重改造犯人而不是惩罚犯人。对生命实施刑罚的法律制度是已经过时的老旧制度。现代法律已经不需要以眼还眼和以牙还牙了。我们的法律应该更加理智，更加人性化；应该视具体的犯罪情况、动机去裁定每一个案件。

不行，法庭不应该裁定这个姑娘有罪。法律审讯的目的在于澄清事情真相，还善良无辜者清白，而不是去增加犯罪分子的数量。我请大家注意，我的被告人将会获得新的工作，她会有新的生活环境，她会得到最好的监护。她的监护人海耶达太太已经向她敞开了自己家的大门。海耶达太太熟悉她的过去，也是一位经验丰富的母亲。请法庭审判人员注意，你们的责任很重大，判定裁决这个姑娘是否有罪，将关系到她今后的生活。最后，他向公正严明的公诉人鞠躬，表示感谢，因为他不再提出诉讼，状告被告人的罪行——这说明他充分认识到了法律存在的意义。"

被告的辩护律师坐下来。

庭审最后部分不需要太多时间，就是总结辩论双方的观点陈词，过程枯燥而无聊，并且要显得庄重地复述案件的概况。公诉人和被告辩护律师，都已经准确地说明了自己的观点。这样对审判长而言判罚工作就相对容易了很多。

高高挂在天花板上的两盏电灯亮了起来，灯光有点儿灰暗，审判长甚至有点儿看不清楚自己所读的笔记。他严肃地提出，婴儿死亡一事没有得到及时报告，这点毋庸置疑。但是，事情发生的时候，去负责报告的应该是孩子的父亲。母亲当时根本没有能力做这件事情。接着，法庭裁定：隐瞒孩子出生和蓄意杀害孩子两项犯罪指控，证据不充分。然后，再把所有证据、证词简明扼要地复述一遍。再就是重申公民的正常职责义务，法庭走完正常程序。最后，按照惯例，说如果案件有疑点可以提出申述，法庭的最终判决应该倾向于维护被告利益。

所有一切都已经清楚明白，只等最后的结果。

审判长和陪审团成员离开审判大厅，去小会议室。他们是去审查商议此次案件必须统一的几个问题。所有问题的回答都是"无"。时间只过去了五分钟，他们就回到了审判厅。

没有，芭布萝没有杀害自己的孩子。

最后，审判长宣布，芭布萝的谋杀罪名不成立，芭布萝当庭无罪释放。

法庭的人全部走了，这场闹剧结束了……

盖斯乐走过来，拉住艾克塞尔·斯屈洛姆的手臂，他说："嗨，事情总算解决了。”

"是啊，"艾克塞尔说，"但是这个过程真的很艰难。虽然解决了，却也浪费了很多的时间。"停了一会儿，他继续说，"但是我很庆幸，事情没有变得更坏。"

"更坏？我还真想见识一下，怎样变得更坏。"盖斯乐声音有点儿高，语气很生硬。这件案子一定有盖斯乐的影子在里面，艾克塞尔猜到。说不定从案子的审讯过程到最终结果都在盖斯乐的掌控范围内，这将成为一个不解之谜。

艾克塞尔看得出来，盖斯乐始终在维护他，一直站在他这边。

他握住盖斯乐的手，说："我万分感激您！"

"感激什么？"盖斯乐说。

"感激你所做的一切！"

盖斯乐摆摆手，慢条斯理地说："不用谢我，我啥事都没干，我不会去找麻烦，那个对我没好处。"嘴里说不用谢，其实盖斯乐心里还是挺高兴的。他说："现在我可没有工夫在这里跟你闲扯，你明天就会回去吧，那好的，再会，祝你好运。"说完盖斯乐就晃晃悠悠地走到街对面去了。

第二天，艾克塞尔坐船回家。在船上碰到了区长海耶达、海耶达太太，还有芭布萝和两个来做证的姑娘。

"嗨，结局圆满，你心情应该不错吧。"海耶达太太说。

"是的。"艾克塞尔说。事情解决，结局完美，真是让人高兴。

海耶达区长插话说："这样的案子是我到任后第二次发生了，第一次是塞兰拉的英格，现在轮到她。不行，这类事情以后应该杜绝，法律是用来严格遵守的。"

区长太太可以猜到，对于昨天她在庭上的讲话，艾克塞尔心里应该会有点儿不高兴。因此她要做出弥补，她说："你应该了解我昨天讲那些话的目的，所以，还请不要放在心上。"

"嗯，我明白。"艾克塞尔回答。

"确实，我知道你是个明白人，你知道我不可能故意去为难你。你是一个值得尊重的好人，这点我十分肯定。"

"是，谢谢。"艾克塞尔没有接着说其他的话。其实，他心里很高兴，对她说的话很感激。

海耶达太太说："是啊，这是我的真心话，这是一种辩护策略。你明白的，我要先把芭布萝的罪名洗清，这样才能挽救你们两个。所以，我才会把芭布萝的罪名转移一点儿到你身上。我的本意是为了你们好。"

"我由衷地感谢您。"艾克塞尔说。

"这一切事情不是别人在做，都是我。我竭尽全力为你们游说，用尽一切办法。但是，我不得不使用这个办法，却伤害到你了。我使你承担一部分罪责，以便于最终替你们开脱。"

"嗯。"艾克塞尔说。

"你是个好人，受人尊重，我不可能会有故意去诬陷你的意思和想法！"

对，发生了这些事情，现在能够得到肯定和安慰，这使人感动。总之，艾克塞尔很感激海耶达太太，他觉得必须要送点儿东西给她，可以送一块肉，秋天到了，他的小公牛长得很强壮了……

海耶达太太是个言而有信的人，她把芭布萝接回了家里。从坐到轮船上开始，她就时刻关心、呵护着芭布萝，照顾她的饮食起居。她留意到芭布萝跟来自卑尔根的大副闲聊，第一次她只是把芭布萝叫回身边。只过了一会儿，芭布萝又跟他聊到一起去了，她歪着头，用卑尔根方言跟大副边说边笑。海耶达太太把她叫到面前，教训她："芭布萝，你现在不能再像以前那样随便了，你难道忘记自己在法庭的经历了吗，忘记自己刚从那里出来了吗？"

芭布萝解释说："我们没交谈多久，我只是听出他的卑尔根口音。"

艾克塞尔一直没跟芭布萝说话。他注意到，她现在很瘦，面色苍白，牙齿比以前好看一点。至于他送给她的戒指，没看到她戴在手上。

艾克塞尔踏上了重返家园的旅程。虽然现在风雨交加，但他内心欢愉，充满了快乐。他看到了已经运到码头的割草机和耙草器。嗨，盖斯乐这个人真的很有意思，在他面前提都没提他送的东西，总是给人惊喜，真叫人猜不透他的心思。

8

秋天是收获的季节，艾克塞尔也收获了新的烦恼。秋天的风太大了，他的休息时间一下就被剥夺了。电报机的滴滴声提醒他，他负责维护的线路又出现问题了。

这真是一件麻烦的工作，但是，不可否认，当初他接手这份工作的时候，确实是奔着钱去的。他下山去取维修器械和工具时，布列德·奥尔逊直接威胁他，是的，他说了很多话："你似乎已经忘记，去年冬天我救你性命的事情了！"

"我的性命是奥莲救的。"艾克塞尔答道。

"嘿，是这样吗？可怜我这老胳膊老腿，当时是我把你背下山去救治的吧。你这个人太精明，太狡猾了，在夏天买下我的房子，让我冬天无处可去，挨冻受寒。"布列德显得很气愤，他继续说道，"你把电报和这些乱七八糟的事情都做了吧，这些破烂东西什么的你也全部拿走。我和我的家人，会回到村里开始我们新的事业和生活。你肯定不知道我去做什么，到时候你就慢慢看着吧。比如，我去开一家咖啡馆，让大家都去我那里喝咖啡。你瞧着吧，我太太可以在里面另外卖一些吃的喝的东西。我自己去做买卖，到时候肯定会比你挣的钱多。可是，艾克塞尔，我不妨跟你直说，我有的是办法让你焦头烂额。对于电报这类玩意儿我精通得很，推倒电线杆，剪断电线，这些都很简单。到时候你在农忙季节都必须往外跑。这是我要告诉你的，艾克塞尔，你好好地记在心里吧。"

艾克塞尔早就应该去港口把机器搬回来了，那些机器放在那里闪闪发光，看上去，美得就像一幅画。他原本可以擦拭那些机器并学会如何去使用它们的。现在却只能把机器的事情放在一边，为了电报线路的检修问题，跑进跑出。这真是一件非常麻烦的事。可这是为了金币……

他在上山的时候碰到了亚伦逊。是的，商店的老板亚伦逊。他呆呆地站在风雨之中，向远处眺望。现在，他满面愁容，心里也如这狂风暴雨一般。他在思考着，自己是否要亲自去看看矿业公司。大家知道，亚伦逊是在担忧家人的前途，思考自己该何去何从。他眼睛直直地盯着矿山，那里的机器已经开始生锈了，马车和很多建筑材料堆放在一起，死气沉沉。在工棚的围墙上贴着手写的告示：

严禁损坏、偷盗公司财物——马车、房屋、工具、材料等。

艾克塞尔停下脚步，跟亚伦逊谈论了几句，艾克塞尔说："嗨，亚伦逊。这大雨天的，出来狩猎。"

"嗯，打猎。只要我能够打到他。"

"他？他是指谁？"

"哼，还能是谁，就是毁掉了我和我们生活的那个人。都是那个家伙的错，他不愿意卖掉自己的那块地，让矿业公司继续开工，毁了我的生意。"

"啊，你说的那个人是盖斯乐吗？"

"对，没错，就是他。他应该被枪毙。"

艾克塞尔觉得很可笑，哈哈笑道："这几天盖斯乐应该还在城里面，你可以去找他面谈一下。不过，我觉得你最好不要轻易招惹他。"

"为什么？"亚伦逊很气愤。

"不为什么，因为你肯定斗不过他，那个家伙太聪明了，他简直深不可测。"

为此，他们争论了片刻，亚伦逊变得更加激动。艾克塞尔有点儿无奈，只好打趣说："嗨，亚伦逊，你是个嘴硬心软的人，肯定不会丢下我们在这蛮荒之地，独自跑掉的。"

"屁，你认为我会一直陷在这里，天天在这里吃老本吗？"亚伦逊更加愤怒。"我要把这块地给卖掉，你帮我找个买主。"

"卖掉？你那块地其实很不错了，如果管理耕种得好，足够你多养活几个人呢。"艾克塞尔说。

"我刚刚已经说过了，我不会再去碰那块地。比起种地来说，其他事情我能做得更好。"亚伦逊有点儿歇斯底里了。

艾克塞尔微微思索一下，依照这样的话，找个买家很容易。亚伦逊有点儿不屑，嘲讽道："哼，这片荒野，怎么可能会出现买得起我那块产业的人？"

　　"这里没人买得起，但别的地方就说不定了。"

　　"除了贫瘠和污浊，这里什么都没有。"亚伦逊面容苦涩地说道。

　　"哼，或许这里确实像你说的一样，但是塞兰拉的艾萨克轻轻松松就可以买下你那里。"艾克塞尔生气说。

　　"我不信，怎么可能？"亚伦逊说。

　　"你爱信不信。"艾克塞尔说完，扭头就走。

　　"嗨，你先别走，刚刚你说什么？"亚伦逊惊叫道，"你说艾萨克会买我的这块地。"

　　"是的，就钱来说，他的钱买下你五个斯多堡都绰绰有余。"艾克塞尔说。

　　亚伦逊过来山上的时候特意走远路绕开了塞兰拉，但在下山回去的时候他却来到塞兰拉拜访了艾萨克。艾萨克很镇静地回答，说他从来没有考虑过这方面的事情，也不会有这个心思。

　　可是，自从艾利修斯回来过了圣诞节以后，艾萨克就比较好说话了。虽然，他依然觉得买下斯多堡是一个疯狂的举动，他不会产生这种想法，但是，假如艾利修斯自己觉得在那块土地上能够有所作为，那么他们可能会重新商讨一下。

　　艾利修斯关于这件事情，抱着可有可无的态度，显得不是很热切，但也不是完全拒绝。他有点儿矛盾，如果在家这边定居发展，那么城里的事业就得放弃。当年，那个秋天，村里的大批乡亲在城里聚集参与庭审，他就躲了起来，故意不露面。他不想别人知道他来自这个世界，但是，他现在可能要回到这个世界来了。

西维特说买下那里是最妙的，他母亲也竭力坚持要买下那块地。他们两个都希望艾利修斯能够留在家乡。于是，有一天他们驾着马车，三个人一起去看斯多堡那块奇妙的地方。

可是，自从听说有人对他的地感兴趣，亚伦逊就完全变了一个人。他说他不急着卖地，一点儿都不急。这块地位置很好，就算自己离开，这块地也可以留在这里升值。这块地可以直接用现金交易，随便什么时间都可以卖出去。"况且，你们给不到我想要的价钱。"亚伦逊说。

他们围着四周转了一圈，住宅、商铺、仓库和牲口圈都看了一遍。看到了商铺里面那少得可怜的货物，几把口琴、几根表链、几盏台灯。在这里，看到这些东西，只要是个明白人基本上都不会买。仓库里还剩下几盒铁钉和几块碎花棉布，再没有其他东西了。

艾利修斯整理了一下衣服，毫不在意地说："这里的东西，我没有一件用得上。"

"那是，我也没逼你一定要买。"亚伦逊说。

艾利修斯满不在乎地出价："你这里，所有的东西包括这块地也就值一千五百块。"他是真的一点儿都不在乎，根本没有要买下的意愿，出这个价格完全是信口开河。

最后，他们驾车回去了。做不成，这个交易肯定做不成。艾利修斯这个价格太荒谬了，亚伦逊觉得这是在羞辱他。"年轻人，你这话我就当作没听到。"亚伦逊说。亚伦逊喊他年轻人，是认为他年少无知，在城里混了一阵就开始目中无人，自以为是，竟然跟他亚伦逊谈论财物价值问题来了。

"不好意思，并不是什么人都可以叫我年轻人。"艾利修斯也开始生气了。可是，亚伦逊的态度为什么会这么强硬呢？因为，他听到小道消息了，据说矿业公司的矿场可能会重新启动。

原来，村里举行了一次会议，主要讨论了由于盖斯乐拒绝出售矿脉，而导致出现的一些问题。这些问题已经严重影响到了整个地区的日常生活、经济发展。

以前，大家不是过得挺好吗？那时候根本就没有矿场。是的，不能回到以前的苦日子了。人们已经学会享受生活了，吃着精细的白面包，穿着漂亮衣服，高工资，高消费。大家已经习惯了有钱人的生活，希望赚更多的钱，过更好的生活。关键问题就是钱，可是，现在大家没钱赚了。这一切真是太不幸了，几乎打击到了每一个人，但是能够有什么办法吗？

所有人都明白，这是前任区长大人盖斯乐在报复村里人，是大家导致他下台的。大家都低估了盖斯乐，他当时并不只是一走了事。他遏制了这块区域的发展，仅仅只是针对他自己那块矿山提出了一个不合理的价格要求。嗨，他确实能量巨大。这一点，艾克塞尔·斯屈洛姆可以证明。最近只有他跟盖斯乐有过交往。布列德的女儿芭布萝吃的那场官司，最终结果是她无罪释放。整个审讯期间，盖斯乐自始至终都端坐在法庭上。假如有人说盖斯乐穷困潦倒，那请他来瞧一瞧盖斯乐送给艾克塞尔·斯屈洛姆的农业器械吧，那可是很值钱的。

事情已经很清楚，盖斯乐就是决定这片区域命运的人。他们必须跟盖斯乐协商好，到底需要多少钱，盖斯乐才肯出售，必须搞清楚这个。曾经，瑞典人出价两万五千块，但是盖斯乐没同意。假如，村里的人凑足这笔不够的钱，是不是可以使矿场马上开工呢？只要他的价格不太过分，就绝对可以尝试一下。下面河边的交易站和山这边斯多堡的主人亚伦逊肯定都愿意偷偷捐这笔钱。这些捐献的资金，从长远来看绝对可以获得丰厚的回报。

最后，大家选了两个代表出来去跟盖斯乐协商，不过最后碰了个软钉子回来了。

亚伦逊对此满怀希冀，觉得大有可为。所以，他要在购买斯多堡的人面前摆摆谱，可惜这个谱没能摆多久。

过了大概十天，派去的代表灰溜溜地回来了。去之前他们就做了一件最糟糕的事情，竟然让布列德·奥尔逊这个闲人做谈判代表。盖斯乐确实跟他们见了面，但是，他打着哈哈说了句，"你们走吧！"就给了他们路费，把他们打发回来了。

现在，这片地域只能听天由命了。

亚伦逊陷入了绝望之中，他为此大发脾气，歇斯底里。最终，亚伦逊来到塞兰拉，将这笔交易做成了。交易价格是一千五百克朗，没错，就是艾利修斯信口开河的那个价格。清点财物的时候，那些碎花棉布不见了，但这些艾利修斯毫不在意。在他看来，自己是做大事的人，这点儿小事不值得去计较。

事实上，艾利修斯并不是十分乐意看到事情发展成这样，他现在已经被定在这块蛮荒之地上了。他不再是坐在事务所里的优雅绅士，他再也不可能实现成为区长这一伟大梦想了。甚至，他都不能再住在城里面。在他的父亲和家人面前，他摆出一副一切尽在掌握的神态，显得有点儿骄傲自得。在他家人看来，他是非常精通这些事务的。可是，这仅仅是一个小的胜利，对未来影响并不会太大。还有一件事情，他觉得自己做得很好，他把安德逊一起聘用过来了。

事实是，他跟亚伦逊的交易，记账伙计其实也包含在其中。亚伦逊已经不需要他了，他得重新寻找东家。当安德逊向艾利修斯提出把他留下来，为他服务的请求时。艾利修斯似乎瞬间变得踌躇满志，他开始把这一切当作自己的事业。

"没问题，你可以留下。"他说道，"我确实需要一名帮我照看店里生意的助手。我自己需要去卑尔根和特隆赫姆洽谈生意，开拓新的市场业务。"

事实证明，安德逊确实是一个很能干的人。安德逊协助艾利修斯把店里的一切事务打理得井井有条。艾利修斯外出的时候，所有的店务他也处理得很好。以前他一副老实斯文的样子，都是他前任东家的错。如今的情况可大不同了。春天到了，泥塘开始解冻了，西维特来到了斯多堡。他过来帮助哥哥挖通沟渠。嗨，安德逊也在一起帮忙干活儿，这些可不是他的本分工作，天知道他是怎么想的，也许这才是真实的他。现在，田地还没有完全解冻，所以效率不高。但是经过努力，也算是干出了一点儿成绩。艾萨克早就想把斯多堡周围的土地好好整理耕作一番了。店铺只是顺带经营，为了方便大家生活，不至于为了一点儿小东西就往山下村里跑。

西维特和安德逊在田地里清理沟渠，休息的时候就聊上几句。不知道安德逊从哪里搞来一枚价值二十克朗的金币，这下被西维特看上眼了。他想换过来玩玩。但是，安德逊不愿意，金币被他包裹得很仔细，贴胸收藏着，西维特完全没机会得到。于是，西维特提出玩摔跤比赛，以金币做奖品，赢的得金币，但安德逊不敢尝试。西维特又建议拿出二十克朗的钞票来对赌，假如他赢了，还愿意承担挖掘沟渠的工作。这次，安德逊生气了，他说："嗨，西维特，你回家肯定会说我做不了挖掘沟渠的工作。"在西维特的纠缠下，最终他们商定，西维特以二十五克朗的价格来买下这枚金币。当天晚上西维特就冲回塞兰拉找父亲要钱去了。

年轻人就是精力充沛，山上山下地来回跑，耽搁了整晚的睡眠。第二天，西维特照样活力四射，干劲十足地劳作着。这些在他看来，算不上什么，为了那枚金光闪闪的金币，付出这点儿小代价完全值得。安德逊拿这件事取笑他，西维特毫不在意，一句话就回了过去："哦，对了，我刚忘记一件事。利奥波丁叫我问候你……"安德逊一下就停了下来，臊得耳根都红了。

这真是一段快活的日子，两个人一起挖沟，排水，长时间地争论取乐，工作干活儿，接着再争论。艾利修斯也会经常过来帮一下忙，但他做不了多久就会疲倦。从身体素质来说，不论是体力还是意志力，艾利修斯都不算好的。可是，他仍然是个很好的人……

"嗨，奥莲过来了，"喜欢开玩笑的西维特说，"看来，你必须回店里卖包咖啡给她了。"艾利修斯很乐意做这样的事情。卖给奥莲一点儿不值钱的小东西，意味着他可以休息好几分钟，就不用做挖掘沟渠这样的繁重工作了。

奥莲是个可怜人。她倒是经常需要喝咖啡。她会不时地从艾克塞尔那里要点儿钱来买，或者弄块奶酪过来进行实物交换。奥莲已经不再年轻了，她已经胜任不了曼安兰的工作。岁月在她身上已经刻下了深深的痕迹，但是她不认为自己衰老了。假如她因此被辞退，那么什么尖酸刻薄的话语都会从她嘴里蹦出来。奥莲是个很粗鄙强硬的人，她做完工作，喜欢走东家串西家地胡扯闲聊。这是她当仁不让的权利，但在曼安兰没有什么可以闲聊，艾克塞尔是一个不爱多说话的人。

奥莲对于芭布萝那个案子的结局很不满意，她很失望。被判无罪释放！布列德的女儿芭布萝可以无罪，可英格却被判刑八年。对于这种不公平的判罚，她很不理解。甚至，她感到有点儿愤怒。上帝在看着这一切，到了恰当的时间肯定会降下惩罚。奥莲颔首自言自语，似乎已经预见不久的将来会天降惩罚。此外，她也从来不隐瞒自己对于法院调查审判的不满。这一点，在她跟艾克塞尔拌嘴的时候尤为明显。这时，奥莲会吐出一大堆尖酸刻薄的话语。"嗨，你看，这年头法律都开始变样了，尽然公开向所多玛和蛾摩拉的罪孽靠拢，但上帝必将指引我前行，会庇佑所有谦逊、顺从的人。"

哎，艾克塞尔烦透了这个管家婆，恨不得现在就让她离开。可是现在春耕已经开始了，他要独自做完所有的工作，紧接着还要收割晾晒干草，形势太不乐观了。他那住在布列德利克的弟妹，已经帮他写了封信去赫尔基兰找一个正经的妇人来帮助他，但至今还没有音讯。并且，就算找来了，他也必须支付来人的路途花费。

哎，芭布萝的这个手段太卑鄙、邪恶了，她为了脱身，竟然把孩子给弄死了。为此，他已经忍受了奥莲两冬一夏的窝囊气，而且还不知道要继续忍受多久。可是，芭布萝她又放在心上吗？那年冬天，他们在村口聊了几句。芭布萝显得很麻木，没有半点儿不舍的泪水。

"你把我送你的戒指弄哪里去了？"他问。

"戒指？"

"是啊，戒指。"

"我现在不戴了。"

"嗨，那你现在不戴戒指了吗？"

"我们已经结束了。"她说道，"自从结束以后我就没有再戴你送给我的戒指了。既然我们结束了，那我当然不会再戴你送的戒指。"

"好吧，我现在只想知道你把戒指搞哪里去了？"

"你是要我还吧！"她说，"嗬，我没想到你会让你自己出这么大的洋相。"

艾克塞尔思考了一下，说："我的意思是说，我拿其他东西跟你换，放心，不会让你吃亏。"

可是，芭布萝早就把戒指处理掉了，丝毫没有给他赎回金戒指和银戒指的机会。

就算是这样，芭布萝也还是一个让人喜爱、美丽可人的女孩。她系着一个边上带褶的围裙，脖子围着一条白色丝带，她这幅装扮确实很好看。有谣言说她现在正跟村里一个小伙子谈恋爱，但这仅仅只是谣言。海耶达人太看她得很紧，不准她参加任何舞会活动。

是的，海耶达太太确实很小心。艾克塞尔只是在这里跟他以前的仆人商谈戒指的事情，海耶达太太忽然就出现在他们中间，说道："芭布萝，你现在应该去店里了。"芭布萝转身走了，她接着对艾克塞尔说："你是送肉或者别的东西给我吗？"

"嗯。"艾克塞尔摸了下帽子回答。

去年秋天，海耶达太太赞美他，夸他是个好人，她非常敬重他。无疑，他应该回报人家。艾克塞尔明白，跟那些位高权重的人打交道，是有一套老套路的。当时他是考虑送一块牛肉，他家里那头公牛可以用来送礼。可是，时间一点点过去，冬天到了，公牛始终没被宰杀。那是一头好牛，宰杀了对他自己一点儿好处都没有，他确实是舍不得。

艾克塞尔摇着头说："嗯，你好，太太。我没有。"今天他什么都没带。

海耶达太太好像猜到了他的想法。她说道："我听人说你有一头公牛，或许还有别的什么？"

"对，我有头牛。"艾克塞尔说。

"你准备一直养着它吗？"

"是的，我会继续养着。"

"哦。你没有准备要宰杀绵羊吗？"

"暂时没有，我没有多余的牲口宰杀。"

"哦,这样啊，"海耶达太太说,"好吧,以后再说吧。"她转身走了。

艾克塞尔驾着马车往自己家走去。他不禁想起刚刚的那些话，他审视自己，发现似乎做错了什么。要知道，区长夫人以前是一个关键的证人。不管是针对他还是维护他，但无论如何她很关键。那段时间确实很艰难，但最终他还是从那次埋婴儿案件中顺利摆脱了。

可能，他要做好宰杀绵羊的准备了。

有点儿奇怪，他竟然由此想到了芭布萝。假如自己送羊肉过去，那芭布萝肯定会对自己有新的看法吧。

时间悄然流逝，在艾克塞尔身上，并没有不幸的事情发生。当他再次下山去村里的时候，他依然没有带绵羊下来，是的,他没有带。但是他带过来一只小羊羔，其实这只羊并不算太小，还算能够拿出手。他送给区长夫人的时候说："那头阉羊太老了，肉已经咬不动了，不适合送给您，送您这只羊羔比较好。"

海耶达太太说什么都不肯白白收下这份礼物。她说："这只羊羔价值多少，我买下来。"嗨，她真是一个高尚的人，从不轻易接受别人的礼物。最后，艾克塞尔这只羊羔卖了一个不错的价钱。

今天，他没有见到芭布萝。一定是区长夫人看到他过来，就把她支出去了。虽然她导致自己一年半没有帮手，但还是祝芭布萝好运吧。

9

那年的春天，发生了一件意料之外的事情。这件事情非常重要。矿业公司的矿场重新开工了，盖斯乐出手了他的矿脉。真是难以想象。哦，盖斯乐的想法确实高深莫测。他可以做成交易，也可以拒绝买卖，他能摆手说不行，也能点头说可以。他让村里的所有人喜笑颜开。

可能是他良心发现吧，他不能眼睁睁地一直看着他曾经治理过的地方贫穷落后，人民生活困苦。或许，他拿到了他要求的那二十五万？也可能是他要钱急用，不得不减价抛售。五万或两万五千也不算是一个小数字了。实际上有传闻说，是他的大儿子代替他完成的这笔交易。

不论是什么原因，总之，矿场又重新开工了。还是原来的包工头，带着他的原班人马，工作重新开始进行。对，同一个工程，如今做法不一样了，实际上是倒着进行的。

看起来所有的工作都开始正常开展了。瑞典的矿业公司老板把工人、机械、炸药和钱都带来了。可是，究竟是什么事情不对头了？就连那个商人亚伦逊也赶了回来，他决心把斯多堡重新买到自己手上。

"不，我不卖。"艾利修斯说。

"我觉得，只要价钱合适，你会考虑卖掉的。"

"不卖。"

事实上，艾利修斯已经改变了自己最初的想法。他不会考虑卖掉斯多堡，回去城里生活。在这山里当个店铺老板并不是一件坏事，他的记账伙计把店里的事务打理得井井有条，他还拥有一个装有七彩玻璃的露天阳台。他有时间可以跟那些有身份有地位的人一起出去旅行。可能，有一天他会横渡大洋，实现去美洲的梦想。即使是因为要洽谈业务而南下的几次短途旅程，也足够他回味很长时间了。他并不是纨绔子弟，不会去包下轮船进行旅行狂欢。艾利修斯为人有点儿奇怪，他似乎不喜欢女孩子，对她们毫无兴趣。他从来不想花前月下的风流韵事。不过，他毕竟是领主的儿子，也算是有点儿身份的人。他买进大批的货物，去长途旅行。每次外出回来都会变得更加时髦，更加潇洒。最后这一次，他为了防潮，穿回来一双高帮皮套鞋。"咦，你现在是穿了两双鞋吗？"他们问。

　　"这段时间，我脚上生冻疮。"艾利修斯说。

　　然后大家都开始同情艾利修斯。

　　神仙般的日子，悠哉的生活，轻松，自由自在。不会，他是不会出售斯多堡的。让他回到城里去做个柜台伙计，他才不愿意被绑在那里，失去自由了。他已经做了规划，把生意规模做大。现在，瑞典人带着钱回来了，这里会被金钱塞满。卖掉斯多堡，那是傻子才会做的事。亚伦逊经常过来，都被一口回绝，他别提多懊恼了，只能痛恨自己当初轻易卖掉斯多堡。

　　嗨，亚伦逊其实不用太过自怨自艾，艾利修斯也不要把一切想得多么完美，要保持风险忧患意识。村里面的其他人，似乎太过乐观了，他们把自己想象成会受到天使祝福的人，整天笑容满面。假如他们发现事实真相，肯定会失望透顶。其实，现在失望已经降临了，而且是大大的失望。谁能预料到，矿场虽然开工了，但它是从另一边开工。那头离这片地区有七八英里，在盖斯乐那块地的南面，很远，跟村子这片地区毫无瓜葛。矿业公司沿着矿脉向北开采，一直要开采到原先艾萨克的这块地这里，才能为全村和荒野的人带来实际收益和帮助。就算进度再快，也要好几年，甚至好几十年。

当大家得知这个消息时，就像是一枚重磅炸弹炸开，炸得所有人都懵了。村里所有人无不愁容满面。有的人责怪盖斯乐，那个魔鬼又一次戏弄了大家。另外，有的人聚在一起开会商议，最终决定选几个人做代表，去找矿业公司老板和包工头交涉。最终，结果让人失望。包工头做出解释：工程不得不从南边开始，因为那边挨着大海，不用铺设运输轨道。这样可以省下大笔的运输费用。这个项目已经定下来了，不可能再商议更改。

亚伦逊重新振作起来了，他要去新的地方，开展新的事业和生活。他准备把安德逊也带走。"你准备在这荒野之地终老吗？"他说，"还是跟我一起走吧。"可是安德逊不愿意走，似乎这里有些什么值得他留下来。这让人费解，但事实就是这样。他好像准备扎根这里，不再离开。这个地方的一切都没有变化，是安德逊自己变了。这里的人、工作、生活都没有改变。虽然矿场开采工作在别的地区进行，但荒野的人们并没有过度沮丧。他们正常耕种田地，收获粮食，放养牛羊。钱确实不是很多，但有足够的生活必需品，每一样都不缺。甚至连艾利修斯也没有因为金钱外流而灰心丧气，他只是有点儿头疼他在兴奋之中采购的大批货物，这些货物现在无法售出去。嗯，暂时存放在店铺里也好，起码店铺看起来足够光鲜亮丽。

不，荒野的人是不会丧失斗志的。这里的空气跟原来一样清新。

大家会去追逐购买新衣服，却不需要金银和钻戒。酒这个东西他们是从卡纳的宴会故事里知道的。荒野的人不会为了自己达不到的目标理想而忧心忡忡。对于他们来说，油画、报纸、钻石戒指诸如此类的东西都是消耗品，浪费金钱罢了。只有土地上种植的东西才是实实在在的，只要你付出了劳动，就能够获得回报。它是万物之源，一切的根本。有人说，这种生活太单调、太凄凉。不会，他们所有的一切都在这里体现，成功、希望、目标、坚持。天快黑了，西维特沿着河边走着，他忽然停住了，有两只鸭子在河里，应该是一雄一雌。它们和他对视了一眼，呆住了，它们害怕这个人。其中一只哇哇叫了几声，声音有点儿轻，很优美的一段多音符音乐，另一只用相同的旋律做出回答。然后，它们同时振翅飞了起来，在水面滑行了很远，重新落回水里。它们继续像开始那样，一只说话，一只回答，声音更欢快更嘹亮。西维特站在那里，一下痴迷了。他心里飘荡起一个甜美的声音，那个声音轻轻的，使他沉浸在过去那段愉快美好的回忆里。那是一段他曾经拥有过的最美好的时光！他静静地走回家，只字不提。这无法用言语去描述，只能自己静静用心感受。这仅仅只是年轻的西维特在河边散步时碰到的一件小事。

　　他遭遇的事情可不仅仅只是这一桩，他还有一些烦心事。比如，珍欣从塞兰拉离开，这件事让西维特烦闷了很长一段时间。

　　最终还是到了这一步，珍欣自己坚持离开。但珍欣绝对不是那种随随便便的人，她不是，谁也不能这样说她。那一次西维特要立刻驾车送她回去，她大哭了起来，看样子似乎哭得很伤心。但她最终还是做出了离开的决定，态度很坚决，这表明她确实想辞职回家。对，她这样做非常正确。

对于珍欣的离开，英格无疑是最高兴的。这个冬天的英格已经很虔诚和感恩了，但她就是看不惯珍欣，容不下珍欣继续留在这里。并不是说她觉得珍欣做得不好，英格只是单纯地厌恶她。"你要辞职离开吗？好啊，这很好。"英格说这是英格夜晚虔诚祈祷的回报。现在家里面已经拥有两个成年的女性了，那么还需要这个已经到了结婚年龄的珍欣做什么？英格之所以不开心，可能是看到珍欣到了结婚年龄吧，而她自己当年也经历过这样一段适婚时期。

她一直保持着对宗教的虔诚，心里不再有邪念。她已经尝试了邪恶，经历了罪孽，她不愿意到老还继续下去。她现在对这种想法深恶痛绝。感谢上帝，让矿场和矿工都离这里很远。贞洁它是值得赞美和称颂的，无可避免，这是一种必需的善事，是特殊的恩赐。

现在，这个世界已经扭曲了。瞧瞧利奥波丁，当时她还那么小，一棵小树苗，小娃娃。忽然一下就长大了，焕发出青春的活力，春心萌动。假如有一条胳膊搂着她，她一定会软瘫下去。哦，呸！看她那脸上的青春印记，这是春情勃发的表现。英格很清楚地记得，这些绝对是春情勃发的有力证明。英格并没有因此咒骂利奥波丁，但这种情况必须停止，她要坚决制止。为什么安德逊那个小子每个周末都要来找艾萨克商议田里的工作？这两个男人难道认为孩子的眼睛瞎了吗？哼，不管是三十年前还是五十年前，所有的年轻人都是一个样。不过现在的年轻人比以前更有心机、更坏了。

"嗯，大概是你所说的那样吧。"他们讨论这个问题时，艾萨克说，"现在马上春耕了，珍欣离开，那么夏天的工作谁来做呢？"

"收割、晾晒干草的活儿，我和利奥波丁来做，"英格说，"嗨，我情愿日日夜夜去耙草，"她激动地说，快要哭出声来。

艾萨克搞不懂这有什么可以大惊小怪的，但她肯定有自己的打算。于是，他扛着锄头，拿着铁棍去树林里挖石头去了。艾萨克想不明白，为什么珍欣这个干活儿能手坚持离开，他实在是想不明白。其实，艾萨克他基本不会太在乎这些事情。他不会去思考深究，只会认真做好自己的工作。执着冷静地做着最正规、自然的事情。他肩膀宽厚，肌肉结实，从来都是规规矩矩的，不会走错一步。他心胸开阔，包容一切，很少会有事情让他心态失衡。

　　好吧，这块石头真够大的。周围还有很多这样的石头，首先从这块石头开始吧。艾萨克对未来做了很多打算，他要为自己和英格在这里准备一处住所。现在是打地基的最好时机，因为西维特去斯多堡帮忙去了，否则，他肯定会寻根究底，但暂时艾萨克还不想告诉他。不过，西维特将来肯定会需要这里的一切，那时这处住所就能派上用场了。是的，塞兰拉的房子总是建个没完没了，建造牛棚、储草阁楼的横梁和木板早就准备就绪了，但至今没有建造好。

　　准备搞定这块大石头吧。这是块大家伙，尽管露出地表的部分不大，但似乎要搞定它得需要花大力气。艾萨克把石头周围的泥土挖开，用铁棍去撬动，石头没半点儿反应，纹丝不动。他返回屋里去拿来铁锹，把土挖得更深一点，然后再撬，但石头还是不动。艾萨克耐着性子想，这块石头太大太重了。他继续往下挖掘，但石头好像生根了，还是一动不动。假如用炸药来炸开它，那肯定很简单。就是爆炸的声音太大了，那样所有人都会被惊动。他又挖了老半天，还跑回家拿来了撬棍，可还是不行。艾萨克被这块石头气得直冒火。他紧锁着眉头，盯着它看，这真是一块蠢笨的大石头。他拿它毫无办法，真是被它给打败了。

他掘着，这个工作真不轻松，要放弃吗？不可能。他把撬棍放进去，再用力，石头还是老样子。他可以肯定，这方法绝对正确，但就是起不到作用。到底是什么原因呢？他这一生撬动的石头太多了。难道是上了年纪了？哈哈哈，这个有点儿滑稽，太可笑了。他发现自己似乎没有以前健壮了，但是他根本没有意识到，丝毫不放在心上，只是一时胡思乱想罢了。他用尽全身力气，继续撬动石头。

哦，艾萨克把全身重量压在这根撬棍上时，力量可不小。他是个大地巨人，他蜷缩着，身躯和膝盖连成一体。看起来多么的雄壮、健美，他真是壮硕惊人。

但石头还是纹丝不动。

没有办法，他只能继续往下挖。用炸药？不，不用想。他全力以赴，这块石头必须挖掘出来。如果认为艾萨克的这种举动太怪异，那就大错特错了。这是庄稼人对土地的热爱，这种爱，霸气阳刚。可能会有点儿搞笑：走过来转着圈观察石头，接着敲打石头，然后挖掘掉石头周围的泥土，用手把泥土全部丢出去，对，这就是他的做法。但是，这些做法里面完全没有爱抚柔情的成分。假如说有柔情，那也是出自对土地工作的热爱。

继续用撬棍？他把撬棍伸到最得力的位置，但石头还是不动。这块石头似乎在特意表现自己的顽抗，不动如山。感觉石头好像松动了一点，艾萨克满怀希望，再试一次。这位开拓者感觉这块石头已经快被他征服了。可是撬棍突然一滑，他被摔倒在地。"该死！"他说。对，他骂了一句。他摔倒时，帽子歪到了一边的耳朵上。这让他看上去有点儿像海盗，像一个西班牙人。他吐出一口唾沫。

英格过来找他了。她说："艾萨克，先回去吃饭吧。"声音温柔，无比愉快。

"好。"他说。他不愿意她过来这边，原因是，英格老喜欢提问。

哦，毫不知情的英格来到他身边。

"你现在肯定在心里盘算着什么吧？"为了使他消气，她故意问，似乎他每天都会有层出不穷的新点子。

艾萨克板着脸，脸色阴沉可怕。他说："没事，没什么。"

英格太不会察言观色了，她一刻不停地询问，说话。

"你看不到吗？我在挖这块石头。"他不耐烦地说。

"哦，你是要把这块石头挖出来？"

"嗯。"

"那我来帮你吧。"她说。

艾萨克微微摇头。她既然好心帮忙，那么他不可能严词拒绝。

"你等我一会儿，我回去拿锤子过来。"他说。

他的想法是把石头敲掉一块，让撬棍有个更好的支撑点。艾萨克让英格扶住凿子，自己使劲猛锤。一锤一锤下去，终于打掉一块小石头。"谢谢帮忙，你辛苦了。我现在要先把石头挖出来，饭等会儿再吃。"艾萨克说。

英格不愿意走。其实，艾萨克很喜欢英格在一旁看着他忙碌，这让他想起他们年轻的时候。艾萨克把撬棍放好，然后使出全身力气一撬，石头松动了！"它松动了。"英格喊道。

"胡说，你眼睛花了吧。"艾萨克说。

"哪有，石头明明松动了。"

很不错，终于有进展了。这块石头改变了立场，它站到了艾萨克这边，双方可以互相合作了。艾萨克继续用力撬，石头跟着移动，但仅仅就是这样了。他继续撬了一阵，却没有更多进展了。他突然意识到，这不是重量和技巧的问题，而是他的力量衰退、变小了。虽然他的体重和力量还能让他轻易折断包着铁皮的木棍，但要完全撬起这块石头，那他的力量还差了点。这个坚韧不拔的人意识到这一点，顿时感到辛酸和难过。起码，不应该让英格看到他这耻辱的一幕吧！

他猛地丢下撬棍，拿起大锤，向石头发动进攻。他现在已经怒气冲天了。这时，他的帽子还歪在一边，十足的西班牙海盗形象。他用力踏着步子，威武雄壮，围着石头转着圈，似乎他要找到一个最佳进攻位置。嗨，他要把这块石头砸得稀烂。怎么不行呢？当一个男人被一块石头惹怒时，唯一的处理方法就是将它砸碎。假如这块石头不愿意被砸碎怎么办？哼，那就试试看吧，最后看到底谁赢。

毫无疑问，这个时候英格已经看出他遇到的麻烦。她委婉地说道："要不，我们两个拿着铁棒一起使劲试试吧！"她所说的铁棒，其实就是指撬棍。

"不需要！"艾萨克怒声喊道。他接着思考了一下说："好吧，好吧。事实上你最好先自己回家。不过既然你现在在这里，那我们就一起试试吧。"

终于，他们把石头撬了起来，是的，他们合力做到了。"呼……"艾萨克长出了一口气。

不过他们发现这块石头有点儿奇怪。石头底部很宽阔，很平滑，就好像是一块大地板平铺在那里。这应该只是半块石头，剩下的一半肯定也在周围。艾萨克很清楚，石头是有可能分成两半藏在不同地方的。毫无疑问，是大自然的力量促使它分离了。对于这个发现，他惊喜交加，这块石头是用来做门板石的最好石材。现在就算给他一大笔钱，也不会比得到这块石材让他兴奋。他高喊道："这真是一块上好的门板石。"

英格的反应很迟钝，"什么，你早知道！你怎么会事先知道这里有石板呢？"

"嗯，当然。难道你认为我会没事乱挖吗？"

他们一起回家吃饭，艾萨克十分享受这误打误撞而赢得的赞美。事实上他不应该得到这种赞美，但是有什么关系呢，能够得到赞美就很好了。既然英格她认为自己是在挖掘门板石，最终他挖掘出来了，那就当作是这样吧。而且，他再也不用担心，他们问东问西问他在那里做什么了。他有充足的理由——寻找另一半门板石。并且，等西维特回到塞兰拉，他还可以叫他一起帮忙。

万一到了他不能单独挖掘石头那天，情况就变得严重了。对，这个危机已经开始临近，促使他必须赶紧打好房屋地基。岁月已经在他身上刻画了很多痕迹，不久以后他就只能待在壁炉边了。从门板石那里夺取的胜利，供他挥霍不了多久。那是虚假的，不能长久。现如今，艾萨克走路时，他的腰已经弯了，背也开始驼了。

曾经的艾萨克是个顶天立地的男子汉，是一个健壮劳力。只要有人说到开山垦荒，他就会瞬间集中精神，兴奋起来。这些事情都还只是发生在几年以前，仿佛就在昨天。那时，那些畏惧开渠挖沟排水的乡亲们都躲着他。现如今，他对这些事情全看淡了。噢，上帝！整个世界都在改变，连土地都变了。现在有了架着电线杆直通树林的大马路，就连河边的大岩石也被炸裂开，滚进河道里，这些以前都没有。人也变了，变得冷漠。以前，大家面对面走过时会微笑问好，而现在，仅仅点下头，甚至有时候头都懒得点。

不过，从前根本不存在塞兰拉，只有一个茅草屋，但是现在……那个时候也没有领主。

哼，领主又能怎么样？可怜的老东西，他不是神，只是一个年老体衰的老头，他马上就要走到人生道路的尽头，仅仅作为一个卑微的凡人。虽然，现在他胃口还好，吃得也多，但是他已经没有力气，那能起到什么作用呢？倒是西维特，他现在力气很足。可是，如果父子俩都有力气该多好啊！看着自己的身体机能退化，力量日益衰竭，真是一件可悲的事。当年，他干过所有最重、最累的活儿，背负过最重的货物。如今，他只能在长久的休息中锻炼自己的耐心了。

艾萨克神情沉重，闷闷不乐。

地上有一顶已经烂掉的水手帽，可能是当年哪个年轻人丢到丛林里的，也许是小孩子偷偷从家里带出来的。它被丢弃在那里，时间流逝，帽子年复一年地腐烂下去。可是以前它是一顶崭新的黄色水手帽。艾萨克清楚地记得他买回帽子戴在头上，当时英格说漂亮极了。过了大约一年时间，他找人给帽子重新上色，以黑色为主体，帽檐涂成绿色，抛光打蜡。改了以后，英格评价更高。嗨，在英格眼里他做什么都是最好的。哦，那样的日子真是美妙！每天劳作，静静地看着英格捡柴火，那是他人生中最美好的时光。春天来临的时候，他们像丛林里的鸟兽，疯狂地嬉戏打闹。五月份了，他们耕种土地，种植土豆，从早到晚地忙碌着。劳作，休息，爱抚，入梦，他就像是他家的第一头大公牛，强壮豪迈，闪耀得像是一个国王，真是令人叹为观止。现如今再也不会出现这豪迈的五月了，美好的时光一去不复返。

很长时间，艾萨克死气沉沉。这是一段灰暗的日子。他对任何事情都提不起兴趣，连搭建草料棚的想法都没有了，草料棚就让西维特去搭建吧。他眼下唯一的工作是为自己和英格建造最后一栋房子。他不可能永远瞒着西维特，明眼人一眼就可以看出来，他在清理场地。他准备告诉西维特了。

"假如我们需要用到石料的话，这里的石头就不错。这里，有好几块。"他说。

西维特并不吃惊，他说："嗯，这石头材质确实好。"

"你觉得怎么样？我们先找到另外那块门板石，等清理完，这里足够盖起来一栋房子。你说呢？"父亲说。

西维特环顾四周说："盖栋房子，这个想法真棒。"

"你也这么想？盖栋房子给过往的客人居住，这事还真不坏。"

"是的。"

"应该有两间房子就差不多了。上次你也看到了，给瑞典过来的客人住的房子就不怎么好。我们可以再加建一个小厨房，方便他们自己煮些东西吃。我觉得必须有小厨房。"

"嗯，确实要配套建个小厨房。"西维特说。

"你是这样想的吗？"

西维特对一切心领神会，他完全了解瑞典客人过来落脚需要用到什么。他没有任何疑问，他说："我觉得在屋子北边应该再搭建一个顶棚。他们居住的话，肯定需要晾晒湿衣服。"

他父亲点点头："嗯，确实如此。"

他们不再说话，继续摆弄这些石头。艾萨克说："我想，艾利修斯现在还没回来吧。"

西维特含糊说："他就快回来了。"

艾利修斯他是一个喜欢旅行、不恋家的人。他有自己的做事方法，每次订货都必须亲自去看。他说，多家对比，价格会便宜很多。也许会便宜吧，但旅途花费怎么算，写封信去订货不是更好吗？还有，他进了很多的碎花棉布，接受洗礼用的彩带帽，花色草帽，旱烟烟斗。这些东西，山上根本没人买。而村里的人，只有在口袋里没钱的时候才会来斯多堡。看到艾利修斯用笔撰写或者用粉笔计算的时候，大家都佩服他，觉得他是有真正本事的人。"嗨，你这脑子真灵活。"大家赞美他。他确实不错，就是花费开销太大了。村里乡亲又只赊不还，就连布列德·奥尔逊，他在冬天的时候也来斯多堡赊账，赊走了咖啡、蜜糖和碎花棉布。

艾利修斯已经花掉了艾萨克很大一笔钱：他的商铺货物，所有旅途花费。卖掉矿脉土地得来的钱已经所剩无几了，接下来他怎么办？

"你觉得他的生意做得好不好？"艾萨克忽然问。

"好不好？"西维特重复说，他是为了思考一下该怎么说。

"似乎情况不太乐观。"

"嗯，他说他会处理一切。"

"很难。安德逊跟我谈起过。"

艾萨克思考了一下，摇了摇头。"他这生意一直在亏本，"他说："真为他担忧。"

本来艾萨克就意志消沉，现在他的心情更低落了。

西维特嘴里吐出一条新消息："如今又有人搬过来了。"

"什么情况？"

"有两户人家，买了我们附近的地。"

艾萨克用手撑着铁锹，站在那里一动不动。这是个好消息，最好的消息。"这样这里就有十户了。"他说。艾萨克弄清楚了新人家的具体地址，这片地区的优劣他知道得清清楚楚。最后他评价道："嗯，他们的位置选得不错，那里的木材很多，有做柴火的，也有做建材木料的，还有朝西南方倾斜的土地。啊……"

谁也不能打败拓荒的人，这里又有新的拓荒者到来了。虽然矿场没有了，但是对于这片土地来说却是好消息。这片土地是荒漠吗，是一片荒芜之地吗？怎么可能，这里充满了活力和生机。现在又来了新的拓荒者，他们在这里开拓土地、田园，建设自己的美丽家园。哦，丛林里一条条绿色小道，一间茅草屋，挨着河流，周围有小孩，牛羊。野草丛生的地方现在已经变了模样，麦穗在其中摇曳生姿。屋外的兰花在日光的照射下闪耀着金色的光芒。人们在这里生活，放飞梦想，与天地融合在一起。

他是这片荒野的开拓者其中的第一人。他跋山涉水，踏着齐膝的野草，涉过浅滩，来到这片土地，在这充满阳光的山坡定居下来。其他人跟着过来了，他们从亚平宁山脉那边穿越过来，后面又有人跟着过来了，山间小道变成了可以两车并行的马路。这一刻，艾萨克心情很舒畅，他充满了欢喜和得意，因为他是这片土地的开拓者，是领航人。

"嗯，我们不能浪费时间在建造这栋小房子上了，储存草料的木棚必须在年前搭建好。"他说，艾萨克激情四射，活力飞扬！

10

夏天，细雨绵绵，通往山里的路上，一个女人孤独地走着。她早已经全身湿透了，但她顾不上这些，她现在忧心忡忡。这是谁？啊，是芭布萝，没错，是布列德的女儿——芭布萝。她在担心自己将会面临的后果。事实上，她已经丢掉了在区长家的女佣位置，她不得不离开村子了。

她故意避开马路附近的农庄，不愿意任何人看到她。她肩上背着包袱，一眼就能看出她准备去哪里。嗨，她要去投靠曼安兰的艾克塞尔。

她在区长家的保姆生涯大概是十个月，仔细算算，这时间并不长。但是从欲望和压抑来看，可以说是度日如年。刚开始，她还能承受。区长太太很照顾她，给她新围裙还有整洁的衣服穿。穿着漂亮整洁的衣裳去商铺采购，真是一件令人愉悦的事。芭布萝出生在这里，在这个村子里长大。她认识这里所有的人，小时候她在村里上学玩耍，偷偷跟小男生亲嘴，和大家一起玩猜石头和贝壳的游戏。刚开始的一两个月她还能够忍受，后来区长太太看得越来越紧了，尤其是到了过圣诞节的那段时间，她更是严密盯防。看管太严厉是没有任何好处的，到最后事情肯定会变坏。假如不是因为深夜有几个小时的时间，芭布萝可以偷跑出去，她肯定早爆发了。可是，女厨为什么不告发她，反而替她隐瞒呢？难道女厨人很好吗？不，当然不是，她们两个早就达成了协议，约定好轮流外出。

过了一段时间之后，她们被发现了。这并不是芭布萝她露出了马脚，别人也绝对没从她脸上发现她的下流。这不能怪她道德败坏，作风不检点。她尽全力去抵抗诱惑，可是那些小伙子，一而再再而三地邀请她，引诱她。最后，她说："深夜我会想办法出去一趟。"她表现得像是接受正式邀请，并不显得过度风骚，反而显得美丽端庄。作为一个女佣人，她找不到其他娱乐活动，只能跟男人鬼混调情。区长夫人煞费苦心地教导她，借书给她看，这些全是无用功。芭布萝曾经住在卑尔根，她看过报纸，以前曾出入戏院。她不是刚刚从乡下来的无知小女孩。

有一天，区长夫人还是怀疑了。她深夜三点的时候来到楼下女佣们的房间，叫："芭布萝！"

"来了。"女厨应道。

"开门吧，我找芭布萝，她是不是不在？"

女厨打开门，她按照事先约定好的话回答区长夫人，说芭布萝有急事回家去了。深更半夜跑回家去？区长夫人大发了一次脾气，到早晨还吵了一架。就连布列德也被叫过来对质。她问布列德："昨天半夜三点，芭布萝在家里吗？"

布列德丝毫不知情，但回答说："半夜三点？嗯，嗯，嗯，我们有些事情商讨，谈到很晚都没睡。"

区长夫人郑重宣布，芭布萝晚上任何时间都不能出去。

"好的，好的。"布列德说。

"只要她在我家工作一天，没有我的允许，半夜三更就不能离开。"

"好，好的，芭布萝，你瞧，我跟你说了吧。"布列德说。

"你要探望父母，我允许你白天抽时间去。"区长太太说。

区长夫人的疑心并没有解除，她越来越警醒了。过了一个星期，她深夜四点又来了。"芭布萝！"她喊道。哎，芭布萝这次在家里，不在的是女厨。女厨的理由无懈可击，区长夫人只能临时找借口来化解尴尬。

"昨晚你洗的衣服全部收进屋了吧。"

"收了。"

"嗯，很好，你看今晚这风多大，我都被惊醒了。好了，你好好休息吧。"

对区长夫人来说，自己纯粹是自找麻烦。三更半夜起床，不但影响丈夫休息，黑灯瞎火的，自己还得跑到这女佣房间来，真是遭罪。算了，随她们便吧。

假如不是走了霉运，芭布萝至少可以在这里做满一年。可惜，没过几天她们就出现了纰漏。

那天早晨，芭布萝跟女厨拌了几句嘴，声音提得有点儿高。她们完全忘记了应该避开女主人。女厨耍了点儿小聪明，昨晚本应该是她留守在家里，可她却跑出去了。哼，她倒是找了个好借口！她说她要去跟她那即将远赴美国的姐姐道别。其实，根本不是。她没有半点儿借口，只说这个周末晚上是芭布萝欠她的。

"嗨，你真是蛮不讲理，脸皮太厚了！"芭布萝说。

这时，区长夫人来到了厨房门口。

也许，她只是过来这里看看的，因为厨房里太吵了。可是，她现在看着芭布萝，盯着她的围裙。她弯下身来，紧贴着看。这一刻真难堪。她忽然尖叫一声，直接退到门口。芭布萝看向自己的围裙，心里想，发生什么事了？呵，上帝，仅仅只是一只跳蚤。芭布萝笑了一笑，她似乎不太习惯随机应变，直接屈指一弹，跳蚤掉下去了。

"在地板上！"区长夫人尖叫道，"姑娘，你快把它捏起来，你疯掉了吗？”芭布萝蹲下来寻找，她很从容淡定，她做出找到了的样子，捏起跳蚤投进火炉里面。

"这个怎么沾来的？"夫人怒声问道。

"什么？你是说这只跳蚤吗？"

"是的，这个是怎么回事儿？"

芭布萝做出了错误的回答，她指着女厨，她把责任推给了女厨。她不应该这样做，她应该说，可能是从店里沾来的。

女厨很愤怒，她怒声说："我身上的？你竟然把自己身上的跳蚤赖给我！"

"无所谓，昨晚出去的人是你不是我。"

她犯下这第二个错误，她不应该提起这个。女厨爆发了，她一五一十地说出了所有事情，不再替芭布萝隐瞒。区长夫人听了很是生气，她可以不理会女厨，但她得管教芭布萝，因为芭布萝的品格行为由她监督负责。就算如此，假如芭布萝道歉认错，保证今后不再违反，以后认真做好工作，她会得到原谅的。可是她没有。区长夫人苦口婆心地劝诫她，告诉她自己当初花了多少精力才保她出来。但是，芭布萝竟然顶嘴反驳，还愚蠢地说了很多无理的话。可能，芭布萝是故意这样的吧，聪明的她有意把事情闹大，然后便可以趁机从这里脱身。区长夫人说："我把你从监狱里解救出来，你就这样对待我吗？"

"说起这个，我宁愿没被救出来。"芭布萝说。

"你就是这样报答我的吗？"区长夫人说。

"这种话最好少说点儿，"芭布萝说，"也许，我在里面住个一两个月就被放出来了。"

区长夫人被气得一时说不出话来。她站在那里，很长一段时间嘴巴一张一闭，硬是没发出半点儿声音。最后，她说道："你走吧，你的事我再也不管了。"

"随你怎么办。"芭布萝说。

事情发生后好几天，芭布萝一直住在父母身边。可是她不能长期住下去。没错，她母亲在卖咖啡，过来买咖啡的客人也不少，可是芭布萝不可能靠这个生存。也许她应该想办法找一个固定的住所。因此，她背着装有衣服的包袱，沿着公路来到了曼安兰。眼下她遇到的问题是：艾克塞尔·斯屈洛姆还会接受她吗？不过，不管结果如何，她已经在周末时贴出了结婚告示。

芭布萝踩在满是泥污的马路上，一步一步往前走。已经是傍晚了，但天还没有完全黑下来。坚强的芭布萝，她像开始一样充满干劲地向新的任务日标前进。她要找到新的安身立命之地，为此不惜一切代价。说实话，她从来都不惯着自己，相反，她很努力、很上进。所以她到现在都还拥有曲线优美的身体。她很聪明，任何事情一看就会，但是这常常给她带来麻烦。对她这样的人不能再有更高的期望了。她能够在危急关头完成自我救赎，冲破困难，摆脱困境。她一直拥有这样的品质。

虽然她对于婴儿的死亡并不太当回事，但她遇到小孩，还是会给他们糖吃。她拥有一双能够辨识音律的耳朵，能轻柔准确地演奏吉他，同时轻吟低唱，她的歌声委婉动听。她从不吝惜自己，从不，她能献出自己的一切，毫无吝惜。她会痛哭失声，为生活琐事心力交瘁，这一切在她身上自然体现。生活感悟和歌声融合在一起，如诗歌一般甜美如蜜。她能用这些迷惑自己和所有人。假如她今晚随身携带了吉他，肯定能为艾克塞尔弹奏一曲。

　　她故意在天已经很黑的时候到达目的地，曼安兰寂静无声。瞧，艾克塞尔现在已经开始收割干草了。他已经割完房屋周围的草了，很多都已经晾晒好，储存了起来。她估计年老的奥莲应该住在小房子里，至于艾克塞尔应该睡在她以前住过的那个干草棚里。她屏气凝神地走到门口，轻柔呼唤道："艾克塞尔！"

　　"是谁？"艾克塞尔问。

　　"是我，艾克塞尔。"芭布萝边说边走了进来。"你能收留我住一晚吗？"她说。

　　艾克塞尔愣在那里，他一时反应不过来。他穿着短衣短裤坐在那里，看着她。"哦，原来是你，你准备前往哪里？"他说。

　　"这要看你了，今年夏天你需不需要人手呢？"她说。

　　艾克塞尔思考了片刻，然后说："你离开原来工作的地方了吗？"

　　"是的，我跟区长家的雇佣关系已经结束了。"

　　"哦，到夏天了，我确实需要一个帮手。"艾克赛尔说，"可是，你是要回来呢，还是别的什么意思？"

　　"你不用管我，我明天就会离开，从塞兰拉经过，翻过大山，我在那边有去处。"芭布萝搪塞说。

　　"你已经跟那边说好了吗？"

　　"嗯。"

　　"我夏天应该人手不够。"艾克塞尔说。

　　芭布萝全身都淋湿了，她的包裹里有干净衣服，现在得换上。"你换衣服吧，不用顾忌我。"艾克塞尔说，他只往门口走了一步，便停了下来。

芭布萝一边脱衣服一边跟艾克塞尔交谈，他的眼睛时不时瞟向芭布萝。"你应该回避一下。"她说。

"回避？"他说。他抬头看看天气，觉得真不能出去。他看着她把衣服一件一件剥下来。他的眼睛已经移不开了。芭布萝太粗心了，她应该在脱衣服的同时套上干净衣服，可是她没有。她的衣裳很薄，紧贴着身体。她把肩膀上的一粒扣子解开，侧过身子，这对她来说驾轻就熟。艾克塞尔已经看得瞠目结舌了，他看着她摸了那里两下然后将贴身内衣脱了下来。这一切太美妙了，艾克塞尔想。芭布萝站在那里，毫无察觉。

过了一会儿，他们躺下来说着话。嗯，没错，他夏天必须有人帮忙，这点毫无疑问。

"有人确实这样说过。"芭布萝说。

他现在独自干着收割干草和晾晒干草的活儿。芭布萝看得出来，他现在的工作困难重重。可是，这一切是芭布萝造成的，她把他单独留下，自己离开了，让他失去了助手。他无法释怀，并且她还带走了那两枚戒指。还有更加难堪的，那份按时寄来的《卑尔根周报》总是缠着他，好像永无止境。为此，他支付了整整一年的报刊费用。

"那群人太可恶了。"芭布萝完全顺从着他说。

看她变得如此谦逊恭敬，艾克塞尔也不好再铁石心肠了。他承认不对，他抢了芭布萝父亲的电报活儿，芭布萝为此生气是应该的。他说："我要把电报活儿还给你父亲，我不想再做了，那个太浪费时间了。"

"哦。"芭布萝说。

艾克塞尔思考了一下，接着直接问道："好，你的决定是什么，等到夏天结束就离开吗？"

"不会，"芭布萝说，"未来由你决定吧。"

"你确定？"

"嗯，随你高兴，你高兴做什么就做什么，我也会跟着你一起高兴。你不用对我不放心。"

"哦。"

"不骗你，我已经申请了结婚预告。"

嗯，这样还不错。艾克塞尔躺在那儿思考了很长时间。假如她这一次是真心实意而不是有目的地欺骗他，那么他这一辈子就拥有自己的老婆和终身助手了。

"我已经决定从外地请个女助手过来帮我，我已经写信跟她确认了。不过我得负担她从美国到这里的旅途花费。"他说。

"哦，她现在在美国吗？"

"是的，她是去年过去的，可是她不喜欢那边的生活。"

"不要太在意她，如果她来了，我去哪里？"芭布萝变得伤心和忧虑起来，她的声音有点儿哽咽。

"不要难过，为了你，我一直还没有做出最后的决定。"

说到这里，芭布萝觉得她应该要反击一下了。于是，芭布萝告诉艾克塞尔说，在卑尔根那边有个青年一直钟情于她，他有一份稳妥的工作——在酿酒庄园里面做运货司机。"我想，现在他肯定还在为我伤心。"芭布萝哽咽着说，"但是，艾克塞尔你知道吗？自从我们在一起，经历了那么多的事情，我是不可能轻易忘记的。至于你怎么想，是否选择忘记随你便。"

"不，不。"艾克塞尔说，"芭布萝，你不要伤心了，你是我的心肝宝贝，我从来都没有忘记你。"

"嗯……"

芭布萝把话摊开说出来后，心情好了很多。她说："不管怎么样，现在已经没有必要把人家从美国叫过来了，况且还要为此支付旅费。"芭布萝劝他不要再为此花费多余的金钱。她好像已经决定由她来创造他们的幸福小窝。

这个晚上他们把所有的事情都商议好了。他们不是像陌生人一样初次交流，这些问题他们以前早就谈论过了。他们已经决定好了婚礼的日期，就定在圣奥拉夫节日和秋季收割之前，一切都是光明正大。现在芭布萝恨不得婚礼马上就举行。艾克塞尔一点儿都不疑心芭布萝的急切心情，相反他对此很兴奋，很有一种悠然自得的自信。艾克塞尔是个务实的人，对有些事情不会想得太多，不会斤斤计较。他对事情最重要的看法是值不值得，自己应不应该去做。况且，现在芭布萝已经改变了，她变得温柔，深明大义。美丽的她就像一个等他采摘的大红苹果。而且，结婚预告也登记公布了。

关于死婴和审讯的往事，他们谁也没有提到一个字。

他们谈论起奥莲，商议着怎样解雇她。"嗯，她必须离开，我们并不亏欠她什么。现在的她什么都做不了，只知道说三道四，搬弄是非。"芭布萝说。

可是事实上，他们发现要赶走奥莲很困难。

第二天一早，奥莲发现了芭布萝，她立即意识到自己命运堪忧。她心情很不好，但并没有表现出来，反而搬出一把靠椅。在曼安兰的日子，奥莲自认为跟艾克塞尔配合得很好：他打水，劈柴，包办一切重活、累活，奥莲自己则负责剩余的。她已经想好了，准备在这里度过余生。可是，芭布萝的到来把她的如意算盘给打乱了。

"家里的咖啡已经喝完了，要不然肯定请你喝。"她对芭布萝说，"你在这里歇息一下，就会离开吧？"

"不走。"

"哦，不走了？"

"是的。"

"嘿，这其实跟我没关系。"奥莲说，"既然不过山，那就是下山咯。"

"不是，我会一直在这里，哪儿都不去。"

"你会一直待在这里？对吗？"

"嗯，是的，我想我会一直留在这里。"

奥莲停顿了一下，她那老奸巨猾的脑袋快速思考着。"哦，太好了，真是感激你能够留下来，这样我就能省心多了。"她说。

"嗨，看来这段时间艾克塞尔对你很不好。"芭布萝讥笑说。

"是的，很差。不过你不要在我的话里面挑刺，我是一个快要入土的人。艾克塞尔他就像是上帝给我指派来的天使，他无微不至地照顾我。但是，我在这里举目无亲的，平时难免会感觉孤苦伶仃，无依无靠。可怜的我，亲友都在山的另一边。"

就算是这样，他们还是赶不走奥莲。奥莲一直赖在这里，直到他们结完婚也还是一样。终于，奥莲实在是赖不下去了，只能同意说"走"。可是，她还要多留几天，说是等他们去教堂结婚时，替他们照看牛羊群。结婚一来一去花了两天时间，等他们回来，奥莲依旧赖着不走。她找各式各样的理由留下来，今天身体欠安，明天天气不好，出行不便。她说话讨好芭布萝，夸赞曼安兰的伙食比以前精致好吃，咖啡比以前细腻好喝。她的赞美声铺天盖地，无孔不入。

有些事情她是最清楚的，她还特意去请教芭布萝应该怎么做。"请问我是按照奶牛站着的顺序来挤奶，还是先挤大母牛波德莲的奶？"

"随便你。"

"是的，我一直这么觉得。"奥莲惊呼道，"跟你这样见过大场面的人在一起真舒服，你在有学问、有内涵修养的人身边待过，跟我这种又老又旧的老家伙相比差异太大了。"

哦，奥莲不但嘴巴没停，还一天到晚地耍着阴谋诡计。她跟芭布萝谈论，告诉她，她跟芭布萝父亲的关系有多么好，他们相处有多么的愉快，从来没有过口角。她的父亲，善良，谦逊，彬彬有礼，他对待任何人都是柔声细语。

可是，这种情况不可能永远持续下去。芭布萝和艾克塞尔都不想奥莲再住在这里，现在芭布萝接替了奥莲的所有工作。奥莲没有发出抱怨声，只是她看向女主人的目光变得很凶狠，连讲话的语调也开始变得尖锐。

"是的，真的是一个大人物。艾克塞尔去年秋天去城里时，你可能没有碰到他。没错，那个时候你正好在卑尔根，他去城里购置割草机和耙草器。现在就连塞兰拉也比不上你们了，跟你们比，他们屁都不是！"

她的话里带着刺，可是就算这样也已经没用了：并没有人会惧怕她。那天，艾克塞尔开门见山地叫她离开。

"离开？"奥莲说，"怎么离开，你让我爬吗？"不能，她走不了。原因是她身体不好，腿都挪不动了。更不妙的是，当芭布萝接替完她手上所有的工作，以致她完全无所事事的时候，她竟然病倒了，而且病得很严重。尽管如此，她还是硬挺了七八天，艾克塞尔恶狠狠地盯着她，她完全不在乎，她是故意赖在这里不走的。最终，她再也起不来了，病倒在床上。

她如今正躺在床上，没有半点儿大限将至等死的意思，而是在计算自己什么时候能够再起床。她还提出了荒原有史以来最可笑、最放肆的要求：让他们请大夫来家里看病。

"请大夫？你烧糊涂了吧！"艾克塞尔说。

"那你认为该怎么办？"奥莲似乎不理解他的意思，柔声说。此时，她说话温柔甜美，似乎一点儿都不觉得自己是在麻烦别人。她自己有钱出大夫的诊断费用。

"哦，你确定？"艾克塞尔问。

"难道我不能这样吗？"奥莲说，"再说，你无论如何都不能眼睁睁地看着我像畜生一样悄无声息地死去吧？"

这时候芭布萝很不明智地说话了。

"你这人，我每天给你端水送饭，细心照顾你。我倒要看看，你能够抱怨什么？至于我不让你喝咖啡，那是因为不喝咖啡对你有好处。"

"说话的是芭布萝吗？"奥莲问，她转动着眼球，但是没有朝她看。是啊，可怜的奥莲，她病得太厉害了。"嗨，芭布萝。可能像你说的那样，假如喝一点儿对我不好，那么喝一勺估计就能要了我的老命。"

"如果我是你，这个时间我绝对不会去考虑咖啡的问题，而是想些其他的事情。"芭布萝说。

"哦，正如我说过的。"奥莲说，"你不会让自己的同伴死去，而是会叫她学会坚强。或许……哎呀，我似乎看到了不该看到的东西，芭布萝……你怀孕了，是吗？"

"你乱说什么？"芭布萝怒声吼道，"仅凭你这张乱嚼舌根胡说八道的臭嘴，我就应该把你摁到粪坑里。"

病人听到这话沉默了一阵，她抖了下嘴角，似乎要微笑一下，可是她不敢笑出来。

"我昨天晚上听到有人叫喊。"她说。

"她已经神志不清了。"艾克塞尔轻声说。

"不，我没有神志不清。我真的听到了声音，像是从树林那边传来或者是河流那头，声音很奇怪，像是小孩子的哭喊声。芭布萝出去了吧！"

"她出去了，"艾克塞尔说，"她被你的胡言乱语搞烦了。"

"你说我胡言乱语？一切都是我神志不清胡乱说的？你错了，我是说真的。"奥莲说，"我很清醒，上帝还没有打算召唤我过去，让我去述说关于曼安兰的所有事情。你放心，我会重新站起来，不过你最好帮我把大夫请过来，这样我会好得快一点儿。对了，我还记得你答应给我的奶牛打算怎么处理？"

"奶牛，什么奶牛？"

"你答应给我奶牛的啊，应该就是给我奥莲吧？"

"你疯了？"艾克塞尔说。

"那天我救了你的命，你的的确确说要送奶牛来报答我。"

"不，根本没有这事儿。"

听到这话奥莲抬头看着他。皮包骨头的细长脖子上长着一颗灰白光秃的脑袋，就像童话故事中的老巫妖。艾克塞尔大吃一惊，他用手胡乱地去摸背后的门闩。

"嗨，你居然是这种人，真没看出来。好啦，不说这个了。从现

384

在开始没有奶牛，我不会再提起，我会好好地活下去。可是今天总算看清楚你的真实面目了，我明白了，对，下一次我会更加明白。"

但那天晚上奥莲死去了，死在深夜里，没人知道具体时间，等第二天早晨发现时，她的身体已经冰凉了。

老家伙——奥莲，从出生到死去，她终于走完了全程。

不管是艾克塞尔还是芭布萝，对于埋葬奥莲、永久打发掉她都没有半点儿难过。他们可以安心生活，不用再防范别人了。他们小两口不再有不顺心的事情了，除了芭布萝的牙齿遇到点儿小麻烦。她的脸上包裹着一条羊毛围脖，只有在说话的时候才能移开一点儿，这真的糟糕透了。艾克塞尔对于芭布萝的牙疾觉得很不可思议。确实，他注意到她咀嚼食物很小心，但是她的牙齿一颗都没少。

"你不是长了新牙吗？"他问。

"嗯，长了。"

"新牙也会痛吗？"

可是，艾克塞尔的无心询问惹恼了本就心情不好的芭布萝，她还抖出了事实的真相。"嗨，你不要问东问西了，你长着眼睛难道不会看吗？"

她到底怎么啦？艾克塞尔仔细瞧着芭布萝，感觉她腰围似乎粗了一点儿。

"啊，你不会——应该不会又有身孕了吧？"他说。

"是呀，你应该知道呀。"她说。

艾克塞尔呆住了，他呆呆地望着她。虽然他这个人反应有点儿迟钝，但还是坐下来，数着手指头：一星期，两星期，第三星期还没到……

"不，我怎么应该知道呢？"他说。

芭布萝失去了理智，突然号啕大哭起来了，她像是一个受害人，委屈地哭诉："好吧，你把我挖个坑埋了吧，那样你就不会再被我缠着了。"

奇怪，女人怎么会为了这种不着调的事情痛苦吵闹呢！

艾克塞尔从没有要活埋她的念头。他是个思想迟钝的大老粗，对待任何事物主要是看作用在哪儿，而不会去关心前进的道路上会出现什么花花草草。

"这样的话，今年夏天的农活儿你就干不了了吧？"他问。

"不干活儿？"芭布萝对此很惊讶。女人真是奇怪，竟然会为了这种事哈哈大笑。当芭布萝明白艾克塞尔竟然关心的是这个时，她高兴得要跳起来，完全忘乎所以了。她大笑着叫道："哦，艾克塞尔，我会做好所有的活儿，最好是有双份的。随便你安排什么活儿给我，做完后我会再做其他的事情。感谢你，感谢上帝，你能原谅我，我什么都愿意做。"

她又是热泪又是欢笑，在那之后，她变得更加温柔体贴。曼安兰的旷野里只有他们两口子，没有任何人来打扰他们。家里门户洞开，在炎热的夏季，蚊虫成群飞过。芭布萝不但温柔体贴，而且心甘情愿。她不反驳艾克塞尔任何事情，他说怎么样就怎么样，是那样的顺心如意。

太阳下山了，艾克塞尔正在摆弄着割草机，他还能趁着天还没全黑下来，再割点儿草。芭布萝似乎又有很重要的事情，她急匆匆地跑过来了，她说："艾克塞尔，你怎么会从美国那么远的地方找个人回来了？她要到冬天才能到达这里，那个时候来没有任何用处。"

她刚想起这个问题，就匆忙地跑过来询问艾克塞尔，她必须讲清楚。

其实，她完全不必担心。艾克塞尔早就把一切处理好了。他得到芭布萝就等于有了永久的帮手，不会再有找其他人的想法，他不是一个举棋不定的人。如今有老婆照看曼安兰，他就能继续做电报护理的工作。只要他能确保田间农作物正常生长，维护电报的报酬可是一笔不菲的额外收入。一切都朝着他预想的方向发展变化。他如今是布列德的女婿，所以他也不用再怕布列德对他的电报工作使坏了。

对，艾克塞尔的前程远大，前途一片光明。

11

时光飞逝，冬去春来。艾萨克必须去村里一趟，于是他赶着清洗后崭新的马车去了。至于为什么？他说："我自己也不明白。"安上坐垫，车内堆满了东西，杂七杂八的一大堆。这是给艾利修斯带过去的。塞兰拉只要有人下去就肯定会给艾利修斯带东西。

艾萨克很少下山来，现在大部分事情都是西维特出来处理。他出现在荒原地区，绝对是一件大事。紧挨着农场住的两个人在自己的茅草屋里议论着："看，艾萨克出来了，他这次出山做什么呢？"紧接着经过了曼安兰，正好芭布萝抱着孩子站在窗前看到艾萨克的身影，她说："确实是他本人。"

艾萨克到了斯多堡，他停下马车。艾利修斯出来迎接，是的，他还在斯多堡，不过正在准备去南部各城旅行观光的行李物品。

"你妈妈给你捎来了很多东西，"父亲说，"不知道是些什么，不过我估计也应该是些杂七杂八的东西。"

艾利修斯卸下物品，谢过了父亲，他问：“我想，应该还有封信之类的吧？”

“哦，对。”父亲说，他从口袋里掏出信，“喏，我听说是蕾碧卡写给你的。”

艾利修斯接过信封一看，正是他一直在等的那封信，厚厚实实的，于是他说道：“真巧，您正好这个时候过来，原本我两天前就启程了。假如您能稍等片刻，请您顺便带我的大行李箱下去。”

艾萨克拴好马车，在斯多堡附近转了一圈。斯多堡这片地区的田地打理得还真不赖，记账伙计安德逊的功劳很大，当然少不了西维特的帮忙。安德逊勤劳能干，他主动去田地里劳作，抽干泥沼，雇石匠砌水渠。在安德逊的打理下，今后两年时间，斯多堡可能都不用购买饲料，艾利修斯甚至还可以饲养一匹马。

过了一会儿，艾利修斯取出了他的行李箱，呼喊父亲。看来，他已经做好旅行的准备了。他穿着一身崭新、整洁的蓝色西服、高白领衬衣、高帮皮鞋，手拿旅行手杖。他乘坐的船还要等两天才会启程，可是有什么关系呢，在斯多堡或者在村里等都是一样的。

父子俩驱车上路。安德逊从店里出来为他送行，祝福他旅途平安快乐！

艾萨克全心全意地想着儿子，想把自己的座位让给艾利修斯坐，但艾利修斯不愿意，他紧挨着父亲坐着。当他们走到布列德利克时，艾利修斯突然记起自己似乎有东西忘记带了。“是什么忘带了，要不回去拿吧？”父亲说。对，他忘记带伞了，可是他没有说出来，只是回答：“算了，没什么大不了。”

“你确定不要回去拿？”

"确定，我们继续前进吧。"

这确实是一件很让人心烦的事情，他怎么会忘记带伞了？难道是因为父亲在等，他一时急中出错忘记了？算了，到特隆赫姆再买一把吧。对他来说，自己拥有一把伞或者两把，其实无所谓。可是，艾利修斯还是觉得心里堵得慌，心情很烦躁，他为此不再坐车，而是跟在马车后面。

在继续往村里走的这段时间里，父子俩几乎没有再交谈，原因是艾萨克说话必须得把头转到后面才可以。艾萨克问："这次准备出去多长时间？"

艾利修斯说："这个不好说，可能是三个星期，最多不会超过一个月。"

艾萨克问，人在大城市里竟然不会迷失方向，竟然可以找到回家的路，真是太神奇了。艾利修斯说，这个很简单，在一个地方待久了就会很熟悉，熟悉了自然就不会迷失，一生一世都不会。

艾萨克想让儿子坐回马车上来，于是说道："艾利修斯，你来驾车，我有点儿累了。"

艾利修斯开始还不愿意上车，直到艾萨克也要下车跟着他一起步行，他才重新坐回马车。他们吃了些食物，这是英格特意准备的一大袋食物，吃完东西后他们驾车继续前行。

他们走到了最下面的两户人家，这里已经离村子很近了，抬头就可以看到村子。这两户人家面对着马路的窗户上都悬挂着白色的窗帘，草棚上也矗立着庆祝宪法日的旗杆。马车缓缓驶过，两户人家的人说："确实是艾萨克本人没错。"

艾利修斯最后总算摆脱了忘记拿伞的影响，开始寻找与父亲谈话的契机。他问："您今天亲自驾车下来是要处理什么事情呢？"

"嗯，其实没什么大事。"他父亲说。他想反正艾利修斯要出去旅行了，让他知道也没关系。于是，他说道："我是去接我们以前的女仆珍欣上山。"

"这事还需要您老人家亲自下山？您怎么不叫西维特来？"艾利修斯疑惑地问。艾利修斯对此事了解得很少，他根本不知道只要珍欣自己离开塞兰拉，西维特是肯定不会再去接她上来的。

是的，塞兰拉去年收割干草出了不少岔子。虽然英格做了很多事，也很努力，利奥波丁也帮了不少忙，家里还新添置了专门耙草的机器。可是草地的面积太大，草太多了。如今的塞兰拉已经扩大了很多，女人们要做的事情太多了，除了农忙时割草外，还要照看牛羊，煮饭洗衣，挤牛奶等，而且必须按时烘烤面包，清洗衣物，打扫卫生，准备奶油奶酪，母女两个真是累得够呛。这个夏天太艰难了，艾萨克不希望这种状况再发生。他下定决心，假如珍欣愿意回来，就一定接她回来。英格这时候突然明白事理了，她也不反对珍欣回来。她说："随你考虑，你自己看着办吧。"嗯，英格恢复正常了，不再歇斯底里，这很不错。英格重新变得随和、善良，不再无故发火生气了。寒冬影响了她，她变得理智冷静了。她似乎长胖了一点儿，整个人看上去富态端庄。她是一个不会凋谢的奇妙女人，可能是她的花期太晚吧。谁能知道事情的真相究竟是什么呢？事情既然存在，就肯定会有原因。英格是不是跟铁匠太太有矛盾？那么是那个铁匠太太特意去针对她吗？由于她的年少无知，在她生命最美好的那段时光被欺骗，进而在极度不自由的地方度过了少妇时光的六个年头，到了中年她重新迎来了怒放的契机，有什么理由她不去把握呢？虽然英格有问题，但这是小事，她本性纯良，天资聪慧，任何一个铁匠太太都比不上她。

父子俩驾着马车，走到了布列德·奥尔逊租的房屋这里，在棚子下面拴好马车。已经傍晚了，父子俩自顾走进屋子。

这个房子，以前是个仓库，是布列德·奥尔逊找店主租的。现在被他改造成了两室一厅，装修得很不错。位置很好，有很多来来往往的旅人，喝咖啡的客人不少。

布列德好像转运了，他找到了合适自己的营生，这要感谢他的妻子。她在布列德利克举行拍卖那天突然灵光一闪，想到了这个卖咖啡饮料的点子。这是一个让人心情愉悦的工作，直接跟现金打交道。自从他们下山开了这家咖啡馆以后，生意越来越红火了。他们一边卖咖啡饮料一边还提供给过往的旅人住宿。布列德太太真是旅客的福音。当然，布列德太太现在有一个已经长大了的，特别能干且懂事的女儿，她叫凯特琳。凯特琳替她分担了很多工作，要不然肯定忙不过来。不过，过一段时间，凯特林也需要找一份比在父母身边帮忙更好的工作。当然，他们当前的生意颇好，这是最主要的事情。咖啡馆的经营状况非常好，假如现在店主能够提供足够的蛋糕、饼干，生意肯定会更加火爆。这个地方的人对蛋糕、咖啡、饼干情有独钟，每天几乎都会过来吃点儿，喝点儿。对于店主来说，这是一个较大的考验：货物必须准备充足。

布列德一家子靠着这些收入，日子过得很不错。不过有的时候，他们也只能靠喝咖啡和吃剩下的蛋糕过日子。但这足够过活了，他们的孩子一个个也都长大成人，非常健康。"毕竟并不是每个人都能吃到蛋糕和咖啡的。"有些人羡慕她说。嗯，布列德一家确实过得红火，他们还养了一条狗。这条狗经常会跑到客人面前去乞讨食物，所以也养得肥头大耳的。这是他们旅店的活广告，说明这里吃的东西确实不错。

布列德除了是这家里的男主人外，他还有其他的身份。他以前是区长大人的特约助理，那段时间工作很多，任务很繁重。但是后来由于女儿芭布萝的原因，他不再受到区长信任了。不过，这些都只是些小事情，对他的生活和工作并没有太大的影响和损失。布列德说，他现在经常会接到别人的邀请去做事，去替医生驾驶马车，帮牧师杀猪等。这些人是为了嘲讽区长大人，特意叫他去工作的。

虽然这样，但是布列德的家里有时还是很窘迫，毕竟人不像狗那样好养活。但是，布列德很乐观，很感恩。他说："我的孩子们都长大了。"虽然，孩子会长大成材，但是后面还是会有小的出来。大的开始外出闯荡，能够自力更生了。他们有时候会寄钱回来贴补家用。赫尔基出海了，芭布萝则嫁到了曼安兰生活。他们都会经常寄钱和贵重物品回家，就连一直在家里帮忙的凯特琳也在去年冬天家里特别艰难的时候拿出五克朗给父亲。布列德赞美说："真是我的好闺女。"布列德不会去询问女儿从哪里弄到的钱，嗯，这就是他们的相处方式。孩子们会关心孝顺父母，尽自己所能去解决父母遇到的困难。

不过，布列德对自己的儿子并不是很满意。布列德有时候会在店里发表一些儿女应该孝顺父母的言论。他说："对于我的儿子赫尔基，他抽抽烟或喝喝酒什么的，我并不会去责难他，毕竟每个人都会经历这个阶段。可是他不能在一封又一封的信件里只有空话祝愿，这样是错误的。他不该让他妈妈痛哭流泪，他要做些实际的事情。小孩长大成人，能够自力更生的时候就应该照顾家里面，寄钱回来补贴家用，孝顺父母。这样做才是正确的。人不能忘本，想想父母把他们拉扯大是多么的不容易。"

赫尔基之后又寄回来一封信，这是在他父亲发表这篇言论不久之后寄回来的。他似乎听到了父亲这些言论，这次信封里装着钱，五十克朗一分不少。有了这笔钱，布列德家里又过上了光鲜亮丽的日子，简直就是挥金如土：他们买来鱼和肉做了一顿大餐，还在厅里安装了一盏金光灿烂的吊灯，从天花板上直垂下来，显得富丽堂皇。

他们一家的日子总会显得紧张，但对他们来说只要能够活下去，能够快乐多一点，忧虑少一点，就算日子紧巴巴的也没关系。

"您的到来使我的屋子蓬荜生辉！"布列德说，他把艾萨克父子俩请到挂着新吊灯的客厅里。"我从来都不敢奢望您父子俩会一起大驾光临。艾萨克先生，您不是从来都不下山的吗？"

"嗯，是的。这次是去铁匠家里处理点儿事情。没什么大事。"

"哦，看来，艾利修斯应该是准备前往南边了。"

对于住惯了旅店的艾利修斯来说，他非常熟悉这些，他把外套和手杖在墙上挂好，点了咖啡，从父亲带来的篮子里拿出食物来吃，凯特琳则端来咖啡。

"收钱？不行不行。"布列德说，"我曾经在你们塞兰拉蹭了那么多顿饭，还有艾利修斯，我在你的斯多堡赊下的账都没还清。不能收钱，凯特琳。"可是艾利修斯还是把钱付了，他从口袋里拿出皮夹钱包，数了钱并且多加了二十奥尔给了凯特琳。多的二十奥尔是小费，他是一个公私分明的人。

喝完咖啡，艾萨克前往铁匠家里，艾利修斯则留在布列德的旅店休息。

出于礼貌他跟凯特琳聊了几句，其实他更愿意跟他父亲交谈。确实，艾利修斯对女人一点儿都不上心，他对女人似乎没有一点儿想法，可能是受过女人的伤害吧。他这样完全地跟女人保持距离，将来连为女人倾倒的机会估计也不会有了。他是出现在荒野里的妙人，长着一双纤纤细手，有一个喜欢精致物品的女人心，钟爱高筒套鞋、伞、手杖等。他是因为受到惊吓而改变了，变成了一个厌婚者。他的上唇上面没有留下一点儿男人的痕迹。可能是他最初的出生好、起点高，后来被外面环境影响了，变得心理、生理都不正常了。是因为他在城里店铺工作时太过劳累吗，导致他丧失了最原始的欲望？嗯，或许真是这样，他现在呈现出这样的状态，逍遥自在却一点儿都不热情，有点儿怯弱，有点儿轻率，已经偏离了正常人的生活轨道了。也许他会羡慕旷野里跟他相识的每一个人，也许他连羡慕这些人的精力都没有了。

凯特琳喜欢跟客人玩笑打闹，她问道："你是不是又准备去南方与自己的情人相会呢？"

"我是有重要事情处理，我这是为了生意，去开展联系业务。"艾利修斯说。

"凯特琳，要尊重长辈。"她父亲对她说。嗯，布列德·奥尔逊很尊敬艾利修斯。不过这是理所应当的，他在斯多堡有很多欠账，艾利修斯是他的债主。艾利修斯对这类恭维显然很受用，他也很客气地喊布列德"我亲爱的先生"，一直这样。接着，艾利修斯提起他忘记拿伞："今天我们在经过布列德利克时，我才记起自己忘了拿伞。"

布列德说："今天晚上你过来我们店里喝点儿咖啡吧。"

艾利修斯说："不好意思，我父亲在这边，不然我肯定可以去你们小店的。"

布列德刻意讨好他，不停地找话题："有个人会来这里，从这里到美国去。"

"他是回家吗？"

"嗯，是的。他以前一直住在村头最高处。到这边很多年了，准备这个冬天回去。瞧，他的行李箱已经由马车托运过来了，嗨，那箱子真是漂亮极了。"

"我曾经几次考虑前往美国。"艾利修斯坦率地说。

"你吗？怎么可能呢？像你这种人肯定不会往美国那种地方去了吧。"布列德惊讶地叫道。

"嗯，不过我不会永久居住，你知道我已经去过很多地方了，现在我想去美国那边看看。"

"嗨，这样确实也不错，听说那边遍地是黄金。就比如说我刚提到的这个人吧，他豪迈地请客人吃东西，这个冬天他就花掉了不少钱。那次他到我这里，'给我们来点儿咖啡，要整壶的，蛋糕也给我全部拿上来。'走，我们去瞧瞧他的大箱子。"

他们来到过道上，这只箱子肯定是上等品，瞧，棱角上面都镶嵌着金闪闪的铜片、链带、把手、三页防护板，还有牢固的锁扣。"这个没有钥匙，谁都打不开。"布列德说得像是自己尝试过一样。

他们走回屋里，艾利修斯突然有了心事。跟那个住在村头的美国人比，自己根本不算什么。那人出门在外完全是达官贵人的派头，怪不得布列德对他奉若神明。艾利修斯重新要了咖啡和蛋糕，他也想找那种阔气的派头。他随手把蛋糕给了过来摇尾乞食的大狗，情绪很低落。跟外面那个珍品相比，他的箱子就是一个破烂，一个黑帆布材质的,黑不溜秋的,边角都已经磨破了,它实际上就是一个手提包而已,别无其他。哼,大家都看着吧,到城里他也会买一个大箱子,要多奢华就多奢华!

"这么好的东西喂狗,太奢侈了。"布列德说。

艾利修斯一听这话心里很受用,他准备炫耀一番了。他说:"这狗能长得这么肥硕真是个奇迹。"

艾利修斯念头一闪,他中断了与布列德的闲谈,前去马棚看马。在马棚里,他从口袋掏出没来得及看的那封信。以往他根本不会去费这个事查看有多少钞票,这种信他以前接得太多了,往往都会有一大叠钞票,这是给他作为旅途花费用的。打开来,一张折叠好的灰色大纸,上面是小蕾碧卡写给大哥的话语,最后面是母亲的附言。除此之外,再无其他。半分钱都没看见。

他母亲在信里说:卖掉铜矿的钱已经所剩无几了,她不能再找他父亲开口要钱。卖铜矿的钱大部分花在了购买斯多堡、支撑店铺货物和艾利修斯的旅途花费上了。这次的问题他必须自己想办法解决,剩余的钱是留着分给弟弟妹妹的,不能把所有钱都给他。最后是"祝你旅途愉快,母亲留字"。

没有钱。

艾利修斯自己根本没多少钱,他连盘缠都不够。虽然他掏空了斯多堡的钱柜,可里面也没多少钱。哦,他不应该那么早就付钱给卑尔根的商贩,那个其实不急的,可以货到付款。还有,出发之前他也应该先拆开信封的,这样他就不会傻傻地提着行李跑到村里来了。现在的他进退两难……

他父亲已经在铁匠家办好事情回来了。珍欣第二天一早跟他一起回塞兰拉。珍欣真是一个好女孩，她没有拿半点架子，一听说塞兰拉夏天繁忙缺人手，她就立刻同意回去塞兰拉帮忙了。

当父亲这样说着话时，艾利修斯却坐着想他自己的事。他带父亲看那美国人的行李箱，说："只要我能够到这东西来的地方就好了。"

"嗯，似乎，你这想法好像还不错。"

第二天一大早，艾萨克准备回家。他准备好食物，套好马车，驾着马车去铁匠家接珍欣。艾利修斯看着父亲他们离开，一直到马车进入树林。他转身就结清了住宿费用，还给了小费。"我把行李箱先寄放在你们这里，等我回来再取。"说完，他也离开了。

艾利修斯能去哪里呢？他只能去一个地方——塞兰拉。他小心翼翼地走在山路上，注意自己不被父亲和珍欣看到。他一直往前走，心里有点儿羡慕这些住在旷野的人。

艾利修斯变成这样，真是可惜了。

他在斯多堡没有做生意吗？正是如此，那里并不是特别好赚钱。而艾利修斯的心思也基本都花在了旅行上，借着谈业务的名义他去了不少地方，而且他的旅途花费特别高。"要干大事就不能缩手缩脚"，这是艾利修斯的观点，他出手阔绰，只需要十个奥尔就可以应付的地方他一般给二十。斯多堡的生意根本就支撑不了他这么气派的生活，他必须向家里要钱补贴自己。斯多堡农场的收成：土豆、玉米、干草等，确实够用了。可是其他所有物资给养，全部来自塞兰拉。而且，西维特还得无偿帮助哥哥从码头运输货物到斯多堡。不仅仅如此，他的母亲还必须向他父亲要钱，作为他的旅途花费支撑。仅仅只是如此吗？

还有更坏的情况。

艾利修斯经营店铺完全是随心所欲的。村里来人买东西，只要稍微阿谀奉承他几句，他就飘飘然了。赊账什么的，他会立刻答应。后来大家都知道了，上来赊账的人越来越多。就这样，生意越来越难做，甚至都要垮了。艾利修斯根本不是做生意的料，什么都听之任之。店铺里的货物缺了他就去补齐。这些无知做法，统统都要由他父亲来付账。

最开始的时候，他母亲处处维护他，为他辩护：艾利修斯是家里头脑最灵活的人，必须给他发展的机会，支持他闯出一番事业，艾利修斯用最低的价钱把斯多堡买到了手里等。每次父亲说他的商铺经营失策，只知道在外旅游不务正业时，他母亲便会为他辩护，"你怎么能这样讲自己的儿子！"她认为作为父亲不能说自己儿子任何不当之处。

大家知道，他的妈妈也是见过世面的人。她明白，对于早就已经习惯了城市的繁华，习惯了跟社会高层次的人打交道的艾利修斯来说，待在这旷野是一件多么煎熬的事情。虽然他的店铺生意因为这些靠不住的顾客一直在亏损，可是他绝对没有要拿走父母棺材本的坏心思。他是一个本性善良、品格高尚的人，他用这种特殊的方式在帮助这些不如自己的旷野之人。作为这块地域内唯一使用需要经常清洗的白手绢的人，当顾客满怀信任与希望找他赊账时，艾利修斯不拒绝很正常。因为，他怕伤害他们，怕被他们认为自己高高在上，被他们这些人打心眼儿里瞧不起。艾利修斯他把自己跟大家放在同一位置。他觉得这是自己应尽的义务，因为自己是这群旷野同胞里面，受过教育最多、见识最广博的人。

是的，这些事情她的母亲全部看在眼里，记在心上。

可是有一天艾萨克这个从来不说大道理的人让她完全心明眼亮起来，他说："你看看，这是我们卖掉铜矿所剩的最后一部分钱了。"

"只有这些了吗？那么，钱到哪里去了？"她惊讶地问。

"全给了艾利修斯，他把钱花完了。"艾萨克拍拍手说。

这时候，英格才决定：艾利修斯以后必须自己解决问题。

艾利修斯这个人真是可惜了，贪图享乐，把钱财散尽了。也许他应该一直在田间劳作而不去学习知识做个能读会写的人。他如此的碌碌无为，见识浅薄，没有任何的雄心壮志。甚至连生理上都有一些扭曲，竟然不喜欢女人！嗯，艾利修斯就是这样一个相对肤浅的人。

当然，艾利修斯也是个不幸的人，好像他的内心被什么东西渗透腐蚀了。那位来自城里的工程师出发点是好的，想把他带到城里，助他成材。可是，艾利修斯的人生在中途被改变了，他曾经承受过无根浮萍的痛苦，回到这片旷野后内心已经完全发生改变了，跟荒原旷野的一切格格不入，甚至是对立，就像是光明跟黑暗的对立一样。

艾利修斯继续前行，马车已经越过斯多堡了。艾利修斯特意绕过了斯多堡，是的，他没有回家，回他的店铺，回去斯多堡对他没有任何帮助。夜幕降临，驾着马车的艾萨克两人终于回到了塞兰拉，艾利修斯也紧跟在后面到了。他见到西维特从屋里走出来，看到站在院子里的珍欣惊喜交集，他们握了握手，相视一笑，然后西维特解下马鞍，把马牵进了马厩。

艾利修斯作为塞兰拉领主的儿子，到了自己家门口。他没有光明正大地走进家门，而是从边上悄悄地溜到了马厩，来到西维特身边。"是我，我回来了。"他说

"怎么——你也来了——？"西维特很惊讶地说。

两兄弟开始轻声交谈，他要西维特无论如何都要找母亲去要些钱过来，给他做旅费。艾利修斯厌倦了这样的日子，他思考很久了。他要远走他乡，渡海去美国，今晚就动身。

"去美国？"西维特大叫道。

"嘘！我早就想好去美国了，你无论如何要说服母亲为我准备。我不能再拖下去了，这种日子我已经受够了。"

"不，不行，去美国路途太遥远了，你不能去。"西维特说。

"不必劝我，我已经下定决心了。我马上就去坐船。"

"你还是先吃点儿东西再说吧。"

"不用，我不饿。"

"那你先休息一会儿？"

"不了。"

西维特想尽所有办法来挽留哥哥。可是艾利修斯主意已定，他已经下定决心离开了。

西维特被今天所发生的一切惊呆了，开始是看到珍欣到来而惊喜交加，现在自己的大哥艾利修斯又要前往海外的美国。"那你准备怎么处理斯多堡？"他问。

"交给安德逊吧。"艾利修斯说。

"交给安德逊？为什么？"

"他不是要跟利奥波丁结婚吗？"

"他们结婚！哦，可能有这事吧。"

他们轻声地交谈商议着。西维特认为艾利修斯应该亲自去跟父亲说。但是，艾利修斯反对，他不是一个勇于担当的人。就连跟自己休戚相关的事情都不敢直接去说，而是要找一个中间人代为传话。

西维特说："好吧，但是这件事情不能让母亲知道。让她知道后肯定会痛哭失声，伤心难过的。一定不能跟她说。"

"嗯，确实不能告诉她。"艾利修斯点头同意。

西维特进去屋子了，去了很久很久，最后终于拿出来一大笔钱。"这是他全部的钱了，你数一下看是多少，够不够。"

"哦，父亲他有说过什么吗？"

"没有，他什么都没说。你等我一下，我去加件衣服就跟你下山。"

"那不用了，你还是进去睡觉吧。"

"嗨，你是看这天太黑了，觉得我一个人不敢回来吗？"西维特笑说，他想冲淡离别的气氛。

过了一会儿西维特就穿好衣服出来了，手上还提着一个食物篮。他们刚走出马厩，父亲站在门口问："你一定要去那么远的地方吗？"

"是的，"艾利修斯回答，"最终我还是会回来的。"

"时间已经很晚了，我就不耽误你的旅程了。"老人家嘟囔着说完，转身背对着他们。"祝你一路顺风！"他的声音怪异嘶哑，说完便匆匆走回了屋子。

兄弟俩沿路直行下山，才走一小段路，他们就坐了下来开始吃东西。艾利修斯早就饿了，他狼吞虎咽着食物。这是一个晴朗的春夜，黑松鸡在山顶上嬉戏打闹，山野里不时传来阵阵声响。这空寂的声音使这位远行者一时丧失了离去的勇气。"好美丽的夜晚，夜空真漂亮。"他说，"西维特，你最好现在就回去。"

"嗯。"西维特还是继续陪他往下走。

他们走过斯多堡，走过布列德利克，山野的声响一直环绕着他们，亲切而熟悉。这不是城里面的军乐队，也不是欢声笑语，而是春天的预告——春天来了！忽然，一只鸟叫了起来，接着四面八方就有了回应，声音清澈明亮，处处透露着欢快，这是一幅美丽的乐章。这位远行者这时心里也涌现出了离乡的愁绪，他心底最深处被这些声音彻底地击中了。他觉得自己是那样的软弱和无能为力，他正踏上去美国的旅程，那里是最适合他去的地方。

"西维特，你回去吧。"他说。

"哦，好的，既然你坚持让我回去。"西维特回答。

他们停下来，坐在树林边，看着脚下的村庄、仓库和码头，布列德遗留的废旧房屋。轮船上的人正在忙碌着，他们在做开船准备。

"哦，我没时间再在这里看了。"艾利修斯站起身来说。

"我很好奇，你干吗要跑去那么远的地方。"西维特说。

艾利修斯回答："但是我还会回来的，到时候我会带回一只大大的漂亮结实的行李箱。"

兄弟俩做最后道别，西维特忽然从怀里掏出一个用布包裹的东西塞到艾利修斯口袋。"这是什么？"他问。

"记得经常写信回家。"西维特说完转身往回走。

艾利修斯打开布包一看：原来是那枚价值二十五克朗的金币。他连忙高喊："嗨，不行，你不可以把这个给我！"

西维特没有回头，继续往前走。

他走了一段路，接着又回到了树林边。看着那艘船，轮船上面的人越来越多，艾利修斯上船了，跟所有旅客一起。接着轮船驶离港口，向大海深处航行。艾利修斯走了……

他再也没有回来过。

12

一支队伍正向塞兰拉走来，颇为引人瞩目。他们看起来似乎有点儿搞笑，但并不是如此。三个健壮男人，扛着大包小包，排成一列，他们背着重量不轻的货物边走边开着玩笑。曾经的记账伙计安德逊走在最前面，他背上的东西最多，是的，这支队伍是他领头的，后面紧跟着西维特，接着是布列德的弟弟弗列德利克·斯屈洛姆，他是好奇过来体验一下的。安德逊这个年轻人很能干，他的肩膀被压向一侧，身上的夹克衫把脖子卡得红红的，可是他背着沉重的货物继续向前走着。

斯多堡的店主艾利修斯已经离开了。安德逊不会把斯多堡买下来，因为他没那么多钱。再说，现在有个好消息，他再等一等说不定可以白白得到。安德逊聪明得很，他租下了斯多堡，自己经营打理一切。

他去清理货物的时候，发现很多在山下村里无法售出的东西。比如，牙刷、绣花桌布等，甚至还有精巧的玩意儿——会叫的标本弹簧鸟。

现在他就是背着这些东西去卖给山那边的那些矿场工人。在亚伦逊手下工作的时候他就清楚，那些矿场工人只要口袋里有钞票，你卖什么他就买什么。非常可惜，上次艾利修斯在卑尔根订购的那六匹可以来回摇动的木马没能带出来。

他们走到塞兰拉的大院里，卸下肩上的重担，停下来休息。可是他们不能耽搁太久。他们喝完一大杯牛奶，找了要出售货物的借口，然后背起货物出发。其实这不是借口，他们确实是要向南穿越森林。

他们向前进发，到了中午停下来吃了点儿食物，接着再前进，直到黄昏。他们扎下营地，燃起篝火，躺下休息一晚。西维特很聪明，他躺在一块被太阳晒了一天的大圆石头上，这块石头吸足了热量，是张适合睡觉休息的临时床铺。其他两位就没有这么聪明了，也不肯听西维特的意见。他们随意找了块石头就躺下了，早晨醒来，冷得直打哆嗦。他们吃完早餐接着朝目的地前进。

他们凝神听着附近有没有爆破的声音，他们希望自己能尽快进入矿场，见到矿场的采矿工人。按照工程进度应该说已经开采到这附近了，这里离大海已经很近了，但是没听到半点儿爆破响声。一直到中午，他们都没有见到半个人影，只看到一些为勘探矿产纯度而开凿的矿洞。这些矿洞说明这块矿脉的品质很不错，纯度高，矿产丰富。因为瑞典人的目的很明确，就是为了开采纯度高的铜矿。

走到下午，他们看到了好几个矿区，可是没见到半个矿业工人。他们继续前进，到黄昏的时候，已经可以远远看到大海了。他们一路走过这片荒芜之地，除了他们的脚步声再也没有一丝声音。看来今晚他们又得宿营了，他们在一起议论这件事情：铜矿已经开采完了吗？工人全部撤走了？"不可能。"安德逊说。

第二天一大早，一个显得有点儿憔悴苍老、不修边幅的人闯进了他们的营地。他凶狠地盯着他们。"安德逊，原来是你。"这人开口说。哦，是亚伦逊，安德逊以前的掌柜。他们邀请亚伦逊在营地里喝咖啡吃早餐时，他二话没说就坐了下来。"我看到这边有烟火光亮，特意过来看看情况。"他说，"我多希望是他们回来了，回来准备开工。但是，看到的却是你们几个！你们准备去哪里？去做什么？"

"就是这里。"

"这里？袋子里装的什么？"

"货物。"

"货物？"

亚伦逊吼道："来这里做生意？这里鬼影子都没有，做什么生意？那群人上周就已经走光了。"

"走光了？谁走光了？"

"都走了，鬼影都没留下。我手里有很多货物，仓库装得满满的。要不全卖给你们吧，我什么都有。"

哦，亚伦逊真倒霉，矿场又关了，他的生意做不成了。

他们给他加满咖啡，让他冷静一下。问他到底发生了什么事情。

亚伦逊摇着头绝望地说："搞不清楚什么状况，没什么可以说的。一切都在顺利地进行，整个村子变得繁荣昌盛起来，人们吃最好的食物，盖起了新学校，家家户户挂起了新吊灯，大家都穿着城里订做的高帮靴子等。他的生意做得红红火火，财源广进。可是突然有一天，矿业公司的老板们鬼迷心窍了，说采矿成本太高了，会亏本，要关闭它。亏本？怎么可能，以前他们不是一直通过开采矿产赚大钱吗？矿场每次爆破后开采的都是品质极佳的铜矿石。这些都是赤裸裸的谎言。根本不考虑我们这些人的死活，嗯，我不相信他们这些鬼话。其实这一切跟上次的原因一样，是盖斯乐在背后捣鬼。不然怎么会这么巧合，他刚到这里，矿场马上就停工了。似乎是他早就知道这一切了。"

"盖斯乐，他也来到这里了吗？"

"是的，就是他。他应该立刻被枪毙。那天，他坐轮船过来去见矿场负责人说：'这里很不错嘛，看来一切进展顺利。''是的，目前来看确实如此。'负责人回答。可是盖斯乐继续站在那里,接着问:'哦,是吗。哪里不错? ' '嗯,目前一切都进展顺利。'负责人说。可是,就在盖斯乐乘坐的那艘船上有寄来给负责人的信件和电报,上面说矿业支出太大,应该停止开矿,必须关掉矿场。"

商队里的这三人面面相觑。可是他们的领头人并没有因此失去信心。

"你们还是打道回府吧。"亚伦逊劝道。

"我们不会打退堂鼓的。"安德逊边说边收起咖啡壶。

亚伦逊挨个盯着他们三人说:"你们疯掉了! "

瞧,安德逊没有把他前任掌柜的话放在心上。他现在自己已经是掌柜了,没必要去听别人的。他自己能够决定所有的事情,假如就此打道回府,那他就威名扫地了。

"好吧,你们接下来准备怎么办? "亚伦逊恼怒了。

"不好说。"安德逊回答。事实上他心里早就有了想法,也许这些村民会需要戒指和水晶珠链。因此,他对自己的伙伴说:"这次生意我们会成功的。"

其实,亚伦逊是想着去矿场更深处看看情况的,毕竟他已经走进来这么远了。但是,他看到这三个小商贩继续前进,心里很担心。于是一直跟着他们,竭力阻止、劝诫他们,说他们这样做是发疯犯傻。亚伦逊跑到队伍最前面,狂怒地对着他们叫喊,希望阻止他们进入自己的地界内。他一路上叫骂声不停,直到他们走到了矿场的中心地带。

只见大大小小的工棚搭建在一起,可是早已经人去屋空了。大多数工具机器都被收好遮盖起来,还有少数的长杆、木板、烂木箱、水桶等随地丢弃。大部分的门上面贴了"禁止打开"的字条。

"看到没有，我没有乱说，这里真的连鬼影都没有。"亚伦逊怒吼着说。他威胁他们三个说，他要去见区长，状告他们侵权；他会时刻紧盯着他们，只要发现他们买卖违禁物品，就会去告发他们；让法官判他们监禁，做苦役，不会有丝毫客气。

突然西维特听到有人在叫他。这地方荒无人烟怎么还会有人知道他的名字？他往前一看，只见一座屋子的墙角边有人在向他挥手。西维特背着货物走近一看，原来是盖斯乐。

"没想到能在这里碰到你。"盖斯乐笑眯眯地说。他红润的脸上戴着一副太阳镜，春天的阳光太闪亮了。他讲话还是跟原来一样清晰有力。他说："能在这里见到你，真是太高兴了，省得我再跑去塞兰拉。要知道我现在有很多事情要忙活。如今亚明宁大荒原有多少户人家了？"

"十户。"

"很好，有十户了。我非常开心。可是像你父亲那样的人我希望能出现三万两千个。我们的国家需要很多他这样的人。"

"西维特，你还走不走？"他们队伍的人在等他。

盖斯乐厉声喝道："不走。"

"我等一下赶上你们。"西维特边喊边放下货物。

两人坐在一起谈话。今天盖斯乐心情非常好。嘴里一直说个不停，西维特偶尔会回答几句，其他时间一直是他在说。"今天运气真不赖，所有的事情都在我的意料之中，而且还能在这儿碰到你，省了我跑去塞兰拉的时间。家里怎么样，一切都好吧。"

"是的，谢谢您。"

"牛棚上面的干草也都铺盖好了吧？"

"嗯，铺好了。"

"很好，很好——我要处理一大堆的事情，简直手忙脚乱的。比如说我们现在坐着的这块地方，西维特你一定会觉得只是一块荒凉之地，对不对？当初人们违反了这片土地的本性建造了这里。我承认，开头是我做错了。也就是说我是这个不该存在的开矿工程的卑贱代理人。当时，你还很小，你父亲从山里捡回几块小石头给你玩，事情就是从那时候开始。我清楚地知道，这些石头的价值在于我们怎样去定义，我们说它是多少就是多少。所以，那时候我自己定下价格并买下了它们。然后这些石头就在人与人之间传递，几经转手，危害越来越大。时隔多年，我决定重新把它们买回来，所以在上星期，我又回到了这里。"

盖斯乐停顿了一下，望着西维特。他忽然扫了一眼西维特的袋子，问："这袋子里装的是什么？"

"杂货，我们打算把它们背到村里去卖掉。"西维特说。

盖斯乐似乎对他的回答一点儿都不在意，可能他都没有仔细听。

他接着往下说："对，我要重新买回它们。上次我任由我儿子去谈这笔买卖，最终他卖掉了。他是跟你差不多大的小伙子。他如今是我们家里的闪电，而我则像是一团云雾。我知道自己该做什么，却不会去做。可是他不同，他是闪电——现在他在工商界任职。替我完成上次交易的人就是他，我清楚所有事理，他却不清楚。他只是闪电罢了，拥有现代化的高速度，可是闪电本身却没有多大作用。你瞧瞧你们生活在塞兰拉的这一家子，你们抬头就可以看到湛蓝的天空，这些都不是新奇事物，可是在此深深扎根的是高原旷野和岩石矿区，它们是你们的近邻。是的，你们跟它们是一体的，水乳交融。你们生活在最纯粹的天地之间。你们不会有刀剑的攻伐，只会和平共处，和它们互尊互敬，和谐相处。你们生活在大自然的包容理解之下，只需要去享受大自然的赐予。你们之间不存在竞争，也没有竞赛，而是和谐共存一起前进。你们生活在这里，拥有高原和丛林，湿地和草原，蓝天和繁星。你们是最富有的，绝对不是贫穷的。西维特，学会感恩吧！听我的，你们拥有赖以生存的一切，它们就是你们最坚定的信仰。在这片土地上，你出生，长大成人。这片土地养育了你，它也更加需要你。可是并非人人如此，但这却是你的使命。它需要你，在此生活下去，传承一代又一代，生命意义的永恒就在于此。你能在这里得到任何你想要的，最纯正天然的生活，最大意义上的自由，你们的塞兰拉不受制于任何人，自己掌控一切，和平、安乐、自由。你们在大地的怀抱里，吮吸着大地的乳汁，尽情嬉戏。现在瞧瞧你父亲，他是三万两千人中的一员。还有其他的人怎么算呢？我又该算是什么呢？我说过，我是一团小有作用的云雾，随意飘荡，微不足道。至于其他人，你可以看看我儿子，他就是一道闪电，除此之外什么都不是。他有行动的速度，他是我儿子，是生活在现代社会的人，和我们同时代的人。他麻木地接受、学习着这个时代的一切知识，他对美国人和犹太人所说的一切深信不疑。对于那一切我只能摇头。可是我并不神秘，只是生活在那样一个家庭里面，一团并非不可捉摸的云雾。说实话，我也没有做完事情永远不后悔的能力。假如我有这个能力，那么我也可以是闪电。可是现在，我只是一团云雾。"

忽然之间盖斯乐似乎清醒了，他问："哦，你们牛棚上面的干草铺盖好了吗？"

"嗯，早铺好了。父亲他还新建了一栋房屋。"

"新房屋？"

"他说是招待客人住的，假如您来住那就太好了！"

盖斯乐思考了一会儿，打定主意说："好的，我想我应该会去塞兰拉。是的，我会过去，你回去告诉你父亲一下。可是我现在有一大堆事情需要处理。过来这边告诉那位负责人，让他向瑞典人转达我的购买意愿，然后我需要等待结果。事实上，我并不着急。你看看那位负责人就知道，他在这里跑进跑出，带着人马、机器、物资、钱，忙得不亦乐乎，他认为一切很顺利，其实事实并非如此。他认为把这些石头变成越来越多的钱就可以了。他觉得他自己很伟大，在做着有意义的事情，在给这片地区和国家带来财富和发展，而事实上，他已经越来越靠近灾难了，他现在还被蒙在鼓里。其实国家缺少的并不是钱财，国家的钱财已经太多了。国家真正缺少的是像你父亲那样的人。那些商人为了达到目的，不择手段。哎，他们是病态的疯子。他们不劳作，不知道耕田犁地，只会去投机取巧，就像是赌博用的骰子。他们疯魔般地把自己消耗殆尽，最终会得到报应的。他们赌上所有的一切，这种做法，完全是错误的。要知道赌博不是勇气，连莽撞的勇气都算不上，那根本就是一种恐惧。你要知道，赌，其实就是一种恐惧，害怕到冷汗直冒，这就是恐惧。他们的毛病就是不能跟着命运一起齐头并进，他们想快速前进，亡命狂奔，最重要的是赶在命运的前面，把自己像铁轩一样插进自己的生命里。接着，他们身边有人会说：停下，有东西坏掉了，必须设法补救。在旁人喊停时，命运已经开始要碾碎他们了。接下来他们会看着碾向

410

他们的命运，一直怒骂、抱怨下去。他们任凭自己的喜好去辱骂命运。也许有人会有正当理由，可是大部分人不会有。但是不管怎样，都不应该去咒骂命运。生命是一种严格的存在，在命运面前必须胸怀仁慈善良。看看那些赌徒，他们最终的悲惨遭遇就能证明这一切。"

盖斯乐讲完这些，重新振作起来，"算了，就让一切顺其自然吧，我已经尽力了，听天由命吧。"他有点儿气喘吁吁的，看来是疲倦了。"你准备下山吗？"他问。

"嗯。"

"不要急着走。我记得你曾经答应我要跟我一起去一趟山里。是吧，西维特，我记得很清楚。我的记忆力很好，一岁多的事情我都能记得。依靠在伽摩的仓库桥楼上，闻到那种特殊的气味。我到现在都还记得那股气味。不过一切都已经过去了。假如你没有这些累赘，我们现在就可以一起翻山越岭。这个袋子里面是什么东西？"

"安德逊准备拿去卖的杂货。"

"嗨，我这个人知道什么事情可以做，但是不会去做。"盖斯乐说。"我是一团云雾。可能我哪天心血来潮就会把矿脉给买回来，这很有可能发生。可是假如我买了，就不会再有人对着天空做白日梦，喊什么'高架铁路桥！南美洲！'了。这类事情就让给那些赌徒去做吧。这附近的人现在肯定认为我是妖魔，因为我能事先知道矿场关闭。可是，这事其实很简单，因为蒙大拿①发现了新的铜矿，这就是事实真相。对于美国人来说这种事情他们早就驾轻就熟了，他们太精明了，随便就能限制死我们，我们的矿产跟他们的比品质差得太远。我儿子是快速的闪电，他事先得到消息，传给我，我就马上赶来这里。看，

————————
①美国的一个州——译者注。

就是这么简单。我只要早知道几个小时，就能玩瑞典人于股掌之中。这就是事实真相。"

盖斯乐又开始喘气，他站起身子活动了一下，说："既然你准备下山，那我们就一起走吧。"他们一起下山，盖斯乐太累了，只能落在最后。商贩队伍停在码头休息，喜欢开玩笑的弗列德利克·斯屈洛姆正在做他最爱做的事情，他对着亚伦逊说："嗨，我烟叶全抽完了，你卖点儿烟叶给我吧，行不行？"

"好，我把存货都给你。你敢要吗？"亚伦逊威胁他。

弗列德利克微微一笑，安慰他说："亚伦逊不要这么认真，开心点儿，不要摆着一副苦瓜脸。你就在这儿看着吧，我们卖完所有东西就直接回去。"

亚伦逊狂怒道："你滚去海里洗干净你的臭嘴。"

"不要生气，你就站在这里，不要乱动，稳稳的。嗯，摆好拍照的姿势。哈哈哈哈！"

盖斯乐疲倦了，他太累了。他的墨镜已经不能帮助他了，在强光下，他的眼睛不停地闭着。

"西维特，我得跟你告别了，"他突然说，"这次我不能前往塞兰拉了，下次吧。我现在还有很多事情处理。跟你父亲说，我下次会找机会过去的……"

亚伦逊在他背后吐唾沫，诅咒他说："该被枪毙的东西！"

他们这支队伍花了三天的时间卖光了所有东西，换得不少钞票。这是一次漂亮的生意。虽然矿业公司关闭了，但是村里的村民手上还有许多余钱，他们还处于奢侈的阶段。他们需要那些标本弹簧鸟，放在五斗柜上用来装饰客厅。他们买了用来裁剪日历的裁剪刀。亚伦逊很气愤地说："难道我店里的东西不如这些好吗？"

亚伦逊的心情很差，他紧盯着他们这几个家伙，想发现一些什么。但是他们三个却分开售卖，亚伦逊没办法，只好这个跟一下，那个盯一阵。疲于奔命，累得够呛。最后，他先是放过了嘴巴最难缠的弗列德利克·斯屈洛姆，接着他又放过了一声不吭只顾卖货的西维特，最终他紧紧跟着自己以前的记账伙计安德逊，企图叫别人不买他的东西。可是安德逊太了解他了，就生意来说，亚伦逊根本就不懂买卖交易，更不清楚什么是违禁物品。

亚伦逊装作一副什么都清楚的模样说："嗨，你说这英国丝线是不是违禁物品。"

安德逊回答："我知道那个东西是违禁物品，所以一根都没带，我拿它在别处销售就可以了。要不你来看看我的袋子，看里面有没有？"

"你说得不错，不过我知道什么是违禁物品，也告诉你了，所以我用不着听你教训。"

亚伦逊盯了一整天，最后他也放弃监视安德逊，回家去了。他们三个再也没人盯梢了。

现在他们的生意开始一帆风顺。这段时期正好流行头上戴假发辫，安德逊正好在销售这些东西。他做生意很有一套，他把淡色发辫兜售给黑发姑娘，且时常会因为找不到最合适的发辫给姑娘而深感歉意。每天傍晚他们都会在约定好的地方会合，计算今天的账目，交换各自卖剩的货物。安德逊还会坐下来，拿出磨砂纸、小刀，刮掉运动员口哨上的德意志商标，磨掉钢笔和铅笔上的英文字母。安德逊一直都是行家里手。

再来看西维特，他有点儿让人失望。并不是他卖的货物太少，事实上，他的交易量最大，可惜赚的钱却是最少的。安德逊评价说：
"你的推销本领还没成熟。"

是的，西维特他是一个老实本分的庄稼人，不可能去把商品货物说得天花乱坠。他只会一问一答，不会去多说话。他也急着赶紧兜售完所有货物，回家去处理田间的农活儿。

"他是想珍欣了吧。"弗列德利克·斯屈洛姆笑道。事实上，弗列德利克同样有许多农活儿，在田间等着他回去做。他也必须赶紧抓紧时间卖完货物。尽管这样，最后一天他还是要跑去亚伦逊店里，跟他扯谈几句。"我去向他兜售布袋。"他说。

安德逊和西维特在门外等他，他独自走进店里。接着外面的人就听到里面传出吼叫声，同时还有弗列德利克的哈哈大笑声。再接着亚伦逊气愤地推开门，对他下逐客令。可是弗列德利克并没有马上走出来，他慢慢地踱着步子，嘴里不停地说着话。最后他们在外面听到他说，他要把那一大堆摇晃木马卖给亚伦逊。

他们离开亚伦逊的店铺，踏上回家的旅途。三个朝气蓬勃的年轻人，唱着美丽的歌谣，愉悦前行。他们会露宿在大地之上，睡醒后接着再走。星期一他们走到塞兰拉时，艾萨克正忙着播撒种子。现在正是下种的时节，空气潮湿，阳光温和。太阳时不时地露头，空中出现一道鲜艳的彩虹。

商贩队伍解散吧——大家再会，再会！

艾萨克正在播撒种子，他是一个敦实的男人，有着宽厚的肩膀，并没有什么特别。他穿着用自家绵羊毛编织的衣服，套着自家牛皮制造的皮靴。他正虔诚地一边行进一边播撒种子。他已经谢顶了，头顶光秃秃的，但是其他部位的毛发却还是很浓密，一圈头发和胡子连接在一起，就像是一把扇子。他就是塞兰拉的领主——艾萨克。

　　他不知道月份日期，因为这些对他毫无用处。他没有必须在某一天支付的账单。他只需要知道哪段时间会有小牛出生，但他知道秋天的奥拉夫节，那个时间他要收割干草。他还知道春天的烛光节，节气过后三个星期，熊会从冬眠中醒来，这时，所有的种子必须全部种下去。他知道所有自己需要知道的东西。

　　这是一个庄稼人，全心全意服务于这片土地。一个知晓过去、沟通未来的幽灵，一个曾经开垦荒野，在荒野安家落户的人，存活世间九百多岁①，最后他还是一个现代人。

　　来自铜矿脉的钱已经全部消失不见了。矿业公司关闭了，这片山岭再也没有人烟，死气沉沉。谁能留下什么财富呢，只有亚明宁大荒原，依旧在这里，这里有十户人家，未来会有百户，千户。

　　难道那里的一切没有改变吗？不是，一切都在成长变化。人、牛羊牲畜、大地果实。艾萨克播撒下了种子，一颗颗种子从他手掌中落下，金光灿灿，十分耀眼，就像滚落到泥土里的黄金颗粒。西维特过来重复地耙地碌地。森林和田园静静在一旁看着。这一切是那么的神圣庄亚，一切延绵不绝，充满了勃勃生机，生生不息地延续着。

　　叮铃……叮铃……这是牛脖子上的铃铛在响，响声越来越近了，原来是牛羊疲倦了，回来过夜。这里有十五头牛，另外还有四十五头绵羊和山羊，总共六十头。利奥波丁、珍欣和小蕾碧卡光着脚丫，从屋里走出来，手上提着牛奶桶。至于"领主夫人"——英格，她正忙着张罗晚餐。她高高站着，举止端庄。她在厨房里来回忙碌着，

① 《圣经》中亚当等人类上古列祖据说活了九百多岁。

就像是活灶神。英格的人生旅程是狂风暴雨式的，其间充满了惊涛骇浪。但是现在她的航程已经平静下来了。虽然她在城里待过一段不短的日子，但是她现在回家了。这个世界是广袤辽阔的，人类是其中的小颗粒，微不足道，而英格只是其中的一粒。

现在，夜幕降临了。

附录一　汉姆生年表

1859 年　8 月 4 日，克努特·汉姆生在挪威中部偏南的古德布
　　　　兰斯达山谷出生。他的祖辈世代务农，父亲是一个
　　　　贫农兼裁缝。

1861 年　他三岁的时候，全家搬到挪威北部位于挪威海中间的
　　　　偏僻的洛福顿群岛中的汉马洛岛居住，希望能够过上
　　　　幸福美满的生活。

1867 年　汉姆生离家到一个叔叔家干活糊口。那里沉重的体力劳
　　　　动和粗暴的惩罚迫使他开始了流浪的生活。之后的几
　　　　年，他在鞋店当过学徒，做过店员、商贩等。

1872 年　他重回在洛姆地区的老家，在一家杂货店做了一年店员。

1873 年　他离开老家，来到特拉瑞，在当地一个有钱有势的商人
　　　　手下干活。不久，这个老板就破产了，于是他陷入失
　　　　业的困境。

1877 年　他在挪威北方港口城市博德城的一家制鞋铺里当学徒，

开始尝试写作，完成并出版处女作《神秘的人》。

1878 年　在波多发表长篇小说《毕而各》。

1879 年　离开北方，来到了哈当格，之后再到了首都奥斯陆。

1880 年　他决定暂时放下手中的笔，在脱登的一家铁路局工作，并在那里结识了著名的作家奥尼·比昂松。

1882 年　他来到美国，想借着演讲出名，但没有如愿。

1884 年　秋天，身患重病，被误诊为肺病，遣送回挪威。

1885 年　他改名为汉姆生，原名为彼得森。

1886 年　8 月中旬，他重返美国，并在芝加哥的一家电车公司当售票员，后又来到明尼亚波里市谋生。

1888 年　回到斯堪的纳维亚，这标志着他文学生涯的真正开始。小说《饥饿》开始在报纸上进行连载。

1889 年　创作完《现代美国的精神生活》一书，书中对所谓"美国生活方式"进行了辛辣的嘲讽。

1890 年　出版小说《饥饿》，这部作品的抒情文体对欧洲一些作家影响很大，使汉姆生在挪威文学界获得了巨大声誉。

1892 年　创作完小说《神秘》。

1893 年　完成小说《薄土》。

1894 年　创作完《牧羊神》，这部作品被认为是汉姆生创作上的一个突破。

1895 年　剧本《王国之门》完成。

1896 年　剧本《人生之剧》创作完。

1897 年　创作完小说《午睡》。

1898 年　创作完剧本《黄昏》和小说《维多利亚》，《维多利亚》

还被列为世界著名的爱情小说之一。与贝格洛特·比奇结婚。

1899 年　他先后来到瑞典、芬兰、俄国等国家观光旅游，了解了东方神秘主义。

1900 年　他和妻子回到了挪威，他的妻子在哥本哈根居住，他则回到阔别已久的汉马洛岛。

1902 年　写完小说《文德修士》。

1903 年　完成两部作品，分别是游记《童话之国》和历史剧《塔玛拉皇后》。

1904 年　创作完诗集《荒地的合唱》、小说《梦想家》和诗剧《和尚维丹特》。

1905 年　他决定在德仑巴克一地购置家产。

1906 年　与贝格洛特·比奇离婚。

1907 年　写完小说《秋天的星空下》，并应邀到首都大学演讲。

1908 年　他写完了两部小说——《本诺尼》和《罗莎》。他的剧本《王国之门》也受到首都国家剧院的克拉格主任的关注，打算演出这一剧本，并邀请玛丽·安德森小姐扮演爱丽的角色。

1909 年　小说《奏哑弦的流浪者》创作完成，并与瑞典国家剧院女演员玛丽·安德森小姐结婚。

1910 年　写完小说《在生命的掌握中》。

1911 年　买下在哈马洛伊的司考海木的庄园，并建造了华丽的房屋，与妻子安德森在此生活了 6 年，生下 4 个子女。

1912 年　小说《最后的喜悦》完成。

1913年　他不满美国和英国的现代文明，对德国的纳粹主义反
　　　　抱以同情之心。完成小说《时代的孩子》。

1915年　根据挪威北部社会生活的原型创作完小说《塞吉弗斯镇》。

1917年　他发现哈马洛伊不合适他，于是又南迁至拉维克，并
　　　　完成代表作《大地的成长》。他也因此获得诺贝尔文学奖。

1918年　他购置了位于里勒桑德和格林姆斯达德之间的诺尔荷
　　　　姆庄园，那是一所失修多年的庄园主旧住宅。

1920年　小说《抽水机旁的女人》完成。因《大地的成长》，获
　　　　得诺贝尔文学奖。

1923年　完成小说《最后一章》。

1927年　完成八月三部曲中的第一部《流浪者》。

1928年　完成小说《美女》。

1930年　八月三部曲中的第二部小说《奥古斯特》创作完成。

1933年　八月三部曲中的第三部小说《人生永存》写完。

1936年　他最后一部小说《圈已合起》问世。

1945年　挪威解放，他因支持纳粹分子而声誉扫地。并被迫进
　　　　行严格的精神检查，最后医生得出的结论是：他已永
　　　　远失去了正常的精神机能。

1946年　被挪威最高法院判为叛国罪，被软禁在奥斯陆一家老人院。

1948年　一度逃出监狱，又被送入奥斯陆的一家老人院。

1949年　完成最后作品《在蔓草丛生的小径上》，并试图以这部
　　　　作品为自己辩解，不过并没有得到世界舆论的同情。

1952年　2月19日夜间，在司考海木的庄园中逝世，享年九十三岁。

附录二　诺贝尔文学奖大系书目

1901 年　　苏利·普吕多姆（法国）　《孤独与沉思》

1902 年　　特奥多尔·蒙森（德国）　《罗马史》

1903 年　　比昂斯滕·比昂松（挪威）　《挑战的手套》

1904 年　　何塞·埃切加赖（西班牙）　《伟大的牵线人》

1904 年　　弗雷德里克·米斯特拉尔（法国）　《米赫尔》

1905 年　　亨利克·显克微支（波兰）　《你往何处去》

1906 年　　乔苏埃·卡尔杜齐（意大利）　《青春的诗》

1907 年　　拉迪亚德·吉卜林（英国）　《丛林故事》

1908 年　　鲁道夫·奥伊肯（德国）　《人生的意义与价值》

1909 年　　拉格洛夫（瑞典）　《尼尔斯骑鹅旅行记》

1910 年　　保尔·海泽（德国）　《骄傲的姑娘》

1911 年　　梅特林克（比利时）　《青鸟》

1912 年　　霍普特曼（德国）　《织工》

1913 年　　泰戈尔（印度）　《新月集·飞鸟集》

1915 年　　罗曼·罗兰（法国）　《约翰·克利斯朵夫》

1916 年　　海顿斯坦姆（瑞典）　《查理国王的人马》

1917 年　　彭托皮丹（丹麦）　《天国》

1917 年　　耶勒鲁普（丹麦）　《明娜》

1919 年　　卡尔·施皮特勒（瑞士）　《伊玛果》

1920 年　　汉姆生（挪威）　《大地的成长》

1921 年　　法朗士（法国）　《泰绮思》

1922 年　　贝纳文特（西班牙）　《不该爱的女人》

1923 年　　叶芝（爱尔兰）　《当你老了》

1924 年　　莱蒙特（波兰）　《农夫》

1925 年　　萧伯纳（爱尔兰）　《圣女贞德》

1926 年　　黛莱达（意大利）　《邪恶之路》

1927 年　　亨利·柏格森（法国）　《创造进化论》

1928 年　　温塞特（挪威）　《新娘·女主人·十字架》

1929 年　　托马斯·曼（德国）　《布登勃洛克一家》

1930 年　　辛克莱·刘易斯（美国）　《巴比特》

1931 年　　埃里克·卡尔费尔德（瑞典）　《荒原与爱情》

1932 年　　约翰·高尔斯华绥（英国）　《福尔赛世家》

1933 年　　伊凡·亚历克塞维奇·蒲宁（俄罗斯）　《阿尔谢尼耶夫的一生》

1934 年　　路易吉·皮兰德娄（意大利）　《六个寻找剧作家的角色》

1936 年　　尤金·奥尼尔（美国）　《进入黑夜的漫长旅程》

1937 年　　马丁·杜·加尔（法国）　《蒂博一家》

1944 年　　约翰内斯·延森（丹麦）　《希默兰的故事》

1945 年　　加夫列拉·米斯特拉尔（智利）　《葡萄压榨机》

1946 年　　赫尔曼·黑塞（瑞士）　《荒原狼》

1947 年　　安德烈·纪德（法国）　《窄门》

1949 年　　威廉·福克纳（美国）　《喧哗与骚动》

1954 年　　海明威（美国）　《永别了，武器》

1956 年　　希梅内斯（西班牙）　《小毛驴与我》

1957 年　　加缪（法国）　《局外人》

1958 年　　帕斯捷尔纳克（苏联）　《日瓦戈医生》